黎民

贾维庸 著

北方联合出版传媒（集团）股份有限公司
春风文艺出版社
· 沈 阳 ·

图书在版编目（CIP）数据

幸福黎民 / 贾维庸著. —沈阳：春风文艺出版社，
2018.2（2021.1重印）
ISBN 978 – 7 – 5313 – 5366 – 9

Ⅰ. ①幸… Ⅱ. ①贾… Ⅲ. ①回忆录 — 中国 — 当代
Ⅳ. ①I251

中国版本图书馆CIP数据核字（2018）第026573号

北方联合出版传媒（集团）股份有限公司
春风文艺出版社出版发行
http://www. chunfengwenyi. com
沈阳市和平区十一纬路25号　邮编：110003
永清县晔盛亚胶印有限公司印刷

责任编辑：姚宏越　　　　　责任校对：于文慧
封面设计：马寄萍　　　　　幅面尺寸：150mm × 230mm
字　　数：295千字　　　　　印　　张：18
版　　次：2018年2月第1版　印　　次：2021年1月第2次
书　　号：ISBN 978-7-5313-5366-9
定　　价：45.00元

1959年在鞍山二中初中一年结业，部分同学与班主任周景文合影，前排右一即我

1966年，在济南

1968年轻工学院毕业前部分同学合影，照片中后排左二即我

1986年调转到辽阳工业纸板厂，夏初季节我们全家四口人游千山

1982年6月29日，新宾造纸厂刘玉魁、吴景春、陈世杰与我在厦门鼓浪屿留影

1990年，我参加赴非洲喀麦隆考察团。图为我在向喀方人员讲述造纸方案

2004年，儿子贾洪岩和儿媳王瑶在辽阳举办婚礼

2011年，去瑞士探望女儿贾洪图，在苏黎世湖边留影

2012年，随团旅游，在新加坡狮首鱼身前留影

在马来西亚吉隆坡双塔前留影

在泰国皇宫前留影

在水城威尼斯留影

在意大利古罗马斗兽场留影

在意大利米兰大教堂前留影

2014年8月，在奥地利维也纳音乐厅留影

女儿领我们老两口去巴黎旅游，在凯旋门前留影

2014年，女儿带我们在德国柏林勃兰登堡留影

在巴黎埃菲尔铁塔前我们与女儿合影留念

2015年，全家在天津棋盘山入口前合影

2016年，在辽宁新宾满族自治县永陵镇，雅琴大弟弟家，与她三个弟弟、弟媳合影

前　言

　　2011年8月，我们沈阳轻工业学院同班同学在丹东市举行毕业四十二年的第四次聚会，同窗之情真挚纯朴。聚会结束后，在返家的火车上一位顺路的同学关心地问我，退休在家闲着没事都做些什么。迟疑一下，我还是鼓起勇气告诉他："我想把自己过去几十年的经历写出来，在退休之前这个想法就存在我脑海里了。"

　　作为当代中华民族的芸芸众生一分子，我要把自己怎样度过这漫长的岁月追溯梳理出来，以此构成中国辽宁局部地区当代历史的点滴。正如人民文学出版社的"人与岁月"丛书出版说明讲的那样：当个人的历史成为社会史的一部分，私人记忆与公众记忆重合的时候，个人史的抒写、私人回忆的辑录，就显现出重大的意义和无法取代的价值。

　　我是默默无闻的沧海一粟，不是功成名就的风云人物。但我相信，自己生命的存在以及毕生的无奈与希冀，依然能构成社会进程中比较生动鲜活之元素。

　　我向读者保证，我所写的个人历程真实、确凿，没有任何虚构和改动。

　　在70多年的人生经历中，与我接触过的人，现在大部分都已达耄耋之年。我相信，他们对我这个善良、安分守己的大学生都会感到信赖和满意，会愿意把自己的名字和踪迹留在我的作品中，留在世人的记忆里。

目 录

第一章　毕业分配工作

1

"呜——"一阵火车汽笛声，从沈阳开出来的客车沿着沈吉铁路线穿过第一座隧道。火车逐渐减速，慢慢地停在新宾县南杂木车站。这里是我要去的新宾县县城的中转处，我还要再坐长途汽车到县政府去报到，听从国家分配去工作。我扛起当年最便宜的棉线毯包裹着的被褥捆成的行李卷，手里拿着脸盆里装满牙具、肥皂、毛巾的网兜，一脸茫然地跟着人群走出车站。在火车上我已经打听明白，我要去的新宾县城距离南杂木镇还有120多里路程，需要再坐3个多小时的汽车才能到达到那里。南杂木汽车客运站就位于火车站出口斜对面约有100来米的马路边。这时已是晌午，我顾不上吃饭，急忙快步奔向汽车客运站。我的前后有十多个人也快步往那里走，大家心里都明白，去晚了就可能买不到当天的汽车票。走进车站，我看到有好几排往县里各个方向去的人在等着买票，往新宾县城去的售票窗口排队的人最多。我径直站到排尾，真担心买不到今天的车票，那样我就得在南杂木镇上住一宿。我挺幸运，半小时后排到售票口。售票员说还有3张票，我急忙掏钱买了一张。到县城的票价是2元钱，不算贵。回头看见后面有两位学生模样的年轻人也准备买票，是一男一女。下午1点我检票上车，坐到汽车最后面靠近玻璃窗的位置上。那两个学生和我坐同一排另一侧的窗边，中间还有两个位置空着。不一会儿上来两个人，坐在我旁边，不知道他们是怎样买到的车票。

　　这时是 1968 年 12 月末，按农历算已快进入腊月，数九寒天特别冷。刚上车时从车窗往外还能看到周边的房屋和道路，汽车开动以后玻璃上开始上霜，越来越厚，半小时后就看不清外面的东西了。回头瞧瞧车内，人们都静悄悄地坐着，随着汽车的颠簸晃动着身子。和我坐同一排另一边的两个青年男女靠得很近，偶尔还小声说几句话。我猜想，他们可能是一对恋人，甚至是两口子，和我一样也是某学校分配到新宾县的毕业生。看到人家两人亲密的样子，我自己心里别是一种滋味。唉！别瞅了，还是看看车外的风景吧。车窗玻璃上的霜已近半厘米厚，我用手掌焐了好一会儿才化开一小块。透过玻璃往外瞧，公路是沙土道，在路边隔不远就有几个长方形的沙土堆，可能是养路工修补路面备的料。路边是水沟，这时已干涸见底。挨着水沟是稻田，早已收割完毕只剩下茬子。再远处有一条水渠，向山脚那边延伸。水渠一侧的土台上站着几只乌鸦呱呱地叫着，我听着心里有点不太舒服。转过头来闭目养神，毕业分配时的前前后后情景一幕一幕地在脑海里呈现，不由得感慨万千。

2

　　我是沈阳轻工业学院 68 届毕业生。按照当时省里的文件精神，在 1968 年 12 月中旬开始了毕业分配，我们上一届的毕业生在 10 月份已经分配完毕。我父亲在伪满洲国时当过警察，属于有历史问题那一类，但是，我在学校四年的表现还不错，受到团组织和同学们的肯定。刚入学时，我的上进心就挺强，我要改变因为父亲有历史问题而可能将来给自己带来的影响。所以，平时学习上很努力，学校组织的各种劳动踏实肯干，重要的是思想要求进步，写过多次入团申请书，汇报自己的思想，并且把我父亲的历史问题向团组织都讲清楚。班级团支部根据我的良好表现，在"文革"前的 1966 年 3 月吸收我加入中国共产主义青年团。这是班里入学以来头一批发展的团员，共 4 个人，有本学院教授的女儿欧阳慈，还有李传银、王忠华和我。当时全班共计 31 名学生，非团员占多数，我能首批被发展入团感到很自豪。

我的入团介绍人李敬林是从本溪县考上来的学生，朴实正直，当时担任班级团支部宣传委员。我刚入团不久，自己想应该好好表现，不辜负团组织的希望，积极参加"运动"。到"运动"后期，我参加的群众组织被认为犯了方向路线错误。但我只是一名普通群众，是个不显山不露水的实干人，没干过任何出头露面甚至出格的事。鉴于这样的情况，我觉得自己的分配结果虽然不能满意，但还不至于落到最差的情形。1968年12月上旬的一天，当时由工宣队主持的毕业分配已近尾声，好的和比较好的地方都名花有主。我有幸被提议可以去盖县（现盖州市），这里有我的入团介绍人李敬林的意思。盖县在中华人民共和国成立以前称盖平县、盖州，是辽南地区较大的县，在沈大铁路线上，离我父母的家海城县有100来里路，对我来说是个说得过去的地方。其实，海城县也有一个分配名额，但是已被另一个鞍山学生占有了。海城是离鞍山最近的县城，但是鞍山市没有分配名额，这个同学只有去海城。正当我心里暗自宽慰时，另一个同学提出让一名女同学去盖县。分配情况出现了争议，形势严峻起来，到底决定让谁去呢？沉默了一会儿，李敬林和几位负责人小声嘀咕几句，说："这样吧，你们两人去教室外自己商量一下，看看谁去合适。"他们把这个球踢给了我们这两个当事人。于是，我们走出教室开始了商谈，我这个天真幼稚者将面临决定自己命运的第一次挑战。那个女同学是鞍山人，是鞍山八中考到沈阳轻工业学院的。我也是鞍山市人，是辽宁省重点高中鞍山一中的毕业生。怪不得我们都希望能分配到盖县呢！她先我一步走出教室，我刚迈出教室门口关上门她就满脸带着笑容对我说："怎么办呢？我处的对象也分在盖县。"我一听傻眼了，这是明摆着让我把这个名额让给她！可我在这之前没听说她搞对象啊？谁还去搞调查呀！不管是不是有这档子事，我就让给她吧，一种大度仗义的心理升腾起来。于是我很干脆地说："那就你去好了。"她没料到我这么爽快就答应了她的请求："太谢谢你了！"我自豪地说："没啥！"就这样，不到两分钟我们的商量就有了结果。我先回到教室里，走到李敬林的桌子前告诉他："让她去盖县吧，她的对象在那儿。"李敬林很惊讶："没听说她处对象了呀？是哪个班的？"我说："我也不知道，没细打听。"就这样，一时的冲动，发扬了风格，决定了我后半生的命运。但是，我一点也不后悔，况且，不见得我的决定是错的。相反，后来几十年的经历，我认为自己是幸运的。于是，我最终被分配到新宾。新宾县城不通火车，是辽宁省东部山区最偏僻的地方，经济上是全省最不发达的地区之一，再往东面就是吉林省通化县。工宣队的工人师傅安慰我："那个地方山高林密，人口少一些，但是空气好，还是清朝老汗王努尔哈赤发家的地方。"

3

我的思绪被一阵笑声打断了。坐在我同一排那两个学生模样的乘客一路上一直小声地交头接耳，可能谈到了什么开心的事，他们就禁不住笑声大了起来。见到周围的人都瞅着他们，那个女学生低下头不言语了。客车经过4个来小时的颠簸终于停在了新宾县客运站的院里，这时我感到浑身疲倦。向戴手表的旅客打听，知道已经是下午5点多，天色也暗了一些。我想这时候县政府的工作人员一定都下班了，先找个住处明天再去报到。问旁边的人哪有旅店，知道了离客运站往西不太远有一个桥头旅社，是新宾县最大的国营旅社。初到一个新地方，还是找一个正规的住宿地方为好。走到那儿一看，桥头旅社真是名副其实，就坐落在新宾县最大的河流——苏子河的南岸。旅社门口有一座通往县城河北的木制栏杆桥，桥墩子是用石头、水泥砌成的。我扛着行李提着网兜走进桥头旅社大门，这时天已经完全黑了。在登记处办完手续交完款之后来到给安排的房间，在二楼靠近马路一侧。推门进去，一眼就看到与我同乘一辆长途客车的那个男子正坐在一张床上。我不禁问他："你也是分配到新宾的学生？哪个学校的？""我叫关文生，是辽宁中医学院1968届毕业生。"这个青年人文质彬彬地自我介绍。"和你一起来的那个女学生呢？"我有点唐突地又问人家。"她是我的同学，安排在另一处房间。"关文生回答。转过身我又向另外两个青年打听："你们也都是来新宾等待分配的毕业生？"答曰都是。他们自己说，一个是沈阳中国医大的，另一个是沈阳卫校的。

虽然我们算不上他乡遇故知，但大家都是外地人分配到新宾县工作，现在遇到一起也是缘分哪！彼此热情交谈，都感到很亲切。听这两个人讲，他们是昨天晚上到的，今天上午去毕业生办公室办好了手续，因为下午没有客车只能再住一宿，明天早上乘车到分配的地方报到。我好奇地问他们都分配到哪儿了，据他们说一个是被分配到北四平公社，另一个分配到国营嘉禾畜牧场。沈阳卫校那个中专生是去北四平，他说那个地方是新宾县最偏远的公社。我又问："是去当地医院上班？"他们俩异口同声喊："想好事！"医大那个毕业生解释说："毕业生办公室的人说先到农村生产队去劳动，接受贫下中农再教育，什么时候能抽上来可不好说。"他们听说我是沈阳轻工业学院造纸专业的，都说我肯定能直接分配到造纸厂，还是学工科的好。他们听毕业生办公室的主任讲，凡是学文科、师范、医科等学校的毕业生都必须先到农村劳动锻炼，农业院校的就更甭说了。言外之意，他们对我选择工科院校相当羡慕，我听了这个消息自然挺高兴。与我同车来的辽宁中医学院的关文生听了之后眉头皱到一起去了，不住地打咳声。后来，我听说他们二人被分配到红庙子公社，自然是先下到生产队劳动锻炼。在学校时，我已经知道1968届食品专业644班的李世先和发酵专业645班的朝鲜族学生白龙男分配到新宾，我估计他们一定是分配到了县食品厂和县酒厂。他们的家分别是在沈阳市和抚顺市，很可能比我早一点到新宾县报到。我试着在旅社登记室给李世先打电话和他联系见面。可是一半会儿接不通，那时新宾县还是老式的手摇电话，由邮局的接线员给接通后才能通话。于是我不间断地摇，大约半个小时才接通食品厂的电话。我请门卫人员给我找李世先，听说他已经到食品厂两天了，在独身宿舍住。过了一会儿，李世先来到门卫室接了电话："喂！小贾呀？什么时候到的？住桥头旅社？好，我马上就去。"20分钟后他步行来到旅社。李世先是个热情、活跃的人物，他是学校有名的男高音，学校举办的新年晚会每年都能听到他的嘹亮歌声。他握住我的双手告诉我："你明天去报到吧，县毕业生办公室主任姓翟，叫翟国平。别担心，他会按政策办的，咱们工科院校肯定能分配到工厂去。"听着他滔滔不绝的话，我心里更有底了。今天中午在南杂木只顾着买票乘汽车，我饿着肚子到了新宾县城。正好他来了，我提出一起去餐厅吃饭，李世先说他已经吃过了，陪我去餐厅吃两个馒头、一碗汤、一盘素菜。他像老大哥关心小弟弟那样，帮助我换食堂的饭票，给我端饭端菜，我真有点受宠若惊。饭后他又告诉我，我们造纸专业上一届一个女同学已经去造纸厂两个多月了，他是听毕业生办公室主任翟国平说的。我想起今年10月份我曾请假回家一个多星期，可能正是那个时候上一届的同学就分配完了。后来，我没记清他们都是谁分到哪儿去了。既然是这样，也算有个熟人，见面就知道。李世先又告诉我，造纸厂在永陵镇，从南杂木到新宾县城路过那个地方，距离县里有40来里地，不算太远。我听说工厂不在县城里，心里又有点不太得劲儿。可是又一想，别的院校毕业生还得先去农村生产队劳动呢，我这样直接去工厂就知足吧，知足者常乐。和李世先同学话别之后回到房间。拿着肥皂毛巾牙具到卫生间从头到脚彻底洗漱一遍，回到寝室后舒舒服服躺在床上睡着了。

<h2 style="text-align:center">4</h2>

新宾县地处辽宁东部山区，天亮得早。虽然此时已是冬季12月末，但早晨6点钟就能看清房间里的一切状况。那三个毕业生还没睡醒，我穿好棉裤披上大衣出门下楼，我对这里的景色挺好奇。旅社的大门已经打开了，我出来四周看了一下，往北走过马路来到苏子河桥边。顺着桥面往北张望，稀稀落落有几个人往来，一片平房上面的雪都没有融化，天气真冷，估计能有零下20多度。远处有一座三层楼很突出显眼，我知道那一定是县革委会所在地。在桥头站了一会儿感到有些冷，就回到住宿的房间，那几位已经醒来正穿衣裳呢。我因为心里有事，和他们说了一声就先去餐厅吃饭。昨天晚上换的旅社内部饭票细粮吃完了，剩下粗粮票我买了两个苞米面窝窝头就着稀粥咸菜吃。那三个人和一位女同胞也来吃饭，饭后我们休息一会儿。要分别了，我们互相留下了姓名和毕业的校名，先来的两个人还留下了他们将去劳动的地址，相约以后再见。可是，后来我们在新宾谁也没再

联系。一是当时通信落后，各地的生产队没有电话，再一个是各人可能都不容易，没心思再会面，反正是一面之识。我一个人8点钟去县革委会大楼，与我同屋的关文生去他女友的房间了。进了政府大院，在传达室登记之后我上了二楼，看着走廊两边各个办公室门上挂的牌子，我找到了毕业生办公室。看来分配到新宾县的大中专毕业生一定很多，不然不能专门成立这个业务科室。推门进去一看，工作人员已经开始办公，屋内共有三张桌子，两张对面摆着，一张在里面单独靠在窗边。我走到两人对面的桌前问一位同志："哪位是翟主任？"她指了指窗边桌前的中年男子。我来到翟主任面前拿出了报到的材料："我是沈阳轻工业学院1968届毕业生，分配到咱们新宾县工作。"这位主任抬头看了看我，接过材料从头到尾详细看一遍，又从他的抽屉里找出一份表格，从中看到了我的名字。翟主任长得瘦一点，一脸严肃样，他抬头注视着我说："按照国家文件的规定，你符合毕业生分配条件，工科院校按专业分配到企业，你就到咱们县造纸厂报到工作。"我听了很高兴，果然按照我料想的那样办了，我连连点头说："谢谢，麻烦你了！"就想离开去报到。可是我看到翟主任没有让我马上走的样子，就站着听他还有什么话。翟主任说："你到工厂是好事，但是要认真接受工人阶级的再教育，为国家做出更大贡献。"我连忙回答："请主任放心，我一定努力工作，改造思想。"正式谈话结束了，翟主任绷着的脸放松下来。他微笑着说："造纸厂革委会主任姓华，叫华金庭，我认识他，原先在红庙子公社当党委书记，人挺厚道。你去吧，好好干。"听了翟主任一席话，我心里宽敞了很多，感到县城的干部挺实在。这些天我经常想，我们这些"臭老九"走上社会下到工厂应该怎样做才行，这方面我一点经验也没有。不怕没好事，就怕没好人，现在我不怎么担心了。告别了翟主任我迈着轻松的步伐走出政府大楼，迎面看到关文生两口子急匆匆地走来。我这时把他们称作两口子大概没错，通过两天的观察，可以这么认定。我这样说是有根据的，快毕业分配那个月，各个学校都刮起一股"恋爱"的风潮。男女学生通过几年的接近，都了解彼此的家庭条件和脾气秉性。临近毕业分配走向社会，如果搞成了对象，就能得到照顾，这倒不是文件规定，而是一种道德观念促成的。一般是双方看着相貌说得过去就吸引到一起，经过几次接触，感到性格能合得来就确定关系，达到双赢的目的。我不是冷血动物，当时的风气多少也影响我一点。这时临近毕业，可是我们班的专业课——制浆造纸工艺连一节课也没上。我有时读一读从学校图书馆找来的造纸专业书，以备毕业后工作心里有点把握。有一天午饭后，我打算到二楼教室里看专业书，路过我班女同学的宿舍。当时学生宿舍和教室都在一个楼，男生宿舍都在一楼，女生宿舍和教室在二楼，女生人数比男生少一半。正好女生宿舍门半开着，我不经意往里瞅一眼，看到张素芬同学一个人坐在桌边看书。当时我不知怎么回事，心一动就敲一下门走了进去。我见她看的正是造纸工艺学，就搭讪："在用功呢啊？"她抬头看了我一眼："你来了。"打个招呼又低下头看她的书。我说："快毕业分配了，咱们大家就要分开了。"张素芬没有吱声，我又说："唉，四年多时间，一晃就过去了。""可不是嘛。"她应了一句。我乘机说："有什么打算？毕业想上哪儿去啊？没想和谁一起去？"她脸一红："能有什么打算，尽量往好处奔呗！"说话的口气不冷不热，说完又低头往书上瞧。我看出来她没心思和我继续谈什么，是在敷衍我。于是我知趣地说："啊，你忙吧，我上教室去了。"她没有一点挽留的意思，继续看她的书。我走进教室，见到我的同桌刘天敏在看书，我拐弯抹角提到刚才见到了张素芬。他和我说："你不知道哇？人家和吉限青处上了。怎么？你小子也有想法？"我急忙辩解："没、没有，我就是闲扯。"

第二章　小学到高中

1

　　从我记事时起，我们家就从海城县搬到鞍山市铁东区距车站偏东南二里路的一处平房。这个平房的两端连着二层楼房，东侧的一层其实和我家厕所走廊是相通的。后来，为了居住方便，市房产局用木板给隔断了。就是这么一座二居室近60平方米的平房还是由两户人家分住着，两家共用一个厨房、一个厕所，走一个房门。我记得邻居姓范，男主人叫范传友，比我父母年轻十来岁，可能是结婚没几年。这座房子在中华人民共和国成立前的房主是谁我不知道，只记得我们家每月交一元八毛四分钱的房租，应该是归市房产局管理。我们远近邻居住房也都是归房产局管，是交房租钱的房子，没听说哪家的房子是归个人所有，楼房也一样。我们家怎么从海城搬到鞍山市里的，当时我年龄太小没有记住。为什么全家已经5口人却只住一室的房子，而当时姐姐已经10岁了，是因为父亲挣钱少在市里生活怕不够花还是国家政策只允许住这么大面积？后来才知道，主要还是经济方面的考虑。

　　1952年我开始上小学，以后按部就班地升初中上高中，慢慢地多少知道我父母以及上辈老贾家的一些事。我爷爷他们哥儿两个，大爷叫贾广怀，爷爷叫贾广润，是东北老贾家的第十三代。最先来到辽宁海城县的第一辈叫贾铠，是从山东登州府黄县拨民来的，那时是清朝顺治八年。如果再往前追本溯源，则是西周初期周武王的孙子叫公明，被封到贾地，即现在的山西襄汾西南一带，人称贾伯，随后公明他建立了贾国，成为西周一个附属国。再以后，贾伯的子孙就以原来的国名为姓，这就是我们贾姓正式出现的由来。所以，我们贾姓是黄帝的后裔。这些资料是我后来从老贾家的家谱中知道的，我相信那是真实可靠的。1960年我上初中二年，从鞍山回海城爷爷家过春节。腊月二十三过小年开始，我看到爷爷把一张半开纸那么大的家谱挂在卧室门北侧的墙上。我看到家谱最上端画着老祖先贾铠和他老伴王氏的标准像，是彩色的。往下开始是以表格形式列出各代祖先的名字，每位祖先的旁边都写着他们老伴某氏，没有名字。我数了数，到爷爷那辈是第十三代，那么到我们这一辈就应该是第十五代。爷爷这辈是"广"字命名，从他这辈起姓氏后面的第二个字以"广继维洪宪"排列。我父亲这辈叫贾继什么，我们这辈叫贾维什么，我们下一辈叫贾洪什么，孙子那辈叫贾宪什么。再往下还有字排列，我问爷爷是什么字，他不知道。后来我从家谱中知道是"宗振庆吉昌"。以后的几十年，我完全遵照家谱的规定，忠实地给自己的儿子和孙子确定名字中的第二个应该叫的字：儿子贾洪岩、孙子贾宪清。当然，孙子名字中的第三个字是他爸爸洪岩给起的，叫清字。事后我问儿子，这个清字有什么理由和含义。儿子笑着说："你已经给他确定了前两个字'贾宪'，我有权力为他确定第三个字。"我说："对，你是他爸爸，当然有这个权力。那叫'清'字是什么意思？"儿子当时在天津成家居住，我和老伴住在辽宁省辽阳市。我听说要给孙子起名字，前两个字是固定的，后一个字打算叫睿或祎，这是我查字典想出来的，意思是聪明或者美好。儿子解释："最后这个字叫'清'，我有三个含义：第一，我出生在新宾满族自治县永陵镇，离那不远的赫图阿拉城是清朝的发祥地；第二，我也有满族血统，尽管只是1/4；第三，我感觉叫宪清这个名字听起来大气，希望他将来有所作为。"我听了洪岩这番解释，不由得心服口服。与我想给孙子起的名字比起来，我显得有点小家子气，我佩服儿子气质比我高。

据我老叔以前从北京给我来信说，爷爷哥儿俩年轻时是从海城县城边八里村担着担子徒步走到海城东南五十里的析木镇落脚的。是什么原因从海城城边搬出来，又怎么在析木镇落脚，是投奔谁还是随意停留在那，老叔没细说。我之所以当时向老叔打听家族这些事，是因为那时候我已经考上大学，受团组织教育，思想要求进步，争取加入共青团。既然要加入团组织，就要把自己家庭情况向组织上交代清楚。老叔信中告诉我，在析木我爷爷哥儿俩租地主的地种庄稼以维持生活。因为他们年轻而且肯吃苦，几年下来有了点积蓄，爷爷成家立业，而爷爷的哥哥因为个子矮、长相不好、头脑不精明就一直没成家，打一辈子光棍儿，在爷爷家一起生活。大爷的生活状况，我在读小学五年级第一次回海城老家过年时遇到了一件事，看出他的处境不容易。那年大爷已经70多岁，身体不太好，有病在炕上躺着。有一回他想吃碗面条，我那个后奶奶行动不是很快，是否有意那样我没在意。过一会儿面条做好了端上去，大爷用筷子在碗里挑几下没见到有鸡蛋，说："怎么没给放个鸡蛋？"我在一旁看到后奶奶的脸有些冷淡，说："鸡蛋昨天都拿到集上卖了，今天鸡还没下蛋呢。"大爷听了这话生气了："知道我有病怎么不留几个？"奶奶没吱声，爷爷当时在外面忙活什么事，别人不好说什么。大爷看没人替他说话就坐起来，一边用双手左右开弓打自己的嘴巴一边说："你怎么就这么馋？不吃鸡蛋就不能活了？"噼里啪啦打了十几下子。旁边的四叔急忙上前拉住大爷的手："别打了，去买去！"我被这一幕惊得目瞪口呆。我那后奶在屋角旮旯抹着泪小声嘟囔："这么小心伺候也不行，还让不让人活了？"大爷自己在炕上一个劲儿地唉声叹气，我悄悄地溜出门外。

经过多年的辛苦劳作，爷爷和大爷大概也买了点地，不然土改时政府不能无凭无据给爷爷家评了个下中农成分。

2

父亲生于1918年，按农历算属马，是二月初二，俗称"龙抬头"那天。他是长子，和父亲一母所生的还有个妹妹，我们叫她三姑。是这么回事，父亲的妈妈因病去世得早，在他10岁时爷爷续弦又娶了我们的后奶奶。而后奶奶也是已婚，有两个女孩，丈夫去世后带两个女儿嫁给了我爷爷，这两个女儿年龄比我姑姑大，所以我们就把亲姑姑称为三姑。爷爷和后奶奶先后又生育4个儿子，我们按顺序称他们为二叔、三叔、四叔、老叔。我们的老叔是他们兄弟中文化程度最高的，他是中华人民共和国成立后念的中专学校。

由于爷爷哥儿俩的辛勤劳作，家境逐渐宽裕一点，能维持温饱。父亲到了读书的年龄，开始了私塾学堂的生活。这时是1925年左右，是张作霖统治时期，张作霖就是从海城起家的。父亲最初是在析木镇西北方向五里多的金塔寺上学，后来又在镇里的学校念书，前后共7年。他初中没毕业，不知道为什么中途辍学，我估计可能是因为孩子多经济困难，也可能是时局动荡？这时正是1931年九一八事变，日本强占中国东北。我父亲停止了求学生涯，在家开始务农。但年龄太小，只能干些轻活，帮助大人维持生活。过了几年，父亲逐渐长大成人，开始考虑自己今后的前途问题。因为他读了几年书，不甘心一辈子在农村出大力受大累"脸朝黄土背朝天"。这时海城县已通铁路，去鞍山市很方便，析木镇有不少人去鞍山市里做工谋生，比在农村强多了。鞍山东面南面有丰富的铁矿资源，盛产优质煤的抚顺距离鞍山也不远。日本早在1905年日俄战争胜利以后就开始在辽宁的中东部地区修铁路、开矿山、建钢厂，大量掠夺中国的煤炭、钢铁资源。那时，鞍山、本溪、抚顺等地的矿山、冶金企业已经具有一定规模，日本人在鞍山成立的昭和制钢所就是现在我国著名的鞍钢的前身。父亲听说析木镇一些农民在鞍山务工或做买卖，他们的收入比在农村务农强多了。自己有一定的文化，不甘心一辈子与土地打交道，爷爷也支持他。可能是1936年，父亲18周岁，他只身一人去鞍山市找职业。父亲漫无目的在市里的街道上闲逛，偶然在一份报纸上看到一则消息：当地"政府"管辖的警察学校招收学员，待遇不错不收学费还负责食宿，结业后安排工作。这个时期东北已经是清朝末代皇帝溥仪当皇帝的伪满洲国，定都新京即现在的吉林省长春市。当然，这是个傀儡政府，是日本以"满洲国"名义统治中国东北的民众。我的父亲是穷苦农民的后代，是最一般最普通的老百姓，他没有机会接触到先进、爱国思想的教育和启发。所以，当他见到警校招生的消息，认为这是一个改善自己生活、改善境况的机会，就报名参加了招考。他没能认识到这是他将为统治东北人民的伪满洲国政府工作，也就是为日本服务和效劳。这一抉择，注定了他以后几十年必须面临的坎坷命运，同时也给他的子女今后带来可悲的前程。因为父亲有一定的文化底子，加上他年轻，很容易就通过各种测试进入培训班。经过一段时间的学习培训，很顺利地结业并且马上就业，职业当然是伪满洲国的警察。不过我认为不是武装警察，而是派出所的户籍警察，所以在他当差的那些年没有血债，从而使得他后来能得以继续生活，幸存于一个新的社会。

伪满洲国随着日本1945年投降也垮台了，曾经为这个伪政权效力的军队、政府官员及警察也如鸟兽散，各奔东西。父亲带着母亲和我的姐姐、哥哥回到海城析木爷爷家，而当时的我，却是一个在母亲肚子里尚未出世的约5个月大的胎儿。我的出生日期是1945年12月16日，是农历的冬月十二。尽管我从出生那天起就没享受到父亲所希望的宽裕点的生活，而且胎儿后期营养不良，出生之后母亲奶水不足，使我发育得又瘦又小，但是我同样也要为父亲那一段伪满警察的生涯付出一定的代价。日本国投降了，当时的国民政府军队依照国联战胜国的安排，到东北接收。据说驻在辽南一带的政府机构曾经要安排父亲在他们的一个临时机构干点什么工作，不知道当时父亲是怎么考虑的，反正他没去应召。大概是他心有余悸。后来共产党的八路军来了，父亲听说要抓他问罪，就害怕地东躲西藏，母亲一直领着姐姐哥哥并怀着我这个尚未出世的胎儿在爷爷家生活。听母亲讲，因为父亲的情况，她在那个期间没少受后奶的气，所以我在娘肚子里发育不好，我后来的个子一直长得不高，比我的哥哥和中华人民共和国成立后出生的弟弟矮5厘米。

父亲在外面躲藏，当地政府曾多次到爷爷家盘查、询问。过一段时间，对他的追查不那么紧了，可能是认为父亲的问题是历史问题，对他的事可以在以后慢慢查问。父亲听到这个消息就回到家里，帮助爷爷干些农活，得空到离析木镇十多里的羊角峪村看看他的苹果园。这个果园是他当警察的后期为了给自己留点活路而置办的。羊角峪村是我母亲娘家的所在地，用点山坡地不花多少钱，只需买些苹果树苗请亲戚和父亲几个弟弟给栽上就成了。当这个果园大量结果时，我们全家5口人已经搬到鞍山市里生活了，中华人民共和国成立后经营管理全都是我二叔和四叔照看。后来有条件了，老贾家在果园边上盖了5间瓦房，二叔和四叔成家在那里居住。1956年全国农村搞合作化，咱们老贾家的苹果园也入了社，二叔作为果树技术员一直干到70来岁。后来公社体制解散了，农村土地使用权从承包到分给个人所有，不知道那个苹果园是不是归二叔所有，反正我父亲苦心张罗的果园从始至终没享受到什么实惠。父亲对这件事从来就看得开，他认为我们一大家子从来没正式分家，由自己的亲弟弟在那劳动、经营是正常的事，没必要计较自己个人家的得失。父亲的宽厚精神影响了我们这一代的兄弟姐妹，我们七个亲骨肉从来没有因为钱财问题红过脸吵过架。

3

1949年父亲在鞍山市一家制鞋生产合作社找到一份会计职业，这个单位的老板和我们老贾家有点亲戚关系，可能是父亲大姑父家的远房本家。因为在那里收入比较稳定，过一段时间，大概是中华人民共和国成立以后我们全家五口人就搬到鞍山市里定居了。那时我才5岁，搬迁的详细情况我一点也记不得。

1952年我虚岁8岁，当年的9月我开始上小学一年级。我们的学校叫胜利小学，离我们家有3里路，在胜利广场的东面偏南方向。广场的正南方是鞍山市委和市政府，再往南是两所中学。胜利小学是由若干座日式建筑的平房组成，足球场和篮球场一应俱全，原先是日本人办的小学，可能已有几十年的历史。

我现在还清楚地记得，我的小学一年级的语文课本第一课是"开学了"，第二课是"我们上学"，第三课是"学校里同学很多"。当时都是繁体字，每课都附有简单的插图。那时每天上半天课，上学时都是自己背着书包徒步走到学校，放学时结伴走回家，哪像现在全都是家长接送。因为我出生在爷爷家，母亲奶水不足，大半是吃苞米糊糊长大，身体发育不良，所以个子长得矮。从小学一年级起我就是小排头，站队做操和安排座位我都是第一名。一年级的事我还记得，班主任是一位姓梁的中年女老师，个子不高脸有点黑，班里的同学我确实记不得了。二年级时我记得同桌叫张晓丽，因为有一回她手臂受伤，挂在脖子上的白纱布兜着手腕，一股碘酒味刺鼻，给我印象很深。现在流行的一首歌《同桌的你》是叙说青春躁动年龄时期学生的心理状况，和我小学二年级的同桌完全是两种概念，我和她一天也说不上两句话。

我在胜利小学读完了四年级，由市教育局的统一安排，学校内一部分家住市政府以西、火车站以东居民区的四年级学生都被转到山南小学就读。这所学校是中华人民共和国成立后盖的二层结构楼房，位置在烈士山南面偏西一点，距离我家约有5里多，比胜利小学远了不少。好在这时我已经虚岁12岁了，上学来回走得动。

说起鞍山市的这座烈士山，它的位置很奇特，孤零零地坐落在城市的里面。海拔多少我不知道，只看出来它比山下的马路地面能高出100来米，我说的是垂直高度。日本人占据鞍山时把它修成一座神社山，祭祀他们死去的人。高大的花岗岩柱子，行走的阶梯以及祭祀用的方形石桌都很宏大，也都是花岗岩造的，可以想象当年一定挺气派。不过，我们当时看到的已经都是残骸：立的柱子被放倒了，祭祀台面破损了，行走的台阶也都不全了。中华人民共和国成立后鞍山市政府在山前修了山门，命名为烈士山。迈进大门，右侧二十多磴台阶上面有一所房子，不知是原来存在的还是新盖的，现在就是鞍山市烈士纪念馆。我在胜利小学念三年级时，由学校统一组织我们学生去纪念馆参观。这是党和国家对我们青少年进行爱国主义教育的一种活动，全校学生先后都去参观过。那次我们这个年级由各班的班主任领着，按顺序进到里面。进门首先是纪念馆的全馆介绍，再往里走是分段介绍东北三省暨鞍山市几十年的历史变革。从清朝末年到民国，从九一八事变到东北三省的抗联活动，从苏联出兵东北、日本投降到国共内战直到鞍山解放。整个展览有很多资料和图片及实物，整馆的叙述全面细致，内容很丰富。几十年后，我记忆最深的是抗联负责人之一杨靖宇烈士。从展出的内容介绍中我初步知道了杨靖宇烈士牺牲的过程。他是抗联一个方面军的负责人，1940年冬天被进剿的日军包围在一片冰天雪地的密林之中，经过几天的激战，最后弹尽粮绝。但是，他没有投降，而是坚持战斗直至牺牲。日本军队把他的遗体送到医院解剖，发现胃肠里只有草根和棉絮，令在场的日本军医大为惊讶和敬佩。这是东北抗联的骄傲，是共产党人的骄傲，是中国人民的骄傲。我通过这次参观，受到了很深的爱国主义教育，思想觉悟有了很大的提高。

我转到山南小学读书，开始上五年级。我们的班主任叫张洪涛，是一位中年男教师。张老师是我小学阶段印象较深的一位师表，他对我们各方面要求都相当严格。每天早晨全班同学必须提前十五分钟到校，站好队沿着每圈200米的跑道由他在排头领着我们慢跑两圈，休息5分钟后进教室准备上课。在他的课堂上，如果哪个学生精神溜号或者做小动作被他发现，他就从粉笔上折一段准确地掷向那个学生。该生为之一惊，抬头瞅张老师，见他双目直视自己，知道错了连忙改正。这一招使我们全班同学精神为之一振，立刻自觉地集中精力认真听张老师讲课。我这个坐在前排的小个子从来没享受过这个待遇，我的学习成绩在班级一直是前些名。

时光流淌，1957年暑假来临，我在山南小学第一个学年在紧张的学习过程中度过了。暑假期间，按照张老师的安排，我们家住附近的几个同学编成学习小组，每天上午到一个叫刘福岩的同学家里写作业。刘福岩是我们的学习小组长，他父亲是市政府的工作人员。他家有好几个屋，我们几个同学可以单独在一个屋里学习，有时候在他家院子里的树下放一张桌子写作业。我们这个学习小组共有四名同学，另两个同学叫王喜福和刘广钧。我记得除刘广钧外，我们其余三个同学都在鞍山一中念的高中。王喜福那时是他们班的体育委员，后来考上了大连海事学院即大连海运大学，刘福岩考上哪个大学我没记住，但肯定是考上了。还应多写一笔，班里还有两位同学也居住在我们几个同学家的附近，她们是姐妹俩，姐姐叫郭秀梅，妹妹叫郭春梅。本来都住得不算远，但是那时候男女学生彼此有点"封建"，一般不太来往。所以，张老师也没硬性把我们划到一个学习小组。

新的学年开学了，我怀着喜悦的心情带着完成的语文、算术两个作业本来到学校。走进教室，我发觉室内的气氛有点不对劲，同学们都在彼此小声议论什么。我坐到最前排自己的桌前，因为我长得个子矮，平时同学们都没拿我当回事，这回也没有谁主动和我说什么。过了一会儿，同学们都到齐了，我们班姓陈的女班长站起来向大家说："同学们，新的学年开始了，咱们上六年级了。"停顿一下，她接着说："告诉你们大家一件事，我们的班主任换人了。新班主任姓韩，也是男老师。"哄的一下子，同学们议论纷纷："咱们张老师教得挺好哇，怎么给换了？""咱们不是评为先进班级吗，为什么要换呢？"

小学六年级学校给我们班换的班主任韩老师是从地质部门转过来的，可能是身体有什么问题不适合干地质，但从外表看不出什么。开学半个多月，是国庆节前的一个星期天，他组织我们全班同学到二一九公园东边的山脚下野营，这是我小学时期又一件印象深刻的活动。那一天我按照韩老师的要求，早晨4点钟从家里出发，走了半个小时到了公园大门，这时天才蒙蒙亮。同学们到齐之后我们排队向目的地进发，我们办的是集体票。在一片树木中找到一处开阔地，篝火野营开始了。韩老师把他带来的大锅支上，往里面放进多半锅水，这是几个班干部带来的。班长把大家拾到的柴火点着，几个班级骨干把事先切好的菜和肉及调料统统放到锅里。同学们围坐在大锅的四周，看着柴火燃烧的火苗舔着锅底发出闪亮的光芒，情绪高涨。文艺委员领着同学们唱起了《游击队歌》："在那密密的树林里，到处都安排同志们的宿营地，在那高高的山冈上，有我们无数的好兄弟……"大锅里的肉菜熟了，发出阵阵诱人的香气，引得我们食欲大发。同学们拿出自带的碗和匙，盛起带肉的菜汤，就着从家里拿的馒头大口地吃起来。真美呀！韩老师不愧是地质队出来的，搞的活动就是浪漫！天色大亮，太阳升起来了，我们兴致勃勃地唱起《在太行山上》："红日照遍了东方，自由之神在纵情歌唱！看吧……"全班同学列队走出鞍山市二一九公园，这次活动令我终生难忘。

到了1958年6月份，我的小学生活要结束了，同学们忙着复习功课准备考初中。韩老师也准备了很多学习资料，在教室里和我们一起看书学习。同学们问他看的什么书，学习什么功课，他笑着说："我也参加考试。"大家不明白他说的话："考什么呀？""考大学，我要上大学！"大伙纷纷鼓掌："韩老师你真行！你肯定能考上！"到底他考上了哪所大学，我不知道。

4

我很轻松地考上了鞍山市第二中学，这是一所市属重点初级中学。当时还没有重点学校规定和提法，但是鞍山人都知道，这是一所教学质量高、各种设施都齐全的中学。我之所以没费什么力就能考上这所学校，主要是我家的位置就在这所学校附近，步行10分钟就能到达，用现在的话就是在学区范围。当然，我的学习成绩绝对够线。这是我的幸运，我感谢老爸在鞍山找到这个地方居住，使我得以享受到"地利"之福，我的姐姐、哥哥也是在这里读的初中。

我们鞍山市当年号称祖国的钢都，钢产量接近全国的一半。即便如此，全民炼钢的热潮也在鞍山市全社会发动起来。我们鞍山二中根据炼钢的原理，先用铁矿石炼成铁块，然后用它炼钢，这符合钢的冶炼工艺，学校是有知识有文化的单位。学校领导发动各班学生去鞍山铁矿背矿石，真不愧富铁矿，一小堆二三十块矿石就有20多斤重。我这个只有50斤体重的小排头也得背着半面袋子矿石一步步咬牙坚持走在队伍的前面。矿山到我们学校炼铁的地点能有10里路，中途歇两气，勉强走到那里。我现在仍然记得，那个地方叫大石头村，在鞍山市的东南部。学校在那儿搞了块200平方米的土地，由三年级的学生动手挖了两个直径10米深3米多的圆坑。这个工程是由懂得炼铁知识的化学老师负责设计和施工。坑挖完之后，按他的要求侧面用砖砌成通风道，然后分层装填木材、煤块和铁矿石。总共3米多深共摆了多层的材料，最上面只铺木材和煤块。这种有一定技术含量的活也是由初中三年的大哥哥大姐姐们干的，我们一年级学生只负责背矿石和运木材、煤块到现场。后来，我们去鞍山南郊的煤场搞土法炼焦，初二学生去农村搞秋翻地。

　　我们学校在大石头村那两个炼铁大坑正式点火，烟气整天弥漫在四周，呛得周围的人直咳嗽。大坑也很热，人不敢靠近，一个星期后温度逐渐降下来，坑里的各层木材、煤块、铁矿石塌下去了。老师和学生们下坑里清理"胜利果实"：坑中间温度高的地方呈现一块块像牛粪状的疙瘩，其余四周的铁矿石没有变形，只是颜色黑乎乎的，没炼成铁。老师告诉我们这些观看的学生，这些疙瘩学名叫烧结铁，可以拿去炼钢，鞍山钢铁公司下属就有一个烧结总厂。可是统计起来这种块状物不到20%，其余的矿石都没有炼成铁，大量的煤炭、木材都白白损失了。坑里的矿石虽然可以继续用，但是这样劳民伤财得不偿失啊！我们学生干活虽然是免费，可是耽误了多少宝贵的时光！分析原因就是温度不够，因为是自然通风，没有焦炭，四周没有保温层，当然熔化不了铁矿石，白搭工白浪费材料。市里很多单位为了完成大炼钢铁的任务，把旧铁器砸成小块，用焦炭做能源，使用电动吹风炼出了"钢"。但是这种钢的质量低劣，档次不够没啥用处，这个数量也被报上去当作完成的任务。不过在鞍山市还没听说像现在的电视剧里演的那样用水煮大铁锅炼钢的，那纯粹是欺骗观众。我们学校这种土法炼铁虽然效果太差，但总还是炼出一点"铁"，所以就继续运行一段时间。没有人计算成本和损失，只是往上报告铁的产量，其中有多少虚的成分没有人管这种事。

　　社会上土法炼钢的小高炉需用焦炭，这已经成为亟待解决的政治任务。我们学校接到通知，在鞍山铁西煤场搞炼焦工作。这个任务由我们初中一年级学生当装料工配合有关单位共同完成。这种炼焦方法也纯粹是土法，不像鞍钢化工总厂那样用正规的铁焦炉炼出优质的焦炭，而且也不能回收有价值的副产品。这种土炉用泥巴筑成，高1.5米、直径5米，坑底用耐火砖铺上一层，留出通风口。我们学生的工作就是用人工抬装满煤的大筐往坑里装煤。装煤之前先在坑底摆上一层木材，然后往上铺煤，这个工作由懂行的单位做。这个运煤的活儿对我来说是个沉重的不堪胜任的劳动，从大煤堆到土焦炉有40米距离，两个人抬六七十斤的煤筐每天走几十个来回。我的个子矮，身体又单薄，一个13岁的少年干这样的重体力劳动，委实够呛。虽然如此，我还是坚持劳动下去。有一次我和一位同学抬着煤筐从煤堆向土焦炉走去，中途放下筐休息后又抬起筐起步，我感觉担子比原先重了一些。两个人抬的大筐必须是一前一后行走，我的个子矮，按习惯在前面抬着扁担。这回感觉不对头，就停下半蹲着把筐放到地上回头一看，与我一同抬筐的张成合同学那边的扁担上，吊绳明显地往我这边推了不少，怪不得我感到担子重了。我问他："你干什么？耍奸啊？"张成合嬉皮笑脸地说："没耍，我不是故意的。"他说着，把绳子往自己那边拽了拽。我见他这样，没再吱声抬起扁担想走，可还是觉得比平常沉，不用说他又在后面捣鬼了。我急眼了："你还不是故意的？怎么不把绳子往自己那边拽？你太欺负人！我不干了！"一气之下我撂下扁担往家走了。当时旁边没有一个人，不然我不见得肯定回家。我一边走一边流眼泪，心里难受哇！回到家里我有些后悔，老师能知道这个事，他会怎样批评我呢？我们初一的班主任叫周景文，是去年从鞍山师范毕业，我有点怕他。不管怎样，第二天我还是硬着头皮上工了。按规定，由班长先点完名，然后班主任讲话，安排一天的活计。今天周老师安排完劳动内容之后把我留了下来，他绷着脸问我："你昨天下午没到收工时就私自回家了？怎么回事？"我战战兢兢把事情的前因后果说了一遍，周老师说："那也不应该不辞而别呀！你这样做不就是当逃兵了吗？"我无话可说，只能低头不语。看着我这个又瘦又小的学生，周老师叹了口气没再说什么，挥挥手让我干活去了。不过，他今天让班长告诉我不抬大筐，去和女同学一起拿锹装筐，我感谢周老师对我的关心照顾。装筐时我挥锹快装，尽量让抬筐的同学少等候，少浪费时间。唉，我就是心眼儿实，其实抬大筐的同学倒是希望我们装筐的慢一些装，他们好能多歇一会儿。

我们的炼焦劳动前后共有一个多月时间，我们是学生，不能总是参加劳动，还是应该以学习为主。我们的土法炼焦的焦炭能干什么用呢？我知道用于正规的高炉炼钢是不合格的，热量不够，含杂质多，用它炼不出好钢来，只能用于饭店烙饼炉或老百姓崩爆米花的炉具，可惜优质煤没炼出好焦炭，浪费太大了。

开始回学校上课，班主任周老师总结一个多月同学们的劳动表现，我作为劳动落后的典型被点名批评。之后有一次上图画课，老师让同学们设计书籍的封面，我们的女班长邢福清画的封面图上用仿宋体题写四个大字"炼焦懒汉"。我在无意中看到了，知道她是影射我。像过街老鼠一样，我成为全班讥笑讽刺的对象。那段时间我记不得是怎样度过的，整天沉默寡言，我那原本内向的性格更深沉了。

大炼钢铁的热潮过去了，我们又开始了全民扫盲活动。每天晚饭后去烈士山西边的居民区，教一些年龄大的大叔、大婶识字，给他们读报。从这个活动中，我了解到这个时期的老年人很多都不识字，他们小时候家贫穷没上学，农村的老百姓更是如此。每天和我一起参加扫盲活动的是班级的文娱委员，叫金美阳，她的家距离我家不远，在一座二层楼的二楼。我之所以和她分到一个小组，就是因为两家住得比较近，晚间往返有个照应。金美阳性格开朗活泼、爱说爱笑，虽然和我是同岁，但女孩子发育得早，而我又长得瘦小，在一块站着比我高近半个头。当然，我的生日小也是个原因，我是1945年12月中旬出生，比她小半年多。有一天晚上8点多扫盲结束，我们一起往家走。路比较远，她边走边和我唠嗑，主要内容是向我征求意见，让我提一提她还有什么缺点和毛病，以利于改正。原来，她正在要求进步，想知道群众对她有什么反映，她争取加入共青团，这是必需的过程。说起来惭愧，我当时对思想要求进步的事想都没想，不是我思想落后，只是我感到入团这个事对我是遥不可及。一是年龄确实小，再一个初中的团支部一个年级也没有几个，普通学生根本不可能入团，最起码也得是班级干部才有希望。不怕人笑话，我加入少先队都是小学六年级的事了。那时班里还有三个同学没入队，我就是其中一个。是班主任韩老师为了争取他教的班成为"红领巾班"，和学校少先大队部商量研究后把我们这三个非队员送进了少先队组织。其实，我觉得自己不比别的同学思想落后，就是个子长得矮班级活动参加得少了一些。这能怨我吗？老师和同学在班里有什么事一般也不找我，我能怎么办？现在看来，还是自己的主观能动性差，应该主动参加班里的活动才对。我还记得入队那天我很兴奋，一位少先队员给我系上羡慕已久的红领巾向我敬礼，我却只顾高兴忘了给他还礼。

金美阳向我征求意见，由于平时我们在班里很少接触，没说过什么话，确实提不出什么看法。她看我老半天没回音就笑了起来："得了，得了，你别为难了，没有啥就拉倒吧。"后来，她在初二的下半年入的团，再以后她嫁给了我们初一的班主任周景文老师。是哪一年结的婚我不知道，怎么早也得我高中毕业以后吧？金美阳初中毕业可能上的是中专，因为我在鞍山一中那个高中学校里没见过她。我敢肯定是周老师追求金美阳同学，因为她确实像她的名字一样，长得又美丽又阳光，谁见了都会喜欢。

1959年春天，我们又有了新的劳动任务，我们要开始种地。那个年代，学校不但要紧跟社会潮流，大炼钢铁，还要"大办农业"呢！学校办了个农场，怎么得到的土地学生不知道。农场的位置在鞍山市铁西区永乐公园的西边，紧挨着郊区林盛堡村，南侧挨着市传染病院的北大门。我猜想，可能是因为这一片十多亩地紧靠着传染病院，林盛堡大队社员不愿意在这块地里干活，怕被传染上什么疾病，所以就顺水推舟把它让给咱们鞍山二中办农场了。

要种地就得有粪肥，"种地不上粪，等于瞎胡混"。那时候化肥很少，而且学校也没钱买，只能动员学生到露天公共厕所去整粪肥。趁着天冷尚未化冻，可以用镐头刨粪，用手推车或马车运到农场。谁能借到车那时要受到表扬，我没那个能耐，家也指不上。同学们那些天上午上课，下午去公厕刨粪，碎渣子崩到头上嘴边是常事，只能忍着，用手擦一下继续干。装完车顾不上吃晚饭，直接推车往农场送。单程就有十多里路，没等运到地方天就要黑了，回到家都是晚上9点多钟，饥肠辘辘而且又乏又困。我身体单薄，不管是手推车还是马车，我干不了驾辕那个活，只能在车旁边或车后推着车。有一段郊区路没有路灯，只能摸黑往农场走，路面坑洼不平，车子东倒西歪，太难走了。每天晚上来回走20多里真累人，我现在都怀疑当年是怎么挺过来的。现在城市里初一的学生大部分都坐轿车或电动车由家长送着上学，最不济也是坐公共汽车或地铁往返学校。就这样，同学们苦干半个月，硬是把学校分配给我们班的任务完成了。那个年代的学生真能干哪！话说回来，不干行吗？大家都这样，连老师都得带头领着干呢。

我不敢说自己天资聪慧，反正不管学习时间如何被挤占挪用，我的学习成绩在班级里总能保持在前几名。别看我平时不太爱说话，有点腼腆，在课堂上只要有老师让我们回答问题的机会，我一定会踊跃举手发言。我觉得自己天生就是一块爱学习的料。

1959年下半年，我开始念初中二年级，我们学校的"与生产劳动相结合"不再是整日时间参加各种体力劳动，改为每星期在学校办的实习工厂劳动一天，农忙时去学校的农场轮流干两天，上课时间基本得到保证。

5

中华人民共和国成立10周年，我们家这年的情况是这样：我的身下又添了两个妹妹一个弟弟，他们分别是1950年、1952年、1956年出生的。那时候还没提倡计划生育，有一句话"人多热气高干劲大"，家里的生活还能维持，所以孩子就一个接一个地生。父亲的工资最高时达到月薪60块钱，是鞍山市集体企业会计岗位最多的。而且，他还是区先进工作者，我见过那个奖状。1958年初，父亲所在的制鞋生产合作社公私合营，被合并改制成国营鞍山市鞋革装具厂，母亲那年也参加了工作，进这个厂当普通制鞋工人。过几个月，政治气候严峻，开始清查阶级队伍。父亲因为在伪满洲国时期当过警察，属于有历史问题的一类人。是否够线戴帽我不知道，反正他干了七八年的主管会计工作被撤掉了，把他下放到工厂办的农场劳动，工资从每月60元降到50元。父亲在农场学会赶马车，常年住在那里，母亲一人上班操持家务。弟弟那年才两岁，每天妈妈抱着他上班，要走五六里路。我有空就去接他们，帮助母亲抱着弟弟回家。

我的姐姐哥哥是同一年开始上学，姐姐比哥哥大一岁。1958年姐姐考入鞍山师范学校，哥哥考上鞍山钢铁学校。为什么他们都没念高中考大学？我分析父亲当时可能有两方面考虑，一是家里孩子多，父母俩的月收入一共才80多元，供这些学生念书很困难。再一个原因是父亲考虑自己有历史问题，子女上大学受限制，如果考不上大学那么高中不是白念了？还不如让他们俩上中专，早一点毕业挣钱帮助家里维持生活。

姐姐在1961年从鞍山师范学校毕业，分配到胜利小学当老师，就是我念小学四年级以前读书的学校。哥哥从鞍山钢校毕业，分配到鞍钢化工总厂检查科。姐姐在小学工作一年左右，不幸患上肺结核病，就是俗称的"痨病"，在家休养一段时间。经过几个月的及时治疗，病情转好钙化，她又上班了。过不长时间，不知道是什么原因，姐姐被学校除名了。我现在分析，大概是受到父亲历史问题的牵连，那年月"左"的政策风行，强调家庭出身和社会关系，不能让有问题家庭的子女当人民老师。说实在的，我姐姐的思想可进步了，初中时就加入了共青团，而且是班级的文娱委员。姐姐失去了工作，心情郁闷，结核病又犯了，将来怎么办呢？父母和弟妹都为她发愁。幸好，姐姐初中时的同学杨舫从包头市回到鞍山郊区宋三台子公社阳气堡大队的家。可能以前他们有通信联系，互相了解彼此的情况。他们在初中时关系就比较好，姐姐是文娱委员，杨舫在班级里是文娱积极分子，还是学校乐队的成员，他会拉手风琴。杨舫高中毕业考入酒泉钢铁学院，不到两年因为国家实行"调整、巩固、充实、提高"的方针，他所就读的学校被精简撤销了。因为杨舫家在鞍山郊区农村，他是农村户口只能回家务农。这时姐姐已经失去了工作，他们同病相怜，两人很自然地走到一起。叙同学时的友情，谈今后的打算，可是没有什么光明前途。普通老百姓的子女只能面对现实，而且他们的年龄在当时也不算小了，干脆合计结婚成家吧。杨舫的岁数比我姐大两岁，他的父母去世得早，家里的房子都被他三个哥哥占用了。他在外边读书，以为毕业后能分配到某个城市工作，没想到遭遇返乡这种情况。他们结婚时没大操大办，正逢三年经济困难时期，谁能给张罗这种事啊！后来我曾经去过他们家，看到他们两口子住的条件太恶劣：在两栋房子的山墙之间两米多的空当搭成一个简易棚子，上面铺一层稻草防雨，赶上下大雨水流顺着山墙淌下来，被褥都湿了。即使生活条件这样差，也没听到姐姐有什么抱怨，大概这就是爱情的力量支撑着他们艰难度日。为了生活，姐姐也下生产队劳动挣工分，她从小就没干过农村活计，真难为她了。

哥哥也是1961年中专毕业，分配到鞍钢化工总厂检查科当化验员。他工作不到一年也患上了肺结核病，可能是姐姐失业在家时给传染上了。这种病是穷人家容易得的病，以前几乎是不治之症。这种病在开放期传染性强，一般人营养不良、免疫力下降就容易患上，我当时也被传染上过，只不过没往严重方向发展。姐姐哥哥之所以先后患上这种病与当时困难的生活条件有很大关系。

我们家那几年生活相当困难，父母的工资不够花，每个月在开工资之前母亲都要去邻居家借五六块钱买粮吃，这都成习惯了。粮食定量供应，凭粮证买，我这个初中生定量是每个月30斤，应该说城市居民定量还可以，但是副食太匮乏。食油每人每月3两，猪肉半斤，鱼不常见，就连蔬菜都凭票。我记得吃馒头或苞米面窝头时，母亲都用秤称着给我们分着吃。我们知道，若不是这样计划着吃，到月末那几天就得没吃的饿肚子。哥哥工作一年多，胸部感到不适，经X光透视查出他患上了肺结核，肯定是姐姐传染给他的，家里房间那么小不传染才怪了呢。还好，鞍钢是冶金部直属的大型国营企业，医保能力强。哥哥治疗及时，后来他被安排到辽阳市结核疗养院治病、休养。这时辽阳市尚归鞍山市管辖，它位于鞍山市北面35里多，是个古城。哥哥在那儿疗养并结识了一位女病友，她是鞍山市铁西区一座小学的老师。经过一段时间的彼此了解和交往，他们有了感情并恋爱了，后来她就成了我的嫂子。

1961年我初中毕业，这一年姐姐哥哥正好也都中专毕业并分配了工作。所以，我报考高中没受到家里父母和兄妹们的反对，因为经济上我们家一下子改善了不少。鞍山一中是鞍山市唯一的省重点高中，它就位于鞍山二中的东侧，中间隔着一条马路。这条马路的南端是有名的烈士山，北端是直径150米左右的胜利广场，有轨电车紧贴着广场绕行。广场的周围由市委、市政府、市公安局及鞍钢焦化设计院等当年鞍山市最高最好的建筑物包围，形成了壮丽的广场区。

我在初中阶段的学习成绩一直比较好，加上我的家也在市一中的学区范围内，所以升入这所省重点高中一点也没觉得费力。这个就好像理所当然、命该如此，这又是我幸运人生的一页。这时候国民经济逐渐开始恢复，老百姓的生活好转一些，副食供应渐渐丰富了，人们的脸上多了笑容。

　　我清楚记得1961年9月1日去鞍山一中报到的情景。我们的班主任姓刘，是个女老师。她给我们学生排座位，我仍然是男生里最矮的，与女生的排头一起走进教室最前排的左侧双人课桌入座。我的这个同桌姓徐，长得小巧玲珑，她姐姐也分在我们班，只比她大一岁。我们班号叫六四六班，意思是我们将于1964年毕业，全年级排第六，后面还有两个班。我的高中学习生活从此开始了。我们再也不用"学工、学农"参加各种体力劳动了。学校把学习抓得很紧，全天都在学校上课和自习，而且晚上还有两节自习课。老师们尤其是班主任必须到学校巡视自己班级的课堂纪律并且给学生答疑解惑。那年冬天有一次晚自习，刘老师看我的棉衣单薄，关心地询问我的家庭生活情况，使我很受感动。我全身心投入学习中，心情愉悦，学习成绩在班里逐渐显露出来。上高中二年级时，我这个不起眼的小个子被任命为化学课代表，这是自上学以来十年第一次当上"干部"。其实，凡是念过中学的人都知道，课代表根本算不上班级干部。人家班长、团支部书记以及委员才是真正的班级干部，最低的也得是小组长。但是，这个专科性质的职务让我非常满足，每次上化学课我都热心地问化学老师有什么仪器需要我给拿到教室，如果有老师批改的作业本或者考试卷子，我就取回来发给同学们。当天下午上自习课时我装模作样地在教室里走两圈，帮助同学解答老师留的作业题。三年级上学期学到有机化学部分，一些分子式和化学反应方程式比较复杂，难写难记。于是我就用整张白纸把重要的反应方程式用墨笔抄上去，贴到黑板两侧的上部，让同学们随时能看到加深记忆。同学们都称赞这个办法好，班长和化学老师表扬了我，自己心里美滋滋的。

　　每天早晨我都兴致勃勃地背着书包上学，在课堂上全神贯注地听老师讲每一节课。晚上下自习课走在回家的路上抬头看见城市西北的夜空一片红彤彤的，和星星、月亮一起映成礼花样的美景，令我心旷神怡。这是我国钢都鞍山独有的景致，尤其是炼铁厂出铁水的时候更美丽。每到这个场景出现，我就不由得哼起一首歌："这最可爱的鞍钢，是重工业的心脏，那并排着的高炉像云梯一样。那一列列的火车在铁路上飞跑，那轰隆隆的翻斗车日夜奔忙。这一切都为了建设祖国，为了创造更美好的幸福生活。"这首歌当年鞍山市的中小学生都会唱，可惜现在我记不住它的词曲作者和歌曲名字了。

从高中二年起，我觉得自己的身体有了较好的发育，我的身高明显地见长。从小学到高中一年，一直当班级小排头的苦恼心理负担在一次上体育课列队时消失了。刚上高中二年，体育老师让我班全体同学按身高男女生排成两列，我照惯例站到男队的排头。老师左右看了看，把我叫出来说："你站到第三的位置。"我老老实实听从老师的吩咐站到那里。"不，再串个位。"我又站到第四的位置，"好，就这样别动。"这时，我心里那个兴奋劲就像刚吃完饺子那样高兴：我不再是班里最矮小的了，不用当排头了。

正当我愉快地体验高中时期的学习生活时，各种不幸正悄悄地向这个脆弱的家庭袭来。先是姐姐患结核病，需要在家里离职治疗，否则能传染给别的老师和学生。后来，不知道什么理由她的工作被辞去了，就是开除公职不让上班了。1962年末，姐姐和她同学杨舫结婚，她的城市户口变成了鞍山郊区农村户口，离开了我们家。哥哥这时也患上了肺结核，在1963年春去辽阳峨眉疗养院治病休养，我成了家里最大的孩子。更悲惨的事情接踵而来：6月中旬，听父母说家要搬回原籍海城县析木镇老家。这个事情其实已经有一段时间，只不过瞒着我们几个小一点的孩子，尤其怕我知道影响学习。后来，父亲因为自己历史问题被开除公职遣返回原籍农村，母亲也辞去工作，她要和父亲一起抚养子女共同生活。听到这个消息，犹如晴天霹雳，一下子把我震蒙了："父母要搬回农村老家，我怎么办？正读高中二年级，跟不跟回去？要想继续念就得到海城县的高中住宿上学，哪来的钱？姐姐结婚，哥哥有病。而且我在鞍山一中这个省重点高中待得挺好，不能随便换学校！高中我一定要读完，不能半途返乡，我根本没打算当农民，我还要考大学呢！"父亲没有强迫我跟他们一起回老家，将来考不考大学他没表态，但是他赞成我高中要读毕业，这样在市里找工作有毕业文凭能好办。这时，我身下又增加一个妹妹，两个大一些的妹妹正在念小学五年和三年，她们可以回老家继续上学。可惜，这两个妹妹后来只读完小学没往上念初中，因为父亲的历史问题没让她们继续读书。她们俩十四岁就下地干农活，挣半拉子工分直到结婚。

父亲对我能不能考上大学心里没数，加上家里经济上也不行，他只希望我毕业后找个工作就行。一切都顺其自然，看看我的命运吧！摆在我面前的现实问题是，在鞍山念高中自然就得生活在鞍山市里。那时我16周岁，是个尚未成年的学生，我一个人独立生活，要面对吃、穿、住等实际问题，所有一切都要自己打理，这些都是我没有自己处理过的事。眼下最重要的还是学习，我要在关键学年学好全部课程，为升大学创造条件打好基础。因此，摆在我面前的是一次艰难的考验，我要靠自己的努力闯过生活、学习这两道难关。精神上我抱定了必胜的信念，可是经济上又是现实的难题。父母他们拿不出钱供养我，遣返回原籍只给了有限的安家费。这点钱要买全家今年下半年的口粮，要买过冬的衣服，农村的冬天比市里冷。而且今年回生产队只能挣半年的工分，肯定不够来年全年的口粮钱，这是个大负担。姐姐嫁到鞍山郊区农村，生活困难拿不出钱支援我，只能把希望寄托在哥哥身上，而他现在正在疗养院治结核病。父亲去信和哥哥商量，把他现在病假期间享受的60%工资约30元拿出一半作为我在鞍山市里的生活费，另一半作为他自己在疗养院的伙食费，就不用再给父母钱了。我要用这15元买口粮、交房租费、水电煤气费等，还有副食、菜钱，这个不比口粮用得少。上高中三年还要交学杂费及书费等，算计起来，每月15元恐怕不够用，到时候再说吧！家里今后在农村生活会更紧迫，父亲一个人在生产队挣的工分不够全家一年的口粮钱，这是公认的。更重要的是每年生产队分给社员的口粮不够一年吃，这是多年公开的事情。这个大问题把全国农民的生活水平降到最低点，父亲在市里生活还没体会到它的严酷性。

父母和弟妹们就要离开生活了十几年的鞍山市，极不情愿地回到海城县农村。搬家那一天是星期日，工厂出一辆解放牌卡车给运衣服、行李和锅碗瓢盆，没有什么家具。哥哥正在疗养治病脱离不开，姐夫姐姐赶来帮助装车，还给父母送来一袋苞米面。父母把在鞍山市里用的做饭家什给我留一部分，其余的带回去。装完车以后母亲抱着不满一岁的老妹妹坐在副驾驶的位置上，父亲带着两个妹妹一个弟弟坐在卡车上面和行李杂物等挤在一起。这时是6月份下旬，估计在车上面也不冷。汽车发动了，我和姐姐姐夫眼睁睁地看着卡车慢慢地离开了我们。此时，无论是车上还是车下的人谁都没吱声也没摆手，心里难受哇！姐姐和姐夫没回屋里，他们向我说声："维庸，你自己好好的，我们回去了。"站了一会儿，我一个人回到空荡荡的屋里，心里没着没落的。

我在鞍山市的独居生活开始了。吃饭是头等大事，以前我偶尔地曾动手做过一点简单的饭菜。现在，事情逼到我的眼前，不干也得干。不会发面蒸窝头就向邻居范大婶打听，她挺热心地告诉我用什么温度的水和面，用多少小苏打对碱，蒸多长时间等。做菜汤我能凑合，炒菜不熟悉也向范婶请教，放学回到屋里头一件事就是做饭，不管什么时间什么天气。还好，一个多月后放假了，我回到海城家里又享受到现成的饭菜。暑假结束我上高中三年级，真正令我难熬的日子开始了。

原先家里6口人睡在火炕上，冬天烧煤炕还比较热乎，屋子里也不冷。现在我一个人睡，夏天还行，凉凉快快的；秋冬两季就不行了，炕凉加上褥子薄实在受不了。我想生火取暖，可是没钱买煤，只好硬挺着。我家路东住有一户也是姓贾的远房本家，他的孩子有一回到我屋里串门玩，发现挺凉快，是个存放秋菜的好地方，他们父子就把凭票供应的秋白菜和萝卜堆到我的屋角。我和这两样蔬菜共处一室，菜是保存得挺好，可是我这个人就有些受不了。进入12月份，室温降到零下好几度，白菜、萝卜再放到这里就能冻坏。我那本家弟弟看温度太低，就把剩下的菜搬回自己家的屋内。到了数九寒天，屋里水盆的水都结冰了，我找木板垫在褥子下面，勉强坚持往前熬日子。寒假前那个月，尽管天寒地冻，我每天都严格遵守学校的作息时间，早去晚归尽量多在学校逗留。教室里有暖气，在这里上课，自习看书是天大的享受。在这个关键的高三上学期，我尤其加倍努力用功学习，这个学期结束的考试成绩，我的各科总分竟然是全班第一名！班长王成连在总结会上向全班同学宣布了这个情况，他接着说："请大家鼓掌，欢迎贾维庸同学给我们介绍他的学习经验！"我从来没有在大庭广众之下正式讲过话，而且这回也没有事先准备，太突然了。尽管班长往外让了我三次，我都涨红着脸摆手推辞："我没啥经验，真没啥说的。"

1964年1月中旬，我们学校放寒假，我高兴地回到海城析木家里，向父母汇报自己半年来的学习成绩。他们没有像我想象中那样高兴，只是微笑着说："好啊，好好念吧。"我的心凉了下来，有些不明白："怎么不那么高兴呢？高三时学习得好不容易啊！"我不理解他们的心思。

父亲一家住在我们院子的东厢房南侧二间半，北侧是爷爷奶奶二位老人住，也是二间半。提起老贾家房子的事，我知道的情况是这样：根据爷爷和他子女数量及政府给定的下中农成分，土改时爷爷分得东侧的二间半瓦房，西侧二间半分给姓周的人家，两家共住一座五间带院套的瓦房。据说原房主是一家姓吴的地主，是析木镇的大户。爷爷对门老周家成分是贫农，比爷爷的下中农成分硬气，而且他还是贫协组长。1949年父亲带着母亲和我们姐弟三个去鞍山市里谋生，不在析木镇生活。我的亲姑姑土改前已结婚出去了，但仍在析木镇里。农村合作化以前，爷爷及大爷和四个叔叔在析木一起生活。由于劳动力多，地里收成不错，加上我父亲以前置办的苹果园有了收入，父亲在鞍山市里的制鞋社当主管会计，生活比较宽裕。那几年老贾家省吃俭用攒了些钱，全家商量买两匹马和一挂大车，由三叔和四叔赶马车从海城到鞍山往返跑运输挣钱，果园则由二叔自己在那里经营。老贾家那几年先后盖了两处五间房，是为了几个叔叔成家有房子住。先盖的五间房在羊角峪果园边上，是瓦房，由二叔和四叔居住，每家两间半。三叔和四叔在合作化以后不搞运输了，因为牲口和马车都入社交给生产队了。这时三叔和爷爷、大爷都在析木镇分得的两间半房住，两个家在一起生活不方便。而且外面还有两个儿子虽然不在析木住，但也应该有房子分，那就是我爸和老叔。全家合计，决定再盖五间房，地点就在现在正房的院子里，不过只能盖厢房。咱家在这住的东边两间半，所以院子东边归我们，只能盖朝西的东厢房。可能是这时钱不充裕，大家合计只能盖五间草房。提起盖房这件事，我还记得我这个当时的小学生也为此付出过辛苦。那时我才十来岁，能干什么活？说起来是一种迷信行为。那时老百姓有一种习俗，为了预防新盖的房子以后免受火光之灾，在半夜立房梁中柱时要有一个"水命"的人抱着柱子从平放的位置慢慢地立起来。当然，是干活出大力的人牵着绳子把柱子立起来，"水命"的人只是象征性地抱着柱子随它立起来，俗称"抱柱"。我不知道父亲什么时候给我算的是"水命"，就是"金木水火土"五行中的"水命"。盖房那年秋天，我念小学三年级。一天午后，父亲带着我从鞍山坐火车到海城站，出站坐老式的马车到海城河南的新立屯，当时海城县往东的长途汽车客运站就设在那里。等我们到新立屯时已是下午3点，没有到析木镇的客车，只有到海城镁矿地名叫牌楼的车。我们父子乘车到了牌楼，下车距析木镇还有15里路。没办法，只能沿着公路徒步走着去。那年我还不满10周岁，让我走那么远真是难为我呀！一开始我鼓劲走了5里多，后来实在走不动了，坐在路边歇一会儿。休息10分钟起来想继续走，也是我的运气好，这时从后面来一辆空着的马车，可能是送货回来的。父亲急忙向车老板打招呼，求他让我这个孩子上车坐着，我也眼巴巴地盯着车老板。他瞅我一眼，点头答应了。我乐坏了，急忙从车后面爬上去坐到车中间。父亲一开始还在路上跟着马车走，后来车老板让他也上车坐着，我们父子都坐在车上往析木镇赶。马车一边走，两个大人一边唠闲嗑，老板说："今年的水稻若没有上硫铵就长不了这么好、这么壮。"父亲应答："对、对，是这么回事。"我当时不明白"刘安"是谁，是什么东西，后来上中学时才知道硫铵是一种化学肥料，可见海城县使用化肥真够早的，不愧是辽南地区的大县。

到了析木天已经快要黑了，进到爷爷家我很疲乏，吃完晚饭以后我就躺到炕上睡着了。不知什么时候我被父亲叫醒，我看到院子里站着很多人，看样准备起梁。四叔递给我一条麻袋，拉着我走到一个中柱子边上，他让我把麻袋裹在柱子上用双臂抱着，这时只听一声吆喝："起！"那根在地上平放着的中柱子慢慢地立起来。我一直紧张地抱着柱子的下部，直到整根柱子立稳、固定以后才松开双臂，感觉两只手麻麻的。我抱完一根柱子后就退到一边，看着大家陆续把另外三根柱子立起来固定，我的"抱柱"任务完成了，回到屋里又睡了起来。几十年过去了，这件事我心里一直记得牢牢的。这五间房子直到1983年父亲落实政策又回到鞍山市里居住，弟弟把它扒倒的30年，确实没发生过什么火灾。

　　1964年2月份，寒假要结束了，我又返回鞍山市里我居住的地方。这之前的春节期间，姐姐和姐夫曾在我这屋里住了一个多月。姐姐住在郊区的简易房，冬天可能比我住的这个市里的房子更冷，而且冬天姐夫他那个生产队没有活干，闲待着太寂寞。他们俩合计，正好我放假回海城家，房子空闲着。于是，他们俩就来到我的这个房子住，来时捎带一些煤，可以烧炕取暖。白天他俩没事会一会同学，抽时间看一场电影、逛逛商店，比在郊区农村有意思多了。在我回鞍山之前的三天，姐姐姐夫回到郊区简易房。我打开房子门锁，开门进屋闻到一股臭鸡屎味。四处察看，在放被褥的橱子下面空当有一只鸡躺在地上抽搐着，一抖一抖的，鸡身边还有一些高粱米和鸡粪。我明白了，姐姐把她喂养的几只鸡也带到市里，临走时给我留一只。她怕鸡饿着，就在旁边放些高粱米让它吃，可能是鸡贪吃，把胃撑着了正难受呢。我急忙把鸡拿到一边，把粪便和高粱米清扫干净，把窗户打开放放味。再过几天哥哥的疗养期到时候了，等他回来咱哥俩一起吃小鸡炖蘑菇，这是咱们东北的名菜。提起哥哥，我不禁回想起去年6月末那回事。爸爸妈妈带着弟弟妹妹搬走以后，我心里一直平定不下来。我想起哥哥在辽阳结核疗养院已经挺长时间了，现在不知道养得怎么样，我一个人在鞍山生活太孤单，挺想他的。趁星期天学校不上课，我去辽阳那个疗养院去见见他。我从鞍山乘火车到辽阳站，从出站口开始打听去疗养院坐什么汽车。我之前除了回海城老家还没有出过远门，有点发蒙。听说疗养院的地址在峨眉村，我就打听去那里的公共汽车车次。有一个人告诉我说6路车终点就是，我没管是否属实，就在广场找到6路车站上车。路不算远，半个小时就到了。下车一打听，这个终点站叫下王家，紧挨着太子河边，根本不是什么峨眉村。方向也不对，下王家在辽阳市北郊，而峨眉村在辽阳市的东郊。事后，我有点怀疑这个人是不是有意骗我。没办法，我只好又乘车返回车站广场，继续打听。功夫不负苦心人，终于在我打听三个人之后有了准信儿。原来，每天的上下午各有两次专车往返疗养院所在的峨眉村。我还打听到开往庆阳工厂有13路车，半个小时一趟，到庆阳站往东南徒步走5里路也能到峨眉村。为了赶时间，我乘开往庆阳的13路汽车，午后1点多到了庆阳站。下车打听到往峨眉村方向的路，我冒险开始了徒步寻亲的路程。途中经过一个村子，记不得叫什么名字，在村里先后打听两个人，确认了去峨眉村的路就又出发了。约莫两点多钟，我终于看到一条红砖砌的两米高的围墙。顺着墙走了半圈，终于找到疗养院的大门。一侧柱子上挂着一块大牌子，上面写着"辽阳市峨眉结核疗养院"。我心中悬着的一块石头终于落地了。在大门口的传达室登完记，打听到我哥哥住的病房位置，我急忙奔去了。当时，峨眉疗养院全都是一排排的平房，每趟平房之间有长条椅子和桌子，供疗养员在那儿进行休息聊天、下棋打扑克等活动。在一群人中间，我看到哥哥正嘴里含着口琴吹什么歌呢。我走过去，情绪突然激动起来，大声叫："哥！"眼泪止不住就流了下来。是辛苦？是想念？是委屈？我说不出什么缘由，就是想哭，半天说不出话来。哥哥拍着我的肩膀问我："怎么了？哭啥？"我喘过气来说："你这儿太难找了，把我累坏了！""那你怎么事先没打个电话？"我来气了："怎么打电话？根本打不通！"那年月老百姓谁家也没有电话，上邮局打长途没有两个小时排不上号接不通线说不上话。我发一通怨气，心境渐渐平和下来，把我在鞍山市里的独居生活向哥哥倾诉一通。他安慰我："慢慢往前熬吧，你不是爱学习吗？这半年是关键哪！我还有半个多月就回去了。"我吃惊地说："还有半个多月？"在哥哥那儿住了一宿，第二天起大早没吃饭直接坐车回鞍山，就这样还迟到了一节课。

1964年2月下旬，哥哥从疗养院出院，他在家休息几天就去厂子报到上班。我的寒假生活结束了，开始了高三下学期的学习生活。这

33

是决定我一生命运的时期，一切都由我自己努力和实施。这半年我们班的作息时间基本上没啥变化，不同的是老师上课不再讲新内容。所有的课程全都讲完了，各科老师都领着同学们进行总复习，准备参加高考。我们的班主任是个年过五旬的数学老师，经他送走好多届毕业班学生，是个经验丰富的老教师。所有入选高考的学科都有复习提纲，有的是印好现成的材料，有的是在课堂上随着老师的进度自己抄下来的。文科的语文、政治、俄语等都是由有经验的老师根据近年来的高考试题编成的复习资料让我们背诵；理科的数学、物理、化学等由老师把重点内容、重要公式给捋一遍，也把近年的高考试题给我们讲，让我们自己练习做。在课下有不明白的试题，各科老师在自习课进行个别辅导。经过几个月的耐心、严格地总复习，我感觉自己的学习水平总体上有较大的提高。当然，这个差距还是有的，原来学习基础好的复习起来比较容易，不觉得吃力；原来学习差一些的同学就感觉越复习心里越没底，该记的内容记不住，需要做的习题还是不会做。我自己感觉比较轻松，心中有数，很愿意参加高考比试。

一晃这个学期要结束了，开始进入高考志愿的填报阶段。我记忆中，这个人生抉择的重大问题完全是由我自己做出来决定的。报考哪一类专业，具体到哪个学校，是个复杂而伤脑筋的事。要全面综合考虑自己各方面情况，尤其是在中国20世纪60年代初，报得不准就会名落孙山。班主任老师说得细致透彻：要根据自己文理科的成绩和个人的兴趣、爱好报考各类院校；还要分析某某学校是热门还是冷门，就是考的人是多还是少，这可不容易。他还说，男女生也要有差别，体质强弱都要考虑。

老师说了不少，具体落实到我的头上应该怎样办呢？我向班主任王老师说把表格拿回家去填，明天一早一定交上去，王老师答应了，因为这种情况全班不止我一个人。父亲远在海城县，路途远，电话联系也不方便，等哥哥下班回来问他。晚饭后哥哥看了我的高中毕业生登记表，把他知道的父亲历史情况告诉了我，我如实地把它们填到表上。虽然不是戴帽的分子，但父亲当过伪满警察的事也是问题，肯定能影响我升学。

因为多一份心理压力，我比别的同学考虑得更复杂一些。按我高中毕业时的成绩，我认为重点大学还是有希望的，我说的是一般的重点大学，北大、清华、复旦、南开等一流学校在外。但是一般热门大学我也不敢报，怕父亲的历史问题影响录取，怕竞争不过别的考生。思来想去，还是报比较冷门的学校，只要能考上就行，这辈子没白活。地质类院校招生分数不高，但是我不能去，我的身体软弱，跋山涉水我受不了。医科类院校报考的人肯定多，竞争激烈录取分数高。工科类学校毕业去工厂的面大，当时我的兴趣不大。还是报农学院，搞兽医不错，有技术活还不累，我自己估计报考的人不会多。于是，我的第一份表即重点院校的第一志愿就报了北京农业大学畜牧兽医系兽医专业。第二份表即普通本科学校报的第一志愿是沈阳农学院，也是畜牧兽医系兽医专业。第一份表的第二、第三志愿报了什么学校我现在记不得；第二份表的第二志愿是锦州工学院，第三志愿就是后来录取我的沈阳轻工业学院。我原来以为，报农业院校的不会多，没想到我的想法错了，光咱们班就有好几位，其中一位是班级团支部书记呢。后来我听说，一位男生被兽医专业录取，他是共青团员，团支书是农学院别的专业录取的。普通本科院校除了第一志愿外，其他第二、第三志愿的录取由招生学校的负责人决定。那两年国家的政策松动一些，政治上对考生不是那么严格，只要考试成绩够录取分数线，家庭出身及社会关系有问题的学生也可以录取。这里是否包括重点院校我不知道，反正军事院校还是不能录取。是我幸运，正好赶上了这个时候。后来，在轻工业学院里我知道了那年是学院化工系党总支书记侯汝生作为招生负责人定下了我，我从心里一辈子感谢他。报考的这所学校是最普通的工科院校，是我第二份表的第三志愿。至于为什么第二志愿没录取我，听同学们说，除了第一志愿作为招生的优先考虑之外，以下志愿的考生是由各学校招生人员谁"抢"到就归谁。我庆幸沈阳轻工业学院把我抢到了，对于锦州工学院我兴趣不大。至于为什么报了造纸专业，我觉得造纸是中国的四大发明之一，学习这门技术一定很有意思。

1964年7月7日，高考开始了。考场就设在我们鞍山一中，我所在的考试地点就在我们六四六班教室的隔壁六四五班教室。这给我有点紧张的考试心情创造了一个宽松的环境。鞍山市铁东区的考场设在我们学校不奇怪，它是鞍山市唯一的一所省重点高中。古人云："天时、地利、人和"是成事的三大要素，我已经占了前两项：今年大环境宽松，对这方面不足的考生可以录取；考试地址设在本校，考试环境不生疏。没想到"人和"也被我遇到了，我们班的监考人之一竟然是我初中时的同班同学，她叫邢福清，当时是我们班的班长。初中二年级时她响应市教育局的号召，为加强全市师资力量自愿退学参加师资培训，结业后到小学教书。当时上图画课时，她的书封面设计图"炼焦懒汉"就是说的我。

考试的第一天，我带着准考证进入教室，坐在标有自己考号的座位上，是教室中部靠后的位置。考试铃响走进两位监考人员，都是女性小学教员。其中一位我一眼就认出来了，她就是我初中一年的同班同学，初二去小学当老师的邢福清，太巧了！没想到四年后在考场相逢。两位监考人员给我们分发了试卷，又在黑板上用粉笔画一个钟表，每过15分钟改画一下指针，向考生展示考试进行的时间。那时候就是成年人戴表的也不多，我们青年学生根本没有人戴得起。邢福清一开始没认出我，毕竟过了4年多。她在课桌间来回巡视几趟后认出了我，又看了看摆在课桌左上角的准考证上的照片。她微微一笑，用手轻轻地碰了我一下肩膀，我抬头看了她一眼，她连忙用食指压在嘴唇上轻轻地"嘘"了一下，示意我不要出声，一切尽在不言中。考试第一科是政治，我感觉还不错，每道题都答上来了，是否全对不敢说。交完卷子之后和邢福清交谈几句，她像大姐姐一样鼓励我好好考。这时我同班的邢福祯也站在一边，不时和邢福清交谈几句，样子很亲近。我猛然悟开了：她们该是亲姐妹吧？名字就差后面一个字，长得也有点像。我贸然问一下，还真是这么回事。邢福祯性格文静，学习也上等，是班级的生活委员，还是共青团员。后来听说她考上了现在的东北师范大学，是全国重点院校。考语文时有一个作文题，题目是《干菜的故事》，题中给一段短文，让我们写一篇读后感。现在我对那篇短文的具体内容记不清了，怎样写的读后感印象也不深，反正就是感觉不是太难，能写出来。整个语文试卷答完了，最后还剩十多分钟下课，我感到有点疲乏，就趴在卷子上闭着眼睛眯了一会儿。这时，监考我们的邢福清发现了，她过来轻声问我："怎么了？"我抬头说："没事儿，休息一会儿。"她有点惊讶："抓紧时间答呀！"我说："答完了。""那你再检查检查，有没有漏的地方。"我当时真的从心里感谢她对我的关心爱护，我这个小"炼焦懒汉"运气真好。

那一年共考六科：政治、语文、外语（俄语）、数学、物理、化学。我自己感觉，化学这科考得最好，我是化学课代表。俄语也能不错，没有答不上来的题。政治和语文也还可以，应该能在70分左右（百分制）。物理和数学这两科把握不大，能及格就不错了。

高考三天结束，我彻底放松了，能不能考上就看我的命运了。接下来我要听候消息，所以我没有回海城父母家。大约20来天，我同街坊邻居与我年龄相仿的青少年一起活动，有时候去鞍山二一九公园的劳动湖去钓鱼。说起来惭愧，没钱买钓竿就折一根树条子代替，长度约一米五不到。线用的当时叫白磅线的那种细绳，直径有两毫米，一点也不灵敏。至于鱼钩就更甭提了，用大头针折弯了代替。这套家什真有点像姜子牙钓鱼：愿者上钩，我对钓不钓到鱼无所谓，自己高兴就行。我退休之后的钓鱼兴趣就是从这个时候开始培养的。

8月上旬的一天下午，我正站在路边看几个男孩弹玻璃球玩。一个和我高中同年级的学生路过这里看到了我，说："喂，你怎么还在这儿闲待着呢？你考上了！快去学校拿录取通知书哇！"猛然听到这个从天而降的特大喜讯，我心里激动万分！我终于实现了自己梦寐以求的愿望。我问他是哪个学校，他说："这个我可没记得，你自己去看吧。"我一溜烟跑回家里，想打开窗户换换空气，因为心情太激动，用力猛了一些，竟把窗户玻璃给震裂了，手背被掉下来的玻璃碴子扎个口，血都淌出来了。我顾不上这个，急忙在写字台的抽屉里找到学生证和准考证，连跑带颠地直奔一中学校。还是晚了一会儿，这时已是下午4点半多，因为是放假期间，负责这个工作的老师刚离开走了。吃过晚饭，我在街上溜达，心里还是感到说不出的高兴。思绪万千，就是觉得自己的命好。不，我不信命，应该说是我的运气好。

1964年春夏之交，社会上已经有知识青年下农村的潮流，政府宣传农村是个广阔天地，在那里能大有作为。我们同班的郝锡印同学和我挺要好，学习成绩与我不相上下，他是俄语课代表。有一回他对我说不想考大学，直接下乡去，那段时间有些同学在酝酿这个事。我对他的想法感到吃惊："为什么？你怎样考虑的？"他吞吞吐吐老半天才对我说："我父亲在伪满时当过铁路警察，政审恐怕不行。"我不言语了，其实我也有这个心病，也担心这个事。我也把我父亲的情况向他说了，我们同病相怜、一起闹心。但是，我还是要赌一把，念高中不考大学将会终生遗憾，能不能考上是另一回事。我劝他也是鼓励他："不管怎样，咱们还是要拼一把。"郝锡印说："我还是觉得没希望，我就走这条路了。国家不是说在农村可以大有作为吗？你看那邢燕子多红火。"我还想说点什么，被他止住了："你走你的阳关道，我走我的独木桥。"我看他主意已定，就不再说什么，我知道他比我开朗、敢闯。他又和我说六四一班的朱玉禄也不参加考试直接下乡，我听了更为吃惊："朱玉禄我认识，初中时和我是同班的呢！那时他是班级学习委员，成绩全班第一，他怎么也不参加高考？"郝锡印悄悄对我说："他家是地主成分。"听了这话，我心里也有些慌神，看来我这一赌恐怕是输多赢少啊！可是，我们这些平民百姓不知道，国家的政策从1962年起逐渐宽松一些了。到今年的1964年应该是家庭出身不好社会关系复杂的学生最受待见的一年，所以我才有机会被普通高校录取，我的大学同学有五六个都是这样的情况。48年后的2011年，我们大学同班同学聚会于丹东。会后李敬林同学号召大家写诗纪念这次聚会，之后印刷成册寄给我们。其中付玉兰同学的诗表达了她当年考大学的艰难："同胞手足兄妹仁，品学兼优人人夸。寒窗苦读十二载，想学有成报国家。到头来声泪俱下，问原因成分太差。"读了这首诗，怎能不令人心酸、感叹！

第二天，我到学校顺利地拿到装有录取通知书的信封，我的大名写在正中央，右下侧印着沈阳轻工业学院的手写体七个字。我抖动着双手撕开信封，取出那张盼望已久的录取通知书。我看到上面印有学院大门的影像：一侧门柱上挂着沈阳轻工业学院的大木头牌子，依稀可见题字者是郭沫若。图下面左侧用墨笔字写着我的名字，接下来是铅印的字：你已被我院录取，热烈欢迎你届时到学院报到。我仔细读附页的内容，知道了我已经是学院化工系造纸专业六四二班的学生，附页上还有入学的详细要求和注意事项。

本来，我的第一志愿是想当兽医，现在却要学工科搞造纸，反差有点大一些。不过，这个念头在我脑海里只是一闪而过，我的思绪又回到了现实。能考上大学，对我来说已经是天大的恩赐了，还想什么志愿哪，兴趣呀，何况兴趣是可以培养的嘛！并且，填志愿时我不也是对中国的四大发明之一造纸业感到有意思的嘛，还多想什么乱七八糟的，以后好好学、好好干吧！想到这里心中平复了许多，老辈人说得好，"知足者常乐"。

我考上大学的消息在左邻右舍传开了，和我们家住得较近一些的小学、中学的老同学也知道了。一天晚饭后闲着没事，我偶然散步走到小学同学郭秀梅的家门口。她家与我们家隔一个住宅区，在另一个胡同。我看到她正在家门口站着，大概也是刚吃完饭与邻居聊天呢。我们互相打个招呼，我停下来闲扯几句，我问她有没有什么小说借我看看。她很痛快地答应并马上回屋里拿一本当时颇为流行的小说《红岩》递给了我，说："你慢慢看，完了还有。"她初中毕业后念的是中专，就是我哥哥念的那所鞍山钢铁学校。今年7月份毕业，也分配到鞍山钢铁公司化工总厂。

小说《红岩》没用几天就读完了，我阅读小说的速度比较快，但不是走马观花。一天晚饭后，我拿着《红岩》这本书来到郭秀梅家门前，好像她在等着我，正好也站在家门口。她见到我，露出熟悉的笑容："书看完了？"我点头称是。"还看不看了？"我巴不得她这么问："还有什么书？""有一本新出版的《欧阳海之歌》，还有《林海雪原》《苦菜花》《青春之歌》。"看来，她是特意为我张罗借的，不然谁家能有这么多小说？"你后面说的那几本书我都看过，这回就看这本新出的《欧阳海之歌》吧，都写的什么内容？""你自己看看不就知道了！"她用有点卖关子的娇气和我说。接着她问我："听说你考上大学了？恭喜你呀！""唉，是沈阳轻工业学院，最普通的学校。""你们家是去年搬走的?"她和我唠起了家常,我不想谈这件事的细情,搪塞过去了。我们小学毕业后她也在鞍山二中读初中,因为不是一个班,加上那几年社会活动多,大炼钢铁、农场劳动等,所以彼此没有什么来往。后来我上高中她读中专基本见不到面,但互相都知道彼此的去处。这两回近距离的见面,谈话也多一些,给我的感觉挺好。念小学时她是班里的小组长,为人宽容善解人意,这是她当姐姐养成的优良性格。一来二去我们来往就频繁一些。有一次她来到我家,送给我两个枕头套和两条枕巾,说是上学校住宿用得着。从小到大,我除了父母之外没得到别人什么礼物,这回老同学这么大方我真有点受宠若惊。我们谈起在学校住宿的事,她读中专时就是在校住宿,有这方面经验。向我介绍和同学怎样相处,应该注意些什么事情,我自然是虚心听从教诲。一天晚上,我们相约散步来到鞍山胜利广场,那儿离我们两家都比较近。我们俩在广场外面绕行,边走边谈,真像一对恋人。可是说实话,我感觉还没到那种程度。我们谁也没公开谈论男女之间爱情的那些话语,但感到要往那个方向发展。走到市政府交际处的楼前,有一段弯曲的台阶正适合成年人坐着,我提议休息一会儿。于是,我俩挨着坐在一起,一段时间谁也没吱声。郭秀梅低着头手里摆弄着什么,不时抬头瞅瞅我。这时,我感到自己的心跳有点加快,不由得抓住她的手往我胸口上贴:"你摸摸,我的心跳得怦怦的。"郭秀梅仍然是她那种习惯的微笑,说:"我也有一点……"我一下子兴奋起来:"让我摸摸你的心跳快不快。"说着一只手就伸向她的胸前。郭秀梅连忙用手挡住了我的手臂:"别,别这样。"我瞧了瞧她,手放下了,涌上来的热情减退了一些,心里有点失落。在那里坐了一会儿,她拉着我的手轻轻地说:"你生气了?""没有,没生气。""那咱们回去吧?"是呀,天太晚了,该回家了。我们站起来朝家那个方向走去,到她家的路口,我们两人互相注视,谁也不舍得分开。我突然来了勇气,伸出双手把她抱住,低下头贴在她脸上,这回她没有躲闪。我们轻轻地贴着,静静地谁也没说话。现在回想起来有些后悔:当时我怎么没亲吻她呢?

回到家里,哥哥已经睡下了。我躺在炕上心情一直平静不下来,这是我有生以来第一次和女性亲近，我们互相爱慕，这就是爱情吗？

1964年8月中旬的一天，鞍山一中自愿下乡的同学们胸前戴着大红花，在一片锣鼓声中乘一辆大客车正式驶向农村广阔天地。这些学生中，有一部分是参加过高考未被录取然后报名下乡的，大部分是未参加高考直接奔向可能大有作为的农村，他们的勇气可嘉。客车里有几位送行的市教育局和一中的领导，我这个普通学生当然没有资格搭车送友。在车窗口郝锡印大声对我说："我到了那里就给你写信！"这批下乡的学生是鞍山市中华人民共和国成立以来首批自愿下乡的知识青年，他们被安排到鞍山市所属的辽阳县刘二堡公社义和大队。刘二堡公社我不久前去过，那是高考结束的7月中旬，我们鞍山一中曾组织毕业班的学生到刘二堡公社河北大队劳动半个月。我后来知道，义和大队距离刘二堡镇有十五里路。一个星期后我收到了郝锡印给我的来信，说当地生产大队对他们这些青年的住宿、伙食等安排得挺好，大家都很满意。12名下乡学生个个热情很高、干劲十足，他们把自己名字的最后一个字按出生年月的大小顺序改成"广、阔、天、地、大、有、作、为、义、和、为、家"十二个字，以表达他们扎根农村干革命的决心。看了他的来信，我替他感到高兴，或许他们这批知青的路没有选错？不过，一年之后的1965年，这些人全部离开了农村生产队。鞍钢矿山和辽阳学校等企业事业单位招人，他们都各奔了前程，告别那个"广阔天地"，不想"大有作为"了。

我们鞍山一中六四六班毕业时有53名学生，除郝锡印一个没参加高考外，其余52名学生都参加了。到最后一份录取通知书收到为止，共有12名考生被录取，其中包括2名大专生。我对他们考上的学校一直记忆在心里：北京邮电学院即现在的北京邮电大学1名，叫马兴家；大连工学院即大连理工大学1名，叫焦国华；东北师范大学1名，叫邢福祯；沈阳农学院即沈阳农业大学2名，王孝华和王英杰，其中王孝华是团支部书记；沈阳轻工业学院即现在的大连工业大学2名，刘景霞和我本人；解放军陆军学院2名，唐国仪和刘广志；还有当时是大专性质的沈阳航空工业学校2名，任政权和刘德超。算起来，我班升学率超过23%，当年全校六四一班考得最好，达到26%。这个成绩当时在鞍山市所有高中学校来说是最高的，全市总平均升学率不到15%。

按录取通知书上的规定，我到鞍山市站前街道办事处和派出所办理了户口迁移手续。之后我回到海城县析木公社析木大队父母的家，向他们告诉了我考上大学的事。他们当然很高兴，有点出乎意料，我也看出高兴之余有一些难以名状的忧虑。我知道他们的心思，长达4年的大学生活，需要经济上的维持。我们家回农村已有一年多了，去年下半年父亲只挣了半年的工分，是自己掏钱补上才领到今年全家的口粮。算计现在的工分价值，全年父亲都上班得到的工分钱也不够家中在农村6口人的领粮款。还有平时的油盐、穿衣裳及两个妹妹上学的学费、书本费都需要不少花销。去年下放给的安家费今年上半年已经花完了。哥哥上班挣的那点钱只能勉强维持我们哥俩的生活，拿不出钱再支援父母。姐姐那儿是农村，平时见不到钱，年终靠我姐夫挣的那些工分也没有剩余，而且现在又有了孩子，根本指望不上他们。我在家住了几天，体会到父母生活的窘况。有一次父亲让我背40斤高粱去磨成高粱米，按规定加工费我应该向磨米房交8角钱，可是父亲只凑到6角钱，让我向干活的磨米师傅说先欠着。我说人家不同意怎么办，父亲告诉我，那个磨米的师傅姓罗，和咱家有点偏亲，能行。我到磨米房还真是照父亲说的那么办的，罗师傅给磨了米让我背回家了。我知道上大学是难为他们，我向父母说："学校会按学生的家庭收入和人口情况给一定数额的助学金，只要我们能办出大队和公社的证明就行。"父亲听说有这种好事，脸上露出了笑容："好哇！我这就去办。"他拿着我带回来的学校录取通知书、户口迁移证和他们的户口本等材料和我一起去析木生产大队，找到当时任大队副队长的吴世禹，他是我二舅的女婿，我应该叫大姐夫。因为是实在亲戚，没费什么口舌就办妥了大队的证明书。去公社是吴世禹大姐夫陪着我父亲去的，他认识那儿的办事人员。生产大队和公社在一个村镇，相距100多米。路上大姐夫向我父亲打保票："肯定没问题，你这手续都全，现在政策允许，维庸上大学不用担心。"真是如他所说，没费什么劲，还有大姐夫在旁边帮助说话，公社的证明当场就办下来了。办这种事开这样的证明按常理说也不应该费什么事，不就是证明我的父母现在住在哪儿家里有几口人嘛。可是，若真是较真的话也不好说，特别是公社一级的办事人员，如果他让我拿出我是父母的子女的证明，那么我还得跑回鞍山的派出所找原来的底子，派出所的人愿不愿意给查还得两说着。总之，有人好办事是天经地义，我只能说我幸运。有关学校给我助学金的事，我报到一个星期后就确定了给我的数目。学校根据每个学生的家庭收入和人口多少来确定，一般城市学生家庭平均生活费在18元以上就不给助学金，农村学生都享有助学金，根据家庭劳动力数量和人口总数区别对待。学校给我评定是15元，如果只按我家农村户口和劳动力数量看，我可以享受17元，可能考虑我在鞍山有个哥哥已经工作，但是户口不在一起，综合衡量给我定15元。我觉得这样也合理，感谢国家的政策好，让我不费多少财力就能念得起大学。以后哥哥每月给我邮来5元，加上国家给的15元助学金，使我能维持正常的生活和学习。具体的花销是：学校食堂每日三餐分别是一角一分、二角二分、一角一分，一天共计四角四分，每月平均是13.2元。三顿饭定量分别是三两、四两、三两，全月为30斤，如果自己感到不足可以加量。国家给我们大学生每月粮食定量是35斤，不分男女学生。一般来说女同学粮食有剩余，男生尤其是大个子活动量大的男同学定量不够吃，有时女同学发扬风格把自己的粮票让给他，徐华祥同学经常能得到女同学的关照。我每月伙食费15元足够了，哥哥给我邮的5元钱可以买牙膏、肥皂等。尤其可喜的是不用交学费，教科书都免费，这比现在优待多了。我自己节省着花，每月可节余3元多，放假回家的火车费和汽车费都够用。而且，火车可以凭学生证买半价票，那时候国家对我们学生确实很照顾。说来说去，我认为自己的运气好。

第三章　大学生活

1

　　1964年9月1日，我扛着行李拿着脸盆等洗漱用具从鞍山乘火车，大约两个小时到达沈阳站。走出站台就看到好几处新生接待站，我巡视车站前广场，很快就看到不远处一条半人多高的大字横幅标语：热烈欢迎到沈阳轻工业学院学习！标语下面放有两张课桌，桌子前面摆着一块黑板，上面写着粗体粉笔大字：新生报到处。课桌后面坐着两位学生正低头忙碌，已经有三位新生在登记处报到。桌子旁边站着两位学生向来往的人打招呼，没等我走到跟前，一位可能是高年级的男生热情地对我说："是到轻工业学院的吧？在这儿登记。"一边说一边帮我卸下肩头上的行李，送到停在后面的解放牌卡车上。我从口袋里掏出录取通知书递给负责登记的女学生，她看了我的材料，一边登记一边说："咱们是一个专业，我是六三二班的。"我知道了她是去年入学的，是师姐。我的嘴笨，没有立马说出以后请多关照的客气话，那时也不时兴这种词，只是点了点头"嗯嗯"两声。随后我就到装有行李的卡车旁往上爬，司机告诉我，后面有辆客车，去上那个车。我走到客车那里，上车一看已经有十几个人。又等了半个小时，车内坐满了才开车。两辆车一前一后开到了学校，大约用20多分钟。学校的大门口和录取通知书的图像完全一样，校牌右下角"郭沫若"三个字清晰可见。一位接待我们的校友同车回来，他告诉我们学生宿舍都在"工字楼"，男生在一楼女生在二楼。我找到标有"六四二班男生宿舍"的房间推门进去，里面已经有几个人。初次见面有点生疏，大家互相自我介绍，简单客气地交谈几句。我找到自己的床铺，是下铺。班上共有20名男生，我所在的这间宿舍住12个人，另有一间小一点的房间住8个人。两个房间都是上下铺布置，节省了房间。当天晚上统计，还有3位远道的男同学没来。

　　第二天上午，昨天在沈阳站接待我们的一位男校友来到我们宿舍，他自我介绍姓邢，是六二一班的。我们都是属于学院化工系，他是硅酸盐专业，就是生产水泥、玻璃、陶瓷等工业技术。他们的专业排在学校第一位，我们造纸专业排在第二位，1964年入学的分别称为六四一班和六四二班。以此类推，1963年入学的称为六三一班和六三二班，1962年入学的称为六二一班，那一年学院没开设造纸专业班。今天这位六二一班的老大哥是按系领导的安排，带领我们六四二班同学去沈阳故宫游览。

　　沈阳市是清王朝入关前的都城，故宫是统治者议事、生活的场所。高中时我们学的中国历史讲述了清王朝怎样兴起，又如何打败明朝、推翻明朝的过程。我们走进故宫大门，看到迎面不足百米远是清朝开国君主皇太极的八角形宫殿，称为大政殿。左右排列两边各有四座独立的小型官邸，这是清朝八旗首领临朝办公、休息的地方。走进大政殿，我看到里面不甚宽阔，摆设也不那么奢侈。这是开国皇帝简朴的形象，与我后来看到的北京故宫三大殿有很大的反差。大政殿西侧有一围墙，里面有座二层的宫邸，四周花草树木很茂盛，这是后妃宫女生活的场所。楼边有两处厢房，是太监、杂役、军士们所在的地方。

2

　　我的大学生活开始了。我们沈阳轻工业学院共设三个系七个专业，如前所述，化学工程系有硅酸盐和造纸两个专业；食品工程系有食品和酿造两个专业；纺织工程系有毛纺、棉纺和机织三个专业。全校合计约900多名学生，是个典型的小型工科院校。我感觉学校与那些综合性大学有很大不同，学生在思想上比较单纯，容易接受一些正面教育。将来毕业也只是在工厂和科研部门工作，一般不涉及国家的政治、文化等方面。

我们学院每个班级设一位政治辅导员，对学生的思想和生活、学习等施行管理。我们班的辅导员叫郭汉臣，40多岁的男性，工作认真负责。化工系主任兼党总支书记叫侯汝生，是他参加了我们这一届的招生录取工作，具体负责化工系两个专业学生的挑选、确定事宜。可以说，我就是被他亲自录取的，我真想有机会打听一下是怎样选上我的，可是我没那个胆量。再说，即使我多着胆子问他，人家也不能告诉，这是学校的纪律。直到1966年"文化大革命"初期，对学校的领导和中层干部开始进行批斗时，有的学生问他有关新生录取的事。侯书记说："那年国家有政策，只要高考成绩达到录取分数线，都一视同仁录取。"有好奇的学生问他录取的详情，他这时也不忌讳什么，说："报考咱们轻工学院是第一志愿的优先录取，如果第一志愿的人数招不够，那就从报第二、第三志愿的考生中往里招，不用计顺序。"这个其实不算什么秘密，只不过当时用纪律约束招生人员。

大学是人类精神旺盛的青年时代，对大学生的政治思想教育很重要，所以学校的共青团组织比高中时健全、有活力，团组织的影响比班委会大。每个班级的团员就组成一个支部，团员学生数量占班级学生一半以上。我们班的团支书叫周景财，组织委员叫代素兰，宣传委员叫李厚，他们都是高中时期的优秀学生。我们班级的班长叫时圣录，副班长由团支书周景财兼任，学习委员叫王秀霞（女），生活委员叫蔺翠英（女），体育委员叫鲁振刚，文娱委员是男生，叫刘希春。

开学第二天，政治辅导员郭汉臣给我们简单讲了我们学校的历史：我们学校的前身是辽宁省总工会干部学校，现在学院里很多管理人员都是省总工会干校的工作人员。1958年"大跃进"，工、农、商、学各行各业大发展，教育事业遍地开花。全国各省、直辖市突击办起了很多大学，那两年上大学很容易。但是，有兴就有衰，"调整、巩固、充实、提高"的方针提了出来，当年下半年就有很多大专院校下马、关停。我们轻工学院是乘着"大跃进"的东风上马的，这次应该属于"关、停、并、转"的范畴。巧的是我们学校沾了"轻"字的光，那时国家调整政策的顺序是"农、轻、重"。就是优先恢复发展农业，人民要吃饱饭，然后是满足人民日常生活用品的需要，即"充实提高"轻工业；最后才是巩固重工业，不提"优先发展重工业"了。我们沈阳轻工业学院包含的专业食品、纺织、造纸、酿造、陶瓷、玻璃等，是生产民众日常吃、穿、用物品的急需工业，属于应该保留发展的学校。所以，在各类学校纷纷下马的潮流中得以站住了脚，被政府保留下来。同学们听了这一番话，都感到很欣慰，为自己选对了学校和专业安心，因为这涉及今后的就业、生活问题。郭辅导员接着又讲了我们在大学期间应该注意的一些问题，其中除了在学校上课学习、住宿吃饭等之外，给我印象深刻的一条是学校严格禁止同学之间谈恋爱，校外也不准恋爱、结婚。听了最后一段话，我心里有点不安，不过外表没表现出什么。

一般新生入学三个月之后都要进行身体检查，一方面是对高考前体检的复查，另一方面对新生入校一段时间身体有什么变化学校能及时掌握。我对这次身体检查心里有点担心，因为高考前体检时我的肺部发现有钙化点，直径是1.5厘米。这个不算是病，只能说明以前肺部曾经有过炎症或结核病菌，已经钙化痊愈了。这个情况符合身体健康标准，允许升学。我当时还是担心上大学以后学习紧张怕身体吃不消，如果再犯病不好办。所以，开学头几个月在学习上我有意识地放松一些，说老实话，我的学习成绩有点下滑。

幸运之神再一次保佑了我，入学之后的唯一一次体检没有查出我有任何不适合在学校学习的病症。可能我的有意识放松这个策略确实起了作用，再加上大学的伙食营养比我在鞍山自己生活时强很多。事情就是这样，有幸运的就会有不幸的。新生中有一位叫王敏的女同学，她经过这次体检查出肺部有结核病，而且有向二期发展的趋势。这种病很容易传染给别人，所以医院建议学校让她休学在家治疗。没办法，这是不能勉强也不能更改的决定。王敏十分悲伤、难过，而我们大家谁也帮不上忙，只能替她惋惜。1964年12月8日，同学们齐聚沈阳市皇姑区华山路一家照相馆，拍下了咱们班四年来唯一留下的一张全体同学的合影。王敏同学坐在前排正中央，紧挨着她两边的是团组织委员代素兰和班级生活委员蔺翠英。第二排右数第三位就是我本人，是照片中唯一向着右前方注视的人。我忘记了拍照的那一刹那自己在看着什么或者想着什么，但我绝不是有意地摆出那个姿势，好像我在高瞻远瞩。王敏同学休学回家，同学们尤其是女生都恋恋不舍向她告别。她在第二年身体康复后按学校规定幸运地来复学，安排在我们下一届的六五二班。

班级招生时是31个学生，但是却没有因为王敏同学的休学而变成30这个整数。从上届六三二班留级一名学生到我们班，他叫尚士政，是个男生。什么原因降到我们班，谁也不好意思问他。一般情况是年终期末考试有两科以上不及格就必须留级，这是学校的规定，我们没听说还有其他原因使老尚降到我们班。尚士政个子不高，和我仿佛，爱好打篮球，我见过他带球上篮的姿势，挺漂亮。我和他闲唠起来，知道他也是海城县人，是老乡。后来听说老尚家在清朝末年是大户人家，上几辈在朝廷做过大官。

工科院校一年级的课程一般都是基础课，如政治学、高等数学、物理学、无机化学、分析化学、外语（俄语）、工程制图等等。当然，还有体育课，这是必须的。二年级主要上技术基础课，三年级开始讲专业课，四年级上专业课结合去工厂实习、毕业写论文等。这些都是辅导员向我们介绍的，可惜，我们只正规地上了不到两年的课。

大学与中学在学习方法和观念上有很大不同，最主要的是发挥学生自己的主观能动性。主讲老师上完课，由助教老师进行自习辅导，学生平时学不学、怎样学完全是自觉自愿，老师一般不留作业。定期的阶段考试和期末考试，是检验我们学习成绩的主要手段。据我观察，同学们都很努力很认真地用功学习，他们在高中阶段都是班级里的成绩优秀者，都有较强的自主学习素质。老师们教学都很认真，如高等数学的由好庚老师、物理的马燕生老师、工程制图学的马秀鹏老师、教俄语的代老师等等。岁月流淌了50年，他们的音容笑貌还都清晰地印在我的脑海里。最令我难忘的是马列主义教研室的宁永年老师，他给我们上政治课时平易近人、谈笑风生。原先他是省总工会干部学校的教师，后来留在我们沈阳轻工业学院仍然教政治课，当年是学校的主课之一。可惜，他在"文化大革命"后期的"斗、批、改"阶段上吊自杀了，这个性格开朗的人怎么就想不开呢？

1965年元旦快到了，我想起了自愿下乡的高中同班好友郝锡印。入学以来这几个月我充分享受着大学生活给我带来的快乐和幸福，老郝他现在怎么样？愉快吗？12月末的一天，我步行5里多路，来到皇姑区百货商店买了两张年画。画面的内容我记不得了，不过可以肯定是那种进步的场景。商店附近有邮局，就着他们的笔墨，我在画面的上方写了"赠给：鞍山一中下乡的全体同学"，下边签上了我的名字。向邮局员工要一张旧报纸，把画卷好包上粘好，写上地址给邮去了。礼轻情意重，希望他们能体会到我的心意。

学习纳入正轨，一切都新鲜而又忙碌，我差不多把郭秀梅给忘了。刚开学时辅导员的讲话使我心动一回，几个月过去就没再当回事，我又不是在学校搞的恋爱。其实，我和郭秀梅并没有确定正式的关系，往多了说算是一种开始吧。既然学校规定不允许大学期间谈恋爱，那么等我回鞍山向她说一下，拉倒算了。我的心眼儿实，胆子又很小，学校说啥就听啥，没有考虑人家郭秀梅的感受。现在回忆起来，真有些对不住她。

1964年12月31日那天下午，全院师生在学校礼堂开庆祝1965年元旦文娱晚会。有文艺特长的学生表演舞蹈、独唱、合唱、活报剧等，我感觉比高中时的文娱水平高很多。晚饭后，各班级自己搞文艺活动。我现在还记得，我和李传银同学准备了一个对口词的节目，为此我们进行了一个多星期的排练。表演时很流畅，自我感觉良好，也得到同学们的鼓掌，这是我念书以来第一次在同学们面前表演文娱节目。

在学校的学习生活过得就是快，转眼工夫一个学期要结束了。学院领导在1965年1月中旬临放假的前两天在礼堂召开了全院师生大会，由院长吴锦、党委副书记刘文藻先后在台上做报告。吴院长是由食品专家提拔上来的，50多岁。他讲了这个学期教学业务完成情况以及学生的学习情况，表扬了先进处室和班级，我们上届六三二班被评为优秀班级。这不奇怪，这个班团支部力量很强，后来有两名学生入党。

党委刘副书记总结了学院的政治学习和党组织发展建设情况，号召全院师生紧跟国家政治形势，思想要求进步，争取入党入团。他又对半年来出现的各种违反学校纪律的现象提出了批评和处理意见。我记得化工系同年级六四一班一位姓周的女学生被勒令退学，原因是她多次偷窃同寝室同学的钱和衣物，品德太差。有个六二一班叫唐仁合的男生，是学校的篮球队长，因为和女同学谈恋爱被记过处分。还有几个受处分的学生，具体原因和姓名我没记住。学校下决心要整治校风，我这个历来胆小怕事又认真的人终于沉不住气，决定放假回鞍山就向郭秀梅提出中止我们的恋爱关系。我要把精力集中在学习上，思想要求进步，争取加入共青团组织，成为一名光荣的共青团员。

放寒假我先回到鞍山哥哥家，我发现他正和在疗养院结识的病友张振香谈恋爱，而且肯定是向着结婚的方向发展。这是好事，我替哥哥高兴，他现在虚岁25岁，是结婚的合适年龄。现在哥哥的结婚条件都具备了：本人中专毕业，有学历；在鞍钢化工总厂搞质检工作，收入稳定；重要的是有现成的居所，父母回乡下倒出房子正好可以做婚房。我在沈阳读大学，将来不一定在哪里工作。就是真能回鞍山，也要自己想办法解决居住问题，不能和哥哥挤在一块让他为难。嫂子张振香是鞍山市铁西区大西街小学教师，原籍是辽阳市郊区农村。现在两个人关系密切，我看他们俩挺般配。

在鞍山我想先办的事是去刘二堡公社，看望下乡到义和大队的老同学、好朋友郝锡印。半年过去了，不知道他现在的情况如何，心情怎么样，将来做何打算。从鞍山市里到刘二堡有直达的通勤火车，这是专门为鞍钢职工上下班通勤准备的，由此可见鞍钢企业的规模之大。我从刘二堡下车，步行十余里来到义和大队，此时已近中午。找到大队部下乡青年的宿舍，心里一沉：这太简陋了，好像是生产队的饲养所改修成的，连个院墙都没有。我迈进住人的屋子，正好今天青年都没去干活。见到郝锡印彼此都很兴奋，我们紧握双手不放。环顾四周，见到我给他邮的两张画赫然贴在迎面的墙上，我很高兴。和初中的老同学朱玉禄碰面打个招呼，本想和他唠几句，看他的表情不那么热乎也就算了。和郝锡印都坐在炕沿上，问他这半年来的情况。"还行吧"。几个字概括了他现在的心情。他向我介绍："男青年每天跟组长下地干活，能挣十分；女的干些杂活，工分少一些。""今天都没去干活啊？""数九天没啥活了，过几天就回家过年。"我们正谈着，走来一位小个子女生，郝锡印给我介绍："她是咱校六四一班的，叫刘占端。"转过来介绍我，"他和我一班的，叫贾维庸。"刘占端笑着说："我知道，你们俩是好朋友，那两张画不就是他给你邮来的嘛。"我看他们俩挺近乎，说话不见外，猜想他们的关系可能不一般。

中午我在他们知青伙食点简单吃顿饭，没有肉，油也少。老郝倒是想招待我，可是这里离刘二堡镇太远，义和村没有饭店。饭后他领我在村子里闲遛，我问他是否真想在这里扎根干一辈子，郝锡印苦笑一下说："我不傻，等有机会就开路走人，谁也不想在这儿干。"我又问他："这个刘占端和你是怎么回事？你们现在到什么程度了？"老郝承认了他们的恋爱实情：这儿偏僻，白天干完活，吃完晚饭就和她闲溜达，接触多了就有了感情。占端人不错，善良心眼好，她对我有好感，实心实意的。后来，他们都抽出农村，在刘占端家结的婚，过得一直都挺好。下午4点天要黑了，我为了赶上回鞍山市里的晚车就没再逗留，步行到刘二堡乘火车回家。

在鞍山哥哥家住了几天，这期间我和郭秀梅见了一次。她向我打听在学校的学习和生活等情况，我一五一十地向她做了汇报。其中，有关学校不允许学生在四年的学习时期谈恋爱以及临放假时学校处分几个有这方面问题学生的事向郭秀梅都说了。她低头不语，好一会儿抬头问我："你是怎么打算的？"我支吾一会儿，说："我还没想好。"其实，学校既然规定不准许学生谈恋爱，当然就更不可能批准结婚。我们学生的户籍在入学报到时已经转到学校了，相关户口的各种事情都由学校负责批准。在校4年不能结婚，郭秀梅比我大两岁，我不能耽误人家。出于对现实的考虑，我终于开口说："我们还是分开吧，这样对咱俩谁都好。"郭秀梅没想到我会这么说，就说："就不能不分吗？咱们谁也不告诉，学校不会知道。""可是，这么一来至少得让你等四年咱们才能结婚。"郭秀梅说:"那我就等四年。""我不能耽误你,或许你能遇到比我强的呢?"郭秀梅没说什么,我也没再说。

哥哥正在筹办结婚事宜,我那未来的嫂子也常来,我知趣地回到海城父母家。住了几天,我更深层地体会到全家住的是厢房,冬天时屋里大半天见不到阳光,阴冷阴冷的。析木公社位于海城县东部的半山区,没有多少树木,老百姓没有木质的柴火可烧,厨房做饭烧的都是苞米秸秆和蒿草。所谓火炕只是将温乎不凉而已,屋里取暖全靠灶坑做饭烧完的秸秆余灰扒到泥制的火盆里散些热。用不上一个钟头火盆就全凉了,室内温度估计不会超过5℃,全家老小全都穿着棉袄棉裤坐在炕头那一块稍微温和的地方。

生产队分给农民的口粮根本不够一年吃的。"三年困难时期"已经过去两年了,可是平均一个男劳动力只给360斤,妇女、儿童给两三百斤,这是带壳的皮粮。加工成能吃进嘴的成品粮,男劳动力只相当于每年260斤左右,妇女儿童每年150到200斤。再细点算,每天每个男劳动力不足八两粮,妇女、儿童五六两。农民的劳动强度比城市工人大多了,但是工人平均每天能吃上一斤二两,还感到不够吃。城市居民每月有三两豆油和少量的副食(半斤猪肉、鱼等),而农民平均每月一两油都不到,更没什么副食供应。生产队每年每人分给10斤大豆,能榨一斤多豆油,这还要刨去过春节时全家做一板豆腐用的20斤大豆。农民每年只有过春节才能吃到豆腐,这是农村过年的习俗。所以,城市里的居民生活还能勉强维持,农村的农民就连半饥半饱都不容易。农民一个男劳动力挣的工分不能把六口之家的口粮领回来,要欠生产队的钱。平时的零用钱如磨米磨苞米面,买食盐都要靠养几只鸡下蛋卖了维持,自己家人舍不得吃。平时酱油、醋、调料等根本不能买,只靠自家下的大酱对付。想多养鸡、鸭是不允许的,那是走资本主义道路。猪一般也养不起,人都吃不饱拿什么喂猪。在析木街上没听说谁家养老母猪,那个成本更高,用粮更多。说起来农民生活真不容易,主要就是粮食给分得少。可为啥生产队不给农民多分点口粮呢?听生产队长说:"不行啊,上面不让分那么些,要先保证上交的公粮数。"公社、大队等基层干部为了让上级满意,为了自己得烟抽,往往多报产量，这样就得多交公粮。若是完不成公粮数他们就要受到批评，甚至影响仕途，没别的办法，只能刮老百姓的肚皮。这两年比前几年强一些，口粮能多一点。

放寒假期间，我从学校带回定量35斤的粮票和15元助学金，这给家里解决了不小的困难，春节过得像点样。不过，可没舍得买鞭炮放，那玩意儿听听响几块钱就没了，还是实惠些吧。大年初一，我领着弟弟到爷爷奶奶及三叔家拜年，我们都住在一个院里，不去显得我们没教养不尊敬长辈。他们对我都很客气，让座、喝白开水，但谁家也没给弟弟压岁钱，给我的感觉农民现在手头太紧了。我是成年人不计较这个，可是弟弟才6岁还没上学呢。记得1956年我读小学时回爷爷家过春节，我三叔和四叔都给我一块钱，那时比现在强多了。

春节过后我回到鞍山哥哥那儿，在屋里和郭秀梅又见了一次面。这回刚开始双方都比较冷静，郭秀梅说："你到底是怎么考虑的？仅仅是担心学校的规定吗？""是啊，真没有别的原因。""如果是这样，我不给你添麻烦，分就分呗。若是因为你见到别的女生动了心，我一辈子也不能原谅你！"原来她心里有这个疑问，我放心了，因为这是根本不存在的事。我郑重地向她说："你把心放到肚子里，我绝对没有这种事。你还不了解我吗？我是那种人吗？"沉默了一会儿，我又说，"我真的不想耽误你。""那好吧，咱们好合好散。"过一会儿，我迟疑地说："那，枕巾和枕套还给你吧？"这一下子我捅了马蜂窝。原来她送给我的两种东西我一直留着没用，放假时我把它们带回来。我的心眼儿实，觉得若是两个人真分开了应该把这些还给人家，不能占她便宜。郭秀梅真的生气了："你怎么这样小心眼儿？我算看透了，你念了大学也不会有啥出息，咱们一刀两断！"说着一甩袖子气哼哼地走了。我急忙拿着枕巾枕套追出去往她手里塞："给，给你。"她气急了："滚开！"一下子把东西扔到我的脸上，迈开大步走了。我的精神被她击垮了，我懊悔万分："我是小心眼儿，我没出息！"

返回学校，继续开始我的学习生活。鉴于上个学期我的学习成绩不理想，我决定开学加一把劲，把各科成绩往上撵一撵。权衡一下，先在外语课下功夫，这门功课见效快。每天早上我提前半小时起床，悄悄地来到教室背诵单词和阅读课文。我们辽宁省90%的大学外语都是开俄语课,这是国家教育部门的统一安排。没用两个月时间,自己感到进步显著:在课堂上老师用俄语提问,我经常能用俄语回答,很麻溜。其他如高等数学、物理学、无机化学等科也都因为我多下了功夫,成绩有所提高,阶段考试成绩优秀。

"清明忙种麦,谷雨种大田"。4月中旬,我们学校1964届学生按照教育部制定的教学大纲规定,每年参加半个月的农村劳动。我们化工系两个专业班来到距沈阳市不太远的新民县高台山公社高台山大队劳动,我们班五名同学分到一个生产队,三个男生两个女生。男生有马兴、王德忱和我,女生有刘心淑和王桂珍。我们的劳动内容是搂茬子,把男社员刨下来的苞米根子归拢到一起,装马车运出去分给社员当柴火烧。地面干净了可以耕出垄,然后下种。一天,劳动休息的时候,我们和社员坐在一起闲聊。有一个青年社员二十五六岁,他爱讲笑话起哄,他和另一个青年社员让我们的两个女同学刘心淑、王桂珍唱歌。她们俩禁不住那两个社员劝,加上下乡劳动前系里动员我们和贫下中农打成一片。学校有这个话,所以她们俩没太推辞,商量一下就唱一首电影插曲:《水乡三月》。歌词是这样:"水乡三月风光好,风车吱吱把臂摇,把臂摇。两岸庄稼长得好,风吹麦浪涌波涛。"

3

暑假到了,我又回到鞍山市。哥哥这时已经结婚成家了,既没告诉亲友也没有举行什么仪式。两个人领了结婚证,把行李搬到一起就算是结婚了。姐姐结婚时不知道老杨家是否操办了,反正我的印象好像咱们家谁也没去。哥哥为我创造了先例,我们家的情况父母不可能为我们举办什么婚礼。后来我只能安慰自己和老伴:"婚礼就是个形式,重要的是咱们现在生活美满幸福,能白头偕老。"

我们班有两个海城老乡,一个是王德忱,另一个就是从上一届留级到咱们班的尚士政。在学校时我邀请他们俩放暑假到我家里来玩一玩,当时说这个话很轻松自然。本来嘛,同学又是老乡,多走动走动熟悉熟悉有什么不好？可是，我回到海城析木父母家就觉得事情不好办，我拿什么招待他们哪？家里早在一个月前就没有粮食吃了，7月份土豆下来就只是吃它。我回家这几天，就是上顿下顿吃土豆。每到吃饭时，一盆土豆一碟大酱几棵大葱摆在桌子上不爱吃也得吃，肚子饿呀！我在学校时发的助学金和粮票让我忘在哥哥家了，没想到家里生活困难成这样，春节时那些天过得还可以啊！其实，父亲早料到生产队分的口粮只能吃到7月份，只是不想让我学习上分心，写信时没告诉我罢了。

　　8月初的一天上午10点多钟，我这两位不速之客同学骑着自行车来到我们家。真没想到他们会跑这么远的路来看望我，他们家距离我家这儿有40多里。半个来月未见面，又都是老乡，自然挺亲热，互相唠起来嗑很多。他们俩看看我的家，见是厢房，撇着嘴说："这房子冬天肯定要冷啊！"他们俩的家也都是农村的，明白这个情况。我只能说："咱家下放回来就是这个条件，没办法，将就住吧。"之后我领他们到镇西头街面转一转，进商店逛一逛，谁也没买啥。路过饭馆门口，我加快脚步领着他们走过去了。我不敢进去，兜里钱少不够下馆子花。回到家里，我让他俩上炕休息，我到外屋厨房问我母亲："晌午饭怎么招待？"妈妈笑着说："你放心，我向你爷爷家借了二斤小米，煮稀饭就土豆。"她以为有饭吃就够意思了。我惊讶地说："怎么来客人还让人家吃土豆哇？"妈妈无可奈何地说："你爷爷家就剩这二斤小米了，都让我借来了，不搭着土豆吃怎么办？"我没办法，只好又问："那，吃什么菜？"妈妈说："鸡蛋家里没有，我熬一些豆角吃吧。"

　　开饭了，我把他们俩让到桌边。没有酒，没有炒菜，只有两碗素熬豆角，一碟大酱一把小葱，一盆土豆外加半盆小米粥，这就是我招待二位大学同学的全部饭菜。我给他们俩每人盛一碗半稀半干的小米粥，我自己拿起一个大土豆装着很爱吃的样子啃起来："吃吧，这土豆起沙，好吃着呢！"他们俩互相瞅一眼，端起小米粥碗就着豆角吃起来。我知道他们心里想的是什么："就拿这样饭菜招待咱们哪？"我脸红心跳："实在没法子，就这个条件。"可能是骑了几十里路肚子饿了，他们吃了两碗小米稀饭还想再添。我有点怕了："怎么，你们俩一个土豆也不吃呀?"王德忱看出点门道:粥不太多。他拿起一个土豆对尚士政说:"咱们尝尝这山区的土豆,比咱们那平原地方产的土豆好吃。"老尚说:"唉,这玩意儿在家没少吃,咱们那儿比这边下来得早一点。"我连忙接茬:"对对,我寻思这边的土豆刚下来,让你们尝尝鲜。"好歹我们都是学生,那时候还不习惯喝酒,也都通情达理,这顿饭就这样应付过去,我却感到过意不去。

4

暑假结束回到学校,开学我就是大学二年级的学生。政治辅导员换了,叫孟宪章,我感觉好像他多一点儒雅的气质。班级干部和团支部人员都有些变动:原来的班长时圣录调到院学生会担任体育部长,周景财的团支部书记改任为班长;原团支部宣传委员李厚提拔为团支部书记,提拔李敬林任团支部宣传委员。其他班级干部和团组织委员不变。为什么有这个变化?根据什么变动?我一个普通学生一点也不知道,我也没打听这些事。

李厚担任团支部书记,新官上任工作抓得很紧,多次召开全体团员会议,开展"一帮一、一对红"活动。在班会上发表谈话,号召非团员青年思想要求进步,争取加入团组织,为建设社会主义祖国贡献力量。李敬林新提拔为团宣传委员,工作热情也挺高,他和我结成一帮一对子,鼓励我放下思想包袱大胆要求进步争取入团。在这样的氛围下,我受到很大的鼓舞,沉潜在思想深处愿意上进的欲望开始活跃。1965年9月开学不久,我写了平生第一份入团申请书,表达了自己为共产主义事业奋斗终生的愿望和决心。我自认为当时确实没有半点私心,就一门心思地要求进步争取入团。有思想就有行动,当时我在各方面都表现得比较突出。积极参加学校和班级组织的各项活动和集体劳动,学习上继续刻苦努力效果明显,多次受到班级的表扬。在那个期间,班里所有的非团员学生在团支部的领导下都很要求进步,班级里形成一股积极向上的风气。

过了一个月,我又写了第二份入团申请书。这次的内容主要是把我们家各方面的政治情况向团组织做一个详细、真实的汇报。为了搞清一些细节，之前我特意给远在北京五机部设计院工作的老叔去了一封信，让他从爷爷开始到我父亲这一辈的各方面情况尽可能谈清楚。我老叔早在读中学时就入了团，以后上中专学校及毕业工作他填写过多份履历表。老叔回信说，爷爷家原来很穷，是挑着担子从海城县郊区走到析木村落脚，在那儿租地种了多年，土改时定为下中农。我父亲的事他那时年龄小不记事，这个我相信，因为他只比我姐姐大两岁。于是，我把他谈的爷爷的情况和我从哥哥那里了解到的父亲的情况向团组织做了详细汇报。1966年2月末寒假结束，新学期开始不久，团支部组织委员代素兰找我谈话。告诉我经过半年的考察，团组织认为我在各个方面基本达到共青团员的标准，团支部决定吸纳我加入共产主义青年团。代素兰同时把一份入团志愿书交给了我，让我仔细填写。听了她的一番话，我真是喜出望外，没想到班里政治条件比我强的或者与我类似的非团员同学还有十多名呢，我真的比他们优秀吗？我当然相信团组织的决定。功夫不负苦心人，我要继续努力，做一名合格的共产主义后备军。

　　1965年夏天，高中同学郝锡印给我来信，他告诉我鞍山一中去年一起下乡的"广、阔、天、地、大、有、作、为、义、和、为、家"的12名学生先后全部抽调回鞍山所属的企业、学校等单位工作。由于每个人各方面条件不同，因此所去的单位有差别。他去了鞍钢的弓长岭铁矿井巷公司，具体工作是下到矿井搞掘进，打眼放炮、清理矿石、铺设矿井里的小轨道等。工作既脏又累，还有危险。尽管不太理想，但总算是国营企业的正式职工，脱离了"脸朝黄土背朝天"的农村劳动，收入也比较可观。他的女友刘占端分配到鞍山市一家集体单位，后来他们结婚成家了。

　　为什么国家又不让他们"扎根农村干革命"了呢？当时不是挺提倡的吗？这才一年政策就发生了变化，我这个普通青年不甚理解。不管怎样，总比在农村当社员好，而且他们都是正经八百的重点高中毕业生，当一个普通农民太可惜了。我原来初中同班同学朱玉禄去了辽阳县一所农村小学当老师，也挺好。不过，当时社会上都认为在企业干比当教师强，老师收入低待遇也差。但是，改革开放后教师的社会地位和待遇大幅度提高，朱玉禄最后是从辽阳县教育局退的休，他的养老金是企业退休职工的二倍还多。

1965年的国庆节，我特意去鞍钢弓长岭铁矿看望好朋友郝锡印。从沈阳坐车到辽阳站，换乘开往本溪市的火车，在弓长岭站下车。打听有到矿山的通勤车，我在职工独身宿舍找到了他。头几个月给我来信里面夹着一张他参加工作的全身工装照片：头戴装有矿灯的安全帽，一身工作服，脚蹬高靿防水靴，挺胸抬头神采奕奕。这次见到他，正躺在单人铁床上，头发乱糟糟的。见到我进来，稍微动一下身："你来了？""嗯，怎么了？哪不舒服？""没啥，懒得动弹。"和他一个宿舍的一位四十多岁的工友接过话说："不爱干这个活了。""为啥？""嫌埋汰，还累得慌。"郝锡印接过话："不是嫌埋汰，是灰尘大，干长了容易得尘肺病。"那个岁数大一些的工友说："管它那个呢！像我这样多好，喝酒吃肉，天上老二地上老大。"我看到煤炉子上一个铝饭盒正咕嘟嘟冒热气，散发出猪肉的香味。我称赞他："好生活呀！"这个工友自豪地说："对喽，就得这样活着。"

郝锡印领我来到镇上一家小饭店，要了两个菜，喝了一瓶啤酒。我安慰他："你不想干这个活就想办法调出去。""哪那么容易，刚开始干就想调走？慢慢熬吧。"我又说："你自己多注点意，不是发了防护口罩吗？常戴着呗！""你没干这活不知道怎么回事，老戴着干活不方便。"沉默一会儿说，"唉，和你没法比呀，念了大学，毕业少说也是技术员哪！不用像我似的出苦大力。"隔一会儿，他喝了一瓶啤酒，说："我现在真是后悔莫及，就凭我那时的学习成绩，不见得考不上！"我连忙回应："是的，你一定能考上！"老郝说："这就是命啊！"我听他这么一说，心里暗自得意，庆幸自己的路走对了，是我的运气好。我劝他："既然已经走到这一步，就好好干，你这文化水平单位领导肯定会重视，你在乡下入了团，政治上有优势，不会让你总干这个工作。"他点头说："其实我也这么想过，好好表现一定会有机会抽出来。"后来，不出所料，郝锡印抽到井上做管理工作，再后来他离开了井巷公司，自己下海发财了。

1966年3月中旬的一天，咱们六四二班团支部为我们这批也是入学以来第一批入团的青年学生举行了宣誓仪式。和我同批入团的还有欧阳慈、李传银、王忠华，欧阳慈是我们学院唯一的造纸专业教授欧阳毅的女儿，个子不高，戴一副近视镜，性格活泼开朗。王忠华和李传银是普通工人、市民的子女，在班里表现都挺好。团宣传委员李敬林领着我们四个人举起右手面向团旗宣誓："我志愿加入中国共产主义青年团……做共产主义事业的接班人。"当时心情很激动，这是我人生重要的一刻，我始终铭记在心。李敬林作为我的入团介绍人，记录在我的档案中。

5

1968年12月，关乎我一生命运的毕业分配时刻到了。正如敬林同学在毕业42年的同学聚会之后写的一首回忆诗中所描述的那样："军队工人宣传队，把关定向来指导。城市农村有区别，家庭出身做参考。不容个人来选择……"诗中关于毕业分配的实况阐明得很客观，反映了当时的真实情况。家庭出身好的学生都分配到辽宁省大中城市或铁路沿线的县城。而家庭出身不好或者社会关系有问题以及在"文革"中犯有"错误"的同学，则被分配到辽宁边远山区或农村，堂堂教授的女儿欧阳慈被分配到辽北山区的西丰县；学校女篮主力队员傅玉兰被分配到本溪县碱厂堡镇；原班级团小组长马兴被延迟分配到辽西穷困的凌源县；还有桑润田、刘天敏、王秀霞、朱国裕等都无可奈何去了不理想的地方。我被分配到了辽宁东部山区不通火车的新宾满族自治县。固然，我有一半的机会可能去离家乡海城县不远的铁路沿线县城盖县，只是由于自己的慷慨大方把这个比较好的地方让给了一位女同学。但是，我现在一点也不后悔，我在新宾县找到了理想的伴侣，这就是幸运。话说回来，若不是因为父亲的历史问题，我能分回家乡的海城县。算了，过去的事情别发牢骚了，国家就是这个政策，谁没有私心呢？

第四章　新宾县永陵镇

1

我坐上长途客车从新宾县城出发，一路西行近40里来到永陵镇东头的一个岔路口。我让司机停车，扛着行李拿着洗漱用具顺着岔道向造纸厂走去。这一天是1968年12月29日，从今天起我走向自己人生第一个工作单位。从此，我踏上了社会。

工厂的办公室都设在一进大门左侧的一排平房里，厂革委会办公室在其中一间普通单开门屋内，隔壁是财务室。革委会副主任赵文艺接待了我，他高高的个头瘦瘦的脸庞，年龄在30岁左右。对于我的到来，他表示欢迎。他向我介绍，今年10月份工厂已经接收了轻工业学院一位女同学，名字叫张金荣。这个事我在县里听食品系校友李世先说过，但我和她确实不太熟，在学校时也未见过面说过话。赵文艺副主任还说，你们轻工业学院有一个1964年毕业的大学生叫刘玉魁的，他过完春节后将从抚顺市郊一个造纸厂调转过来，他爱人在新宾硫化铁矿小学当老师。赵文艺又说，张金荣曾向他说过，她的男朋友也就是爱人高永维过几个月也要从本溪县歪头山造纸厂调过来和他结婚团聚。我听之后不禁惊叹：嗬！新宾造纸厂真是人才济济呀，区区一座百人的县办纸厂没等正式投产就会有四位大学本科造纸专业的学生来工作。看来，今后我的工作历程可能不会那么简单哪！除了我们轻工业学院的几个学生之外，从营口造纸厂技校已分来四个学生，从营口纺织学校分来五个学生，沈阳技工学校分来四个学生。还有一位1966

届大连医学院毕业生叫安子贵，在厂卫生所当大夫。他是因为小腿骨折没接好，走路一瘸一拐的，不能在农村劳动，特批到造纸厂当医生。再有一位是1967届辽宁大学女毕业生贺明媛，不知什么原因分到造纸厂。大家初到工厂都很高兴，尤其是那些技校学生，他们有了工厂的职业，能挣工资，比那些同龄下乡的初、高中生强多了。

12月31日那天，厂工代会特意开了个欢迎会，华金庭书记兼革委会主任给我们讲了话，对我们这些远道而来的学生到新宾这个偏僻山区工作和生活表示热烈欢迎。工代会主任张国信也讲了话，他说话挺幽默。工代会宣传委员白春财还即兴表演了小节目，逗得大家挺开心。

工厂为我们这些外来学生安排了独身宿舍，共两排平房，都位于厂区的最后边。前排平房除了男女宿舍各两间外，还设有卫生所和托儿所。我被分到前排挨着卫生所的那间屋子，和我同宿舍的还有三个营口纺织学校的男学生：王宝琛、刘永胜、邱凤章。所谓宿舍，有一个顺着间壁墙砌成的火炕，剩下的空间是不到一米宽的过道。每个人带来的衣箱和手提兜放在由方木钉成的简易架子上，架子放在炕里面贴着墙。我们的被褥放在架子下面，白天叠起来晚上铺着，睡觉时腿可以伸直躺着。但是火炕需要住宿的人自己轮班烧，柴火工厂给准备了，堆在门前5米多远的地方。各间宿舍的间壁墙是用圆木立柱捆上细荆条再抹上泥巴修建的，为了美观，外面糊上旧报纸。时间长了，报纸和泥巴掉下来露出细荆条。工厂没有抹泥巴，图省事直接用旧报纸钉到荆条和立柱上。

宿舍前面有一片空地，它的东侧有一处厢房是工厂食堂，我们单身职工就在这里一日三餐，也有倒班的职工顺便来吃一顿。我们的厕所就不那么方便了，位于我们宿舍东边20来米，是典型的公共厕所。没有上下水，离5米远就能闻到臊臭气味。半夜大小便得走去，所以最好睡觉前别喝水。总之，虽然各种设施简陋，但还是很周全，我们都比较满意。

2

新宾县造纸厂是1965年开始筹建，直到1968年末才大致完工。原先这儿有一个造纸社，是手捞纸的作坊，后来上一台单缸小纸机，抄宽787mm。原料是废纸箱、旧报纸，生产本色包装纸，老百姓用这种纸当作烧纸，逢年过节给先人烧作冥币。可能是出于战备考虑，由辽宁省造纸芦苇公司负责设计、施工、设备安装，上了一台1092mm双网双缸抄纸机和一套蒸煮筛选、漂白、磨浆设备。在我报到时已基本完工，还有一些边角的零活需要收尾，最后试车生产。负责工程具体工作的是县工业站派驻到造纸厂一位姓盛的科长，他40来岁，有一定的企业领导能力。当时，整个生产系统还差纸浆漂白、精选环节需要最后完善。盛科长让张金荣负责筛浆机管路的配置指导工作，让我负责制药管路的配置和漂白机里面水泥槽圆角的施工指导工作。我先把漂白机水泥槽图纸看一看，工程制图学我在大学一年级学过，都能看得懂。图纸上标有R200圆角尺寸，我找到工厂木匠齐师傅，请他按图纸做个木材弧形刮板。我把它交给施工的瓦匠，让他用这个样板刮出水泥立面和槽内底面交角的弧形面，这样有利于纸浆在槽内的循环，不窝浆。我随时下到槽内监督瓦匠干活的质量，盛科长对这个活质量挺满意。之后我又开始搞漂白药液制造系统的管路配置，溶解漂白粉及熬制松香液都有一套设备需要配备管路。这些专业知识我没学过，只能翻书本照着干，就是俗话说的"现买现卖"。好在这些知识都不复杂，看看书就会。

来新宾的第一个春节快到了，工厂用一台解放牌大卡车送我们这些外来的学生到南杂木火车站乘火车回老家过年。只有两位女学生在副驾驶座位挤着坐，其余的人都在卡车上面露天坐着。车速较快，风吹得我们透心凉，但大家的心情都很高兴，两个多小时到了南杂木火车站，大家分别买了回自己家的火车票。我回到海城析木镇家里，父母弟妹们都非常高兴。虽然说我的工作地点离家较远，但是想到我现在挣工资了，可以对家庭有所帮助，只要家中的生活能维持温饱甚至比别人家强一点，我就打心里高兴。至于我一个人在外地独立工作、生活也没什么，这对自己是一种磨炼。父母也不是不担心不挂念我，可我已经是成年人，他们相信我能够处理好这一切。

过完春节，我回到新宾县造纸厂上班，继续搞工程的收尾工作。有一天，和往常一样下班回到宿舍，因为同屋人我是老大哥，经常是我主动烧炕，把柴火加到灶坑里，点着火之后我去食堂吃饭。正吃着呢，忽然听到外面有人喊："着火了！宿舍着火了！"我的心里一惊：该不是我那屋子着火了吧？跑出食堂往宿舍那儿一瞅：哎呀，正是我住的那间宿舍！烟正从门里往外冒呢！我急忙跑到门口和大家一起往里面瞧，灶坑外边的壁纸都烧着了，火苗正往上蹿，棚顶也开始要着火了。我和闻讯赶来的人们用脸盆、水桶从水沟里舀水往火上浇。可是火越来越大，天棚也都着了，顺着苦房草的缝隙往上冒烟，眼看要烧透了。有人喊：快上房顶往下浇水！我和几个职工顺着梯子爬上去，接过地面的人传上来的水桶、水盆往冒烟的地方洒呀，浇呀。经过半个钟头的拼命抢救，火终于被扑灭了。我住的那间屋子墙壁全烧焦了，房梁熏得发黑，上面铺的苦房草连烧带扒局部已经露天了。幸好，隔壁的卫生所没烧过去，它的墙是白灰抹的，若是报纸糊的恐怕也要受热起火。我和同屋几个人的被褥、衣箱和手提兜在刚起火的时候被工人师傅抢救出来了，这是不幸中的一幸。我灰头丧气，是我的原因造成的，我是"火头"要负责任哪！事后我分析，可能是烧炕时往灶坑架的柴火没完全推到里面，外面剩一截，火顺着柴火棍烧到外面。灶坑口离墙比较近，而墙上糊了旧报纸，时间长了报纸和墙面离开翘起来，遇到火苗受热容易烧起来。而整个墙面都是旧报纸糊上的，火苗很容易顺着墙烧到上面去。

我和同屋几个人被分别安排到其他宿舍，我和大连医学院分来的安子贵大夫住在一起。第二天，工厂找来临时工用稻草把损坏的房子顶上苫好，墙面抹了白灰。我在等着工厂对我的处理，可能是厂领导感到宿舍确实简陋，用报纸裱糊不安全，而且还得住宿的人自己烧炕，出了事不好责罚；再加上我是个初来乍到的大学生，救火时表现踊跃积极，就没提什么处分。

造纸厂的基建收尾工作逐渐结束，开始进行试车的准备工作。刘玉魁这位轻工学院1964届毕业生转到厂子就立马安排在厂试车领导小组，我被分到漂白工段三班倒，张金荣、贺明媛安排到精选工段三班倒。也难怪，人家刘师哥已经在造纸企业工作了四年，论知识和经验都比我们强，这样的安排是正确的。试车首先是从各工段进行设备试运转开始。造纸的前几道工序是切草、蒸煮、洗涤，然后进行筛选漂白、磨浆，最后用抄纸机抄造成纸页，再完成工段切纸、选纸、打件入库。

我在漂白工段干了几个月，掌握了漂白工段主要生产工艺和技能。我感到自己是造纸专业的大学生，应该全面掌握造纸技术，不能只在漂白一个工段实习。抄纸机是造纸技术中最重要的设备，应该熟悉它、掌握它。我向华书记谈了自己的想法，经过他们领导研究之后把我调到姓乔的师傅当班长的抄纸班。

在抄纸工段上班，我每天都勤勤恳恳劳动，打扫卫生捡废纸都干在前面。我想好好表现自己，尽量多干一些，以博得班里工人师傅的好感。记得是初夏的一天，我上四点班，吃完晚饭后乔班长领着我们全班人把抄纸机开起来。那时候刚开始生产，一切都还不太正常，制浆车间往往供应不足抄纸机用浆，所以纸机还不能二十四小时连续生产。这回机器转起来，各部分水管都打开，浆泵转起来供料。网槽里网笼子挂上湿浆，随着毛布带到第一烘缸，可纸页进去却不出来，估计是湿纸页打团塞到排风罩和烘缸之间的空隙中。这时机器正转着，毛布带动两个烘缸和压榨辊运行。乔师傅让一个工人赵进茂拿螺丝刀把排风罩的盖子卸下来，以便掏出阻塞的纸团。赵进茂用螺丝刀拧固定排风罩盖子的螺丝，拧了几下螺丝不见松动。这时，大家都很着急，机器正转着，等着出纸呢！我和另一个工人及乔班长在旁边也瞅着干着急，不知哪来的勇气，我说："把螺丝刀给我！我来拧。"我接过螺丝刀对准螺丝的口，双手用力拧。终于，螺丝松动了，再拧就下来了。可是，在场的人谁也没想到用手接住螺丝。啪啦、啪啦，螺丝钉掉到机台架子上，又崩到正在运行的毛布上，随着毛布进到烘缸和压榨辊之间。糟了，出事了，马上停机已经晚了！我们大家急忙跑下机台停机观察：毛布出了漏眼，压榨辊胶面出现了凹坑，螺丝钉不知道掉到哪儿了。这是出事故了，而且是不小的事故！我顿时蒙了，坐在长椅上两眼发直一声不吭。厂领导听说出了事故，都赶到现场。乔班长向他们介绍了事故经过，我这时没在旁边，也没人问我具体情况。纸机暂时不能开动，压榨辊需要卸下来去外地补胶面，毛布得更换新的，这次损失不小。我们班的人在机台现场待了两个来小时，最后华书记让我们都回去休息，并通知零点班的人不要来上班，明天统一上白班。

我回到宿舍，安子贵大夫还没睡，他也听说车间出事故了，我躺在炕上心里七上八下，一宿没怎么睡。第二天上午，工厂保卫干部找我，让我写一份事故经过材料，告诉我怎么处理等厂领导研究有了一定再说。之后厂革委会赵文艺副主任找我谈话，说根据我现在的情况，已不适合在抄纸工段干了，决定调我到蒸煮工段。造纸厂的蒸煮工序就是把切成一定长度的稻草段装到蒸球里，按比例加入水和氢氧化钠碱液，盖好球盖加蒸汽蒸煮。达到要求硬度后倒出来，在池子里洗涤，之后由泵送到下道工序。这个工作装球时累一些，掌握蒸煮硬度是关键。这个工作我能胜任，还可以掌握一些蒸煮工序的技能，就将就干吧。

3

1969年上半年我先后出了两件事，上一届的师姐张金荣没和我说一句安慰的话。她是怕受到我牵连还是怎么回事，反正在厂里见到面总是不冷不热的，还不如辽大毕业的贺明媛，人家对我多次表示同情，说不少安慰的话。

6月份，我的处分批下来了。那是一天下午，厂保卫人员把我们几个有问题的职工叫到汽车库一个角落，向我们宣布了处分决定。我由于宿舍失火和抄纸机事故受到记过处分，对付宏香等人的处分我没记住。我迷迷糊糊走回宿舍，一头扎到被子上泪流满面，悲叹自己今后没有什么前途了。沈阳技校的女生林赤鸣不知是找安大夫还是来看我，她见我在炕上掉眼泪，问我怎么回事，我没吱声，摆摆手表示没有什么。她站了一会儿，一脸迷惑地出去了。

我来新宾造纸厂才半年，却接连出了这两档子事，太没有社会经验，也太不顺利。本来我就有些先天不足，老天爷又拿我开玩笑，让我的人生旅途频起波澜。可是，生活还得继续，日子要一天天往前挨。不过，现在我不再想追求掌握技术，也不奢求当什么管理者。就当我没上过大学，当个普通劳动者，干好每天的工作，按月有工资收入就行了。

最近，海城老家父亲来信，说眼下生产队去年分的口粮马上就要吃光了，今年春天种的土豆还得等到7月中旬才能下来，眼瞅就要饿肚子。家里三个妹妹一个弟弟张嘴要吃饭哪！我读了信，知道他们很为难。连忙按照信里告诉我的那样，去永陵镇粮库找在那里工作的罗世军大哥，他答应尽快帮助我买粮票。罗世军的父亲是我们海城老乡，多年前他从海城析木镇搬到新宾县永陵镇，我父亲知道这个事。这时市面上有卖议价粮票的，每斤二角钱。我现在实习期间工资每月四十三元五角，比城市少两元五角。我每月在食堂吃饭二十元就够了，加上零花钱，每月还能剩二十元左右。隔一天，我拿出六十元交给老罗大爷，他交给我三百斤粮票。我马上去邮局给父亲汇去，同时还给家里邮了五十元钱。下个月我又给家里买了二百斤粮票邮去。解决了家里今年的燃眉之急，我心里有了满足感：父母没有白养活我一回。

4

这年秋天，厂子里来了两个不速之客。一打听，是厂卫生所安子贵大夫的妻子和她的表妹。对老安的家庭情况，我们一般人都不了解，他也从来没有和我们说过。后来听厂工代会主席张国信说，安子贵和他老婆在读大学前就结婚了。可能是到大城市读书见识多了有什么想法，加之学校不允许大学生恋爱、结婚，所以一直没要小孩。安子贵分到新宾县以后不想和他妻子继续过了，因为女方是义县农村姑娘，没有工作没有固定收入。看到安子贵不理她，过年也不在一起居住，妻子很生气。于是这回让她表妹做伴，从家乡义县找到新宾造纸厂来了。这一下子全厂轰动起来，职工们纷纷议论安大夫的婚事，都认为他这样做不对。老安发蔫了，班也不上整天躺在炕上不起来，两只眼睛直勾勾地瞅着天棚。我和他在一个屋住着，看他那个样子，也替他着急。这件事到底应该怎么解决呢？这天工厂抄纸车间山墙外黑板上出现了中号字的标语："我叫安世美，我有一双加重腿。"原来，安子贵的左小腿曾经骨折过，当时没给接好形成外弯曲状，很像自行车后座的加重支架。所以，有人给老安写了这么一条标语讽刺、挖苦他，倒是挺形象的。我当时没有把这条标语的事告诉他，免得他上火。后来听说，这条标语是厂工代会主席写的。

安子贵是厂卫生所唯一的大夫兼护士，他可以给看病的职工或其家属开好一点的或一般的药，全凭他的笔杆子。那时公费医疗，职工看病不花钱，家属是半费。老安会来事，对工厂各级领导很关照。尤其是家属有病开药，尽量以本人的名义不花钱。现在安大夫有麻烦了，平时他给帮过忙的人就出面帮他。工代会副主席张忠臣、厂销售股长曹永纯出面劝安子贵的妻子冷静，别吵别闹，好说好商量。他们了解了老安的底线态度，就去劝他的妻子和他离了算了，反正两个人也没有感情，过不到一块去。又回头劝安子贵多出些钱补偿给女方，若不然就把老家的房子给妻子，自己净身出户。经过一个星期对双方的周旋，他们最终达成离婚协议，女方离开厂子回义县老家。老安终于从炕上爬起来了，不用我每天到食堂给他打饭。春节前后，安子贵回义县老家和他妻子办了离婚手续。第二年春夏之交，安子贵的老家那边来了一位姓岳的女性，年龄接近三十岁。老安向我介绍，这位女士是老家那边的中学教师，是他亲戚给介绍的。听那口气已经定下来了，只等着调到新宾就结婚。我看这位岳老师的一条腿也有点毛病，走路有点踮脚，但比老安强多了。以我旁观者的看法，这位女教师和安大夫挺合适，两个人从身体、职业等方面都比较般配。

5

造纸厂的生产逐渐走上正轨，工艺技术管理由刘玉魁负责，并且兼生产股副股长；质量检查和化验由张金荣管理，她的对象高永维调转过来了，负责技术改造；设备及备品配件的管理缺个人，经工厂领导研究决定，让我当设备管理员。我终于从车间三班倒的工人岗位抽上来做管理工作，华书记和赵文艺副主任及盛延柱副主任还是知人善任。这时是1971年的夏天，有一次半夜下雨，我在被窝里听到雨点声，我想起白天卸下来的一台电动机露天放在车间外，若是被雨淋透了就不好修理。我连忙爬起来穿上衣服披上雨衣到现场察看，那台电机正被雨浇着，我摘下雨衣盖到上面，用砖头把它压住。第二天，负责生产和设备管理的厂革委会副主任盛延柱看到了这个，特意到我办公室问我并表扬了我。他曾经写大字报批判过我，现在我理解他也不记恨他，是我自己不会干活出了错。虽说我实习期间劳动，班长应当负一部分责任，但是我应该多担当一些。事情过去就算了，吸取经验教训，今后努力工作，一定会有光明前途。经过一段时间的设备管理工作，我对机械技术方面有了长足的进步。我在学校学过工程制图，现在对机械图纸也熟识了。

6

来到新宾县两年多，我的虚岁已经26岁，按常理这时候应该谈婚论嫁了。我听说一个班同学已经大部分都结婚了，只有像我这样条件的还有少部分在游离在等待。但是，我接触这方面事却并不晚，尤其是处在乡镇环境。刚入厂两个月，有个叫赵亮的工人是磨浆工，和我当时的漂白工作岗位紧挨着。他是老高中生，我们经常接触，比较谈得来。有一天他吞吞吐吐地和我说，有一个完成工段的造纸女工托他问我是否搞对象了，若是没搞呢，她有那个意思。我来厂时间不算长，但知道是哪一个人，她差不多是全厂长得最差的那个女工。她怎么就想和我提这种事？大概她知道我的政治条件不太好，所以对她也能认可？赵亮说完，我没犹豫，对他说："我已经结婚，孩子都三岁了。"赵亮一愣，很快就明白我的意思，自言自语："我就知道人家不能愿意，非让我去提，真掉价！"现在回忆起来我有些后悔，不同意可以委婉点说，干吗那样寒碜人！

我的海城老乡罗大爷认识一个永陵镇蔬菜生产队的老头儿，他们平常没事在一起聊天。那位老人托他在造纸厂给自己女儿找对象，罗大爷就想到了我。一个星期天，他让我去那个老头儿家相亲，我不好意思拒绝，和罗大爷一起去距造纸厂不远的北工地居民区那个老人的家。一进门，看到一个稍矮一点的青年女子坐在炕边，一张桌子摆在她旁边，上面有个墨水瓶和一支蘸水钢笔，一个小本子。看来是事先有意放在那儿，以此来应付我这个文化人。互相交谈几句，知道她是高中毕业生，农村户口，现在没有工作。我考虑这样的条件不可能接受，我的最低标准必须是有固定工作，挣工资的，长相一般，过得去就行。我觉得两个人都有收入生活才有保障，婚姻才能美满。在那儿逗留不长时间就告辞了。回去的路上，我和罗大爷讲了我的意思，他说农村的也不一定不行，人品好比什么都强。其实对那个姑娘的人品，他也不了解。我初步观察，她人品能不错，挺朴实。可是经济上我不能迁就，这是生活的基础。我自己认为，凭我一个大学毕业生无论如何不能找一个农村没有工作的女子，尽管我的其他条件差一些。因为我了解农村，了解农民的困苦生活，"贫贱夫妻百事哀"嘛！

工厂供销员张发千也曾给我介绍过对象。他的外甥女在上夹河公社当小学教师，当时年龄也超过25岁了。老张说你的岁数也不小了，我的一个亲戚你们见见面，行呢就处着，不行就拉倒。我同意见面，按照约定去了永陵镇里他的家。那个小学老师正在和张发千的老伴唠嗑，见我进屋就站起来很客气地打声招呼。我看她个头和我差不多，挺苗条，相貌中等。我的情况老张肯定向她介绍得很详细，所以没问我个人的什么，只是互相随便地谈一些工厂、学校的情况。那时，知识分子是"臭老九"，在工厂里不太吃香，学校是扎堆的地方，境况能好一些。我们彼此同病相怜，还真扯了一会儿。半个小时过去了，我告辞回厂，她送我出院子外。事情过了几天，不见有什么动静，张发千也没再和我说什么。我想，可能人家对我某一方面不满意？那就算了。"强扭的瓜不甜"，我也没主动去找老张。

大概是年龄关系，给我介绍对象的事还接上溜了。关俊芳两口子是在农村劳动一年多以后分配到我们造纸厂的。他们俩是大连财经学院1968届毕业生，关俊芳是新宾县人，她的对象跟她来到新宾县。关俊芳有一个高中同学在县城当老师，她们年龄相仿还未婚。她给我介绍："这个同学家庭条件挺好，有一个哥哥在县里工作。你们见个面，若感觉可以就处一处。"我答应关俊芳，一天上午11点我提前出厂来到她家。关俊芳的同学长得挺高，虽然第一眼见到她是在炕沿坐着，但我约莫个子肯定比我高。果不其然，当她站起来向我打招呼时，我感觉能比我高五厘米。我心里想，女的比男的高不太好，让别人讲究。小说《迎春花》里的江任宝比他老婆矮，总受欺负。我倒不是怕关俊芳的同学会欺负我，就是心里不得劲，还是别处了。在那儿应酬一会儿，我向他们告辞。下午，在厂子里关俊芳问我："怎么样？还可以吧？"我说："别的方面我没啥说的，就是个子比我高，有点不敢和她处。"关俊芳听了忍不住笑了起来："我这个同学别看她个子高，脾气可好了。真的，我不骗你。"可是我的心里还是有点犹豫不定的，就和关俊芳说："那就看人家怎么个态度。"后来，关俊芳告诉我："我那个同学不太主动，可能有啥想法，不行就算了。"我想我的个子比她矮可能是个原因。既然如此，就好说好散。

7

1971年春，上面又提出工人阶级要占领上层建筑舞台，教育阵地要由无产阶级管理，知识分子要改造资产阶级世界观。具体落实到基层就是学校直接归工厂管理，工厂要往教师队伍里"掺沙子"，派人到学校去当老师。而学校的老师则到工厂里参加劳动，改造世界观。我有幸成为无产阶级的"沙子"，被派到学校去当老师。真有意思，我是合格的"沙子"吗？自己不敢这么认为。可能别人不愿意当这个"沙子"，而一般工人也不能、不会讲课，拿我充数吧？不管怎么样，上面的指示要执行，要落实。永陵镇中学归造纸厂管理，学校的人事、教学等工厂都要负责。学校老师轮班到工厂劳动，干的是切草这个最脏最累的活。

我来到永陵中学，这是镇里唯一的一所初级中学。在操场的南北两侧各有一所楼房，分别是二层和三层的，挺像个中学的样。校长何玉连对我相当客气，问我愿意教哪一科。我自己考虑，读高中时当过化学课代表，教初中化学应该能胜任。就这样，中学的化学老师首先去工厂劳动改造世界观。用现在的话来说：对不起，我不是故意的。我确实不认得哪位是化学老师，抱歉！

我看着化学课本准备了两天，用学校的行话就是"备课"。说实在的，初中化学那些知识我是手拿把掐，根本不在话下。不过，我没当过教师，在人多的场合没讲过话，心里没数。第一次上讲台，记得是三年一班的课。我在教室外点了一支烟，抽两口心里镇定一些。上课铃响了，我左手拿着烟卷，右手拿着教科书和教案，推开教室门走上讲台。吸了一口烟，开始自我介绍，学生们被我的举动惊呆了：从来没见过哪位老师在课堂上抽烟哪！但是没有学生敢吱声，他们对我这个从工厂来的新老师还是有些忌惮。看到学生们的表情，我下意识地明白在课堂上抽烟讲课是不恰当的。于是，我连忙把烟掐灭了开始讲课。这第一堂课讲得还算顺利，没等下课铃响，我已经把课讲完了。过一段时间，我逐渐习惯了给学生上课，感觉自己还胜任教书这个工作。干了一段时间，我又感到教师这个职业不是谁都能干好，尤其是班主任这个职位。有一回，我上三年六班的课，一个姓李的小个子男生在课堂上说话影响别的同学听讲。我批评他两句，他不服还和我顶嘴，我心血来潮动手打了他一个耳光。那个学生生气跑出了教室，我有些后悔自己的莽撞。下午，我特意到三年六班教室看看，这小家伙没来上课。我认识到自己做错了，想去他家向他或者他父母赔个不是，费不少工夫打听到那个学生的家庭住址，可是去之后发现他家里没人，回到学校，我把这个情况向他们班主任谈了，并表示是自己当时太冲动。班主任叫李元洲，有工作经验，他对我说："你放心，我会把这件事处理好，别担心。"过后，我再上这个班的课，果然学生纪律好多了，那个姓李的学生也没起什么风波。我知道是李元洲老师把一切都搞妥当了，真令我佩服。后来，李老师被抽调到永陵镇政府，退休时他担任镇党委副书记，是个人才。由此，我认识到教师这个职业是一门学问，不是谁都能干得好。

在永陵中学教了半年课，我和同一教研室的老师处得很融洽，管延东、商显魁、"北京王"等老师现在都记忆犹新。返回造纸厂，我继续做设备管理工作。这个工作外出机会比较多，经常到沈阳、辽阳的造纸机械厂订备品、修配件。与造纸厂周围的生产队也打交道，他们用电动机就来工厂求援，厂领导批了还得经我手办出厂手续。生产队长和会计对我很热情，常对我说有事吱声。我知道他们可以给我用粮票换大米，当时城镇户每月细粮供应得少，可我没成家，用不着换大米。

安子贵大夫和他最近再婚的岳老师搬到造纸厂后山的家属宿舍住去了。我自己住的宿舍搬进来一位北京大学的毕业生。按常理来说，北京大学的毕业生一般不能分配到像新宾县这样偏僻的山区来，况且还不是在县城里。我分析，这里一定有什么缘故。厂总务股的人告诉我，他是分到永陵中学工作，因为学校里没有独身宿舍，临时在工厂的宿舍住。我观察他好像精神有点不正常，受过什么刺激？给人一种说不上来的恍惚又有点谦卑的感觉。他在我的宿舍住半个月，不知什么原因又搬走了。是我白天上班时搬的，具体去哪儿不知道，以后再也没有他的消息，遇到中学一位老师打听那个人的情况，说是现在也不在学校上班："他教不了课，大脑有问题。"我猜想，这个北大的学生可能受到某种精神伤害了。

8

在造纸厂工作四年多，虽然说现在不像普通工人那样三班倒，可总觉得还是不太顺心。设备管理不是我的专业，尽管能胜任这个工作。制浆造纸是我的本行，我还是要争取实现我的理想，做一名制浆造纸工艺工程师，我觉得在新宾县我的前途不能太光明，离家远不说，又受过处分，搞对象也不顺利。不能再在这里待着了，想办法调回去吧。于是1973年春节我休探亲假时，到海城县工业站找到上届六三二班的校友娄国文，请他帮忙调回海城县。娄国文在学校时就入了党，毕业后分到政府机关很正常。我们班毕业分配到海城县造纸厂的许华祥同学这时已调回鞍山市，正好我转回海城可以补这个缺。我的调转办法是对换，有一个和我同届六四一班的校友孙成瑞在海城一家陶瓷厂工作，他想调回抚顺市。如果我能对换回海城，娄国文可以从工业站把我转到造纸厂，我还可以干自己的本行。就这样，娄国文师哥给我办了调函并立刻邮往新宾县工业站。我回到新宾县造纸厂等候消息，心中暗自得意。可是，过了一个来月不见信儿，我到县工业站打听，得知来函已经转到造纸厂。我找到这时候的造纸厂书记兼厂长打听我的事。这位厂领导姓金，他说："你这样的不能放你走！要老老实实地在这里改造你的思想。"我无可奈何，谁让我是"臭老九"，就得接受改造哇！这次努力算是白费了，人家有权说了算哪！

　　自己的悲凉处境，使我想起分配到距新宾县较近的本溪县碱厂造纸厂的付玉兰同学。她去的那个厂子听说比新宾县造纸厂规模更小，地方也很偏僻，不知道她现在的处境如何。在学校时，因为她是"社会青年"考上的，我们这些应届高中生直接考上大学的同学还有点瞧不起人家。还有一个与我们同宿舍的男生桑润田也是"社会青年"考上大学的，有时大家用不太友好的话敲打他。我给付玉兰去了一封信，向她表示问候，打听她的近况，希望多联系。不久她就给我回信了，很客气地谈了几句。也许对我主动给她去信感到有点意外，因而产生一点误解？其实，我就是想向她倾诉一下自己内心的烦恼，想得到一些同病相怜的安慰。后来，我没再给她去信，不过同学之间的友谊还是日久天长。

9

　　新宾县造纸厂原来的设计宗旨是用稻草为原料生产有光书写白

纸。其实，稻草原料是生产不出印刷用纸的，它的纤维短、张力低，物理性能达不到要求。几年来，都是生产40g有光白纸，用来制作中小学生的算术本和作文本。虽然纸张档次不高，但是生产工序并不简单，从切草、蒸煮、洗涤、精选、漂白、磨浆直到抄纸，一道流程不能省，水、电、汽消耗量大，成本高。刚开始生产时稻草原料便宜，还能维持不亏损。过了几年，稻草价格成倍涨，而且不容易收上来。每年收购量供不上生产用，维持连续开机生产难以为继。而造纸工业是机械化生产，最忌讳开开停停，否则必亏损无疑。这时候，新宾县造纸厂陷入关停两难的境地。

在这种情况下，新宾县政府把一位从省政府下放的干部，辽宁省政府原巡视员董世杰抽调上来，派到造纸厂担任厂长兼书记。这位同志不愧在省里工作过，有魄力，口才又好，是位难得的好干部。

董世杰从天津得到一个用木材造纸的信息：天津造纸一厂用废旧矿山坑木或铁路轨道淘汰的旧枕木为原料，生产箱板纸。工艺流程简单，成本不高但产品价格可观，效益好。董厂长对新宾县木材进行调研，认为采用当地的枝丫材生产箱板纸是可行的。第一，原材料丰富，新宾县地处长白山余脉，各种阔叶林漫山遍野，全县国有林场30多个。第二，箱板纸原料可以用阔叶木为原料，国家限定禁止砍伐的树种如红松、落叶松等不在我们使用的原料之内。第三，用树木做原料生产箱板纸制成的纸箱强度大、抗压性强，售价高利润大，经过反复核算，每生产一吨箱板纸可净获利500元以上。我厂纸机年产量可达3000吨，年利润150万元，这在县一级企业来说是相当可观。方案确定了，上报县里也批准了。1974年初冬时节，工厂派我和机修、抄纸车间主任带领各工段班长去天津造纸一厂学习。我是技术负责人，为什么让我挑这个重担，董厂长是这么考虑的：我在厂里管设备已经3年多，到天津订购木浆盘磨机和回本地加工盘齿都须搞设备管理的人去做。另外，我是学造纸工艺的，将来新流程的运行、试车我都能组织和领导。所以，董厂长认为这个工作我干最合适。

为了不辜负工厂领导的信任，虽然我已经在1974年7月结婚并且妻子已经怀孕，但是我仍然在12月下旬冒着严寒与厂里的生产骨干一起奔赴天津进行了一个月的学习和设备订购等工作。上述这些事都是后来发生的，按时间顺序我应该向读者交代我结婚前后的详情，这是我人生的大事。

10

1974年春节过后，我从海城老家返回新宾造纸厂工作。过年期间，老妈对我的婚姻大事很着急："你都虚岁30了，还没有处对象，妈替你担心哪！"20世纪70年代男人30岁未婚确实少见，就连我姐姐、哥哥都在25岁以前结的婚。我听了妈妈的话心里也不好受，可我能说什么呢，只好安慰她："急也没有用，大概还是缘分未到。你放心，我能找到对象。"

郭文靖是1964届老高中毕业生，和我同岁，不知道他什么原因没考上大学。现在他在厂里当焊网工，颇有文采，厂子的宣传板报由他负责。因为我们文化程度相近，经常在一起闲谈，关系挺好。有一次他对我说："你能在新宾县干长远不？若是能的话给你介绍个对象吧。"我正为老妈的话犯愁呢，听了这话连忙说："介绍呗，我正想成家呢。"一天中午，我回到办公室休息。这时，郭文靖把一位姑娘领到我办公室，他介绍说："小X是永陵后堡人，现在在县税务局上班，你俩唠一唠，我看你们条件挺合适。"我瞅了瞅她觉得行，个头比我稍矮一点，一双大眼睛，皮肤稍有点黑。重要的是人家工作好收入稳定，这是我比较看重的。互相谈了一会儿，郭文靖在旁边给我们双方说好话。下午上班的时间到了，他们俩离开了办公室。事情过了几天没动静，可能人家姑娘有什么想法？我的情况大概不太符合她的要求：个子不高，长相一般，更主要我的政治条件令人打怵，这是我重要的缺陷。尽管现在我已经坐办公室当管理人员，而且文化程度够用，可是这都弥补不了我的先天不足。果然，郭文靖传来了话，这回又一次不了了之。

还有一回，我和完成工段的翟丽凤有过一次短促的接触，后来也是风吹云散。我上班时上午、下午都到车间转一趟，观察设备运行情

75

况，路过完成车间，看到一位选纸工有点与众不同，年青、开朗、爱说爱笑，长得也不错。她正忙着选纸，我站住瞧她一眼，她可能也有点察觉。不过谁也没说什么，连个招呼也没打。有一回是星期天，我到永陵镇街里买日用品。

在街边，我看到她站在屋檐下，见到了我她先打声招呼。我停下脚步问："你家住在这儿啊？今天也休息吗？"她点头称是，邀请我进屋坐一会儿，我没太犹豫就进了她的家门。我们闲聊几句，她妈妈从里屋出来，看了看我，说："你是造纸厂的？到街里闲溜达？"我笑着回答她。之后，老太太没说什么，又回到里屋，我坐一会儿也告辞回厂子。后来，赵亮对我说："人家妈妈嫌你'大六冲'，不愿意。"我有点吃惊："什么叫'大六冲'？什么愿意不愿意？"赵亮笑着说："就是你比人家姑娘大六岁，'犯相'。你是看上翟丽凤了？要和她搞对象？"我连忙否认："没那回事，就是碰巧遇上了。"我不知道翟家母女都议论了什么，为什么会和赵亮说那个话。我估计，可能翟家打听我的家庭背景，知道了什么就让赵亮给我传递这个话。什么"大六冲"，纯粹是借口。去年曾有人给我介绍一位永陵镇小学的教师，也是听说了我的家庭情况而却步了。这方面有时年轻人不怎么当回事，可是家长若是知道这种情况，那肯定是一个不行十个不中。

11

新宾县地处辽宁东部山区，虽然已经过了清明节，树叶尚未发芽，小草也没钻出地面。1964届师哥刘玉魁这时已被任命为造纸厂的技术副厂长，我的业务受他的领导。有一天，他找到我说："小贾，我给你介绍个对象怎么样？"我对他少见的热心肠很感动："那可就谢谢你了。"定在星期天，我坐在他骑的自行车后座上一起来到造纸厂东边的老城大队河北生产队，厂子机修车间一个管工师傅于文住在这里。老城，就是清朝发祥地的那个遗址，是清朝第一任首领努尔哈赤建立的都城。现在它已经和沈阳故宫一起成为世界文化遗产之一，每年春暖花开季节游人络绎不绝。

我随着刘玉魁师哥一起走进于文师傅的家，第一眼就看到炕边坐着于文师傅和两位陌生的女人。年纪老一点的满脸皱纹，透出一副慈祥的样子，年轻的那位脸有点发红，身体微胖，戴着近视眼镜。于师傅向我做了介绍，他指着年轻女子说："她是嘉禾中学老师，叫赵雅琴。"然后又指着旁边岁数大的女人说，"这是赵老师她妈。"转过身向她们介绍我，"他是咱们造纸厂的贾工，大学毕业。"当然，她们早就能知道我的身份和一些相关情况。按见面的老例，我们双方寒暄几句，互相打听一些彼此的简况，刘玉魁和于师傅在另一边聊厂内一些事。正坐着交谈，赵老师忽然说她头有点晕，就慢慢地仰面躺在炕上。她妈妈和于师傅连忙问："怎么了？"我和刘玉魁初次和她们见面，不好太上前，只是挺着急。老太太把赵老师扶着坐起来，她自己用手摸着头说："没事了，不要紧。"见此状况，我和老刘都上前关心问候，坐了一会儿我们起身告辞。在房门口，我向于文师傅表示谢意，他让我听信儿。我和刘师哥走到院子大门回头看，赵老师和她母亲也慢慢走出房门，看来身体没啥事。我们往西回造纸厂，她们娘俩往东回驿马大队，她们家在那里。

路上，刘玉魁向我解释了他当介绍人的因由：赵老师的舅妈和他是远房表姐弟，又是于文师傅的表兄弟媳妇。农村人重视亲情，八竿子打不着的亲戚也能攀上。若是我和赵老师真能成的话，论起来我要低老刘一辈呢。这次相亲给我的感觉还可以：长相虽说一般，但我不挑这个。虽然她不是镇里人，可是人家是中学教师，素质应该够用。从我这方面讲是愿意，不知道她赵老师是怎样考虑的。

时间过去一个星期，我有些焦躁不安，该不是又吹了？刘师哥那儿也没得到什么消息。一天晚饭后，赵雅琴老师找到我的宿舍，这时我已经搬到后排宿舍靠东侧的房间。她给我带来一兜鸡蛋，我看她面带微笑，心里明白事情有希望，人家是愿意和我相处。我们在屋里坐一会儿，我提议到外面河堤上走一走。从交谈中我知道了她的一些情况：现在只有母亲和他们姐弟几个一起生活，父亲早在十五六年前就去世了。早先他们家住在抚顺市河北的抚顺城，爷爷与别人合伙开铁匠炉，父亲打铁、钉马掌，叔叔下煤矿。父母结婚生下他们姐弟四个,赵老师是老大。她父亲后来得肺病去世,母亲领着孩子出去过,靠她一个人在街道干临时工挣钱维持五口人生活很难。赵老师母亲一狠心就领着她们姐弟四个回到新宾县驿马村,投奔娘家哥哥。现在,十几年过去了,赵老师大弟弟在1968年参军,复员后在嘉禾畜牧场喂鹿,结婚后有一女孩。二弟弟在1972年也参军。老弟弟中学毕业在畜牧场饲料队上班。而赵老师回乡后初中没毕业就在生产队劳动,帮助母亲挣工分养活当时尚小的三个弟弟,真令人钦佩。她自己慢慢长大了不甘心在生产队干一辈子,从妇女队长做到嘉禾畜牧场广播员,又读抚顺师范毕业回来当教师,这个历程真不容易呀!我想自己的两个妹妹小学毕业就下生产队干活,挣半个劳动力工分帮助父亲维持家庭生活,也不容易。我和赵老师越谈越觉得我们有共同语言,都为了生活而努力。我觉得我们挺般配,如果在一起生活肯定会过好日子。

到1974年4月,我已经毕业工作5年。这时国家下了文件,我们的实习期算是结束,要给我们转正。虽然比正常情况晚4年,我还是谢谢国家想到这个事。并且,县政府根据我近几年的表现,没有因为我受过处分而不给转正。我的工资由每月43.5元转为55元,转正时间从1974年1月算起补发。正好,春节我回家时父亲曾和我说过,希望我回新宾后给家里邮100元钱,用于买只半大的猪。家里把猪喂半年够200斤时卖给食品收购站,可以获得300斤粮票的补贴,这样既得到钱又有粮票,就不用我再往家里邮粮票。于是,我把补发工资的钱加上以前几个月攒的钱凑够100元给家邮去。

我和赵老师又见一次面,正式确定了我们的关系。按照一般礼节,结婚之前双方家长应该见一面。我把处对象的事向父母去信告诉了他们,父亲回信说这事挺好,一切都尊重我的意思。至于到新宾与亲家见面,因为离得远来回不方便,让我自己去丈母娘家拜访一下尽到礼节就行。于是,我按照赵雅琴老师的指导,买两斤蛋糕、两斤猪肉去驿马沟里拜见丈母娘。

赵老师家自己没有房子,住的是生产队盖的一排平房西侧把头的两间,可能她大弟弟是退伍军人照顾一下。外间是厨房,里间住人的是南北炕,大弟弟两口子和孩子住南炕,他母亲和老弟弟住北炕,这时老二当兵在外。赵老师平时在嘉禾中学独身宿舍住，星期天回家时也挤在北炕，条件是差一些。

和未来的大小舅子赵德富及他的媳妇于秀琴见了面，他个头不高但挺善讲。他们的女儿叫赵燕，不到一周岁。我从他媳妇手里接过来抱着亲了一口，显得很亲近。真是有缘，小丫头在我腿上撒了尿，用丈母娘的话来说，我这个未来的姑夫挺"识交"（湿浇）。在丈母娘家吃了小鸡炖蘑菇，这是东北地区的习俗："姑爷走进门，小鸡吓掉魂。"我还记得，老小舅子和他的同学小黄满院子捉鸡的热闹场景。

劳动节那天晚饭后，我按照头一天和赵老师在电话里的约定，来到她在学校的宿舍。嘉禾中学规模不大，是所初级中学，每个年级只有两个班。她教的是语文课，在抚顺师范学的就是中文专业。1972年刚毕业时，她被安排到驿马小学，一年后因工作需要调到嘉禾中学。赵雅琴老师经过多年的努力奋斗，终于脱离了农业劳动走上教书育人的工作岗位，成为一名正式工作人员。虽然那时候老师还不吃香，但挣的是固定工资，工作稳定可靠。这对于普通的农村老百姓来说，应该感到很满足。现在，她又遇到我这个国家干部编制的大学生，工资待遇在同龄人中最高。当然，我有先天的不足，政治条件差。雅琴她妈妈为什么能同意我们结婚让我做她的女婿？她们是怎样考虑的我不想深究，反正我认为同意和我结婚是英明的决策，她是有眼光的女人。

走进雅琴的宿舍，看到她正在批改作文，可能也是正等着我呢。见我进来，她把学生的作文本、墨水、蘸水笔收起来，我们坐在一起聊了一些准备结婚的事。我向雅琴说，我准备向厂子申请家属房，这个事能办到。我给她分析：一是现在造纸厂后山家属宿舍有一处空着，户主调回县里了；另外，由于我的努力工作，目前在厂子里比以前受重视，估计张嘴要房不会受到拒绝。我们又商量婚礼的操办，根据我的经济情况恐怕没有这个条件，雅琴说她们家是女方没想给我们办。我想回海城让父母给咱们办，大概也不一定能行。原因是办不起，没钱哪！饭都吃不饱，向谁借钱去？不过，那时城镇青年不像现在的年轻人非办婚礼不可，营口纸校一个学生结婚时也没办，两个人把行李搬到一起就行了。我曾经写信给父母，征求他们的意见。父亲回信说，你们俩回家走一趟，就当作旅行结婚。我把父亲的意思向雅琴说了，她没表示不同意。不过，结婚近40年的现在，雅琴有时看到电视剧中结婚的场面，不免向我抱怨："我这辈子没办婚礼就嫁给了你，有些亏了。"我的确无话可说，只能一笑了之。有时还强辩："别看咱俩没办婚礼，可是咱们的日子过得好。两个孩子都念了重点大学，退休金也比一般企业职工的多。"话是这么说，到底我感到确实亏欠了她，好好待她白头偕老吧。

第二天早上，我起来没顾上吃早饭，骑上借来的自行车返回厂子。

我们旅行结婚是从"七一"这天开始的。在这之前，我向工厂申请下来了房子，就是老乔班长腾出来的，他转回县里一个纸厂。房子是一间半，两家共用一间厨房。我们对门邻居是营口纸校毕业的吴铁臣，他比我早结婚一年多。吴铁臣个子比我稍微矮一点，能说会道，对象是沈阳技校的林赤鸣，现在已有一个男孩。我和雅琴用旧报纸把屋子重新裱糊一遍，显得敞亮一些。我在永陵镇里花钱找木匠打一对橙色衣箱，又在县里木器厂订购一架炕柜，这是厂子齐木匠帮的忙。按当时习俗，家具是置全了。那时候"四大件"还不是强调必须有，说实话，我也没有那个经济实力，就是有钱也不容易买得到。当时，物资匮乏得很，商店里必须有熟人并且排号才能买得到。我结婚的两套被褥是沈阳技校迟澍帮我做的，他家在沈阳开过缝纫店，他也会使用缝纫机。

传达室的老段是个热心人，听说我要结婚，热心地张罗凑份子给我买礼品。他对人说："小贾是个实在人，从老远外地到咱永陵工作，不容易，咱们大伙给张罗张罗。"他和几个人去镇里给我买面大镜子，上面用红漆写上"共同前进"四个大字，勉励我们夫妻进步。电工班长程德祥从机修车间凑钱给我买一对暖壶两个脸盆，这是当时结婚送礼的习惯，不像现在写礼、请吃饭这一套。我没想到自己的人缘还不错，看凑份的单子上还有师哥、师姐、技校的学生和招工来的下乡青年。

我和雅琴这次旅行结婚除了带一些小礼品外还带了一袋50斤的化肥，这是父母的二儿媳妇送给公婆的见面礼。礼物不轻，情意更重。

几百里路，上汽车倒火车又倒汽车，拿这么重的东西全是她扛着。坐火车到鞍山，我们还下车去看望我哥哥和嫂子。当天晚上，我骑哥哥的自行车带着雅琴到二一九公园去游玩。因为天色已晚，我们只好在进公园大门不远的路边长椅上坐着，看那些游玩的人渐渐走出大门。我和雅琴闲聊，向她介绍为什么这个公园起名叫二一九公园，这是为了纪念鞍山解放的日子，是1949年2月19日。不知不觉天全黑了，能有8点多钟。这时来两个人，问我们是干什么的，怎么还不离开公园。我们解释只是随便坐坐。他们把我们带到警卫室问东问西，我们一五一十告诉了他们。后来，让我们离开了，但是扣留了我们的自行车，让我们亲属第二天来取。我有些莫名其妙，他们这是公园的正常管理还是社会临时发生了什么事？用得着这样草木皆兵吗？我们无可奈何，雅琴是个本分人，没跟他们争吵，默默地跟我走回哥哥家。我们把在公园发生的事告诉哥嫂，他们安慰说："没关系，可能是让我证明你们是咱家的亲戚，不要紧，明天我们就去取车。"我和雅琴第二天早上按原计划乘火车到海城县，下火车乘汽车到析木。

从析木汽车站下车，雅琴扛着50斤重的化肥袋子和我一起走进我们家的院子。父母及两个弟妹一起迎出来，老弟弟维民急忙接下那袋肥料："啊呀！这么沉，怎么带回来的?"父亲满脸赞许地微笑，老妈埋怨父亲以前说过要捎来化肥的话："什么是轻啊！这么远的道!"老妹妹不住眼地盯着雅琴，亲热地叫二嫂。雅琴初到生疏的婆家，稍微有点不好意思："没啥，不算沉，我扛得动。"说着，向我父母行礼："爸，妈，你们好。"妈妈连忙扶着她："好，好，都好。"看来全家对雅琴都挺满意，我咧开嘴笑了。当时，我的两个大妹妹已经先我结婚，我在我们家是绝对的晚婚。我们家我和哥哥、姐姐都是自己做主处的对象，父母对我们的伴侣秉性、长相，完全是一无所知，只有赞同的义务，没有提意见的权力。并且，我们都未举办婚礼，这是一种遗憾。我们没有因此埋怨过父母，我们看重的是夫妻和睦，日子过得美满幸福。

我的表哥，就是我妈的亲侄子郑洪奎，他在析木变电所当所长。他是1948年初参军，之后入关参加平津战役、渡江战役等，一直打到海南岛。中华人民共和国成立后，他们驻军在广州。1956年转业，是连级干部，后来和汕头一位姑娘结婚。1962年调回海城。这回他听说我带着雅琴回来，特意来我们家问问是否操办婚礼。我爸妈说不办了，从新宾回来走一趟就算是旅行结婚。陆续又有亲戚和邻居来看我们，父母都是这样答对他们的。其实，咱们老贾家的亲戚真不少，光几个叔叔、姑姑就20多口人。特别是我妈妈娘家的郑氏家族人口更多，而且人才辈出。其中有参加抗美援朝的志愿军、有国家八一篮球队的队员、解放军军官等等。他们的家庭成分和政治条件都很优秀。

我和雅琴在家里住了3天，父母把里屋让给我们二人居住，我理所当然地尽了丈夫在旅行结婚时应尽的责任。临走前，父母应该给儿媳妇见面礼钱，这是他们当公公婆婆应该的表示。我知道，现在正是夏天，农村太困难拿不出钱。我瞒着雅琴背地里往我妈手里塞了30元钱。我们出发那天早晨，妈妈拿出50元钱给雅琴，算是见面礼、改口费。回新宾后我忍不住把这件事告诉了雅琴，她说："我以为你家挺大方呢，原来是装的，我到底还是嫁给了你们这个穷人家。"我又拿出惯用的撒手锏回应她："我现在的工资在永陵地区同龄人中可是最高的。慢慢来，咱们一切都会好的。"她嗔怪我："就你会说话！老用这个甜和我。"

我们俩顺利回到新宾县造纸厂属于我们的家属宿舍——我们的新家。我的人生大事圆满解决了，我幸运哪！邻居们知道我们旅行结婚回来了，纷纷前来道喜。在星期天，我们把介绍人刘师哥、管工于文师傅，还有同趟房的邻居吴宪华、卜哲学、吴铁臣、韩世洪都请到家里，设宴款待他们。本来也要请老段师傅和程德祥班长，可惜头一天都没见到他们，只好以后再找机会感谢。婚后的生活是美满幸福的，我渐渐地适应了夫妻生活的过程，从中得到了无限的乐趣。

幸福的日子一天天往前过，摆在我们面前的实际问题也得解决。雅琴去嘉禾上下班需要骑自行车，因为从造纸厂宿舍到上班的地方有6里多路，去时是上坡，走着去又累时间也长。刚结婚那几个月雅琴骑她老弟弟的旧自行车，可她弟弟回家就不方便，只好在单位住宿。说到这，我感到对不起雅琴，结婚应给她置办的四大件（手表、自行车、缝纫机、收音机）我一样也没给她买。的确没有这个实力，就是有钱也搞不到票，我的社交能力太差。还是得依靠雅琴，她向嘉禾商店求人，几个月后车票下来才买到一台沈阳产的白山牌加重自行车。

12

1974年12月下旬的一天，我和造纸厂十来个中层干部及工人班长来到天津市。先由打前站的老张安排我们的住宿，他是辽宁省造纸芦苇公司下放的人，对天津等大城市比较熟。在天津东站不远的小王庄安排了旅馆，可以兼顾饮食。大家每天乘公共汽车去天津造纸一厂参观学习，晚上回来住宿。午饭就在造纸厂的食堂吃，有南方的籼米算是粗粮，不限量。我记得当时造纸一厂周围都是种菜的农田，不像现在工厂没了，全是市区盖了大楼。

我们的学习过程很顺利，造纸一厂的管理部门和车间工人都不保守，不管我们问什么都如实地解释。作为技术负责人，我全盘考察整个生产工艺流程和设备。其中的关键设备 φ915 盘磨机是由天津造纸总厂制造，还有需要自制的木片仓。我和生产股长张国信去总厂订购两台盘磨机，和机修车间主任一起量半料仓的尺寸、画图纸。后来，恐怕不准确，向造纸一厂的设备管理人借来图纸照着画下来。同来的生产车间班长经过多天的跟班学习，掌握了设备操作技术。由于大家的努力，学习任务胜利地完成了。有几个人提议去北京玩一玩，他们都没去过北京，我无所谓。这些人初到首都北京都很高兴，看了天安门、人民英雄纪念碑，游了颐和园，又到王府井大街逛了逛，还留了一些影。

返回天津住宿地，大家又合计请天津一厂帮忙，每人买点猪肉带回去。天津是直辖市，猪肉不限量，如果以食堂名义买肯定能行。我们辽宁省的主、副食当时供应太差，每人每月只供给几斤细粮，三两豆油和半斤猪肉。张国信和食堂管理员说了我们的想法，没费劲就帮助给买了半扇猪肉，大家每人分得十多斤。我们于1975年1月中旬回到新宾，这次学习收获太丰富了。

上班后，我向董世杰厂长及其他领导汇报了在天津一厂学到的技术问题及设备订购的情况。老董让我和机修车间主任负责制造半料仓等配套设备，同时又和刘玉魁副厂长一起搞生产工艺方面的安排。我的担子很重，都是实质性的技术改造难题。

13

1975年2月5日下午6时许，我正在厨房烙黏火烧，雅琴在里屋炕上坐着包黏火烧。突然，我听到她在屋里喊："怎么的了？炕动弹了！"我正掀锅盖给黏火烧翻个，弯腰站着没感觉到什么。听到雅琴的嚷叫，我急忙放下锅盖进屋一看：哎呀，电灯泡随着电线来回晃动，挂在墙上的大镜子啪啦啪啦地震动发出响声。我大声喊："不好！地震了！快往外跑！"头几年河北省邢台地震我看过报道，知道地震是怎么个情景。我拉着雅琴往外跑，对面屋的吴铁臣也正抱着他儿子往外跑。出房门一看，整个一趟房的6家住户全都跑出来了。大家惊慌失措，纷纷互相询问："哪儿地震了？"过一会儿，四周没啥动静，也没再感到震动，于是都各回各家。我在厨房掀锅一看，一锅黏火烧都煳了。晚上10点钟，中央人民广播电台播放了一条消息：辽宁省海城县发生了里氏7.2级地震，当地政府和人民解放军正在全力组织抢救。关于人员伤亡和财产损失情况一点也没提及。听到这个消息我心里十分焦急，原来是老家那地方发生地震，而且是7.2级！是强烈地震！我恨不得马上飞回老家去看看。第二天到厂子上班，上午没听到关于地震的具体消息。下午，听说县里接到省、市的通知，全省各市、县全面动员支援地震灾区。新宾县盛产木材，抚顺市统一安排全县所有车辆装满木材运往海城支援灾区。听到这个消息，我决定跟厂里运木材的汽车回海城探家。吃晚饭时我告诉雅琴这个事，因为都下班了，没来得及向厂领导请假。晚上6点多钟，我坐上张凤武师傅拉木材的汽车往海城去了。张师傅当时50多岁，人挺厚道，知道我这情况就痛快地答应我乘他的车一起走。新宾运木材的车队经过南杂木、抚顺、沈阳等地，没看到什么异常现象。从沈阳往南凌晨3点到达鞍山市，这里地震的迹象比较明显。火车站前广场上，人们披着棉被坐着，马路边上人们来回溜达，都不敢回屋睡觉。车队继续往南，天快亮时到了海城县火车站前广场。昨天中午广播，说海城宾馆一个楼角震掉了。广场没亮灯，一片漆黑，不知道火车是否停运。我去汽车客运站想打听通不通去析木的客车，天还早客运站没人。张师傅的车队听从统一调动，到一个地方卸车去了，我继续留在广场等车。约莫7点来钟，有一辆中型客车开到广场停了下来。我急忙上前打听是往哪里去的，正好是往析木去的第一次车，我挤上车心里踏实了。在汽车上我听说这次地震最严重的地方是岔沟公社，我知道岔沟离析木有20多里。看来，我家那儿不是震中，但震情也不能轻，不知道父母弟妹有没有生命危险。

　　客车到了析木，我急忙下车往家里奔。在路边，看到民房还不是夷为平地的那种严重损毁程度，心中少安。走进家中院子，看到靠东边房前空地上有一个用苞米秸搭成的窝棚，不用说屋里是不能住人了。父亲迎上来，对我冒着危险这么快就赶回家来看他们非常感动，有些哽咽说不出话来。我连忙问："家里怎么样？没出人命吧？"这时，母亲、弟弟、老妹妹都走过来，父亲说："都没事，你爷爷也挺好。"我这才知道，爷爷现在和父亲一起生活。父亲接着告诉我："房子的东山墙往屋里歪了不少，房上的瓦大部分都颓下来掉到地上，整个房子向西斜歪一大块。"我观察一下，房子向西能倾斜十五度多，相当危险。若是地震时房子整个全倒下，那咱们家和对门老周家的人都活不成。这时，老周大爷也走过来打招呼："你回来了？你都看到了，这是老天爷要灭咱们这一茬人哪！"我不明白他说话的意思，没说什么。他家也在院里搭个秫秸窝棚，以备有地方休息睡觉。我在我家窝棚里见到爷爷，他已经80多岁了。我那后奶奶去世后，父亲把他接到家里侍候。这次地震把爷爷吓坏了，精神恍惚认不出我来。因为怕有余震，不能在房子里住，父亲把大锅小锅都拿到院子里支两个灶，做饭做菜都行。粮食从屋里取出来了，酸菜缸没砸坏，白菜、土豆都在窖里随用随取，一天三顿饭没问题。主要是晚上睡觉不好办，十冬腊月天，搭的窝棚没有门，四处漏风。地上铺一层苞米秸，褥子铺在上面，一点温乎气也没有，全家人都穿着棉袄棉裤盖着棉被囤囵个睡觉。

我躺在被窝里，天冷睡不着，半夜时觉得地面像拖拉机经过那样震动，我知道这是余震。生产队有巡逻的人，不时喊道："都精神点啊！千万别在屋子里睡觉！"这一宿我没睡实惠，早晨起来吃完饭，父亲和我说："咱这儿的情况你都看到了，人都没事，就是在外面住冷一些，没啥危险。昨天夜里我想了，你今天就回新宾，把你老妹妹带上，她还小，天冷受不了折腾。"我听从父亲的话，带着老妹妹贾惠燕回新宾去了。

我回新宾第二天，董厂长在下班前开大会，点名批评我："无组织无纪律，不请假就离开厂子，擅自进入地震灾区，这是严重的错误，必须写出深刻检查！"

虽然我受到批评，还写了检讨书，但我的工作没受影响，我仍然努力好好干。经过几个月的奋斗，我们从天津造纸一厂学习来的工艺改造技术全面实施。我们新宾造纸厂成功地生产出阔叶木纤维的1#箱板纸，经济效益大增，仅下半年就上交给国家几十万利润！董世杰厂长的威望在县里一下子就提高了很多。后来，县委提拔他担任新宾县主管工业的副县长。

14

1975年8月31日，农历七月二十五，我和雅琴的儿子在永陵镇的新宾县第二医院诞生。我记得那是头一天的上午，雅琴感觉腹部有动静，像是要生了。我用自行车把她带到医院，从造纸厂后山到永陵陵寝附近的医院能有6里多路，有一段路是下坡而且不平。这事若搁到现在是不可理喻的，带着临产的孕妇，骑在下坡的土路上多危险！可是，当时没有出租车，找卡车我又没那个能耐，就是找手推车也不容易。雅琴当时也没考虑那么多，她坚强地坐在自行车后座上，颠颠簸簸地挺到医院。是我们的运气好，没出什么意外。住进病房后，大夫给检查一番。这个妇产科医生是男大夫，职业的要求，他很自然地检查时，我还有点不习惯接受。但当他又例行检查别的孕妇时，我这个奇怪的想法就平和了。人家妇科大夫检查预产妇女是很正常的，是我的封建意识在作怪。

　　真是无巧不成书，下午，病房又住进一位临产妇女，也是由丈夫陪同来的。当我和这个待产女人无意中打照面时，不由得大大地惊讶起来：这不是我以前相过亲的那个永陵镇蔬菜生产队的女高中生吗？她也结婚、怀孕、要生了吗？而且和我们雅琴同一天临产？老天爷呀，你安排得太神奇了！她肯定也认出了我，但是她没有什么表情，可能身体正难受，无暇回想以前的往事。我观察她的丈夫，好像是普通农村社员。我没和他们打招呼，既不好意思也没啥说的。事后我和雅琴提起这个事，雅琴她说："这算什么大不了的事，还值得你动情？"我说："我没有动情，就是感到太巧了。"雅琴说："世界上巧的事有的是。"

　　在病房里，雅琴上半夜反应不太大，下半夜就干脆没合眼，腹部痛得厉害，一阵阵的。我坐在她床边一直没合眼，看看实在挺不住，我就去找值班大夫。正好，是个中年女医生，她仔细观察情况后，决定把雅琴移到分娩室待产。医院条件较差，没有活动病床，我扶着雅琴慢慢地踱进产房。她自己费力爬上产床，我在旁边往上�`拥她。分娩室里没有护士，只有这个接生大夫，她没让我出去等候，我得站在雅琴身边照看她、鼓励她。这时，我看一下手表，是早晨5点多。这位女大夫挺有经验，她教雅琴如何用力，雅琴右手握着我的双手，左手握着床边把手，按照大夫的指导用劲。几次动作，几分钟后孩子的头发露出一小片，我在旁边看得很清楚：是顺产！女大夫观察一下，琢磨怎样把孩子弄出来。她让雅琴继续用力，但是因为产门狭小，孩子的头挤不出来。停了一会儿，孩子的头又往回缩进去一些。趁这机会，女大夫抓紧时间给雅琴打点麻药，稍后做了侧切手术，产门扩大一些。约二十分钟，女大夫又动员雅琴再次用力，这回孩子的头往外伸出多一些。我想，雅琴的刀口不知道疼不疼。这时女大夫问我："你是要孩子还是要大人？"我有些惊慌，不知如何回答。犹豫一下，我说："大人、孩子我都要！"女大夫没说什么，她采用最后一招：用喇叭状吸盘顶住孩子的头，开动机器产生吸力。用手拿着吸盘一边摇晃一边往外拽孩子的头，同时让雅琴用力。终于，孩子的头开始一点一点往外出了。大夫停了吸力，用双手轻轻地拉着小孩的头，同时让雅琴用力。最后，孩子的头全部出来了，身子也随着出来。女大夫双手捧着孩子给我看：是个男孩，我看到孩子的脖子上缠着一圈脐带，我问大夫是怎么回事，女医生说："没关系。"一边说一边用手术剪把脐带剪下来。这时，我又看到孩子的头皮中央鼓着一个包，不用说是吸盘吸的。当时，我还不知道这个凸包可能会造成颅脑内伤，严重的话可能会给孩子今后大脑发育造成危害。幸运的是这个凸包不算大，没给大脑造成伤害，孩子后来的发育一切都正常。老天爷呀，你真是保佑我们家平安哪！女大夫抱着孩子，我搀着雅琴慢慢回病房休息。孩子放在雅琴身边，我去交费。这时是早晨6点多，太阳刚刚从东方升起。收费员告诉我是5块钱，没想到这么少。原来，这是做手术的费用，正常生孩子是公费，不收钱。我打电话给雅琴的老弟弟赵德仲，告诉他姐姐生孩子这件事。这时他已经在供销社上班，从单位拉来个手推车和我一起把他姐姐和小外甥送回我们家里。

我把孩子出生的消息写信告诉了父母，他们回信替我们高兴，毕竟我是30周岁得子。母亲随即来到我家伺候二儿媳月子，其实老妈身体也不硬朗，她只是感到当婆婆的应该来尽义务。况且我们婚后一年多，雅琴对家中一直是有求必应，关系很融洽。我妈在这儿忙活十多天，我们认为吃喝洗涮都能自理了，就让她回海城，那边地震后事情也很多。儿子出生要上户口，要起名字。刚开始我想起的名字叫贾洪强，其中第二个字是根据我们老贾家的家谱规定的"广继维洪宪"排下来的。爷爷叫贾广润，父亲叫贾继荣，我叫贾维庸，所以儿子的第二个字应该是"洪"字。给他起名叫贾洪强，是希望他今后比我强，生活更幸福。后来，又想到我哥哥的两个儿子叫贾洪钢、贾洪壮，干脆我的儿子就叫贾洪岩吧。岩石是宇宙自然生成的物质，坚固而又耐久。还有一层意思，小说《红岩》描写革命先辈为建立新中国而奋斗的事迹，给孩子起这样时兴名字，意思是要他跟上时代潮流，思想要求进步，得到社会的认同，有光明的前途。

雅琴生小孩做了手术，属于难产，按国家规定享受90天产假。等她休完假上班已经是11月末，进入了冬季。我有些发愁：孩子怎么安排呢？他要勤吃奶，每天最少要吃五遍，夜里还不算。喂母乳是肯定的，这是从古至今传下来的规矩。庆幸的是雅琴奶水足，够孩子吃。为了方便，需要在嘉禾中学附近找一户人家给看护。上下班来回怎么办呢？我在厂子不能随便脱岗接送，偶尔一两次还行。雅琴见我为难，说："在中学旁边找户人家看孩子是肯定的，来回上下班我背着孩子骑自行车走呗。"她说得挺轻松，可我感到事情不是那么容易。去嘉禾中学全是上坡的土路，身上再背着十余斤裹着孩子的包袱，那可太难了。若是遇到刮风下雨、冬天下雪，骑自行车就不容易。雅琴说："你放心，比这再难的事我都经历过，不要紧。"我看她信心十足，也只好这样了。每天早饭后她包好孩子，我给抱到她后背上，用自制的背带给系在她胸前和腹部。这样一处理后很安全，雅琴腾出两手推自行车过小河走上通往嘉禾中学的公路，骑上自行车去上班。每天必须提前一小时出发，先到看护那家放下孩子，安顿好再去学校。我感到雅琴太能干了，一般人吃不了这个苦，我打心眼里佩服她。

转眼到了数九天，山区雪大路滑，雅琴背着孩子上下班实在不行，既累又危险。有一回下了一天大雪，骑不了自行车，那天晚上她只能在嘉禾村住下。我不知道她是怎样安排自己的食宿，我想去看她，可是路上雪太大没法走。一个星期后她背着孩子回家了，我问她吃住的事是怎么解决的，雅琴笑着说："你放心，我是在嘉禾亲戚家住的。"其实我知道，她在嘉禾村没有亲戚，很可能就在给我们看护孩子那家吃住。

看来，这样下去终究不是长远之计，不想个稳妥办法是不行。和雅琴商量，只有她调到永陵中学上班才是最好的选择。当时，永陵中学仍归造纸厂管理，只要厂书记兼厂长董世杰同意并发话，学校校长就能同意。当天晚上，我们安顿好儿子睡着以后就一起去董厂长家。这时他的家安置在我厂单身宿舍后排东侧的两间房子，我结婚前曾在那里住过。现在重新装修并把边上一间也包括进去，抹上水泥，用石灰粉刷，比原来上了档次。董书记工作能力强、有水平，造纸厂经他一手抓的技术改造效益很可观。不知道他对职工的生活是否关心，尤其是对我这个知识分子，而且在技改中我曾出过很多力。我和雅琴敲门进到他的家，董厂长有点惊讶，不知道这两个不速之客有什么事。我怀着忐忑不安的心情向他张口求助，雅琴发挥她语文教师的特长，把我们的实际困难向他详细谈了。董厂长的老伴也坐在一旁听我们谈话，董世杰没有马上表态，沉思着。还是女人心软，他老伴说："你们的情况是挺难。"停一会儿，又和董厂长说，"咱们厂子能帮就帮一把，都是你们造纸厂的职工。"董世杰经过一番考虑，向我们说："行，我给中学校长何玉连打个电话，让赵老师明天去报到，调转手续由学校随后给你们办。"我没想到事情这么容易就给解决了，而且不用我们跑去办手续。我们两口子再三表示感谢，虽然那时候不兴送礼，可是我们确实太死板，啥也没表示，有些过意不去。临走时，董厂长对我说："你最近这一年表现不错，技改有贡献。好好干，将来还会有发展。"我心里一热，领导对我的表扬不亚于帮助我们办这个事。我连连点头，向他表示一定努力工作再做贡献。

第二天上午，我自己去了永陵中学，见到何校长。他对我说："今天一早接到董书记的电话，这件事就定下来了，赵老师明天就可以去语文组报到。"我告诉何校长，因为赵雅琴今天张罗请人给看护孩子，所以没来。何校长说："没关系，我已经通知语文组长了，晚两天报到也行。"我曾在永陵中学教过半年化学，和一些老师都认识，我向何校长表示了谢意。我庆幸自己的命好，每次遇到难事都有贵人相助。雅琴在永陵中学附近的北工地居民区雇一位大婶给看护孩子，她在上下午喂奶时间去哺乳很方便，我在工厂上班也安心。

1976年，为了抓紧时间搞锅炉改造，我和老管工孙春喜到朝阳县造纸厂学习。我们学习内容是在炉体内安装活动炉排，两侧加装管壁。这样，受热面积增大，形成自动燃煤，热效率能提高很多。我们由同班同学朱国裕陪同参观锅炉，看了自动上煤装置和锅炉里面活动炉排的动作，又看了锅炉图纸，对我厂的锅炉改造心里有了数。我得谢谢朱国裕，若没有他的热情支持，想了解这么详细并看到图纸是不可能的。在厂内我见到了同班的尚士政，他是分配到朝阳县造纸厂的。朱国裕本来分配到清原县造纸厂，后来他父亲下放到朝阳县，所以他也调转到朝阳县。老尚好像对朱国裕有点不满，我从他和我说话的口气听出来了。回到新宾，我开始忙碌锅炉改造、安装试车等工作。

1977年5月31日，我们的第二个孩子诞生，雅琴这回分娩没遭什么罪。我写信给海城的父母及弟妹们报喜讯，他们全都乐坏了，替我高兴。父亲在回信中说："一儿一女一枝花，你们有福气啊！"我也认为是我的命好，幸运。我思考，女儿起什么名字？我不愿意叫什么"芝"呀、"兰"哪等女孩子常用的名字，我想让她随我们家谱中的称谓，尽管她是女孩子。和老伴雅琴商量，定下来就叫贾洪（宏）图。让女儿长大后大展宏图，为我们老贾家争光。孩子多了一个，生活负担就增加一些。儿子洪岩虚岁3岁，自己能走能玩。我们在工厂家属宿舍雇一对70多岁的老夫妇给看护，他们就是管工孙春喜的丈人、丈母娘，老两口单独过。我们女儿洪图仍然请中学附近北工地那个张婶给看护着。经济上我们还行，4口人平均每人20多元生活费，这个在永陵地区应当能算中等偏上的水准。不过，这几年我们还是每年都要给家里买500斤粮票汇100元钱，他们确实不够吃呀！如果直接买不到粮票，就买些苞米到粮库去兑换，这样虽然麻烦些，但能省点钱。记得有一次我们买100斤苞米，准备用自行车驮着去粮库。刚出家门不远有一段下坡路，我没小心麻袋从车后座掉下来，苞米撒了一地。雅琴向邻居借来簸箕，一下一下筛选沾了土的苞米粒，选干净后装回麻袋里。累得她直冒汗，我衷心感谢她为我父母做的贡献。

　　我们平时做饭做菜都是烧柴火，就是那种有干有枝的树木，新宾县普通老百姓都这样。那时候没有煤气罐，也不供应煤，至于家用电器，那是20世纪80年代以后的事。我结婚头一年是雅琴她家送给我一车柴火，以后每年我都要自己费心思张罗这个难事。厂子每年免费给职工提供一次车，但是需要自己解决柴源，是买还是自己去割都行。为了省钱，我也学会了割柴火这种山区人才能干的累活。冬天屋里取暖只有靠火盆装些烧完柴火剩下的火炭来散热，一个钟头就熄灭，室温顶多能达到5℃，夜里甚至低于0℃。我这个市里人想出点窍门：买个铁炉子，安上烟筒，烧的是工厂烧锅炉用的煤里挑出的矸石。这东西在锅炉里不易燃烧，往往都被锅炉工人捡出去扔到一边，有时候和炉灰渣子一起运走处理掉。其实矸石里还有少量的可燃物质，放到我买的铁炉子里可以慢慢燃烧取暖，我在鞍山生活时曾经烧过。这样，数九寒天时我就支上铁炉子烧这个，屋里比用炭火盆取暖强得多，老婆孩子都高兴。

新宾县造纸厂经过几次技术改造，更新了造纸工艺，改进了与之配套的设备，工厂效益大增，每年能上交国家100多万元利润。在省造纸学会安排下，刘玉魁代表厂子在省造纸学术年会上发言，介绍我厂阔叶木枝丫材生产箱板纸的工艺技术和带给企业的利润。我们厂成为辽宁省东部山区造纸行业的典型，清原、西丰、桓仁、宽甸等县的造纸厂纷纷来学习，我曾经去宽甸县造纸厂做过技术指导。由此，我们新宾纸厂也经常出席全国造纸行业的会议。我参加过中国造纸学会板纸专业委员会的几次学术年会。有在芜湖市召开的成立大会，有在天津、西安召开的学术年会。在西安的会上我做过发言，题目是《取消上毛布增加经济效益》。介绍我在厂里搞的1#抄纸机取消上毛布的实验过程和效果。我的这个成果受到工厂的肯定和表扬，成为正式的生产流程。这样每年可以节省十几床毛布，减轻工人的劳动强度，价值十几万元。我第一次被评为工厂和县工业系统的先进工作者，得到两张宝贵的奖状。我的文章登在造纸学术年会的刊物上，后来经过修改、整理后投稿到《辽宁造纸》杂志上。因为有这个成果和论文，1992年我在辽阳工业纸板公司晋升高级职称时，很顺利地通过省职称评委会的审核，成为一名高级工程师。

距离新宾县造纸厂半公里之遥的永陵公社造纸厂是用稻草生产本色包装纸。几年之后，同样处于原料不足、效益不好而濒临倒闭的境况。他们厂子的领导找到我，请我给他们进行技术改造，也要生产与我们厂同样品种的纸。这时，董世杰厂长已调升到县政府担任主抓工业的副县长，而原来的副县长盛延柱到县委任副书记。我们厂的厂长是原永陵铁业社的主任，调来一年多。可能两个厂的厂长沟通过了，所以我给公社造纸厂搞技改设计和设备安装没受到咱们厂的非议。刘玉魁师哥这时也调到县工业站工作，给他们公社纸厂干，非我莫属。工艺流程和设备布置基本按我们厂的形式搞的，只是因为资金不足所以规模小一些，用一台∅915mm盘磨进行二次磨浆。效益是没说的，正常生产可创年利润50多万，这在一个社办企业来说是相当可观。公社纸厂给我400元劳务费和两吨煤。当时的这个数目相当于我半年工资，煤是我自己另外张口要的，家里冬季取暖需要它。我把得到的钱买一台天津产的北京牌12英寸黑白电视机，这种电视机在1980年首次于新宾县出售。我和雅琴把电视机拿到驿马她母亲家播放，生产队左邻右舍社员都来观看，整个屋子挤满了人。我心里挺得意，我为他们老赵家争了光，他们的姑爷日子过得比一般家好。

15

大概是1982年，父亲的历史问题得到纠偏。1958年工厂对父亲的问题处理过重，现在落实政策给办理了退休，发给退休金。母亲是因为父亲的问题受到牵连，被取消厂籍和父亲一起下放回老家，这次也给办了退休手续。但是，20年的工资待遇没给补发，就是这样的结果父母也很满足。之后父亲在鞍山市找了一份临时工作：鞍山市消防器材厂当主管会计。老妹妹贾惠燕接我妈退休的班，在鞍山鞋革装具厂当一名工人。老弟当时28岁，已娶妻生子，弟媳不愿意让她男人独自去鞍山上班，可能担心以后有什么变故。很可惜，弟弟维民没去接这个班。父母在鞍山铁东八卦街租了一室的房子居住，老妹妹和她对象吴兆明在鞍山市铁西区租房子住。过了一年，二妹妹贾惠萍毅然决然以农村户口带着她丈夫于兴林和两个孩子进鞍山市里谋生，在铁西区租房居住。惠萍没接到父母的班，她超过了年龄，但不甘心在农村生活。两口子都没有工作，妹夫于兴林置办一套修鞋的家什，干起了修鞋的营生，惠萍后来在街口摆摊卖菜，生活还能维持。十多年后，他们的儿子儿媳先后去日本打工，女儿结婚后在邮局干临时工，不知现在情况如何。在鞍山郊区生活的姐姐姐夫也得到落实政策，分别当中学教师和市总工会职员，从农村搬到市里居住。他们的两个孩子一个是电大毕业在鞍钢银行工作，另一个在市自来水公司当工人。大妹妹惠芳比我结婚早，她嫁到沈阳郊区古城子公社。开始那几年过着农民的生活，下地挣工分维持。妹夫张志民没读几年书，但头脑比较灵活，后来在公社贸易货栈跑销售。再后来，他们搬离农村，在沈阳市东陵区买一处楼房，在一个商场租个摊位卖衣裳、裤子等。两个人都能付辛苦，挣了些钱。他们三个女儿都结婚成家，有固定工作，后来又辞了做起了买卖，生活都挺好。特别是大女儿的儿子从小跟他父亲学习弹钢琴，得过省、国家少年比赛的前几名，正沿着钢琴家郎朗的道路行进，前途不可估量。弟弟虽然家在农村，但他们两口子都挺能干，弟弟学会瓦匠，后来在公社建筑队当领工，弟媳与她妹妹开豆腐房，靠卖豆腐收入也不少。他们的女儿学习好，考上了锦州师范学院。论起来，老贾家生活最稳定的是哥哥他们。哥哥中专毕业一直在鞍钢工作，有一年国家在四川攀枝花建钢铁公司，哥哥差一点被调去，因为一个女职工和他调换才未去成。那个女职工的丈夫被调去，为了和丈夫不分居，她主动和哥哥对换。哥哥在鞍钢化工总厂当检验师，后来晋升了高级职称。嫂子一直在小学当老师，现在收入都可以。他们的三个孩子都结婚成家，生活都不错。总而言之，随着国家形势拨乱反正走向正轨，经济上进行改革开放，我们老贾家所有子女的生活都比以前强多了。这是领导人有眼光政策好，使中国逐渐走上富强的道路，使人民过上幸福的生活。

现在，我在造纸厂的境况还是不错的，工厂把我的住处由原来的一间半简易房给调到后面一排正规的二间红砖瓦房。这是原来厂保卫股长倒下来的，他按政策调回抚顺市里。房子的间量和跨度都比我原来住的房子大很多，工厂按我的意见重新给我装修、粉刷一番。房前还有90多平方米的园田地，可以种多样蔬菜。我的月工资由前几年转正的55元涨到62.5元。我的工作由原来的设备管理员提升到厂中层干部，担任技术股股长。这时刘玉魁抽到县工业局工作，张金荣两口子分别调到县计委和县酒厂工作，都混得不错。有一回，县工业局来造纸厂考察、了解情况，带队的是由知识青年提拔上去的副局长杨晓东。他特别对我的情况进行了调查，可能是根据国家的知识分子政策，考虑要对我提拔任用，当技术副厂长。不知道工厂一、二把手怎样向他汇报我的情况，反正最后不了了之，我是事后听说的。不过，杨副局长确实找我谈过一次话，当时我没拿这个当回事，比较随意地回应了他。这很可能是我的失策，没抓住机会认真向他谈自己对造纸厂今后发展的想法，没给人家留下优秀的印象。

第五章　在辽阳

1

从 1968 年 12 月末来到新宾县造纸厂至 1985 年已有 16 年，我已年近 40 岁。人到中年，对家乡的思念越发强烈，虽然新宾是妻子的家乡，是我两个子女的出生地，可我还是想回到鞍山家乡。我听说在县食品厂工作的李世先同学已经调回沈阳市，在省食品研究所工作。我刚到新宾时他对我很友好，关心我的生活，曾给我介绍过对象。知道他调离新宾，我也动心了。从这一年起，我又开始酝酿调转的事。

要调回原籍，先得了解落脚地方的情况，还必须有接洽的熟人帮忙。海城县那个大集体性质的造纸厂已经不合乎我的胃口了。鞍山市铁西区有个大集体性质的造纸厂，规模小，只有 200 多人，关键是市里找不到人帮助办理。距鞍山市北面 30 多里的辽阳工业纸板厂，它原先是轻工业部直属单位，后来下放到省里，再后来归到辽阳市管辖。工厂有 3000 多职工，每年上缴国家利润达 1000 多万，是技术人员大展宏图的好地方。最主要的是我家在辽阳市有一门过硬的亲戚可以帮得上忙。经过分析比较，我感到调回辽阳市是最好的选择，而且有成功的把握。

我的亲戚叫郑昌学，是我妈妈的亲叔伯弟弟，我应该叫五舅。他小时候在海城县里读书，时常去我家里吃饭、串门。1948 年他在鞍山一中读高中，解放军来了，他就参加了革命。中华人民共和国成立后，他在辽阳烟台煤矿、沈阳苏家屯红菱煤矿都工作过，当过矿长和党委书记。前些年调到辽阳市政府当经委副主任，主抓工业。当我张罗办调转时，五舅他已经从市经委调到市委整党办公室当副主任。这些情况都是父母来信告诉我的，让我去找他。有这样的亲戚，往企业里安排一个有专业知识的技术人员，那是太轻而易举，于公于私都没的说。而且，听五舅说，辽阳工业纸板厂领导班子的整顿、拍板都是他当经委副主任时定下的。

辽阳这边的落脚处找妥了，我开始办理从新宾调出的手续。造纸厂这一关没为难我，这时候外来的学生尤其是知青返城的很多。厂长对我说，只要县里同意，咱厂子就放我。我是技术干部，往外调动需要县经委批准。我到县政府先后两次找经委主任，向他谈我个人的要求。经委主任姓张，比较通情达理，他对县造纸厂的情况很了解。造纸厂现在的经营很稳定，效益挺好，一段时间内只要维持好现状就不需要进行较大的技术改造。另外，他也知道工业局有一位从造纸厂抽上来的刘玉魁工程师，如果需要可以随时回厂工作，放我走不会影响工厂的大局。鉴于这种情况，张主任没为难我，在第二次找他时就在申请调动的表上签了字：同意。给雅琴办手续也没费多少麻烦，教育局里有个中层干部原来在嘉禾畜牧场工作，是负责文教方面的副场长。他听我说雅琴要往辽阳调转，替我们高兴，忙前忙后帮助办了手续。那时，人员流动量很大，永陵中学每年都调出几名教师，他们多数都是外地分到新宾的，这和知青大返城有点相似，能活动的都在行动。

我带着从新宾调出的手续来到辽阳，在市委整党办公室找到郑昌学五舅。他给市人事局的熟人打电话，我自己去办理。按照当时辽阳市招聘人才的规定，我的情况完全符合相关要求，就是没有熟人打招呼也能给办理。当然，有五舅的关照，办事情肯定比正常程序快得多。在我办手续时，有一个黑龙江省的人也在办理调往辽阳市的手续，办事员让那个人拿出接收单位同意要人的证明。我没走这个程序也给办理了市人事局的手续。当然在这之前我和五舅也去了辽阳工业纸板厂，见到了厂长魏庆顺。他很客气地问我在新宾纸厂担任什么职务，我说是技术股长，魏厂长说我来纸板厂不能马上干这个职务，我说只要搞造纸技术就行。雅琴的手续办得也顺利，我拿着市人事局批的调令来到纸板厂，人事处的王处长给安排到纸板厂中学。学校是工厂办的，由此看出工厂的规模有多么大，不单有中、小学，还有科室齐全的厂办医院。那时，我对厂属中学和市属中学的不同认识不足，认为能转过来落上单位就行。其实，这里大有文章，教师待遇和教学质量都有较大差别。我返回新宾永陵镇，到两个孩子所在的学校办了转学手续。这时，儿子贾洪岩念小学五年级，女儿贾洪图念小学三年级。

新宾这边的手续办妥了，我又托人在林场买了三立方米硬阔叶木，这是打家具的上好材料。从公社造纸厂搞来的两吨煤卖给了厂子，供销股给我估算100元。刘玉魁从县里回来，和技术股的同事请我下饭店，算是饯行，遗憾的是没想到合影留念。1986年2月初的一天，我向工厂领导要了两辆解放牌四吨卡车用来搬家。那天，雅琴的二弟、老弟都来帮忙，邻居和同股室的同事也都来给装车。家具和锅碗瓢盆等装一辆车，那三立方米原木装到另一辆车，我和雅琴带着两个孩子分别坐在两辆车的驾驶室里。上午8点左右从家里出发，午后1点来钟到了辽阳工业纸板厂院内的招待所楼下。两位司机帮助我卸下木材和家具等杂物，没顾上吃饭就开车往回返，他们怕走晚了路上贪黑不安全。我按魏厂长事先的安排，去找纸板厂人事处的王处长，他已经在厂招待所二楼给我们安排一个房间。王处长说："现在厂家属宿舍没有空下来的房间，等以后统一分房时按你的工龄、技术职称、家庭人口等计分，按分数分配给楼房或者平房。"我考虑，既然转到了城市里，就争取住上楼房，眼下先在招待所住着。下午4点，父亲、哥哥、姐夫他们三人来到纸板厂看望我们。上二楼进到我们的临时房间，看到用三张单人床并排摆成床铺，家具、箱子、杂物堆得满满的，父亲安慰我们："慢慢来吧，先克服克服，以后厂子会给安排家属房。"而且离鞍山很近，半个小时火车就能到。我去工厂食堂买了饭和菜，大家算是吃一顿团圆饭。晚上6点多，天色全黑了，父亲他们告辞回鞍山。再过三天就是1986年春节，我们一家四口到鞍山父母那儿过年。在鞍山市里居住的姐姐、哥哥、二妹、老妹都来给父母拜年，和我们见面。回忆起来，从1963年到1986年，这23年间父母离开鞍山又返回来，发生了很多变化。子女们都成家有了孩子，多数有了工作，想起来就心酸难过、不堪回首。展望未来，我们还是充满希望。

春节过后，我到厂人事处报到，把我分配到第一纸板车间当工艺工程师。车间主任叫杨春生，是大连轻工学院也就是原沈阳轻工学院的工农兵大学生，我应该是他师哥。车间设党支部和工会，书记栾景志是退伍军人，工会主席是工人提拔上来的。对工业纸板这种产品的工艺流程，在成品工段和普通纸张加工有区别，我稍感生疏，制浆部分完全一样。我很快就熟悉了全部生产过程。

雅琴被安排到纸板厂中学，学校是工厂办的，各项业务及人事安排、工资待遇都由厂子负责。我去厂劳资处办理雅琴的工资关系，工资员姜群给计算工资数额是按工厂职员的待遇给的，和教育系统教师的工资待遇相差较多，我心有不甘。到厂人事处打听，为什么原来当教师的转到纸板厂就按普通职员对待，那时教师工资虽然还不像现在这样比企业高很多，但是仍然能多一些。一位处员赵鸿儒解释说纸板厂中学别的老师工资也是和工厂职员同样调整，因为学校是工厂的一部分。他让我想办法把雅琴的人事关系转到市教育局管的中学，那样她的工资待遇自然就按教育系统的规定来办。我一听是这个道理，去找我五舅，求他把雅琴的工作关系调到市教育局所属的中学。没费什么劲，他给教育局一位负责人打了电话，我去那儿办手续。教育局办公人员问我打算让我爱人去哪个中学上班，当时我很单纯，没想到应该让雅琴去重点中学工作，更没考虑到我们的孩子今后应该上重点中学读书。我只想学校离我们现在居住的地方近一些，雅琴上下班来回方便就行。办公人员说第六中学距纸板厂最近，所以雅琴的工作关系就办到辽阳市北边的第六中学。迁到辽阳市应该办的最后一项手续是落户口，按常理市人事局、教育局都已经接收我们夫妇到辽阳市工作和生活，落户口应该不成问题。可是这手续办起来就是难，办事的民警今天让我等着，明天又让我过两天再来，把我支走三四次，就是不给马上办。和别人谈起这个事，人家说你给上点礼不就行了？我怕送礼人家若不收，事情恐怕更不好办。我从来没给谁送过什么礼，不会操作，不知道怎么和人家说。看来，我需要学一学，不然适应不了环境和形势。但是，我现在有五舅帮衬着，办事还不用走这个途径。我抽时间去五舅家问他这件事该怎么办，他让在热电厂工作的儿子给问一问。我不知道表弟怎么找的人，他们热电厂和我们纸板厂紧挨着，家属宿舍都归那个派出所管辖。过几天，我又去派出所办落户，那个户籍员这回没再为难我，当时就给我办了。我们取得了辽阳市户籍，可是却只能落到纸板厂集体户口上，因为我现在没有独立居住的房子，落不到哪一片居委会里。我拿着集体户口证明和孩子的转学证明，到纸板厂大门斜对过的白塔区瓦窑子小学，没费事就给两个孩子分别给安排到五年和三年两个班。

2

一切就绪，我们一家四口开始了在辽阳市的新生活。但是，我低估了在招待所生活的难度。一天三顿饭如果都在食堂吃，方便是方便，可是太费钱，我一个人的工资四口人吃饭不一定够用。而且，平时要穿衣裳穿鞋及零用，两个孩子的学费书本费等等都需要钱。雅琴很会勤俭持家，用电饭煲焖饭，还用它做菜，省是省了，太麻烦。谁都知道，那时的电饭煲做菜做汤不好用。有一回差一点出事，因为电插头沾了水电线短路，全楼层停电，招待所负责人责令我们不许使用电饭煲。停用两天，我们还是偷着使用。就这样，一天一天挨着过日子，盼望早一点能分到家属房。1987年下半年，父亲有一次来看望我们，知道我们的难处，他和我一起去魏厂长家谈这个事。魏厂长表示尽量给解决，不过现在只是南厂宅有一处平房，新楼刚开始施工，需要两年才能交工。我表示，如果有楼房最好一次到位，省得再麻烦。

这年秋天，国家科委上海培训中心给辽阳工业纸板厂一个日语培训名额。厂总工程师赵芝丽找我谈话，问我愿不愿意去，在新宾当时我已经开始自学日语，机会难得就答应了。当时全厂有几十名造纸技术人员，她考虑到让我去学习，自己感到荣幸。1985年我曾在新宾纸厂参加西安举办的中国造纸学会板纸专业委员会学术年会，正好在西安下火车时遇到了赵总，会上我曾宣读过自己的论文，她对我有印象。

我只考虑自己学外语求上进，没考虑到我这一去上海学习会给雅琴带来多大的麻烦。她每天上班还要照顾两个孩子的生活和学习，关键是我们现在缺少基本的生活条件。雅琴看我的表情那么迫切想去学习，就答应让我去了。10月份，我乘火车去上海培训中心报到，学员来自全国各地，各行各业都有。根据每个人的日语基础情况，经过老师面试，学员被分成快慢两个班，我基础较差分到慢班。我们班的日语主讲老师是位60多岁的妇女，她的日语口语相当熟练，像是日本人，最起码在日本留过学。女老师人热情，和蔼可亲，说一口上海普通话。我在慢班能占个中等水平，学习起来不感到吃力。有一位云南昆明某医院大夫来学习，听他说话口音是东北人，交谈起来知道竟然是辽阳老乡，我们格外亲近。可惜他基础较差，学习感到吃力，春节放假后没再回来学习，可能他感到实在跟不上进度就放弃了。

我在春节前回到辽阳，看到雅琴和孩子们一切都正常，谢谢她对我的全力支持。春节时我又领着老婆孩子去鞍山父母那里过年，吃年夜饭，享受天伦之乐。节后我回上海继续学习3个月，半年的日语学习我只达到基本会话水平。因为没有进一步出国深造的机会，回厂后也没有用武之地，过一两年就荒废了。现在，我只记得"初次见面请多关照"和一到十的日语发音及"您好""中国"等词句。有一回帮助一位电大生吕宗大答日语试卷，没费什么劲。每当回忆起这段学习经历，感到还值，锻炼了我的求知能力。

3

1988年4月末，我回到纸板一车间工作。到7月份，我被调到二车间当工艺工程师。其实我在一车间只是熟悉纸板生产过程，毕竟以前我没接触过厚纸板，这也是工厂领导的意图。在二车间，我不能像在一车间那样轻松。二车间的设备管理工程师叫王良君，是我鞍山的老乡，父母在鞍山西郊二台子公社，离我姐夫家不太远。后来，我得知王良君是魏厂长的大儿媳妇，丈夫叫魏玉国，在市政府对外经贸部工作。二车间主任兼支部书记姓高，外号叫"高铁杆"，曾任厂党委组织部长。车间副主任叫滕友环，是个退伍兵，挺精明能干。二车间是纸板厂最大的车间，抄纸机抄宽两米多，生产挂面箱板纸，单机产量全厂最高。车间还有两台与一车间同类型生产厚纸板的机台，但是规格比一车间的大多了。二车间总产量占全厂的2/5。工厂调我到二车间是为了加强技术管理工作，提高产品质量。至于以后提拔我的可能性也是有的，高主任年岁大了，以后有调出的可能。在一车间我曾经搞一次网槽的改造，给工厂留下好的印象。在一车间的后期，我向车间党支部提出了入党申请，向支部书记栾景志交了入党申请书。加入共产党是我的愿望，改革开放以后取消了家庭出身和其他政治上的束缚，加强了我要求进步的信心。作为社会上的普通一员，应该加入现在的富民强国热潮中来。

一晃我们来辽阳工业纸板厂两年多，其间厂总务处曾告诉我，北厂宅有一处平房宿舍空出来了，我可以搬去住。我去看了一下，是座一间房的规格，和新宾纸厂家属宿舍类似，是1956年厂子成立时盖的，30年没啥变化。我心里想，我们老远调来怎么还能住这种老式的平房？而且这房面积只有我在新宾后来的住房一半大，不能要！我非得住上楼房不可。现在施工的两栋楼，1989年末能完工，我再克服一下等楼竣工。

最近，雅琴她们六中给每个老师发一个煤气罐，她向别的老师匀一个煤气票，我骑自行车带上煤气罐去辽化液化气站灌煤气。从纸板厂到那里来回有30里路，途中经过我哥哥曾经住过的峨眉结核疗养院。为了生活方便，为了以后能分到楼房，我只能受这个累了。但是，在招待所用煤气罐做饭还是不允许，我们只能早晚小心翼翼偷摸使用。

1989年秋，我们二车间的高主任调到厂党委办公室当主任，副主任滕友环升为主任，我被提拔为副主任。后来工厂改为股份制企业，称为公司，车间改成分厂，我就成为二分厂副厂长。我的职位提升了，入党的事提到分厂党支部的议事日程。这时分厂的党支部书记换成王良君，她比我提得快。我在一车间写的入党申请书保存在王良君书记的抽屉里。我有入党的愿望和要求，我的工作干得不错，又被提拔为分厂的副厂长，10月份，王良君把铅印的入党志愿书交到我手里，我兴奋地填完所有的栏目交还给她。之前，分厂党支部派支部委员、分厂工会主席李兴洲到辽阳六中调查雅琴的情况，她是贫农出身，工作积极认真。我终于如愿以偿加入了中国共产党，成为一名预备党员。11月的一天，在纸板公司礼堂，我和十余名预备党员一起举起右手宣誓："我志愿加入中国共产党……"

喜事成双。这年年末，纸板公司前年动工的两栋楼交工开始分配。根据我的条件：工程师职称、工龄较长（大学四年计算工龄）、现在无房、老少三辈等，我分到了12号楼一层或者七层的两室半套房。这里说明一下，为了得到较大面积的房子，去年我把父母在鞍山市的户口转到我的户口本上，所以这时有"老少三辈"这个分房有利条件。其实，就是父母户口不在我们一起，我也有义务照顾两位老人的生活。为什么只分给我第一层或第七层房间？原因有二：一是我本单位工龄短，只有4年；二是我的年龄与其他申请较大面积的职工比起来还是年轻一些，一般都50岁左右。所以，我能分到两室半的楼房就算不错了，以后找机会再调到合适的楼层。我自己出木料雇人定制一个双人床，工厂给每户配两张铁床，这样我们4口人就可以睡3个房间。父母现在身体健康，父亲在鞍山还有临时工作，暂时不来辽阳居住。这时，儿子洪岩已经上初中三年，女儿洪图上初中一年，他们都是和妈妈在一个学校——辽阳市第六中学。我们把新房打扫一番，那时候不讲究装修，可以直接搬进去居住。我把从新宾带来的三立方米原木送给五舅，作为关照我们多年的谢礼。用阔叶硬木打家具是最好不过了，纹理漂亮，材质结实。

4

1990年元旦，我求几位歇班的班长帮助我把家从招待所搬到家属楼，全家喜气洋洋，我们这辈子终于开始住上楼房了。我应该感谢雅琴，是她毫无怨言地帮助我熬过这4年生活上的诸多不便，是她教育好我们的儿女，使他们在德、智、体各方面都发展得相当好。我们最后决定要的是第七层楼房，因为我们认定一层地面较潮，影响室内空气。还有一个观念，认为一层不算楼房，所以虽然上七楼要累一些也情愿。和我们同住一个楼层的两户邻居，一个叫王学范，是碱回收分厂的钳工班长，他住的是一阴一阳的一室半房子，面积近50平方米；另一个邻居叫杨占，是纸浆分厂的钳工，他住的是双阳的一室半房，面积40多平方米。他们两家都是双职工，都只有一个男孩，他们的年龄比我们小10岁左右。

5

公元1991年，我有了生平第一次坐飞机和出国的机会。事情是这样：去年辽阳化纤纺织厂去非洲喀麦隆国投资办厂，按常规应该进行考察、设计、打报告，市里批准后再盖厂房、安设备然后进原材料、招工培训、投产等。不知道化纤纺织厂怎么考虑的，第一步完成后就与对方谈要进口一批原材料以备生产用，这也说得过去，趁现在原料便宜先进一批存着备用。可是它们哪是什么原材料，都是化纤纺织的制成品，有外衣、内裤等，甚至还发现了多种鞋类。按实物与报关单不相符来说，这是走私！要扣押甚至没收。事情怎么弄成这样呢？听辽阳化纤纺织厂副厂长说，联系双方合资办厂的喀麦隆官方的人暗示要求得到回扣，即让中方拿钱表示一下，而辽阳化纤纺织厂没那么做。结果，原先背地里答应中方先进一批成品货卖得的钱用作建厂费用的允诺现在不承认了，海关的事他们不出面帮助协调，那批货物一直扣在港口不准卸货。这一下子化纤纺织厂着急了，连忙向市纺织局汇报这个情况，纺织局反映到市经委。经过多次研究，决定辽阳市再去喀麦隆办两个合资项目。这样做一方面能增加与外国交往的政绩，另一方面以此为条件敦促喀麦隆政府对原先与化纤纺织厂的合作项目进行宽松处理。说白了就是希望喀方政府出面请海关放一马，让从中国"走私"来的物品卸货，达到双赢。辽阳市经委研究与喀麦隆再合作的项目时，不知哪位高见，提出了酿酒和造纸两个行业，可能喀麦隆这两方面也缺乏。而辽阳市这两类企业经营得都很好，每年上缴利润非常可观。市经委决定先派相关企业的领导和技术人员带着事先拟订好的设计方案去喀麦隆考察，并与他们洽谈合资的可能性。如果一切顺利，再与中国驻喀麦隆大使谈进一步解决喀麦隆海关扣押货物的问题。在这个背景下，辽阳千山酒厂厂长郑纯库、造纸机械厂副厂长毕某某、工业纸板公司二分厂副厂长贾维庸、化纤纺织厂副厂长及一位翻译组成赴非洲喀麦隆考察团，由市纺织局局长带队前往。辽阳千山酒厂负责酿酒项目，造纸机械厂负责提供设备，也就是出资金，我们辽板公司出技术，负责造纸项目的设计、安装、生产等。为什么辽板公司想到让我担此重任呢？公司总工程师赵芝丽向我交底：这个造纸项目根据喀麦隆方面的意见是生产卫生纸和文化用纸，我既掌握它的工艺技术又有生产实践，而辽板其他技术人员只有厚纸板和箱板纸的生产技术。看来，在新宾造纸厂那段经历没白过！

7月份一天上午8点钟，市纺织局出一辆面包车把局长和我们5位出国人员送往北京。在这之前我们已经在沈阳办好了护照，检查完身体，打了登革热预防针。雅琴把我送到纸板家属区西边的大道上，车开来我就上车。她请同行人多关照，因为对我的这次非洲之行颇不放心。当时辽宁往关内还没通高速公路，面包车当天下午5点到达兴城，我们就在那里吃饭住宿。第二天早晨出发，下午4点到北京。第三天上午我们去了高档商品店，带队的局长买了几件小礼品准备到喀麦隆送给海关人员。下午6点左右，我们登上去瑞士苏黎世的客机，行程是在苏黎世住一宿，第二天换乘飞机往喀麦隆都阿拉市的飞机。从北京飞到苏黎世全程达12个多小时，我第一次坐飞机，而且是这么长时间，身体感到疲劳，但我的心情很激动。飞机向西飞行，机舱外天空总不见暗下来。隔着玻璃往外看，对哈萨克斯坦、俄罗斯等地面景色很好奇，沙漠、雪山、城市等不长时间就飞过去了。后来，我困了就睡着了，醒来时天是黑着，是当地时间的半夜。我们住在苏黎世机场附近的旅馆，这个旅馆和机场是一个单位，吃饭、住宿不用花钱。饭后免费提供水果，我第一次享受到这样的待遇。早晨，我们在旅馆周围转一转，不敢远走，怕找不到回路。我们住宿的房间摆着葡萄酒，谁也不敢打开喝，不知道是否收费。出门在外，按领队的局长嘱咐，一切小心谨慎不敢乱动。上午9点，我们一行人去机场，登机时已近中午。飞机航行不到一小时，在日内瓦机场降落，又上来一些旅客，一个小时后飞机起飞。我的座位旁上来一位女性黑人，很热情友好，乘务员发放午餐时帮我拿饭盒。很遗憾，我不懂英、法、德等欧洲语言，只好点头微笑表示谢意。飞机往南航行，越过地中海，再往南是非洲撒哈拉大沙漠。从飞机上往下看，只见到一片黄色的地面，渺无人迹。不知又飞行多长时间，外面天黑了，过一会儿下起了雨，间或有雷鸣电闪。这时，飞机内所有乘客都不声不响，静静地坐着一动不动，任凭机体上下颠簸。我初次坐飞机，看到周围的旅客一脸严肃，不知道是怎么回事，好像要发生什么情况。飞机继续航行，雨下得更大，雷电仍然轰响，闪着一道道亮光。过了几分钟，慢慢地我感到心脏有一种飘浮感，就像坐电梯往下行，我想大概飞机要降落了？机上用外语广播什么我听不懂，我们同行的几位也都面无表情。大约半分钟左右，我感到座椅震动一下，然后飞机平稳地向前滑行。"啪啪啪……"整个机舱内旅客全都鼓掌欢呼起来。啊，我一下子明白了，我们乘坐的飞机安全着陆了！我也跟着用力鼓掌。在几分钟之前，我们所有旅客都经历了一场生与死的考验，好险哪！我的运气真好！下飞机经过海关时，我们几个人都拿出事先准备的小礼物送给海关安检人员，大家都顺利出来了。其实，世界其他国家根本不用这样，但是化纤厂副厂长告诉我们，不这样会惹来不必要的麻烦，他们有这个经历。

辽阳化纤厂驻喀麦隆筹建处的面包车等在都阿拉机场外，我们一行六人乘车前往他们的驻地——喀麦隆首都雅温得。具体地址在市郊一处平房，有三个人在筹建处留守，两男一女。

在雅温得我们逗留了一个月。其间，我们跟着纺织局长拜访过中国驻喀麦隆大使，由局长向大使谈最初合作项目的来龙去脉。大使发表了意见：尽量与合作方搞好关系，把计划新增加的两个合作项目搞好调查研究，与喀方做好沟通促成合作。他本人与喀麦隆政府及海关再联系，求得事情圆满解决。后来一段时间，局长和化纤纺织厂副厂长怎么与喀方打交道，我们几个局外人不清楚。我们抓紧时间做我们自己的工作：我和纸机厂毕副厂长到喀方提供的建厂地址看一次，地面还算平坦，但长满了树木。一天上午，来一位喀方合作者。我作为造纸项目的技术负责人把事先准备的技术报告向他做了阐述，中方翻译把我谈的内容一段一段地做了认真的译述。我谈的内容包括产品品种、计划产量、工艺流程和设备，重点谈投资金额和效益。在另一时间，辽阳千山酒厂厂长郑纯库和我一样叙述了酿酒项目的相关内容。据郑厂长说，喀方只能提供场地，其余如投资、设备安装、试车投产等全部由我们中方负责。我们造纸项目的喀方合作者也表示只能提供厂址，这和我们国内招商引资类似，只不过比我们中国显得落后、贫穷。事后毕副厂长打电话询问纸机厂的赵鸿泰厂长，他们厂能否提供造纸设备，回话是不能。老毕把他们厂的意见告诉了我，作为提供造纸技术的纸板公司就没必要进行该项目的下一步工作。所以，我没有立刻向公司领导汇报这个项目的进展情况，这已经是不可能成功的项目。千山酒厂也拿不出钱在非洲搞这么大的投资，何况还有一定的风险呢。作为吸引喀方的两个项目泡汤了，化纤纺织厂原来的项目因扣押在海关的集装箱货物被没收而无法进行下去。加上前期的花费，辽阳化纤纺织厂损失很大，这个厂子后来是否存在下去我不得而知，这是辽阳市在海外投资的一个失败案例。

我们一行六人在雅温得忙了一个月，带队的局长比我们还辛苦，结果却无功而返。返程时，我们大家提议别走原线路，局长也同意。翻译同志买了都阿拉—巴黎—北京的机票，在巴黎转机时住了一宿，抽出上午时间去观看了世界闻名的埃菲尔铁塔，我们在那里留下了宝贵的影像。我回到纸板公司，向领导们汇报这趟非洲之行的全部情况，杨习兵董事长说："几万块钱就这么一点动静没有就消失了？"他指的是我往返非洲的差旅费，这笔钱由参加单位自己报销。我知道他开始就对经委的这次安排不太赞同，小胳膊扭不过大腿，公司归市经委领导，也就发发牢骚而已。我自己却通过这次出国长了见识开了眼界，学到一些社会交往的经验。再就是周游了小半个地球，到了瑞士、喀麦隆、法国，机会难得。

6

回到二分厂不长时间，公司把我调到去年接收的辽阳市造纸厂任总工程师。这几年市造纸厂效益不好亏损严重，去年市经委研究决定由我们辽板公司接收。这样，年终统计上报亏损企业数量就可以减少一家，也算是他们的业绩，可是辽板公司就背上一个沉重的包袱。我的沈阳轻工业学院同班同学王德忱前年从新民县造纸厂调转到辽阳市造纸厂，担任生产副厂长。我们在一起工作，参加调度会研究生产。虽然纸板公司接收了市造纸厂，一把手由纸板公司派人担任，但是亏损情况积重难返。我在那里工作一年就调回公司，担任新改编的技术部副部长。技术部由原来的技术处、中心化验室、生产档案室合并而成，部长李锡香兼任公司科协工作。我具体负责技术处和档案室的业务，张桂珠副部长负责中心化验室的工作。这时，有消息说公司党委想让我兼技术部党支部的工作，即担任党支部书记。我忘了当时是怎样的思想动态，觉得自己不适合这个角色，竟主动去推辞了。张桂珠当了支部书记，后来她也不干了，公司派专职的支部书记吴有德主持技术部党支部工作。

7

1993年夏初，儿子洪岩高中毕业，准备报考大学。我和雅琴希望他学医科，毕业后到医院当大夫，这样生活会很好，在社会上受尊敬。可洪岩对这行业兴趣不大，不太愿意学医，但他还是尊重了我们的意见。在报志愿之前，我和雅琴曾去拜访过洪岩的班主任焦老师，当然不能空手，我们买两瓶酒。洪岩班主任的意见是：别报高了，这是前提，要保证能考上。其次要注重专业，别太考虑学校的名气。这种说法对大多数考生都适用，对他这个班主任也有利。我们把自己的想法和他说了，他既没有肯定也不否定，我和雅琴对他有点失望，最终我们还是按自己的想法给洪岩填报了志愿。重点本科第一志愿是中国（沈阳）医科大学，普通本科第一志愿是锦州医学院，专业都是"临床医学"。我们看到高考志愿还有提前录取院校，如师范类和军事院校。我们和洪岩合计，不报白不报，因为规定提前录取的院校若是没录取不影响后面报考学校的录取。于是，我们给洪岩报了东北师范大学经济系国民经济管理专业，是非师范专业。之所以没报师范专业，一方面洪岩不太爱当教师，另一方面教师的待遇和社会地位还没有提到应有的高度。

7月7日到9日考试那三天，我和雅琴在辽阳市一中考场外树荫下守着，旁边坐着很多家长。正是伏天，天气闷热，口渴也只能忍着，那时还没有卖矿泉水，可以想象考生们也不好受。在马路牙子上坐着，我的思绪转到29年前：1964年我考大学时完全是自己拿主意、报志愿，自己进考场拼搏。父母远在百里之外，可能没想到他们的二儿子正在为自己前途进行奋斗。那个时候，大学录取率平均不到20%。

考试结束，洪岩自己估计成绩能不错，我和雅琴稍微安心。7月20日前后，考试成绩颁布，洪岩考了532分，超过那年本科录取线20分。我们想，洪岩报的提前录取院校东北师范大学肯定能录取。可是，我心里又有点不甘，让洪岩学医的想法落空了，他只能去搞经济工作或者上军事院校？这也是提前录取的学校，但是我没有招生办的熟人，只能空想而已。7月末，录取通知书发下来了，洪岩他自己挺高兴，东北师大是全国重点大学，没学医他不感到遗憾。我领洪岩去市里商店给他买一件当时挺时兴的夹克上衣，让他报到时穿着去。

在录取通知书规定报到的那天，我和洪岩一早从辽阳火车站乘开往长春的客车，将近中午到了长春火车站。不出我所料，一出火车站，就看到东北师大新生接待站在广场摆着桌子、拉着横幅标语在欢迎新生入学。签名之后，我们父子扛着行李登上学校客车。长春是吉林省省会城市，以前公出我多次路过，但只有一回下车，所以对市里不熟悉。客车开到东北师大门口，我从车里往外瞧，学校的门楼硕大、壮观，很有重点大学的架势。车进院，迎面有假山、流水，景致很美，我们的心情很愉悦。按照规定先到洪岩所录取的经济系报到、登记，之后找到他的学生宿舍。这时屋里已经有几位家长和学生在互相交谈，我们也加入其中互致问候，打听彼此的来历。我记得有两个是河南和湖北考上来的学生，他们的父亲也都送行来了。当天晚上，我在东北师大专门为学生家长预备的临时宿舍住下，打算明天上午就回辽阳。第二天临走时，我嘱咐洪岩："该做的我和你妈都尽力了，你初中入团基础好，到了大学就看你自己的努力了。我听说大学班级干部是竞选上任，你也争取一回。"我知道当班级干部可以锻炼自己的工作能力和口才。洪岩他满口答应，我放心地坐上火车返回辽阳。

8

这年秋天，洪岩在长春念大学，洪图在辽阳一高中念高中二年，她是住宿上学。这时，我们家有两间空屋子，我把父母从鞍山接到辽阳和我们一块住。虽然是七楼，二老的身体还可以，上下楼能撑得住，但中间要休息两次。父母他们都有退休金，不用我们负担。因为我和雅琴都上班，吃饭早一些，后来就分开吃。我们在一起生活了一年，父母觉得还是在鞍山市生活方便一些，而且有四个儿女在鞍山住，想去谁家坐公共汽车也方便。所以，他们老两口在第二年秋又搬回鞍山市，在铁西区租间房子住。在鞍山他们过得挺舒心，想去哪儿就坐车去一趟。然而，他们毕竟年龄大一些，这一年父母的虚岁都是76岁。有一次乘公共汽车，在下车时父亲一不小心踏空，摔倒在地上。老年人最怕跌倒，这样很容易受到致命的伤害。父亲住进了铁西区医院，听到消息我急忙去看望，心里很不安，是咱们子女照顾得不周，在辽阳我们对父母的关心不够。妹妹惠芳从沈阳赶来，弟弟维民也从海城来看父母，大家轮番照料父亲。毕竟在市里工作的子女要上班，不能长时间耽误，只能由没有工作的惠萍妹妹和老母亲在父亲身边看护，远道的惠芳和维民也各自回家。我记得父亲是头部摔伤，所以神志一直不清醒。一天晚上，我和哥哥、惠芳、惠萍妹妹、惠燕老妹、老母亲等发现父亲的心跳趋缓似停非停，我去找大夫，但是那值班室没有人，说是在另一病房正处理病人。母亲让我们大家在父亲身边守着不要离开，我们知道老妈的意思是让我们当子女的看着父亲最后咽气，这样为好。现在回想起来，我觉得当时应当抓紧时间找大夫抢救为佳，说不定还能多活一段时间。大约过了十多分钟，我们听到父亲喉咙里咕噜一声咽下了最后一口气，母子齐声悲哭、泣不成声。第二天早上，母亲让我回辽阳告诉五舅，请他来参加我爸的殡葬。海城那边老贾家我们的二叔、三叔、四叔等没告诉他们，都没有来人。我回到纸板公司二分厂，把这事告诉了王良君书记，她把我的事告诉了分厂各大班班长等人。出殡那天，分厂向公司要一辆大客车，满载二分厂的人来到鞍山，跟着家里雇的车一起到火葬场，五舅郑昌学的轿车也跟着队伍走。在火葬场举行了告别仪式后火化，我和姐姐、哥哥、弟弟、妹妹亲手把父亲的骨灰装入骨灰盒，由哥哥捧着回到母亲住的房子。办完丧事请来宾吃饭，我这边来的人多，可我只顾伤心忘了应多负担费用。事后弟弟有微词，我连忙补交了一些。我感谢良君书记对我这么关心、照顾。父亲去世的第二年清明节时，我们都回海城老家，在羊角峪老贾家祖坟地给父亲下了葬。

<h1 style="text-align:center">9</h1>

我们辽板公司的看家产品是电绝缘纸板，它的用途是在变压器或电动机内作为绝缘隔离材料使用，当时全国仅有我厂一家企业生产。20世纪90年代初以前，公司产品的生产工艺技术和质量标准是严格保密，谁胆敢泄露要受到企业的严肃处理。过了几年，有退休的工程技术人员被外省、市高薪聘用搞起一些纸板生产企业，这些人没受到什么处理。后来，在辽阳市也有人开始搞纸板生产厂，主要技术都是辽板公司的人传出去的。在家属住宅区西边大道边建起了一座绝缘纸板厂，而且公开挂出了牌子：振兴纸板厂。这个工厂的筹建人之一就是辽板公司退休的厂长魏庆顺，具体搞工艺设计和设备安装的都是辽板公司的技术人员。看来，改革开放以后形势宽松了，我也有点动心。我打电话联系新宾永陵造纸厂，就是我帮助搞技术改造的那个厂。我向他们介绍工业纸板的效益，尤其是绝缘纸板这个令人心动的品种。果不其然，他们立刻派来负责技术的副厂长和我见面，我和他原先就

熟悉。我向他介绍具体情况，领他到公司一分厂参观小型绝缘纸板生产线。那个副厂长回去后与厂领导共同研究，决定上马这个项目。我作为聘用的技术人员给他们搞设计方案，之后和那个副厂长走了几处造纸设备制造厂，预订了一些必需的设备。在这段时间，新宾永陵造纸厂付给我3万元劳务费，计划工程全部完工后再付给我3万元。我很高兴有这个挣钱的机会，可是没过几个月，他们突然来电话，告诉我项目不上了。我问他们为什么，订的设备怎么办。公社纸厂没解释原因，关于设备因为还未付定金，那些厂尚未开始制造，已通知对方取消合同。我感到很遗憾，这个项目会给他们厂创造很高的利润。我也可惜，余下的3万块钱挣不着了。我把到手的钱存到银行，正赶上那两年利息高达15%，3万元一年利息就是4500元。这3万元给我们家解决了很大问题。1995年，女儿洪图考入的上海外国语大学每年光学费就3000元，是那一年全国所有高等院校学费最贵的。再加上伙食费和零用钱、书本费等，全年需要5000元以上。儿子洪岩的所有费用一年也需要3000元，这两个孩子每年花销达8000元。如果只靠我和雅琴全年9000元的工资收入，那么就得借债来维持。亏得我的运气好，得到这个挣钱机会，没太费力就培养出两名大学生。

10

提起女儿洪图念书的事，我们都感到很自豪。她在辽阳六中读初中时学习就很优秀，考高中时超过录取线20多分被录取。在高中阶段，她一直是班级里的前几名。洪图爱好文学喜欢学外语，高中二年分到文科班，1995年毕业报考的就是外国语大学。

当时，在报志愿的前一个月，我有一个到北京出差的机会。顺便我去了北京外国语大学和外交学院，打算了解一下这两所大学的招生录取情况。听招生办老师讲，似乎考这两所院校比较难，录取的分数线高。我回到家把听到的情况向她们母女说了，讲了我的担心，洪图听了难过得落泪。我们三人合计一下，为了把握大一些，还是填报上海外国语大学，这个学校也是全国重点院校。反正都是学外语，上海的教学质量不见得比北京差。不足之处是离家远，将来就业在上海的可能性大。这些都是当时的猜想，实际能是怎样谁也不好说，一切都听天由命吧！

洪图当年高考的场所在辽阳市三高中，就是辽阳白塔公园东面对着马路转盘那个地方。我和雅琴把洪图送进考场，在对面的联营公司门前台阶上等候。我们旁边也坐着一些考生家长，大家没有事就闲聊考试的事。这时来一位算卦先生，他自称能算出前三年后五年的事。马上就有两个妇女上前请他给自己算命，求卦的内容是她们的孩子这回能否考上大学。我当然不信那一套，坐在一边看着他们摇卦、抽签，嘴里叨叨咕咕说些什么。我心里感慨，这就是普天之下的芸芸众生啊！高考结束，洪图的成绩很优秀，辽阳市文科考试她排第三，总分是621分。我们不用担心，肯定能考上上海外国语大学。不过，我心里有点懊悔，志愿报低了，这成绩北大、北京外大都应该能录取，这就是命啊！"胆小不得将军坐"。

1995年9月3日，我上午先送洪岩上了去长春的火车，下午我、雅琴、洪图三人先乘车到沈阳北站，然后换乘开往上海的火车。我买了一张硬座，两张硬卧，能省就省一点。到上海火车站，因为我们去的时间比学校规定的早两天，故车站广场没有接待处。我们自己乘公交车来到上海外国语大学，仔细辨认四周，发现这儿离鲁迅公园不远。"文革"时我到过上海，在公园鲁迅塑像前留过影。时间如驹过隙，转眼28年过去了，现在我的两个孩子都上大学了。

在学校里没见到接待人员，我们到学校对过的地下室旅馆住下来。第二天早饭后，我领她们娘儿俩去苏州玩了半天，参观了拙政园和虎丘。下午回到上海，晚饭后去外滩逛一趟。第三天早晨，我们拿着行李走进学校，在报到处签名，按学校分配的宿舍找到洪图的床位。因为我们来得早，没看到其他报到的学生。我和雅琴在火车站买两张硬座票回到辽阳，一个星期后接到洪图来信，告诉我们一切都正常，按部就班地开学上课。她又说，根据自己的高中档案和入学的表现，被选上班级的生活委员。我们很高兴，终于安心了，我们的两个孩子都踏上令人满意的人生旅途。

11

1997年夏天，我们的大孩子贾洪岩从东北师大经济系国民经济管理专业（非师范）毕业。在这之前几个月，我已经开始为他的就业进行了筹划。为了和洪岩通话方便，我们花2800元安装了家属宿舍区首批电话，价格较贵也舍得。洪岩打算本科毕业考研究生，但他们学校经济系成立时间不长，还没有设立研究生班，他决定报考东北财经大学研究生。我从大学同班同学那儿得知我们的同年级硅酸盐专业女校友谢素兰在东北财经大学工作。正好，可以找她帮忙了解考研的事情：考试范围和应该复习什么教材等。当然，我不能求人家告诉我试题，这是违法的事。为此，我专程去东北财大所在地——大连，费了一些周折找到了谢素兰校友。原先她在东北财大工作，我找到她时已经不在那里上班。谢素兰很热情地接待我，听了我的要求她没迟疑，给她熟识的一位系负责人打电话请他帮忙。放下电话谢素兰让我第二天去财经大学见一位教师，请那个人给指点考研复习材料和重点范围。第二天我去了学校，在一处办公室见到了那位教师。他按我的希望讲了一些考研的相关内容，但绝不是试题。这时考研试题还未出来，我相信只要按他指点的范围认真复习，考研的主科成绩应该能及格。我这个人比较内向、木讷，从始至终没给谢素兰一丁点儿表示，现在回想起来感到内疚。回到辽阳市，我把了解到的情况向洪岩做了交代，他认真地进行了复习。半个多月后，洪岩去参加研究生考试。考完试回来，我们向他打听结果，洪岩说还行，估计能及格。后来发榜知道，主科确实考得较好，可惜外语成绩差一点，没及格。最终，没有录取。当时我曾想是不是再找一回谢素兰，求她和时任东北财大副校长的丈夫说一说，请他通融一下，外语没差几分就给录取了吧，但我终于没勇气办这个事，我张不开嘴，我不会办这种事。洪岩他也没要求我再努把力去求人家。

研究生没考上，得找工作呀！我还想尽我的微薄之力给孩子帮一把，天下父母心嘛！在纸板公司，我只能找原来在一起工作并且是我入党介绍人的王良君女士，这时她已经担任公司党委组织部长。她挺爽快地答应了我："行，我给你问一问。"过了几天，在公司门口我遇见了她，问我："上税务部门怎么样？这个和你孩子专业也算对口。"我郑重地向她表示感谢。她说："干吗这么客气，谁跟谁呀！咱们原来是一盘架，又是老乡。"王良君这边正给张罗办，洪岩那边两天后从东北师大来了电话："工作已经找妥了，是天津中华职专，当老师。"我急问："是怎么回事？辽阳这边我已经托人办呢。""回去再告诉你，已经定下来了。"洪岩的口气不容置疑。过一个星期，他从学校回到家，详细告诉我们事情的经过。原来，他们东北师大的毕业生很抢手，招聘工作每年都很红火，外省、市不少学校都慕名到他们学校招人。天津市一些高中和职专的学校也去东北师大招聘教师，天津中华职专的招聘人员向毕业生介绍：他们学校是全国重点职业专科学校，工作达到一定年限还给分配住房。洪岩是这么考虑的，天津是直辖市，在那里有发展前途。即使真能去辽阳税务部门工作，也没啥意思。洪岩因此向中华职专投了简历，招聘人员经过面试，了解了他的口语表达能力，认为适合当教师就录用了。我和雅琴听了洪岩的叙述，也感到他在天津会比在辽阳有前途，我们尊重他自己的选择。

9月初，我送洪岩乘开往天津的火车，让他自己去中华职专报到。过一个月，我还是挂念不放心，不知道他能否胜任教师这个职业。趁一次出差路过天津的机会，我下车来到他所在的中华职专。我专门找到学校的领导，打听贾洪岩一个月的工作情况。中华职专校长是位女性，她告诉我，学校安排贾洪岩当一年级一个班的班主任，现在班级管理得有条不紊，请我放心。正好第二天是国庆节，听洪岩说他们班学生想去北京游玩一天，我劝洪岩不要带学生们去，出了意外不好办，这又不是学校组织的活动，洪岩考虑一会儿听从了我的劝告。当天晚上，我在洪岩的宿舍里与他的三个分配到中华职专的校友一起吃饭，我把在辽阳买的"八珍鸡"拿出来和大家共享。我记得其中有一个女生叫黄桂梅，一个男生叫石光华，还有一个是南方人，我没记住他名字。后来，连洪岩在内这几个毕业生先后都调离了天津中华职专。

12

1997年，公司技术部长，副总工程师兼科协主席李锡香到了退休年龄，正常办理退休。公司下达文件，任命我为技术部长、副总工程师。用我那老乡、公司党委组织部长王良君的话讲，应该叫我"贾总"了。这是辽板公司领导对我的信任，我一定努力挑起这副担子。公司给配备了副部长王喜德，他原是公司四分厂的厂长，让他负责各分厂的生产技术管理。另一位副部长张桂珠，仍然负责中心化验室的业务。她是1967年北京轻工学院毕业生，原籍在上海郊县，工作认真负责。公司的总工程师赵芝丽和张桂珠是校友，她是1964年毕业生，资格较老。

1999年夏，我们的女儿贾洪图从上海外国语大学毕业。据她讲，这个时候不像前几年，找工作比较难。准备简历需要用电脑，当时一台电脑价格是一万多元人民币，就连上海一般的家庭都买不起，我们就更出不起这个钱。洪图这种学校的毕业生，找工作只能在上海或北京等一线大城市，那些地方需要外语人才比较多一些。北京市我是一点门路也没有，帮不上忙干着急。洪图自己去北京求职也有难度，那需要一段时间住在那里等候消息，各种费用我们承受不起。所以，她在上海找工作是比较可行，住在学校随时去单位应聘面谈。洪图还有一件难事，她需要自己找实习单位，要有该单位的鉴定材料才能毕业。洪图在上海是两眼一抹黑，根本找不到什么单位让她去实习。也是"车到山前必有路"，正好在前几个月上海一家销售污水处理设备的公司曾到我们辽板公司推销气浮法造纸污水处理技术和设备，这个事从始至终都是我负责接待的。我留下了他们的资料，销售人员给我一张名片，希望今后能合作。5月份，我有一次去云南昆明的公差，是参加中国造纸协会举办的造纸污水处理专业会议。因为路远，是乘飞机去的。我们与会者参观了昆明造纸厂的污水处理装置，效果还可以。会议安排我们游览了昆明滇池和石林，可能是会议组织者有意让我们外地人看看滇池受污染的情况。我们看到水质很差，池边水面有大片的藻类漂浮着，应该尽快治理。在石林，我穿着少数民族服装留了影，成为我的宝贵人生纪念。在昆明市里，我买了一个木雕的大象带着小象制品，木质很好，一直保存到现在也未变形。从昆明返回，我乘飞机到上海，去看望我们的女儿。恰好，洪图对我说了她毕业前需要实习的事，我可以帮上她的忙。按照名片上的联系电话，我和上海那家水处理设备销售公司通了电话，知道这个公司在黄浦江南岸。我乘渡轮过江找到那个单位，和他们面谈造纸污水处理设备使用性能及订货的相关手续，最后捎带说一下我女儿在上海一个大学今年毕业，想在他们公司实习一段时间的事。他们当然很容易就答应，给他们单位出力帮助办业务又不收报酬，何乐而不为？况且，我有可能订购他们的设备，这是有利可图的事。我给洪图安排了这个实习的事，买船票从上海到大连，又乘火车回到辽阳。洪图是我离开的第三天去那个单位实习，所谓工作就是接电话、介绍单位销售设备的性能和价格等。一个月后，洪图从那个公司取得了实习鉴定书，克服了毕业障碍。之后，洪图向一位家住上海的同学借用电脑搞妥了自己的求职简历，向她想去就业的单位发去几十份。事情并不顺利，欧美等外资企业基本没有回音，一家台资企业有聘用她的意思，但答应付的薪酬不高，才1500元。台商对大陆就业市场比较了解，知道现阶段大学生就业比较难。洪图经过再三斟酌，决定还是先就业，以后再考虑待遇和发展前途。于是，洪图与那家台资公司签订了就业合同，算是有份职业了。我为自己不能帮助女儿找到可心的工作感到内疚，确实没能力啊！洪岩的工作也是他自己定下来的，我又为他们俩能独立踏上社会感到骄傲和高兴。

洪岩这时已经在天津中华职专当了两年教师，虽然说他胜任这项工作，但是感到没啥发展前途。况且，从心里讲，他就不是那么喜欢教师这个职业。洪岩的同学石光华在酝酿考注册会计师，洪岩他自己也开始复习有关课程，准备报考这种中国的新兴职业。我国的会计师事务所始建于20世纪90年代初，这是为了与国际接轨，进而加入世界贸易组织而建立的会计监察机构。各企业事业单位每月上报的会计报表必须经过注册会计师检验、签字后才有效，然后才可以向上级报告。会计师事务所是民营机构，它的上面有会计师协会负责管理，至于这个协会由国家哪个部门领导，我就不晓得了。考注册会计师需要通过四门业务知识考试，题目是结合会计业务知识而出的，比较难。洪岩经过两年的刻苦努力，在2001年才得以全面通过，成为一名令人钦佩的注册会计师。之后，他跳槽离开中华职专，到一家会计师事务所工作，工薪待遇比当教师高了不少。

1999年，我听说纸板公司家属楼有一户三层楼的住户要调到另一个楼去住，能空出来。这个楼和我住的楼紧挨着，我正想从七层调到低一点楼层。我已经虚岁55岁了，再往后到退休没几年，应该考虑以后的生活。我向公司后勤部申请调到那个空出来的三层住房，这个房屋的格局和我住的七楼房子完全一样。公司后勤部经过研究，报请公司领导批准。这个时候社会上对知识分子比较重视，我是高级工程师，又是技术部长、共产党员，很容易就批准了我的调房申请。2000年元旦，我搬到那个楼的三层住房，上下楼很方便，我想到母亲的事。前几年父亲去世后，妹妹惠芳怕老妈一个人生活孤单寂寞，把她接到沈阳，在那里生活了近5年。现在，我住得方便了，应该尽孝把母亲接到我这儿住。这时母亲已年过八十，身体衰弱精神不足，有时大小便拉到裤子里。我和雅琴都上班，白天没人照看老妈，她在我们这儿生活了两年，确实不方便。后来，又在弟弟维民那里生活了一年，他们两口子忙碌挣钱，对母亲照顾不过来。于是，我们兄弟姐妹七个商量之后，决定由惠萍妹妹把母亲接鞍山她家里住，大家每年拿出一些钱补贴惠萍，让她专职在家里照看妈妈，不再去卖菜。母亲退休的医疗关系在鞍山，有病就医方便。说句实在话，亲生女儿怎么也比儿媳妇照看得使老人顺心，"女儿是爹妈的贴心小棉袄"，这句话是有道理。我们都谢谢惠萍妹妹的辛苦劳累，她为我们减轻了很多负担。

2000年8月，洪图在上海工作满一年，仍然是那家台资企业，租住的房子是她班同学肖飞父母买的楼房。洪图来电话，说老板答应她由一般职员升为秘书，薪酬能提高一些，我们知道了替她高兴。过一个星期，洪图又来电话，说是有可能去德国留学，我和雅琴感到吃惊。虽然说以前也有过这方面的想法，读了外国语大学有可能出国留学或工作，只是没想到事情来得这么快。洪图解释：上海和德国汉堡市近年商定结为友好城市，双方互相交换留学生，可以免收学费。机会难得，洪图就报了名，她还有几位同学和校友也报了名。但是，每个留学生必须要有在德国一年的生活保证金，大约是两万马克。我们哪里有这么多钱！洪岩在天津挣的工资只够他自己花费。没办法，雅琴向她新宾的老弟弟借一部分，又把家里存的老底都从银行取出来，凑够6万多人民币。正好洪岩从天津中华职专放假在家，我们让他带着这笔钱去了上海。为了安全起见，雅琴把钱给缝到内裤里带着。洪岩在上海逗留几天，玩了几个地方，之后直接返回天津上班。洪图到法兰克福银行驻上海办事处把人民币换成马克，然后办理了存款保证金手续。之后一段时间，洪图到德国驻上海总领事馆办理了出国护照及去汉堡留学的各种材料。我和雅琴10月1日乘火车去上海，洪岩比我们早一天从天津再次去上海。10月4日一大早，我们全家四口人打出租去上海虹桥老机场。因为时间早，司机向我们要双倍的价钱，为了不惹麻烦只好受着。在机场，洪图自己办理登机手续，之后过安检进到里面的候机厅。我们三人向洪图挥手告别，老伴用手抹着眼泪，我的心也惴惴不安。周围还有不少来送子女的父母，有的哭出声来，真是依依不舍呀！我想得更多一些，洪图现在迈出了重要的一步，这将决定她未来的前途和命运。我心里没有把握，这个决定对她是好是赖只能由她自己的行动结果来认定。当时，社会上的出国热潮刚兴起，大家都认为出国留学或工作肯定比在国内强，但愿如此。

13

我从1986年2月初由新宾县调转到辽阳工业纸板厂，至21世纪元年，共15年。前几年全家住招待所，生活有诸多不便，但我工作两年就担任公司二分厂的副厂长。1989年我分到两室半的楼房，之后我的工作、生活随着改革开放的形势共同进步。先是1990年加入中国共产党，第二年晋升了高级职称，又以造纸专家的名义去非洲喀麦隆国考察、筹划建造纸厂。回国后被派到辽阳市造纸厂担任总工程师，一年后回辽板公司担任技术部副部长，1997年升任技术部部长兼任公司副总工程师。两个子女先后考上东北师范大学和上海外国语大学。再后来，儿子在天津考上注册会计师，女儿出国到德国汉堡一所大学留学。我感到很满足，和纸板公司里比我早毕业几年的师哥、师姐比，更为自豪。可是，"人有旦夕祸福"，"福兮祸所伏"。一个偶然发生的事，改变了我退休前的工作和生活，使我精神上、肉体上乃至经济上受到折磨。

2001年4月30日那天晚上8点钟，洪岩从天津来了当天第二次电话。第一次电话是白天中午时打来的，告诉我们"五一"他准备回辽阳探亲休假。晚饭后，我正坐在寝室的沙发上一边泡脚一边看电视。电话铃急促地响着，雅琴躺在床上看着电视一会儿就睡着了，铃声继续响，她还是没动弹。我着急了，顾不上擦脚，光着带水的双脚直奔书房那屋去接电话。从寝室出来在走廊拐弯，由于这个弯拐得急，加上我的脚沾着水，地面瓷砖又滑，左脚刺溜一下滑出去，身子随之重重地侧摔在地上。我哎呀一声大叫，雅琴惊醒了，我躺在地上说："快去接电话！"她起身去书房接了电话，是洪岩打来的，说他"五一"不回家了。雅琴一边扶我起来，一边告诉我电话的内容。我双手扶着墙，勉强支撑着站立起来，感觉胯骨处痛得厉害。雅琴把我一步一步慢慢地搀扶到床边，我用双臂摸着床面爬到上面躺着。"五一"这天，我绝大部分时间都躺在床上，偶尔撑起来上厕所都得靠雅琴搀着我去。这时，我不知道自己到底摔得怎么样，还以为养一养就能恢复。

5月6日，我咬牙坚持骑自行车去公司上班。可是下自行车走平道还能坚持进到楼内，一上楼就显示出骨伤的症状，我必须用双手拽着楼梯扶手一步一步地往上挨。坐到椅子上能好受一点，这样我坚持上了三天班，把技术部的工作安排一下。同志们看我这样难受，都劝我在家休息。第四天早晨起来，我在家里的走廊上用手扶着墙慢慢地蹭着去上厕所，往台阶上一迈步，胯骨处钻心疼痛，再也不能坚持下去了。我让雅琴给王喜德副部长打电话，请他给我找个出租车。雅琴扶着我慢慢地下楼坐上出租车，我们先到公司医院门口，王喜德下车找医院的黄院长，请他写个条给辽阳市中医院的朱主任。朱主任是骨科主任，对治骨伤有经验，他是辽板公司电气副总工程师关维安的女婿。王喜德知道这些关系，我谢谢他给我安排得这么妥当。出租车开到公司大门，我让王喜德下车上班去，技术部不能没人管理。他坚持要送我到中医院，我说："有我老伴陪着就行了，或许公司有什么事找部里，没人主持哪行啊！"就这样，我们两口子坐出租车来到中医院，找到朱主任把黄院长的字条给了他。朱主任很热情地说："纸板的人我一定好好给看，我老丈人是关维安，你们认识吧？"我连连点头："认识，还挺熟呢。"说完话，朱主任马上让我做磁共振检查。从胶片上看，我的耻骨有裂纹，位置在股骨头下面3厘米处。他告诉我："你需要住院，让你老伴回家拿一些住院必需的东西。"他听我说已经摔了8天，没上医院治病却还到公司上班，令他生气："你这不是拿自己的大腿开玩笑吗？耻骨那地方若是完全裂开，你下半辈子就站不起来了！"我讪笑着，无言以对。朱主任又说："明天上午就给你动手术。"雅琴回家取一些住院用的物品，顺路到六中学校请假，来到中医院护理我。同时，她打电话把我的情况告诉了天津的洪岩和沈阳、鞍山我的兄妹们。

第二天上午9点，我被推进手术室。是朱主任亲自操刀为我做手术，那时候还不兴给大夫送红包，我们也没想到这方面的事。手术前，朱主任叮嘱麻醉师和护士们："这个患者是纸板公司的，大家要上点心。"我听出一点话外音，是安慰我，让我别紧张。说实在话，到了这个地步，我还有什么害怕的呢？该怎么着就怎么着吧。给我打麻药的是女大夫，她轻声安慰我："这个就与平时打针一样，不痛。"我瞅着她点了点头。麻醉药真起作用，不到一分钟我就感到渐渐地失去了知觉，一切都不知道了。

也不知过去了多长时间，当我有了点感觉时，就好像朦胧中有一朵朵五颜六色的云彩从我头上慢慢地飘过。过一会儿，我听周围有说话的声音，渐渐地我完全清醒了。这时我已经被从手术室推回了病房，安置在病床上。雅琴、儿子洪岩，还有我的哥哥贾维谦、老妹妹贾惠燕等都在床边关注着我。洪岩是今天早晨从天津赶回辽阳的，昨晚坐的夜车。大家关心地问："你醒了？现在疼不疼？"这时，我才感觉左侧大腿的上部有些丝丝作痛，是麻药过劲了。他们告诉我，手术做了两个多小时。朱主任告诉他们这些家属，手术是从左大腿根部侧面切开个口子露出骨头，然后对准耻骨拧进三个不锈钢的长螺丝钉，把股骨头和耻骨加固。我的耻骨没有断，只是有了裂纹，用钉子固定有利于逐渐愈合恢复功能。但是这需要时间，"伤筋动骨一百天"嘛。哥哥明天要上班，他看我动完手术没啥大碍，下午就回去了。老妹妹在这里待了两天，看看插不上手也回鞍山了。洪岩看我躺在病床上有点寂寞，给我买个半导体收音机，没事就听一听。他当班主任脱离不开，我和老伴让他回天津去了。雅琴在家里、医院、学校三处来回忙活，给我送饭上班。这时，沈阳我那个大妹夫张志民来陪护我，晚上他就住在我身旁的床上。手术后第一个星期因为刀口没长好，晚上大小便就在床上，他递给我大便器，扶着我排便。现在回忆起来，还不能忘怀，妹夫这个人太仁义了。在市中医院住了十天，后几天我试着拄拐杖上厕所。大便用的是一种中间有空当的座椅，架在便池上，我坐在上面排便，医院里没有坐便器。这时，耻骨外面的肌肉和皮肤基本愈合，把线拆了。我和雅琴商量回家养着，朱大夫也同意。这些天雅琴明显地见瘦，她曾为我的手术去公司借钱，但未成功。我们只好自己先垫付，以后再去公司报销。记得那次总共花了3000多元，实际只给报销一半，有一部分不能报销的药和家属床费，还收什么门槛费500元。这个规定真令人纳闷，看病要花买路钱？这叫什么公费医疗？不知道外国是否也是这样。回家吃药养病，当时有一种专治骨伤的新药，是贵州产的，挺贵而且不给报销。为了快一点养好我的骨伤，我还是吃了一个多月。在家里养了十多天，我试着下床练习走一走，伤口处虽然疼一些，我还是拄着拐杖坚持。又过十多天，我试着拄手杖慢慢地下楼，在大门附近转一转。遇到邻居和熟人向我问好、打招呼，我有点不好意思，不知道怎样解释自己的伤病。同事们纷纷来看我，拿些礼品、水果，他们向我讲述了公司近一个月发生的大事。

辽板公司传达市经委的指示，要求企业开始进行"减员分流、减人增效"。其实，在1999年纸板公司已经进行过一次减员，只不过动的面不大裁下来的人不多，仅对一些年龄接近退休的职工搞一下内退的安排。裁下来的职工可以不上班，企业仍给一部分工资，并且给上社会保险。这个举措当时没有引起太大的轰动，我们技术部一点也没有波及。这一次不一样了，全公司各部门都动起来了。

我的骨伤经过手术治疗已经两个月，我试着骑自行车上班。在公司门前的停车场，我把车子放到棚子里，余下的路我只能拄着手杖走进公司的大门。有一回遇到销售部的老郭，他半开玩笑半鼓励我："扔掉手杖走两步，像范伟那样走两步。"我苦笑着说："真不行，太疼了。"医生告诉我不能负重，尽量别用腿走路，那样耻骨受身体上部压力使受伤部位不易愈合，特别是左手一定要拄手杖减轻压力。本来，我的情况应该继续在家里静养几个月，但是公司的形势不容许我再在家里休养。我得上班观察公司的情况，然后决定自己应该怎么办。

在公司里，我听到一个惊人的消息：公司办公室主任魏长宏、原料处处长周占锋以及我们技术部所属的中心化验室副主任张仁龙等都要买断工龄。"买断"这个词在当时既新鲜又令人畏惧，所谓买断就是企业按职工工龄发给一部分钱，这些钱是国家用来买走你和国营企业的关系，从这时起个人和企业就没有任何瓜葛，变成社会自由人。必须自己交养老保险金，交医疗保险金，甚至自己交冬季取暖费。老周和老魏他们为什么要这么做？有什么想法和意图？是企业强迫的吗？那些日子我始终没见到他们，大家都变得很诡秘，不愿意彼此交换个人的想法。我自己该怎么办？买不买断？其实公司领导并没有找我谈过话，没说让我买断。但我自己想，我这腿动了手术，一时半会儿不能正常工作，到公司来也干不了什么事。公司的头头们会怎样看我？与其看他们的脸色过日子，不如干脆买断工龄与单位脱离关系算了，虚荣心使我做出了不太理智的决定。为了安慰自己，我算了算账：当时我每个月工资是946元，我的工龄到买断时是33年半，公司能发给我31680元。从2001年7月份算起，我自己交养老保险金，如果按当时中等水平交费，每年是2400元，到我退休那年总共是8400元。公司发的买断工龄钱减去养老保险还剩23080元，这些钱除以三年六个月，平均每月是665元。如果我不买断而办理内退，按规定每月可得528元，比买断每月少收入137元，这些钱可以用来买医疗保险，缺不多少。还是买了吧，省得看人家领导的脸色，我这个人就是不会来事，不爱求人。后来到2005年初，国家有政策：男满50周岁女满40周岁买断工龄的职工社保费（养老保险）给予优惠，只需交原缴费的50%即可。这一来我买断和不买断持平，医保费是办退休手续时一起交的，用不了我最初计算的那个数目。总之，办买断工龄我没吃亏。

我纯粹是因为身体受伤不能正常工作，不愿意拖累公司而一时冲动办了买断。当别的职工听说我也买断，都十分惊讶。一个公司副总怎么能遭到这样的待遇呢？言外之意，太不可思议，公司领导也能下得了手，好意思批准？我听了这些言论，心里老大不自在，百味杂陈。为了面子上能过得去，每当别人提起这件事，我就把魏长宏和周占锋这两个中层干部也买断的事说出来做挡箭牌，而且争辩自己买断没吃亏。快到冬季时，为了能报销取暖费，我又换成雅琴名下的辽板公司内部房产证。对别人说，我的取暖费老伴她单位也能给报销，实际也是这样。我以此向别人证明，我办了买断非但没吃亏还占了便宜，我的表现真和鲁迅笔下的阿Q一样。不管怎样，办完买断工龄之后我的心里总是感到不舒服：在国营企业干了近一辈子，临了却落个与之脱离关系的下场，变成了社会自谋职业者。以后到退休年龄，国家会怎样给我办理呢？能和正常退休的职工享受同样的待遇吗？我心里没有底。

2002年5月，我的骨伤手术整整一年，自己感觉还可以，不用拄拐慢慢步行可以走一里路，再远就得骑自行车。上楼不能负重，最多不能超过5公斤，稍多一点耻骨部位就感到疼痛。而且不能左侧身躺着，否则在骨头上的三个螺钉帽挤压肌肉和皮肤，非常痛。和雅琴商量，耻骨已经愈合，大夫也说过半年可以取下螺钉，现在应该去医院取下螺钉。我们还去市中医院找朱大夫，但是他已经应聘到市里第四医院。我们在第四医院见到他，仍然担任骨科主任。不用说，收入肯定比在中医院多，我没好意思问。住院第二天就给我实施了取钉手术，但这回有点麻烦，钉取出来开始缝合刀口。不知是麻药量不足还是取钉时间长，我已经醒过来有感觉了，但是刀口还未缝完，是助手给缝的。他每缝一下我就钻心似的疼一下，我止不住喊起来，护士说:"再打点麻药?"朱主任说:"快了,坚持一下,麻药打多了不利于恢复。"就这样,每缝一针我就疼得要昏过去。刀口缝完,手术还没算完,还要在缝合口的边上再切一个小口,插进一根导管,外面用一个透明塑料袋接伤口里淌出的血。这些动作我都一清二楚,有些像三国时华佗给关公做刮骨疗伤,这罪遭的!我在医院住了6天,刀口长愈合了出院回家休养。这回是皮肉伤,大小便都能自理。半个月后我下楼溜达,多数时间是骑自行车,直到现在我也是尽量骑自行车去活动,办事情。

14

洪岩在2002年工作变动,他考上注册会计师以后逐渐与中华职专脱离了关系,到一家会计师事务所工作。现在的年轻人拿是否在国营单位工作不那么当回事,教师是个稳定的工作,收入也可以,但他们说辞职就辞职,不犹豫。会计师工作比较辛苦,但是收入比教师能多一倍。因为工作关系,洪岩到天津大港区一家石油系统所属的企业查会计账。去几次后和那个单位的会计人员熟悉了,有一次那个单位财务负责人让洪岩考虑一位女员工,是否可以处对象。这个青年女子叫王瑶,是配合洪岩查账的人员之一,互相认识,当时24岁。洪岩看她人挺聪明,身材长相都说得出。洪岩同意并确定了关系,就像当年我和雅琴处对象时一样,也没有先征得父母的意见之后再表态决定。其实,洪岩不用征求我们的意见,我们也不可能有异议,就像我的父母也能同意我的选择一样。为什么我们父子俩都是这样解决自己的婚姻大事?其实不奇怪,一方面我们都远离父母在外地工作,不可能与父母及时沟通,另一方面我们找对象的观念都比较符合自己和家长的愿望,一般不会出什么差错。所以,我们父子成家立业后都过得挺好,我们老两口夫妻和睦,子女聪明好学,对老人孝顺。洪岩他们后来的生活也比较宽裕,两个人感情融洽,儿子聪明伶俐。

2003年春节期间,洪岩把王瑶领回辽阳,我们和未来的儿媳算是见了面。她给我们两口子印象还不错,温文尔雅。洪岩他们开始考虑结婚的事，在天津市里买房子是必须的。虽然已经工作6年，但洪岩手里没攒下钱，可能在大城市里花销大。我们把家里所有的钱分三次给洪岩邮去，总共是8万块钱，交了首付款。这8万块钱里有我买断工龄得到的3万多块钱，向雅琴老弟借2万块钱以及几年来我们老两口省吃俭用攒下的3万来块钱。应该说我们的时运还是不错，当时的房价不算贵，每平方米不到3000块钱。洪岩在天津火车站后广场汇合家园选了一处楼房，是四楼二室一厅一卫94平方米。当时我给他写信建议考虑两个方面，一是不买高层楼，怕电梯不安全；二是不买靠山墙的房间，那样的屋子冬冷夏热。洪岩考虑了我的想法，还有就是买现房不买预订房。整套房子包括税金全价是29万多元，先交四分之一的首付款，其余由洪岩自己从银行贷款自己还。计划每月还1600元，20年还清，算计一下除本金之外，还须还银行利息14万。洪岩答应贷款钱由他们按月还，我们老两口可以松口气，减轻了负担。房屋装修、买家具和家电等由王瑶的父母解决，亲家公在装修期间受了不少累，监督工程质量。当时的物价不贵，装修材料和工时费也不高，估计全部加起来也是8万块钱左右。到现在的2012年，房价已经涨了四倍，洪岩他们的房子已经价值120多万。

　　2004年10月12日，我们在事先预订的辽阳衍水宾馆饭店为儿子贾洪岩、儿媳王瑶举办了婚礼。亲家两口子和王瑶是头一天到辽阳，住在雅琴为他们安排的六中同事熊老师家里。雅琴的两个弟弟、侄子、侄女及堂弟特意提前一天从新宾来我们家；我的兄弟姐妹从鞍山和海城当天早上赶到我这里。惠芳妹妹的二女儿今天也结婚，我们互相都不能参加对方的婚庆，真是太巧了。我和雅琴原工作单位——纸板公司和辽阳六中的领导、同事、教师等都到衍水宾馆参加我们儿子的婚礼。其中有公司的一把手夏茂竹和书记王良君等，还有六中校长，很给我们面子。所有来宾共聚一堂，有20多桌。整个婚礼过程完美无缺：迎亲队伍从我们家出发，放鞭炮、坐彩车，录像车跟着。车队到熊老师家接新媳妇，在辽阳市里转一圈之后到饭店。主持人宣布婚礼开始，洪岩小两口穿着结婚礼服和婚纱走上结婚殿堂。嘉宾放彩花，新人拜见双方父母，我和雅琴及亲家公先后讲话，亲友们祝福。

会餐开始，洪岩两口子挨桌敬酒。整个过程录像师都完整地录下来，给年轻人留下了珍贵的永恒的纪念。洪岩这辈子比我幸福多了，他妈雅琴到现在还因为我没能赋予她这一婚礼仪式而抱怨我："咱俩没结婚，是在搭伙呢！"我辩解道："是形式重要还是实质重要？"说句老实话，都重要，尤其是对一个女人来说。可是，没办法。请雅琴原谅我理解我，让我们今后和谐地度晚年，这比什么都强。

15

　　女儿洪图在德国汉堡科技大学学习3年，这几年算是本科学历，因为德国不承认中国的大学学历。她考虑到今后就业的难易，选修了这个学校的计算机专业，这在当时还是个紧缺专业。按上海和汉堡两个城市签订的协议，中国留学生在那里念大学不收学费，但是学生的吃住等必须自己解决。我和雅琴给她提供了一年的生活费，剩下的年月只能靠她自己勤工俭学来维持。通过电话我们得知，那几年她曾经给旅馆打扫卫生、清洗被褥等，在体育场捡拾垃圾，也干过推销中国产的小型生活电器……其中的酸甜苦辣只有她自己才能体会到，我们实在拿不出每年近5万元人民币的生活费给她。我们的女儿是坚毅的，敢于勇往直前。在国外，她一个人面对生活、学习等考验，而且还要耐得住寂寞，真难为洪图。为了在德国或欧盟其他国家能找到比较理想的工作，洪图决定继续深造，考硕士研究生。这时她已经虚岁27岁，有一回一个在德国做小生意的中国人曾表示愿意和洪图交朋友谈恋爱。但是洪图她不太中意，她是看重自己正在求学，就错过了这个机会。经过一番努力，洪图考取了那个学校的硕士研究生，开始了新的学位学习。自然，她还得继续进行半工半读的勤工俭学生涯。

　　我的老伴于2002年夏正式从教师岗位上退下来，当时六中校长挽留她继续工作，因为雅琴当班主任会管理班级。她自己也不愿意闲待着，就答应接着当班主任兼教语文课。一年后因学校给的待遇实在太低，每月才500元，就辞掉了这份工作。经六中退休的魏老师介绍，老伴在辽阳新竹学校当教师。这是一所私立学校，给老师的报酬低于公立中学，但还是高于六中的那500元。我那时买断不挣钱，而且左腿根部有过伤不能走远路。雅琴为了能额外挣些钱贴补家用，她坚持在新竹学校干下去。刚开始学校每月给1200元，后来看雅琴工作能力强，给涨到1500元，这个数目还是低于公立中学正式教师岗位的待遇。雅琴工作踏实、任劳任怨，班级的管理在同年级首屈一指：班级学习成绩第一，各项活动走在前面。因此，第二年被评为市级优秀班主任。可是只有荣誉，学校没给什么物质金钱的奖励。

16

2005年12月16日，是我60周岁的生日。经过3年半的自缴社会养老保险金，我终于熬到了年头，办成了退休手续。不过，我的身份是自谋职业的社会自由人。一个为国营企业工作了30年的大学本科毕业生，又是大公司企业的副总工程师兼技术部部长，竟然落到如此结局，不亦惨乎？因为我自己缴的社保费是中等档次，所以退休金不算少，还有高级工程师优惠的25元，每月总钱数是1006元，比与我同年退休的二楼工人邻居多100多元。

17

2006年4月6日，洪岩来电话，告诉我们他媳妇王瑶生了个男孩。我和老伴高兴极了，这是天公作美，这个孙子是老贾家从我算起第三代唯一的男孩。我哥哥两个儿子的下一代都是女孩，我弟弟的儿子还未结婚，将来生男生女不好说。洪岩给自己的儿子起名叫贾宪清，"宪"字是按家谱排列，最后的"清"字洪岩向我们解释：自己出生在清朝的故里新宾县，户口本上依母亲的民族——满族，所以给儿子叫"清"字。他又说，贾宪清这个名字大气，对此我亦有同感，但愿孙子将来大有作为。

2007年春节，老伴学校放假，我们老两口去天津与儿子他们团聚，看望我们那个出生9个月的孙子。宪清这小家伙的脸形、五官长得和他爸爸婴儿时一模一样，就像一个模子刻出来的。我们把洪岩一周岁时我们全家三口人的照片拿给儿媳看，她激动地说："哎呀，他们父子俩哪儿都像！"说完，得意地笑了。

因为我们老两口这时在辽阳生活，雅琴仍然在新竹学校教书，所以照看孙子的任务自然而然就由亲家母负担。其实，即使这时我们在天津居住，王瑶也会让她妈妈在那照看孩子，姥姥带外孙子这个习俗在天津很时兴。有句话是这样说的："天津一大怪，养了孩子姥姥带。"天津人把孙子辈孩子分别称为"红眼"和"白眼"，如果是奶奶带孙子，就把小孩叫"红眼"，若是姥姥带外孙子，就把孩子称作"白眼子"。一般在同一小区生活的老人，如果互相不熟或者初次见面搭讪，就经常会这样问带小孩的老太太或老头："红眼还是白眼子？"多数老人很随意地回答："白眼子"。中国经济发展了，妇女参加工作的机会更多，收入也多了，在家族里的地位无形中更高了。很多儿媳妇愿意让自己的妈妈照看自己孩子，她们母女关系容易相处。姥姥带外孙，她自己的感觉也挺好，不再有外孙子是白眼狼的想法。而且，现在独生子女多，只有女儿的家庭不在少数，这些老人也把女儿的家看成自己的家一样。据我所知，像北京、上海等大城市里由姥姥带外孙的家庭也占多数。雅琴说，她们六中退休的宋主任现在也在上海女儿家给看着外孙女呢。不过，在东北还是老观念占主流，一般年轻人的孩子由奶奶给带着的占多数。我们周围的人还是这样说："孩子长大明白事理了，还是和爷爷奶奶亲，他的姓氏是改不了的。"至于我们老两口，一切都看得开，根本不计较谁应该带小孩，也不计较孩子将来和谁更亲。我们相信，只要我们真心实意对儿媳妇，不干涉她教育自己的孩子，对宪清满怀爷爷奶奶的亲情，孙子他一定会对我们亲。"儿孙自有儿孙福"，这句古训非常正确。

18

2007年，洪图的研究生学习结束，她以良好的成绩取得了德国的硕士学位，同时在汉堡找到了与专业对口的工作。因为她符合德国的入籍条件：在德国生活或工作七年以上，具备本国承认的硕士学位。所以，洪图取得了德国绿卡。我和雅琴为女儿出国多年终于有了理想的结果感到欣慰，她今后可以在国外比较宽松地生活，不必为了学业、生活费等在精神上经济上受到太大的压力。接踵而来，我和老伴又开始为她的终身大事着急。她已经30周岁，女人到这个年龄应该组织家庭享受天伦之乐。可我们的女儿对这方面似乎不太在乎，是她情商不足还是心气太高？

2008年，夏季奥运会在中国召开，这是我国百年一次表现自己国力的机遇。洪图在国外为中国荣誉尽了一份力，积极参加维护奥运火炬在当地的传递活动。洪图参加维护奥运火炬传递活动，可能是这个原因而被所在的公司辞退，失业一段时间。我们听到她来电话谈到这件事，心中很不安。为了安慰和支持女儿，我们用人民币换一些欧元给她汇去。坚强的洪图来电话和我们说："不用着急上火，失业期间德国国家能发给一定数量的失业救济金，能维持生活。"并且说，她正在向一些公司发求职信息资料，估计不用多长时间就会有好消息。春节时，洪图回国过年，我们都住在天津的洪岩家，共度一个团圆年。

果然，春节假期还未结束，洪图的电脑网上就发来了瑞士一家银行的邀请函，请她去面试，合格就可以去工作。我们老两口又开始担心她面试能否通过，洪图说："没问题，我有专业知识，有硕士学位，会英、德两种语言，肯定能录用。"她抓紧时间买机票回德国，然后去瑞士苏黎世面试。我和雅琴也买卧铺票乘火车回到辽阳，老伴在新竹学校开学后正常上班，我继续过我的退休生活。闲着没事，多数时间去太子河边钓鱼。没过多久，我们接到洪图打来的电话，她兴奋地告诉我们，她已经被那家银行录用，这是一家世界有名的银行。现在她正筹备搬家的事，苏黎世这家银行答应洪图，在她未租到住房之前先提供一个临时住所，在这里可以居住一个月。在这段时间洪图可以一边工作一边寻找租房，租到房子银行出人帮助她搬过来。

老伴雅琴是个能干要强的女人，她当几十年教师，多数时间都是当班主任兼教语文课。在辽阳六中，她的班学习成绩是年级的前列，学校安排的活动中她的班都表现优秀，被评为市优秀班主任。这一传统被她带到新竹这所私立学校，她教的班级是全校优秀班，2008年雅琴又一次被评为市优秀班主任。毕竟年岁不饶人，已年逾花甲的她有一次组织学生参加全校体操比赛，她以身示范、亲力亲为，终于因劳累过度而病倒了。那是2009年五一劳动节前发生的事情，在家休息几天，过完节又带病坚持上班。但是她年龄大，有病未好，在课堂上腰疼直不起身子，趴在讲桌上给学生上课。学校领导和同事看到这种情况，都劝她休息到医院检查。于是，第二天我领着老伴去市中心医院挂内科，大夫问了病情给开了几种检查项目：肝、肾部位的CT扫描和彩超等。我们拿着检查结果找大夫聆听指教，那个大夫看了胶片和检查结论很吃惊："你的一侧肾已经严重积水。"老伴问："我还能不能上班？"大夫听了吼起来："你不要命了？还上什么班！"我们也感到吃惊："这个肾是怎么积水的？"大夫思考一下，说："要检查一下膀胱和输尿管，看看有什么病变。"我又陪着老伴做三维核共振，检查从肾到输尿管到膀胱整个泌尿系统。结果显示，雅琴左侧的输尿管狭窄，尤其接近膀胱那部位特别严重。因此导致上部的肾器官排尿困难，在肾里形成较大面积的积水，整个左肾功能丧失比较严重。医生建议立即手术，打通输尿管进膀胱处的狭窄通道。具体就是在膀胱上再开个口，切掉输尿管入口处原来的狭窄段，把正常的输尿管部分接到膀胱新开的口上，我劝老伴做这个手术，她有些打怵。尤其想到手术要把腹部切开个大口子，把里面的膀胱、输尿管切掉一段再缝上，之后再把外腹部的切口缝上，肯定是个大手术，搞不好容易感染出事。迟疑了几天，后来又听说这种手术效果并不十分理想，有的人做完手术后一年，膀胱切口接的输尿管部位又产生了增生，把进尿口变窄了，肾的排尿功能仍然受到影响，失去手术的效果。听到这些话，我们商量还是先不做了，观察病情的发展再说。手术不做，工作也不能继续干，身体要紧。这时接近6月份，老伴无奈只好把班级交给学校指定的代理班主任，雅琴的教师生涯就算结束。我们到白塔区肾病专科医院拿一些中药吃，身体养一阵子，逐渐恢复。但是，肾脏积水的问题没从根本上解决，今后还得注意。

19

就在雅琴在家养病时，6月13日晚上接到惠芳妹妹从鞍山打来的电话，说母亲病重快来看看吧。我妈最后几年是在鞍山惠萍妹妹家度过的，之前在我那儿住了两年，后来又到弟弟维民家住一年。但是，在海城弟弟家也没有人专门照看她，弟弟两口子忙于干活挣钱，他们的儿子贾洪旭虽然十几岁了，却不懂关心老人。老太太要喝水自己爬起来下炕，不小心跌到地下，一只手的腕骨摔裂了。弟弟打电话叫我们去他家看看，当时老妈已经两天没吃饭，身体非常虚弱。我们兄妹几个去了，问弟弟领妈妈上医院没有，他支吾着没回应。我和老妹妹惠燕把老妈送到医院，大夫把骨裂的腕部扶正，打了消炎针和葡萄糖营养针，身体总算缓过来了。又过几个月，因感冒又是两天没进食，弟弟以为老妈要不行了，打电话让我们再去。我和几个妹妹到那儿一看，他已经要给妈妈准备后事了，连停尸板都准备好了，并且和我们说，算命的人告诉他，老人躲不过下半夜。我们坚持让他找大夫来，打了感冒针和营养针，母亲又挺过来了。我们兄妹几个人合计，这样不行啊，还是让母亲换个地方养老吧。鞍山姐姐、哥哥年龄大伺候不了，老妹妹惠燕也不行，性子急没耐心，还是惠萍那儿行。她性格稳当，对妈妈亲，而且有时间专门照看，我们大家出钱资助，不让她外出卖菜。就这样，母亲在惠萍那里又多活了两年。

6月14日，我急忙乘火车来到惠萍家，这时母亲已经昏迷不省人事。哥哥、姐姐、弟弟、妹妹一致决定，把母亲送回海城析木老家，预备如果老妈不行了就在那办丧事、安葬。上午11点20分，载着母亲和我们兄妹的面包车到了弟弟家的院子里，我们急忙把妈妈抬到炕上，这时她还有口气。我们张罗让弟弟找大夫，过一会儿大夫还没来，11点52分母亲终于咽下最后一口气与世长辞，享年91岁。姐姐妹妹们放声大哭，我们哥三个含着泪给老妈穿上准备好的装老衣裳。弟弟是坐地户，由他去雇红白事情服务队，找人搭台奏哀乐。忙了大半天，我们几个年岁大的半夜时到邻居家休息睡觉，妹夫、妹妹、弟弟两口子及哥哥的两个儿子轮班守夜。第二天，亲戚们得到信儿，能来的就都来了。弟弟的女儿贾洪梅也回来了，她从锦州师范学院毕业在一个中学当教师。我给洪岩打电话问他能否来，回电话说实在脱离不开；女儿远在瑞士来不及参加奶奶的葬礼；老伴雅琴正患病休养经不起折腾；只有我这个贾老二自己一人参与母亲的丧事，深感惭愧。母亲遗体装在透明棺材里，我们哥仨及哥哥的两个儿子身穿孝服、头戴孝帽跪在灵柩前，按老规矩守灵、叩头。

6月16日早晨3点多钟，家人及亲友乘车拉着灵柩去海城县火化场。5点钟举行哀悼仪式，女性们放声痛哭，男人们低头抹泪。我的泪水一直未断，想起自己对母亲做得不够，感到亏欠没尽到孝心。母亲遗体火化后直接运到羊角峪老贾家祖坟地与父亲合葬，因时间紧迫没有同时立碑，以后再说。

早晨8点钟回到弟弟家，饭后休息一会儿，我们姐弟七人坐在炕上合计母亲丧事花销的分摊事宜。弟弟维民还找来了帮助操办丧事的他朋友来做调解和见证人，其实他是多虑了。我们老贾家姐弟和他们的家属都非常谦让、和睦，这是父母给我们留下的传统，大家都争相摊费用，没有人推诿。最后决定：先给惠萍妹妹8000元，作为今年照看母亲的辛苦钱；母亲丧事的花费由她退休单位报销款抵销，如果不够再由我们这些子女平均分摊；亲友们上的礼钱全部归弟弟维民所有。对这样的安排，大家都赞同，尤其是张罗丧事的弟弟两口子更满意。亲友们写的礼钱不少，归弟弟他们也说得过去，因为其中大部分是与他有来往的人上的礼。我们姐姐哥哥妹妹们不在海城析木生活，和当地的亲戚、邻居没走来往。惠萍妹妹得到8000元，心里也得到满足。那个见证、调解人很感动："你们家的人真和气，有素质。"

第六章 天津生活

1

2009年9月5日，这一天是老伴雅琴农历七月十七的生日，我们的儿子洪岩开自家轿车从天津来接我们去那里居住。当天晚上，我们举行简单的告别餐，请我的大学同班同学王德忱和纸板公司二分厂一位班长、朋友丛志龙来聚一聚，他们举杯祝我们乔迁，羡慕之情溢于言表。第二天早饭后，我们开始装车，王德忱和丛志龙也来帮忙。其实，我们只是把穿的衣物带走，屋里的家电、家具、桌椅书架及炊事用品等都没搬走。洪岩说，新房里啥都备齐了。晚上6点多，我们到达天津新的居所明家庄园。

从此，我们的生活发生了质的变化，从辽宁省一个普通中等城市辽阳一跃而进到国家直辖市之一的天津。我们老两口单独住在河东区津塘路二号桥附近的生活小区，生活条件、居住环境都有了很大的提升。小区内宽敞，绿化搞得好，都是四五层的楼房，阳光明媚。我们居住的是二层楼，这是我们的愿望。之前买楼时洪岩曾征求我们的意见，我们考虑年岁大了上楼费力，不能住高楼层；但是不愿意住一层，根据辽阳的经验，一层地面潮湿。而且既然是住楼房，就得二层以上才能称作楼房，这个看法不一定正确。我们老两口又怎么能有条件单独住一处楼房呢？原来，这个明家庄园小区的70多栋楼是由天津两家私营房地产公司合伙建的，儿媳王瑶就在其中一家公司当会计，内部职工买房能稍微优惠一点。主要是我们儿子孝顺，他考虑父母年岁大了，搬到同一个城市照顾我们方便，年节时在一起聚餐也容易。现在有这个机会，为什么不利用呢？他们共花了50来万买了这个楼，面积是86平方米，每平方米6000元。其中首付款是10万元，我们出了4万，他们拿6万，其余的钱由他们向银行贷款，以后逐年还，大概是10年期。房屋装修及买家电、家具等我们又拿了两万，其余都是洪岩两口子出的。

来到一个新的生活环境，人地两生。早晨，我到小区活动场晨练，与那些年龄相仿的老人搭讪，他们一口津腔，和在电视剧中听到的天津人说话一个调。著名的天津快板就是以天津城区的这种方言腔调来表演的。当然，天津腔我也能听得懂，与我们东北口音相差不太大。另外，天津人有一个特点：语言丰富、热情好客，张嘴就是"您"。有句俗语评价他们："不吃饭能送你二里地。"意思是说光会用话甜和人，不办实事。我对这话半信半疑，不过无所谓，反正我也没什么事和他们打交道，退休的人不求他什么。相反，每天和他们这些愿意聊天的人在一起唠扯倒可以解解闷，挺好的。而且，通过闲谈知道天津老年人现在想的是什么，以前的生活怎么样，他们对当前国内、国际发生的事有什么看法，等等。天津人健谈也愿意与人交谈，不管是否熟悉是否认识，一个话题往往可以谈上一个多小时不间断。

早晨我出去活动，白天去市场买菜，晚上小区里灯光不亮，没有可消磨时间的地方，只得窝在家里在沙发上看电视剧。洪岩给我们买的电视机是液晶的，比我们在辽阳的平面直角电视机高一个档次。9月29日晚上黄金时间，我和老伴看电视剧《女工》，内容有女主人公为了女儿上大学筹集学费，一狠心买断工龄得到一笔钱给女儿交学费和做生活费。我颇有同感，在2002年，即我左腿骨伤第二年买断工龄，脱离与企业的一切关系，成为自谋职业的社会人。所得的3万多元加上家里剩余存款与亲戚借的钱给洪岩邮去，作为2003年他买楼的首付款。从那时起，我们的生活费和自己交的养老保险金就全靠老伴的退休金和她在私立学校当教师的钱来维持。这种情况直到2005年12月我办成退休之后才结束，令我难以忘怀。

我们正式到天津生活的第一个国庆节，也是中华人民共和国成立60

周年。我们老两口吃完早饭，打扫完卫生，没事可干就坐在沙发上看电视新闻。上午10点，首都北京开始举行阅兵式。很隆重，显示了中国强大的国防力量。最近一个月，中央和地方电视台先后播放了《解放》《东方红1949》等电视剧，歌颂中国共产党从1921年建党时起，由弱小到强大，最后推翻蒋介石的国民党政权即中华民国的历程和业绩。

在天津生活了一个月，我的行动基本上有了规律：早晨6点起床，到小区活动场地借助体育器械做"云中漫步""摆腰""蹭后背"等；到亭子里的木凳上做俯卧撑，倚着凉亭柱子撞后背和臀部；直立站着抬起两个脚后跟，用脚尖支起身体收腹提臀。各种动作做几十次，大约一个小时后回家吃早饭。饭后稍事休息，帮助老伴洗碗、打扫卫生，然后出门到附近路上散步、上报亭买《参考消息》。我看这份报纸已有几十年的历史，1964年刚上大学时知道学校有《参考消息》可以看，真是兴奋不已。要知道，当年这种报纸可不是一般人能看到的。国家让我们大学生看《参考消息》那是有一定考虑，是对知识分子的重视。每天我买回报纸都是从第一版认真仔细地读到第八版，有时候有十二版。2009年12月26日，农历冬月十二，是我64岁的生日，也是我第一次在天津市过生日。洪岩结婚以后，我们老两口虽然一年两次去天津住一个多月，在那里过春节，但都赶不上我生日的时间。我在辽阳过生日一般都是请我的同班同学王德忱和原纸板二分厂一个班长丛志龙来捧场，没请过兄弟姐妹给我祝贺。我们家没有那个习惯，就是我姐姐、哥哥他们也没请弟弟妹妹去他们家祝寿，老贾家就是这种习性。这天洪岩开车把我接到市里一家叫上海时代的饭馆，全家五口加上亲家母共6人聚餐。亲家母姓姚，住在洪岩家给他们照看孩子宪清。本来她不想来，洪岩考虑撇下她一个人在屋里挺孤单，就硬给动员来了。亲家公王家利一个人在大港区职专上班，是做保卫工作。

洪岩在饭店定个包间，屋子宽敞、华丽，餐桌较大能坐10个人，是旋转式的。在天津过生日就得遵照他们的做法，洪岩代表他们家三口给我敬酒，祝我生日快乐。小孙子贾宪清才三岁半，也端起饮料杯说："祝爷爷快乐。"老伴和亲家母也都祝我身体健康精神愉快。大家喝酒吃上海风味菜肴，我感觉挺对口。蛋糕摆上来，由我这个寿星老点蜡烛，祈祷全家平安幸福，接着吹蜡烛，唱生日快乐歌，切蛋糕大家分享我的愉快。今天我高兴也很激动，十多年全家没在一起给我过生日。虽然女儿远在国外不能参加我的生日宴，但我知道她现在各方面状况都好，所以心里还是很愉悦。而且，今天上午我还做了一件自认为是积德的事：我去邮局把前天在津塘路詹庄子公交汽车站附近的慢行道上拾到的一张身份证按上面的地址给失者邮去了。我在餐桌上把这件事向大家说了，老伴说："你做了这件好事怎么不告诉我呢？"儿媳王瑶说："爸，您真是个好人，您一定能长寿。"儿子没言语，只是瞅着我微笑。我那三岁半的孙子宪清也发话："爷爷，那个人一定会谢谢你。"我摸着孙子的头说："爷爷不用他谢，爷爷自己快乐就行。"饭后，儿子结账：六个菜、酒和饮料、主食面条外加蛋糕等合计1000出头。这样的消费水平，对我们工薪阶层来说算是奢侈了，我谢谢洪岩他们两口子。

2

2010年元旦，从公历来算我又增加一岁，虚岁是66岁。一直以来，我就有一个想法：把自己的人生经历写成一本书。我构思了很久，觉得自己60多年的生活比较坎坷，经历了很多艰难岁月。但是，和同龄人相比，我又是幸运的幸福的。我的目的不单单是抒发个人的感情，更主要的是想通过书写自己的命运、历程，真实客观地反映普通民众经历过的这一段社会历史。我读过余华的小说《活着》，后来又看了人民文学出版社发行的"人与岁月"丛书中的几本：《我的老三届岁月》（赵铁林著）、《家在云之南》（熊景明著）、《一个美国女孩在中国》（韩秀著）等。从他们写的书中我受到很多启发，更坚定了我抒写自己社会经历和思维的意念。

我虽然构思时间比较长，但真的动起笔来就感到事情不是自己想象那么简单和容易。文章怎么开头，从哪个时间段下笔？作为我这个作文成绩一般的学生来说，真是有些为难。我想到新华书店看看，有没有可借鉴的指导书籍。天津最大的书店叫图书大厦，不叫新华书店，我原以为是图书馆呢。在楼上楼下转了好一阵子，规模真大呀。在一处书架上我发现一本《中国写作学探要》，王泽龙著，翻一翻决定买回去，好好阅读一番，或许对我能有益。我把自己的想法和老伴谈过，她是初中语文教师，对文学也挺爱好。雅琴对我的心思很有兴致，鼓励我把它写出来，她非常愿意当我的第一读者。我用半个月时间阅读那本《中国写作学探要》，之后又把"人与岁月"丛书那三本购到手的再读一遍，心里渐渐有点思路。时间一天天过去，尽管我退休后时间宽裕，可是我知道不能这样无限期地拖下去。要敢于动笔、勇于下笔，一次不成也要重来再写。终于，一段时间之后，我试着写出了文章的开篇，脑海里涌现出全盘的概况，我下笔顺畅一些了。

和余华著的小说《活着》的主人公福贵相比，我的经历曲折有余，但是幸运有加。说起来，还是比较有福的，虽然我的名字不叫福贵，我叫维庸。古人云"中庸之道"，是待人处世的合理做法，因为我沾了"庸"字的光，所以就老来得福了。我都得到什么福呢？请读者您慢慢地阅读我从现在开始往后的描述。我自己感觉，退休以后的生活是美满的幸福的，先苦后甜最好了。

元月2日，我和雅琴在自己的住所设宴招待亲家两口子和洪岩三口。自我们搬到天津以来尚未与亲家公见过面，这一回得好好预备一下。我们老两口从上午就开始忙活，我亲自动手自制酱牛肉和酱猪肘子，这是我的拿手活。老伴准备六个菜的食材，切好、焯好。下午她开始动手，先是老母鸡炖酸菜，这是东北名菜；然后做红烧鱼、炒腰花、熘肝尖、蒜薹炒鸡蛋和银耳拌黄瓜等五个菜。老伴的手艺不亚于辽菜饭馆的水平。再配上我自制的两个熟食，共八个菜。亲家两口很高兴受到这么隆重的招待，大家饮着洪岩拿来的天津"金王朝"葡萄酒，孙子宪清喝露露杏仁露，互相致以真诚的问候。我们共祝新的一年四位老人健康平安，祝年轻人事业有成，祝宪清发育聪明。

3

提到年轻人的事业，我就得谈一谈我们的女儿和儿子的情况。洪图出国至今已经8年，目前在瑞士苏黎世信贷银行工作。这是一家世界上有名气的大银行，在《参考消息》报上能见到有关该银行的报道。洪图在银行里搞电脑统计工作，年薪10万左右瑞士法郎。这个工资额在她所在的银行里算是中下等水准，若与中国国内银行工作人员相比，可能达到中层领导的薪酬。洪图不满足现状，正在努力工作，争取能再上一个台阶。而我和她妈妈对她的情况很满足，只是希望她尽快找到一位如意郎君，成家立户生一个宝宝。可是洪图心气很高，用她的话讲就是宁缺毋滥。我们劝她：只要有正当职业，性格稳妥，对她好就行。如果找不到中国人，在当地找个外国人也行，只要懂得尊重她，会过日子也可以。但是洪图总是不以为然，对这个不太当回事，我们也没有办法。

洪岩自2006年调到天津国能投资公司，工作一直很忙。他是单位仅有的一名注册会计师，这是公司招聘他的主要条件。由于他工作兢兢业业，先是让他担任财务部经理，后来又兼任财务部副部长。到2009年年末，被提升为公司的财务部长。原来的部长提为公司的总会计师，但不管具体业务。这样，洪岩更加忙碌，年末公司的财务总结，新一年公司的发展规划及考核标准等都要由他这个部长亲自动手。新年前后一个多月没休假，每天都忙到晚上七八点钟才回到家。老伴听说了很担心，怕把儿子累坏了，远在欧洲的女儿洪图给老妈出主意：给她哥哥用老母鸡炖人参补一补。于是，在元月18日下午3点多，老伴和我拿着我们以前从新宾带回来的人参和在天津现买现杀的老母鸡、鲜藕、猪排骨、酸菜等共重20来斤的东西徒步走二里路，在詹庄子公交站乘806路车到天津火车站下车。车站在地下道，我们乘电梯来到地上，进火车站又乘电梯到二楼候车大厅，我的受过伤的大腿走远路受不了，在候车厅休息一会儿。之后下电梯出车站来到后广场，又走一里路才来到儿子他们居住的汇合家园小区。依我的主意，从我们家的明家庄园直接打出租车到洪岩那里，不就是花35元吗？可是老伴舍不得花钱，尽管她每月的退休金比我多1000多元呢！我这个朴实的老伴真令人称赞、佩服。到洪岩住的楼下，还得爬四层楼才进到他家屋子。这一路上，那20来斤的食材全是老伴她拿着，我的腿不能负重。老伴不顾疲劳，系上围裙就开始忙碌起来。先把人参再洗一遍，把老母鸡用热水焯一下，用凉水洗净，然后一起放到搪瓷锅里用慢火炖。接着又做了酸菜炖排骨，两个菜做好已经是晚上7点多，可是洪岩还在单位忙着呢。直到8点半他才回到家，大家这才一起吃起来。洪岩看到人参老母鸡汤，知道是老妈给他补营养，心里很受感动。老伴脸上露出了笑容："喝点汤补一补，是你妹妹告诉我做的。"洪岩笑着说："谢谢你们了。没事，我年轻力壮，现在不干什么时候干？"我这个当爸爸的明白他的心思：三十五六岁，正是干事业打基础的时候。世人都说"前三十年看父敬子，后三十年看子敬父"。我们老两口现在都退休了，拿的退休金也可以，生活条件不错，在天津居住，受到辽阳我们双方原单位老同志和邻居们的羡慕。这不就是因为我们的儿子、女儿有出息才受到别人的尊敬吗？鞍山、海城和新宾我和老伴的兄弟姐妹都对我们高看一眼，我们到哪儿都心情愉快颇为自豪，这就是幸福啊！

4

　　5月中旬，我们离开居住八个月的天津，回到辽阳的老房子。这次回来主要打算办两件事：一是参加老妹妹惠燕的女儿吴琼的婚礼，另一个是重新办理我们在辽阳的居住证明，目的是往天津迁移户口。惠燕女儿结婚日期是5月22日，她和对象在一处商场有个卖手机的摊位，生活能不错。结婚那天，鞍山、海城的哥哥姐姐们都到场了，我们两口子从辽阳赶到鞍山参加婚礼。我这个外甥女吴琼很有个性，从婚礼上她的表现能看出来，婚后在家里一定会说了算。从鞍山返回辽阳的第二天，我和老伴去管辖区派出所办理居住证，当时不是为了迁移户口，是办在天津的暂住证。儿子所在社区的派出所上级——河东区公安分局认为我们办的辽阳居住证不正规，必须是全国统一格式的才行。我们当时也不知道有这个要求，而辽阳那个派出所为什么没给我们办统一格式的居住证？我们有辽阳户口本和身份证，这就足以证明我们是辽阳市民，并且在辽阳某生活小区居住。

在辽阳住了半个月，有一天我感觉身体下部有点胀痛。回忆起几年前在辽阳市中心医院做过CT检查，诊断结果是精索静脉曲张。这一回在老伴陪同下又去市立医院，仍让我做CT扫描，这次检查结果比以前严重，是左侧有肿块。老伴让我去一家私立医院去治疗，她有熟人。原来，这家医院的老板和雅琴曾工作过的私立学校一位同事是亲戚，她们关系处得挺好。而且，这个私立医院聘请的主治大夫某大医院的泌尿科主任，据说比市里一般大夫有经验有名气。我这个病正好是那个主治大夫拿手的专业，所以老伴就打电话向她那个同事老师求助。这自然是一妥百妥，因为这样对医患双方都有利。医院老板告诉他那位亲戚教师，让她转告我老伴，一定能尽心尽力把我的病治好。就这样，我和老伴来到这家私立医院，一进大门发现里面的人很少，没有人挂号。到二楼诊室见到这位大夫，虽然是退休的人，但是精神头很足，言谈举止一点也不显老。他看了我在市医院做的CT扫描结果，对我说："你这个病不要紧，做个小手术切掉就行，花不了多少钱。"看到我有点犹豫，他又提到医院老板向他说的我们和老板的关系。我听从了大夫的安排，先住到病房里，见到病房里床位都空着，只有我一个患者。过一会儿，一个护士给我拿来一种药，说是手术前吃了对身体有好处，有利于术后恢复。一下子在私立医院受到这样无微不至的关照，我有点适应不了。自问：这医院可靠吗？能治好我的病吗？不是骗人吧？可人家大夫明明说病好治、用不多少钱，是我的心理不正确，从来没在私立医院看过病，对他们有一种不信任感。还有一个想法：在辽阳看病不能报销，无论是公立还是私立医院。这是因为之前我和老伴已经办了医保的异地就医手续，现在我们只能在天津两个指定医院就医，而且是先交钱，然后回辽阳医保中心统一报销。再就是怕儿子洪岩埋怨：不在大城市大医院治病，偏要在小城市私立医院看病，神经有毛病啊？我估计这是他嘴边的话。我在病床上坐了一会儿，瞅瞅老伴欲言又止。沉默了十多分钟，我终于忍不住："咱们还是不在这治了，把床位退了吧。"老伴不解地问："为啥？不是都安排妥妥的了吗？这医院人熟，大夫也好，上哪能找到这条件？"我把怕洪岩不愿意、数落我们的话和她说了，老伴最后同意了我的意见。她也怕受到儿子的埋怨，洪岩现在是她的主心骨。我们把这个事用手机和儿子说了，果不其然，洪岩说："还犹豫什么？就应该回天津治病，我们也能方便照看哪！"于是，我们退了床位，向那位大夫表示道歉，大夫无可奈何地笑了笑。我们离开这家医院，直接到火车站买了第二天晚上的卧铺票。回到天津，我们没回到自己的住宅明家庄园，而是直接去洪岩家。第二天，我和老伴由洪岩陪同到天津医科大学总医院挂了泌尿外科，经过大夫的诊断，需要住院治疗。一个星期后我住进了由洪岩托人给联系的总医院住院部。现在，大城市大医院的住院床位很紧张，我能在7天内住上院已经很不容易。经主治大夫确诊，决定我6月29日做左侧睾丸切除手术。本来，我的病情是结核性肿瘤，如果按治疗结核病来医治，不一定要全部切除患病部位，而是把睾丸内长有结核的部分切掉。大夫考虑我已经65岁，虽然全部切除左侧睾丸可能对性生活有一定影响，但是对治疗这种结核病很有益处，可以根除这种病的蔓延。大夫征求我的意见，还有啥说的，治病第一，疗效第一，其他什么副作用就不考虑了，老伴也不会埋怨我。手术前主刀大夫让家属签字，让患者和家属承担风险，我觉得中国医院这种做法不太合理，把责任都让患者负。没办法，患者和医院相比是弱势群体，既然想治病就得求人家，这个字不签也得签。老伴给我签字的事，这次是第二回，头一回是我在辽阳中医院做骨伤穿钉手术，那时只有她一个人在场，签字时胆战心惊。这次儿子也在现场，心里壮一些，可终究是切肉见血的手术，心里总是有些不安。

　　我的手术安排在当天的第二个，第一个手术时间比预期延长一个多小时。我躺在患者活动床上在手术室外等候。终于，第一个手术结束，患者被推出来，我被护士推进手术室。但没有马上做手术，因为已经近中午，大夫和护士要吃午饭。于是，我饿着肚子在手术台上等了近一个小时。他们吃完饭开始准备我的手术，大约是下午1点正式开始。我的头部与身体被用白布隔开，自己看不到胸以下部位的情况。因为手术是在两腿和下腹部之间进行，下半身肯定是全裸，护士给备皮，麻醉师在手术部位打了麻药。因为是局部麻醉，大夫、护士的说话声和动作声音我听得一清二楚。过几分钟，我知道要给我动手术,什么时候给我动的第一刀我知道,可一点也不感觉疼,好像剪指甲时那样,麻醉药这东西真神奇呀。大约是2点钟,主刀大夫告诉我手术结束,一切都正常。可我感觉不是他本人动的刀,是他的助手做的手术,他只是在旁边指点一下。即使真是这样,作为患者的我又能说什么呢?我只希望不出什么意外就行。我被推出手术室,回到一楼的术后监护室。事后听老伴和儿子说,护士给他们看了我那个被切下来的血肉模糊的肿块,他们心里有点忐忑不安,不知道是什么性质的。我被戴着氧气罩、血压测量器、尿道插着导管连接体外的尿袋以及打消炎药的滴流瓶在监护室住了一个晚上。我觉得医院真把我当成重症病人?其实没必要这么小题大做,我的睾丸有肿块,可是排尿系统没有病,干吗给我插导尿管往外排尿?我的呼吸正常,为什么给我戴氧气罩?是不是不这样武装起来医院不能收取相应的费用?大概我是以自己的小人之心度人家大夫的君子之腹?但愿如此。第二天,我从监护室被转移到双人病房,护士给我摘掉氧气罩和血压测量器,但仍保留尿道里的导管和体外的尿袋,消炎的滴流当然应该继续打。老伴昨晚在监护室陪我一宿,医院备有收费的活动折叠床。双人病房也有这样的床,洪岩晚上要留下来照看我,被我推辞:"还是让你妈在这儿,你工作挺忙的,明天还要上班。"半夜醒来,插在尿道里的导管和体外的尿袋使我感觉不方便,睡觉不实惠。我想干脆拿掉算了,反正这个导尿管也是在伤口包扎纱布的外面,移动它伤口不能感染。于是,我躺在被窝里自己悄悄用手把导尿管从尿道口往外拔,费了很大劲就是拔不出来,我甚至感觉整个尿道都颤动起来也没效果。我只好第二天让大夫找人给我往出拔,可是巡查大夫说不能动,我无可奈何。直到第三天,在我的再次要求下,由一位硕士实习生给我往尿道里加点润滑剂,这才很容易地取出来。这一下子我舒服了,可以自由地在病房和走廊里来回打饭去了。过了5天,大夫批准我们可以办出院手续,结账一算花了1万来元。我后来回辽阳医保中心只给报销3000多元。7月6日,医院的病理化验单出来了,初步认定是结核性质,我们全家人心里都踏实了。天津总医院又让我去市结核病医院治疗,难道堂堂天津医大附属医院还不能治结核病?可是,患者得听医院大夫的，那就只好去吧。雅琴陪着我费好大工夫找到市结核医院，去看病的人不多。听这医院大夫说话的语气，好像与医大总医院挺熟。他看了总医院的治疗病历，给我开了三种针对结核病的药，共计800多块钱。他又告诉我，不用去拆线，刀口处缝的线会随着伤口痊愈能自动脱落。这些天自己上碘酒和红霉素软膏，避免感染就行。过后，洪岩他们给我们拿来1万块钱。老伴不收，说我们自己有钱，而且医保能报销一些。但是，他们说这是当儿子、儿媳的心意，必须收下。我们强撑不过，只好收下。心里热乎乎的，很感动。

5

　　天津地区每到夏季气候炎热而潮湿，气温经常在35℃上下，室内也不低于32℃。这时必须开空调降温，保持在28℃左右才感觉好受一些。我们是头一年经历这样的酷暑天，太不习惯了。白天室内开空调，听说时间长对身体不好。晚上想外出散散心，一开楼门一股热浪迎面扑来，我们又急忙退了回来，真是俗称的"桑拿天"哪！到7月下旬，实在有些受不了，还是回辽阳避避暑吧。恰好，在丹东居住的大学同班同学李敬林给我来电话，告诉我8月下旬班里同学在他那里聚会，这也是我曾经提出过的建议。我的手术经过一个多月的休养和恢复，现在刀口已经完全长好了，行动起来没啥问题。和老伴商量一下，决定先回辽阳避暑，同时把几件该办的事办妥，再去丹东参加同学聚会。我去天津火车站买了7月28日的预约票，是卧铺票。不料，这几天电视报道辽宁中东部正在下暴雨，铁岭、抚顺、本溪等地发生了水灾。和老伴合计，既然辽宁闹水灾就晚一些时候再回去。于是，我去车站把票退了，可是退票费太贵，是车票全价的20%！过几天，我关注了辽宁省虽然仍在下雨，但雨量不大，所以又去火车站买了8月6日的卧铺票。不巧，央视又报道四川境内宝成铁路有一过江大桥桥墩被洪水冲倒两个，此时一列火车正要过江。司机得知桥墩塌了急忙刹车，正好停在桥上。幸好车厢没立刻掉到桥下，倒塌的桥墩上面有两节车厢架在铁轨上，里面的旅客急忙从车厢两侧逃离出去，半小时后这两节车厢和铁轨一起掉到桥下的江中。谢天谢地，无一个伤亡。我和老伴看到这个令人惊心动魄的报道，回辽阳的心又害怕了，不能拿生命开玩笑哇！我再去天津站退票，共损失40%的票钱。只能自我安慰：小意思，算不了什么，生命要紧。之后中央电视台又跟踪报道宝成铁路那两个桥墩损毁的原因：出事的那个大桥的桥墩是20世纪50年代末修的，用大石块加水泥砌成，而它旁边的复线桥是钢筋混凝土结构，一般是不能坍塌。有鉴于此，我又去天津火车站买了8月11日晚的卧铺票，我们老两口收拾行李终于坐上了返回辽阳的火车。12日早晨路过盘锦辽河大桥时，我特意往车窗外观察：河水很大，农田被淹一些，但火车一点没问题，稳稳地驶过辽河大桥。

我和雅琴回到辽阳，马上到市医保中心办理我在天津治病报销的事。我们把各种收据交给办事员，他说在9月中旬以前可以拿到报销的款。接着我们又去纸板社区和派出所办理老伴的身份证，她原来身份证上的住址和我们实际居住地址不一致。我分析，这个应该是以前换二代身份证时派出所出的错，是他们没有把原住址变更成新住址。这回办这个事没费事，户籍女警用电脑把老伴的身份证住址进行了更改，这是参照我们的户口本及我的身份证给变的。我们拿着派出所开的证明到市公安局办证处去补办，老伴照个相，办证人说9月末能办妥。

闲暇时，老伴参加她们几位退休老师的聚会活动，平均每个月能聚一回。大家闲谈各人见到的新鲜事，打扑克玩，然后一起会餐，真挺好。而我们企业退休职工就没有这类活动，就连我们在同一公司工作的校友都没有举行过聚会，企业和事业单位人员待人处世就是不一样。我的休闲方式就是去离我们住处不远的太子河沿岸钓鱼。这个河流的名字很有来历：远在春秋战国时期，燕国统治河北省北部和辽宁省大部地区。在战国七雄后期，秦国进行商鞅变法，国力强盛起来。先后吞并邻近的韩、赵等国，往东北方向要灭掉燕国。燕太子丹招募荆轲刺秦王，事情未成，恼羞成怒的秦王派兵追杀燕太子丹。在走投无路的情况下，燕太子丹在辽宁中部的一条河自尽。后人为了纪念燕太子丹，把这条河起名叫太子河。这条河流的发源地就是我曾经工作、生活17年的新宾县南部山区，向西南流经本溪市到辽阳，然后注入辽河经过营口市入渤海。我去太子河钓鱼，到现在已有8年历史。从2001年左腿骨伤动手术之后买断工龄，到2002年基本痊愈我就开始了钓鱼活动。这个也是受到同学王德忱的影响，他们市造纸厂先是被辽板公司兼并，后来又停产，德忱停薪留职无事可做就整天去钓鱼。我买断工龄不上班，看到他钓鱼挺有趣就也买一套渔具玩起来。刚伸竿没几天，就钓到一条一斤多重的鲤鱼，当时太兴奋了。马上回家把鱼放到冰箱里冷冻起来，直到寒假拿去天津给儿子做着吃。从此，我的兴趣倍增，直到现在有空就去钓鱼。

8月26日，我和雅琴应我们大学的班级首领李敬林的邀请，去丹东参加轻工业学院六四二班毕业后的第四次聚会。我们班同学都很朴实，重情义，毕业40年组织4次聚会，大家都踊跃参加，这在全校来说绝无仅有。这次聚会，我第一次领老伴一起去。还有朱国裕也带着夫人，我们4人都住在敬林家。在丹东市工作、生活的刘心淑是我班女领头人，她爱人黄占伏是上一届校友，"文革"初曾改名黄战虎，是毛泽东思想红卫兵，"红色造反团"的负责人之一，他也要参加我们班的聚会。代淑兰她爱人朱树森是上一届硅酸盐专业的校友，也一起来了。她们两口子和王忠华、贺兴基两口子"文革"时都是我们对立派的骨干，现在没人提40多年前的那些往事，同窗情谊远胜于"文革"时的派性。丹东还有两位同学王维庆和孙长江，也都来参加聚会。还有我们班那位小个子女生王桂珍，也和她爱人我们同届的校友秦毅一起来的，秦毅是参加一个会，他仍在工作。

李敬林退休前是丹东市政府社会主义精神文明办公室主任，正处级。他现有三室二厅住宅，退休金是4200元。当天晚上，已经到达丹东市的同学们在他家附近一处饭店聚餐。其中一位女士我不认识，经敬林向大家介绍，她是我班早已病故的于燮元同学的夫人。于燮元在学校时我们关系挺好，他个子不高很精明，"文革"时比我活跃。他原籍是沈阳市所属的新民县人，毕业分配到丹东造纸厂。我记得20世纪70年代天津产的北京牌手表刚上市，我曾托他在丹东给我买一只邮到新宾来，这是我参加工作以来第一次戴上手表。这回会餐因为距于夫人座位稍远，不便交谈。会餐没结束她又提前离开，所以我始终没来得及和于夫人沟通。

会餐前，李敬林请我校丹东市同学会的负责人——轻工学院六三九班校友讲话。他对我班同学聚会表示衷心祝贺和敬佩。同学们一边喝酒就餐，一面互相交谈彼此的家庭情况：一部分境况较好，因为他们是从公务员或事业单位退休收入较高；多数从企业退休的同学收入不多，生活情况一般。其中若是子女上大学有出息的，经济上还能不错，买了房子分出去过；若是子女是普通工人或无正当职业，那么当父母的同学还得帮助维持生活，即所谓"啃老族"现象。也有的同学经济上可以，但子女婚姻不顺；或者自己身体不太健康，也不甚愉快。总之五花八门，千情百态，什么样的状况都有，真所谓人生不如意事十常八九。对比起来，我们两口子的情况还挺令人满足，同学们都表示羡慕。

第二天早晨，敬林安排我们在市政府招待所吃早餐。没等坐下来，原来家在沈阳的女同学王秀霞走过来，她是原班级学习委员，毕业时分配到辽中县造纸厂。也许是年龄大了，人变了很多。如果是在大街上碰到，恐怕认不出来，真是年岁不饶人。还有两位同学，毕业以后就一直没见过面。其中一位是李厚，据说目前在黑龙江某县，还有欧阳慈是造纸教授欧阳毅的女儿，她和李传银、王忠华及我本人于1966年3月一起加入共产主义青年团。还有尚士政同学，毕业后只见过一面，他是我的海城老乡，挺想他的。据说，老尚家在清朝后期是海城地区的大户人家，先辈有几位在朝廷当过官。到后来家境败落，土改时家庭成分是贫农，所以"文革"时是毛泽东思想红卫兵。而我只能是我们派"红色造反团"的成员，尽管我在"文革"前入了团，而老尚只是一名普通青年。至于欧阳慈，就更甭说了，她背着资产阶级反动学术权威子女的包袱，连参加普通群众组织活动的愿望都不能达到。倒不是不让她参加运动，只是两派群众组织都怕沾边受影响，她自己也一直游离于两派群众组织之外，没参加任何活动。这样也好，免得犯什么"错误"，授人以柄。可是，站在她本人的角度看，这样的境况确实太孤独，精神肯定不能好受。1968年9月17日，我们这派同学为了毕业后有个纪念，决定在皇姑区华山路照相馆合照留影。在大家去的途中有的同学说："欧阳慈怎么没来呀？去叫她吧。"一位在班级里有影响的同学发话："没来也好，省得惹麻烦。"当时我不明白能有什么麻烦，大家毕业合影能怎么样呢？欧阳慈后来分配的地方和我们这些家庭出身差的同学一样，是省内条件最次的。不过，我当时在分配过程中还演了一场礼让剧情，所以心情还愉快一点。其实，那根本不值一提，是我的阿Q精神在作祟。

晚上，我们冒雨乘车来到敬林事先安排的黑水沟农家山庄。在一个长条形餐桌前，大家互相有选择地坐着，男同学中比较能喝酒的在一起，女同学及不喝酒的男同学在另一边，我和老伴坐在女同学旁边。大家喝酒聊天，互相询问现在怎样度晚年生活。孙长江说他儿子有个养猪场，他在那里帮忙干点力所能及的活。鲁振刚自述，他养了一些鸽子，每天放飞、训练等。还有的同学说，每天帮助子女看孙子或外孙，送他们上幼儿园或上小学。也有几个同学像我和雅琴一样，退休后啥也不用干，没有负担。早晨活动身体，白天钓鱼或者散步，晚上看电视剧等。不过，像我们两口子在天津和辽阳两地换着住的没有第二个。敬林以后可能走我们的方式，丹东、北京两头跑，他儿子的家在北京。我还打算去外地旅游，西藏、新疆、四川等地以前没机会去，退休了走一走。就是出国也是可能的，咱姑娘在瑞士工作生活，什么时候高兴就办手续去一趟，没啥难的。

饭后，敬林把我们领到山庄客厅，让大家在四周坐着，开始进行座谈。其实，各人的情况已经在昨天和今天的聚餐会上谈了不少，现在让我们正经八百地发言谈个人的情况，已经没必要了。况且，有些个人的私事不一定愿意让所有的人都知道，比如自己或家里人有什么不光彩或者上不了台面的事，能不说就尽量回避。有少数同学因此干脆不参加同学聚会，以免到时候互相唠起来产生尴尬，王德忱就两次有意不参加聚会。正式的发言程序没展开，挨着DVD电视屏的唱起了卡拉OK。刘天敏唱了几首，我接过话筒唱了两首歌曲：一首是苏联的《喀秋莎》，还有一首日本歌曲《四季之歌》。大家都是同学，无所谓不好意思。我老伴和朱国裕老伴两人因为和班里的同学不认识，说不到一块去，所以她俩相约离开会场，回到住宿房间互相交谈起来。

听雅琴后来说，朱国裕现在有自己盖的别墅，还有很大一个院子。退休没啥事，就种玉米和蔬菜，自己吃不完就送给邻居。上次在葫芦岛他那儿聚会，我忘了什么原因没去，所以对大朱各方面情况不甚了解。我只知道朱国裕后来一些年是在中国联通公司工作，退休时是葫芦岛联通公司负责人岗位。1978年我去朝阳县造纸厂考察锅炉改造技术时见到了他们俩，背地里老尚表现出对大朱的不满，认为没瞧起他。本来尚士政的年龄比朱国裕大，但朱国裕却当着职工的面叫他"小尚""小尚"的。我知道同行是冤家，这里面有职务安排和利益矛盾，我不好对他们说什么。后来，朱国裕从造纸厂转行到联通公司，因工作出色干到市一级负责人至退休。大朱有工作能力，有组织水平，一旦有机会，职务升迁是正常的事，是金子总要发光嘛！

　　同学们从黑水沟乘车出来，看到沿途山水很大。昨晚雷雨交加，河水奔腾咆哮，我担心可别发生泥石流。老天爷保佑我们这些60年代的莘莘学子，没有发生意外。车开到市里锦江山公园，因为这个园林主要在山上，并且多数同学以前都上过山顶，所以这次就不登山。大家在公园门前结对留影，集体也拍了合照，我和老伴请别的同学给我们照相。午餐后我们乘车沿鸭绿江逆流而上，到达中国长城的东段起点——虎山长城，同学们在起点纪念碑旁合影留念。晚上，敬林安排大家在一处小型旅馆住宿，该旅馆兼有饭厅，我们算是在这里举行告别宴。回到房间我们缴纳每个人的活动费，多数款项都因为敬林凭交情，免了门票钱，少算了车费。老李为我们这次同学聚会费了不少心血，搭了很多人情，我们普通同学没有这个能耐。

　　8月29日早晨，各地同学依依惜别，不知道今后什么时候还能见面。在丹东居住生活的同学向我们告别，大家各自买火车票，按车次等候上车。我们两口子和徐华祥、李传银是同路，乘丹东到大连的火车。1968年徐华祥还未结婚时我在他家见过他爱人，后来他们结婚有了孩子。这次徐华祥说，现在他们因为感情不和已经离婚。大徐正为这事烦着呢，我和李传银不好意思深打听。李传银分配到营口的第二年，我出差到营口造纸厂顺便到过他家一趟。李传银的对象是我们大学同班的女同学，叫马桂琴，个子不高挺稳重。我去他们家时，马桂琴已经怀孕。后来，不知哪一年马桂琴因病去世了。1997年，我们班同学在营口聚会时，我们见到了李传银的第二任夫人，比他能年轻10岁左右。听说是某机关团干部，人长得端庄，当时我们都没好意思细打听她的情况。李传银问我，闲暇时间都做些什么，我迟疑一下，说："我想写点东西，把自己这几十年经历的事写出来做个纪念。"李传银听了很兴奋："这太好了，你写我帮你修改。"李传银的文学水平比一般人高。徐华祥注视着我，说："行啊，有本事！你把咱班的事都写下来。"我看着老伴，她满脸不以为然："还不知道自己行不行呢，先把大话放出来了。"其实，老伴是赞同我写，只不过不想过早地让外人知道。现在，既然我已经当着同学的面把话说出去了，那么我就一定把它实现。

10月下旬，我在天津收到了王忠华、贺兴基两口子编辑的我们在丹东聚会时拍的录像光碟。我在DVD上放了之后发现原来采访我发言的一小段被删掉了，不知道是怎么考虑的。又过些日子，敬林和李传银、王昭顺张罗搞的同学们创作的诗歌、短文汇集成册给我邮来了。在这个过程中，敬林曾动员我写诗，我没答应。他替我写了一首，让我修改后署上我的名字，我也没同意。不是我清高，我觉得自己不擅长作诗，写顺口溜又觉得没意思，干脆不写了。不过，当我看到这个诗歌汇编，自己榜上无名，心里又觉得不太得劲，真有点虚伪。

6

回到辽阳后，我们抽时间于9月6日去市医保中心打听我的医疗费报销情况。结果令我们俩大吃一惊：办事员用电脑查一下，到现在材料还未报上去呢！办事员说今天马上报上去也得等到9月末才能有结果。可是，当时接待我们的那个男办事员明明说9月10日以前可以拿到报销的钱。我们老两口四目相对，不知如何是好。今天这个办事员把桌上的材料翻了翻，我看到我们的报销材料竟然还在这里！我有些怒不可遏："怎么回事？8月中旬交给你们的材料到现在还没给报上去，啥意思？找你们领导去！"我想抬脚就走，去找他们管事的。老伴把我拉住，对办事员说："现在你马上给报上去，咱们啥话都不说。"那个女办事员向我们解释："上一回可能是给你们漏报了，现在马上给你们往上报，9月末来取钱。"我在一旁仍然气呼呼的，老伴劝我："行了，人家答应给办就得了，走吧。"老伴的性子比较随和，胆子也小，尤其对外人能忍就忍，从来没看到她和邻居、同事因为什么事吵架、红脸。她总是说，吃点小亏省得吃大亏。我细想也对，古人不是说"吃亏是福"嘛，又说："小不忍则乱大谋。"其实，我们哪有什么"大谋"，就是图个平平安安过日子罢了，平安是福。

在辽阳市该办的事都去办了，老伴的身份证和我的医疗费报销都要到9月末才有结果。眼下我们俩干什么呢？在丹东我向同学说过想写自己的一些事，但是心静不下来，况且还需要收集一些资料等。还是回天津再说。到月末还有20来天，怎么打发呢？问老伴，她也想不出什么好主意。我冷丁一拍脑门："咱们去新宾哪！你的老家我们好几年没去了，你不想你的弟弟们？"我虽然这么说老伴，其实我也很想去那里。我在新宾工作生活了17年，虽然没有什么令人高兴的事，甚至有伤心的回忆，可是毕竟我在那里待了那么多年，在那里娶妻生子，与工厂很多职工一起工作多年，有一些感情，很想见到这些人，和他们谈谈。我还有自己的小心眼儿：我的退休金肯定不会比新宾县造纸厂职工少。而主要是我现在的晚年生活很得意，两个孩子都大学毕业，若是住在新宾就不一定能达到这样。我的师哥、婚姻介绍人刘玉魁的两个孩子都没上大学。现在，我们女儿在瑞士工作，儿子在天津工作、生活。我们借儿子的光搬到天津居住，而且是老两口单独住两室的楼房，新宾造纸厂哪一个职工能达到我这个状况？有这些想法，所以我敢于、乐于回新宾，多少有一点衣锦还乡的感觉。

9月10日，我们乘北京至抚顺的火车到抚顺市，转乘长途公共汽车到新宾县永陵镇驿马村附近的一处原蘑菇生产工地。大小舅子赵德富就住在这里，给他那个外甥看堆。这个工地曾经生产蘑菇出口韩国，因经营不善亏损而停业了。老板让德富两口子在这居住看守工地，可能也给点工钱。去年，老板把工地里的两个塑料大棚租给一个养鸡户，在里面成批饲养肉食鸡。我们下车进到蘑菇工地，受到他们热情欢迎，这是意料中的事。想当年老伴曾为帮助母亲抚养这几个弟弟付出辛苦，他们懂得感恩。我们现在生活过得好，有稳定的退休金，子女都有出息，令他们敬佩。当天晚上，德富用电话通知两个弟弟赵德玉和赵德仲来工地聚餐，他们举杯为我们接风。三个小舅子都能喝白酒，每人一顿50度白酒都在半斤以上。平时也差不多天天喝，并且专门就咸菜吃，他们以自制的咸菜为荣。我从健康的角度劝他们少喝酒少吃咸菜，但他们听不进去，他们说大半辈子的习惯改不了。他们是满族人，据说，历史上这个马上民族越喝越能打仗。赵德富给他的大舅子于海清起个绰号叫"哈密蚩"，就是宋朝时与岳飞打仗的金国军师。于海清的下巴有点往上翘，德富不知从哪儿看到"哈密蚩"是那脸形。近代清王朝刚兴起时也称金国，为区别以前的金国，历史书把它称为后金。直到努尔哈赤的儿子皇太极才改为"清"，他是清朝的开国皇帝。新宾县永陵镇东面的老城村是清王朝的发祥地，是努尔哈赤的故里。永陵镇西北二里处是努尔哈赤父辈的陵寝，现在命名为永陵，永陵镇也是由此而得名。努尔哈赤之所以把自己的父亲和几个叔叔安葬于此，这里还有一个美丽的传说。

老伴雅琴的老家驿马村位于老城村的东边3里地，中间斜穿过一条苏子河。赵德富居住的蘑菇工地距永陵镇有十多里，闲暇时间我一般不去镇里，就在工地对过的苏子河钓鱼。渔具都是我从辽阳特意带来的，没来新宾之前我就打算在这里钓鱼。在工地住一个星期，我骑自行车到永陵水产店买些海螺和皮皮虾，想招待小舅子们。他们是山里长大的很少吃海产品。很巧，在菜市场对过的杂货店我见到了原新宾县造纸厂抄纸车间一位班长米海富。他正在店门口打点买东西的顾客，无意中看到了我，急忙和我打招呼、问好，我随他走进店里。我们坐下来唠嗑，算起来从我1986年调回辽阳至今已经25年，就是说这么多年我未见过新宾纸厂的老人。我向他打听工厂的情况，他滔滔不绝地向我介绍：造纸厂从1995年就停产了，工人绝大部分下岗。接近退休年龄的给办退休，年头差得多的给办内退或者买断工龄，情形和辽板公司差不多。米海富办的是买断工龄，自己交社会养老保险。他用买断得到的1万多块钱加上父母给的一部分钱开起了这么一家日用杂货店，房子是把原来的住宅卖了买这个门市房。谈起造纸厂其他老熟人的情况，米海富更是话语连篇：原厂工会主席张国信，那个精明滑稽的活跃人物，就是他给卫生所安子贵大夫写了句打油诗"我叫安世美，我有一双加重腿"，流传全厂。前几年退休后又去县里一个单位烧锅炉，一天夜班因体力不支晕倒在锅炉旁，竟然没抢救过来。抄纸车间主任陈凤柱，因患癌症也去世了。他们俩给我的印象较深，没想到刚过退休年龄就不在人世，没享到福。还有，葛大为一个普通班长、耿春双这个营口纸校分到新宾的学生，电工赵文环，等等，不到60岁就都离开人世，他们原来身体都很壮实。我问米海富，是什么原因，他没说出什么缘故。

米海富也向我谈了几位健在并且过得不错的熟人：大连印染学校毕业来的朱发理，稍有点癫痫，他娶了永陵中学一位数学教师邓丽荣，现在两口子和儿子在深圳生活。刘文杰，一个兽医中专生转到造纸厂当打浆工，目前两口子在北京和女儿女婿一起生活。郭文靖，1966年新宾高中生，在厂子是焊网工，对象是小学教员，现在搬到县里生活，住的是楼房。1968年"文革"期间分到造纸厂的几位大学生，在我之前和之后都调离了造纸厂或离开了新宾县：1967届辽宁大学毕业生贺明媛，一个圆脸大眼睛矮个子姑娘，在造纸厂当一个磨浆工人。贺明媛比我先调回抚顺市里，以后一直没见过面。张金荣、高永维这一对上届校友后来调到县里工作，张金荣因患妇女病不能生育，他们在造纸厂附近的头道堡领养一个同姓的女孩抚养。那个高姓女孩经他们培养长大在抚顺市里买一处楼居住。和我曾在一个宿舍住两年的那个"安世美"安子贵大夫，和岳金英结婚后在县二院工作，以后又调到县第一医院，岳老师在县里中学上班，双双退休后去大连生活。还有，给我和雅琴介绍对象的1964届师哥刘玉魁，他在县工业局干一段时间，但是退休还是按造纸厂的关系办的，不是公务员编制。他的退休金没有我多，他老伴付宏香是造纸厂工人退休，工资更少一些。他们的两个孩子一个在新宾结婚生活，另一个在抚顺章党镇工作、成家，生活算一般吧。他们老两口离开永陵镇，回到原籍抚顺李石寨买楼居住。唉，我们这些20世纪60年代的大学生都离开了对他们进行"再教育"的农村山区，回到了他们原来生活的环境安度晚年。这种情况类似知识青年大返城，人生就像一场戏啊！

最后，米海富向我谈起了陈世杰，他是一个标准的1966届新宾高中毕业生。在厂子里他对我这个大学生很尊重，因为他参加高考的机会被"文革"断送了。到底是有扎实的文化底子，陈世杰在造纸厂干上了电工这个当时令人羡慕的工种。工厂解体后，他自己成立电气安装部，给一些小型企业、商场等搞电气设计和安装工程。最近他承包了永陵一段高速公路的电气线路安装，收入很可观。他爱人苗娟娟是他高中同学，在永陵中学当数学老师，和我老伴当年是同事。陈世杰给两个儿子娶妻成家，给他们买楼买车开门市部经商，每个孩子都有百万以上的资产。米海富把陈世杰手机号码告诉了我，并给陈世杰打了电话，陈世杰听说我在这里，兴奋地说希望尽快能见到我，找几个老熟人一起吃个饭聚一聚。我接过手机把现在的住址告诉了他，之后向米海富告辞，骑自行车回到大小舅子的蘑菇工地。我把与陈世杰联系上的事告诉了老伴，她倒有点没当回事。下午4点，工地大铁门响起汽车喇叭声，德富去开门领进来一个青年，自称是陈世杰大儿子，特来接我去永陵镇赴宴。我知道这是陈世杰安排的，当然不能拒绝，老伴说人家没提接她，所以就不去了。我这个受邀者不好细问，就自己上了吉普车。来到镇东头一家酒店门口，陈世杰正等在那里，我们热情握手问候。之后他问我："老贾，你想请谁来？"冷丁我想不出找谁，犹豫一下，说："那就找李洪德吧，原来技术股的老人可能只有他在永陵镇吧。"陈世杰说："差不多。化验室的老人不想找一找？"我一下子想不起来谁，他说："那就不找别人了，我把原来机修车间主任薛喜福找来吧。"这个老薛是他的老上级。陈世杰开车带着我来到造纸厂后山，李洪德还在这片家属宿舍住，这里曾是我住过的地方，不过已经变样了。陈世杰没让我下车，他怕我见到熟人唠起来会耽误时间，而且不请人家去吃饭也不好说出口，他自己下车往李洪德家走去。过5分钟，李洪德跟着陈世杰走来了，岁月在他脸上留下明显的印痕，又黑又瘦满脸皱纹。他说我还是那样精神、白净，我知道自己脸的两侧也长了些黑斑，毕竟岁数不饶人。李洪德是个中专生，刚调到造纸厂是在锅炉房当工人，三班倒，后来升为车间主任，再以后调到我们技术股当设备管理员。我那时是技术股长。

我们一起坐车回到酒店，薛喜福已经坐在酒桌边，陈世杰的儿子在招待他喝茶。我与老薛见面后握手，感到很亲切，已经二十五六年未见面了。我记得我调回辽阳时他是工厂安全员，后来提拔他当机修车间主任。我们4个人坐好开始上菜，我看到装菜的盘子比天津的大，而且菜量很满，都戴尖了。大盘大碗大鱼大肉我早已不习惯，但山区镇里的饭店依然显示民风淳朴热情实在，这种做派令人感动。酒桌上除了劝酒吃菜，免不了互相打听彼此的情况。老薛谈起自己情况一脸笑容：儿子有固定工作，结婚成家有孩子了。他自己每月1600元退休金，加上老伴的1000来元退休金，吃喝用不了，每月都有剩余。我听他的语气相当满足，真是有喜又有福哇！知足者常乐，老薛的确反映出中国老百姓的自然而和谐的精神面貌。李洪德谈起来就显得不那么称心：三个儿子，大的两个已成家，老儿子尚未结婚没有正经工作，和他们老两口一起生活。我记得，他那个老儿子和我们洪岩年龄不相上下，这些儿童当年在造纸厂的幼儿园曾拍过合影，现在我还保存着照片。按洪岩年龄推断，李洪德老儿子现在虚岁应该是38岁，怎么还未成家呢？尤其在山区农村环境，应该说岁数太大了。看到老李吞吞吐吐的样子，我知道一定有什么难言之隐，就不细问了。老李的爱人叫赵明华，是造纸厂卫生所的护士，中国共产党党员，人品相当好。两个人的退休金共计3000多元，在永陵地区生活还是可以的。李洪德说，他们两口子没啥事就一起上山，春天挖野菜，秋天捡蘑菇，冬天拾柴火，夏天侍弄房前的小块地。这样既活动了身板又得到了实惠，一年到头挺充实。我赞许他们对生活的安排，有钱难买老来乐，这又"洪"又"德"也是一种幸福。在酒桌上，我畅谈了自己从新宾转回辽阳以至搬到天津这20年的工作和历程，受到他们三人的齐声称赞。但是我没提买断工龄的事，而说是正常退休，我的退休金比他们三人都多，这是事实。饭后，我们相约以后有机会再聚首，我要请他们会餐。临别时，我向陈世杰郑重表示感谢，他给足了我面子。世杰让他儿子开车送我回蘑菇工地。

9月20日，在德富两口子的陪同下，我和老伴来到新宾县城他们二女儿赵新的家。去县城我自己有两个想法，一是看看阔别多年新宾县城变化得怎么样，二是想遇到熟人畅谈彼此分别后的情况。到县城后，我特意到县中心医院打听安大夫是否还在那里返聘上班。我的天真想法失望了，老安不可能和老伴分居在新宾工作，人家和家人在大连享受天伦之乐多好啊！在街上转一转，我发觉县城比永陵镇变化大得多。1968年末我到县革委会报到时，整个县城只有县政府和县高中及桥头旅社是楼房。现在，城里全是3层以上的建筑，6层以上的居民楼占大多数，还有几栋28层的居民楼。街道全是柏油马路，当年我去县里报到时竟然一条柏油路也没有。苏子河上的桥梁增加到5座，原来两座大桥改成了钢筋混凝土结构。县城占地面积扩大了4倍多，改革开放这30年真是发生了翻天覆地的变化。由于当天下午大家就要返回蘑菇工地，我没有时间多在县城街道溜达，一个熟人也没遇到，挺遗憾。以后再来新宾我争取在县城多住几天，尽量能遇到新宾造纸厂的熟人。

提起造纸厂的熟人，我不能不提到盛延柱，我刚到新宾县造纸厂时，他作为干部被下放到造纸厂。建厂时他出了不少力，但他只是建厂工程的具体执行者，我们管他叫盛科长。我在永陵镇见到造纸厂原供销股的曹永纯股长。听老曹说，盛副书记十多年前就退休了，近来身体不太好，可能患了脑中风，每天坐着轮椅由他老伴推着在小区活动场地闲遛。

在德富住的蘑菇工地待了十多天，大部分时间我到对过的苏子河钓鱼，这时水消退了很多。河水边上有一个水塘，夏天涨水时苏子河水能流进水塘里，秋天河水少了，水塘变成死水泡子。涨水时河里的鱼游进水塘，水退了鱼游不回河里，水塘成了我钓鱼的黄金地带。我用苞米面打窝，每天能钓到三四斤鲫鱼和白鱼。大小舅子是山沟里长大，既不会做也不习惯吃，我钓的鱼没几天就攒下十多斤。正愁着没法消耗，来了两个人，一个是德富的二女儿赵新，另一个姓关，是他的远房表侄女。她们都在县城里住，对吃鱼很感兴趣，见到水缸里的鱼很惊奇。得知他们长辈不会做鱼吃，两人都从水缸里捞出五六斤鱼，高兴地拿回县城去了。

本来我们计划中秋节前回辽阳，老伴的三个弟弟都说："回辽阳也是你们两个过节，不如就在新宾这边过得了，大伙在一起还热闹。"老伴禁不住劝，我更爱多待几天，于是我们就又在蘑菇工地住了几天。9月26日，我和雅琴结束了今年的新宾之旅，一早登上返回辽阳的长途客车。走之前的一天，大小舅子把两个弟弟，老弟媳妇，两个女儿女婿请来，大家聚餐为我们送行。德富的儿子赵云在外打工赶不回来，儿媳要接女儿放学也来不了工地。

值得一提的是老小舅子一家，我老伴这个当姐姐的对他们真是实心实意地关照。当年，他们的订婚宴是在我们家给办的，那时候我们还没有调回辽阳。他们的儿子赵楠念初中时成绩不好，老伴特意把赵楠转到辽阳六中来借读，请她的同事多关照多辅导。经过半年多的努力，赵楠提高了学习成绩，养成了良好的学习习惯。在这个过程中，赵楠受到姑姑的严格督导，他年幼无知不懂得姑姑的一片苦心，打电话向他妈妈告状诉苦，不想在辽阳学习了。而老小舅子媳妇徐亚清不懂得应该怎样更好地教育孩子，反而认为她儿子受到了虐待，来辽阳把赵楠接走了。走的时候表现了对我们的不满，鼻子不是鼻子脸不是脸的，我真为老伴鸣不平。就是这个徐亚清，当年我在新宾造纸厂时曾以"掺沙子"的名义到永陵中学当半年老师，教过她初中三年级的化学课。应当说和她还有师生之谊，可是她头脑里根本没有这种观念。2008年赵楠从辽宁石油化工大学毕业，算是本科生，在学校一共读了5年。他当年的高考分数低，只被高职录取，三年后又交了几万块钱可以再念两年，作为本科生毕业。

7

我们从蘑菇工地告别德富两口子，登上长途客车，老天爷也有点依依不舍下起雨挽留。但汽车开到南杂木雨就渐渐停了，到抚顺市终点站完全放晴。11点50分，我们乘上开往辽阳的长途客车，午后2点顺利地回到我们辽阳的家。按约定，马上给德富他们打了报平安电话。在辽阳，我们先到市医保中心打听医疗费报销情况，在二楼找到接待过我们的柜台，办事员用电脑查了一下，告诉我们已经给报销，可以去一楼财务柜台取存款折。我们高兴地来到一楼财务柜台打听，说："报是报了，存折还未送到柜台，再等几天吧。"既然这样，我们又步行两里多路，到市公安局身份证发放中心和出国护照办理科，分别取到老伴补发的身份证和我们两人的出国护照。办理护照是为了我们以后去瑞士女儿那探亲用，补办老伴的身份证是为了我们老两口往天津儿子那迁户口。我觉得，既然我们已经在天津居住，今后肯定要在那里养老。把户口迁到儿子那，将来办什么事也能方便一些，比如退休金及医保等问题。虽然现在还不能全国统筹，我相信国家以后会考虑这些民生问题。而户口问题可能是解决这些事情的第一道关，我们迁户口就是为以后打基础。现在国家有政策，退休老人投奔子女可以给办理，允许老人迁到子女那里。办这件事的第一步是开原籍的户籍证明，上次开的证明被天津河东区公安分局打回来了，理由是辽阳开的户籍证明不正规。后来又发现老伴的身份证和户口本上的住址不一致，要重新办身份证。现在老伴的新身份证办下来了，我们可以去派出所再办一个户籍证明。没想到又有了麻烦，那个女户籍警说在辽阳这边开户籍证明得有天津方面的派出所的证明，证实天津市同意我们老两口迁入。我问她，为什么上次开户籍证明没和我们要天津的证明。那个女警说："上次错了，这次不能再错。"我说："开辽阳的户籍证明不就是为了证明我们现在确实在辽阳居住嘛，关人家天津那边什么事？若是我们不是往天津迁户口，而是想办别的事也不给开吗？"不管我怎么说，那个女警就是坚持向我们索要天津方面的证明。怎么办呢？我们俩一边往外走一边合计："找丛志龙吧，他不是有熟人在派出所帮忙吗？"丛志龙是我在纸板公司当二分厂副厂长时的一个班长，我们的关系好，我们把辽阳家门钥匙交给他，请他给我们照看房子。晚饭后我去丛志龙家谈这个事，他满口答应："明天一早你们俩在派出所门口等着，我让那个亲戚和你们会合，他给找人帮你办。"第二天早晨上班时，丛志龙的亲戚上派出所二楼找一位副所长说了我们的事，那个副所长答应用电话和那个女户籍警说一声，让她不大离就给办吧。这是那个亲戚向所长说的，我们再去找那个女户籍警，她说："我不是难为你们，开这个户籍证明现在有新规定，如果你们拿它干什么违法的事，我要负责任。"原来是这样，真令我们啼笑皆非。这可能吗？还不是副所长的电话起了作用！然后她又说："要不你们开一个你们儿子居住在天津当地社区的证明也行。"没办法，我们又白跑一回。回到家里，老伴给儿子媳妇打电话，让她把以前曾开过的他们居住的社区证明给复印一下传过来。过一个小时，儿媳打电话说那个证明材料已报到派出所，今天那个户籍警休息，拿不出来。真不巧，看来要想办成一件事太难了。老伴说："不然咱给这个姑娘送点礼或者直接递给她几百块钱？儿媳王瑶电话里也说送礼好办事。"我心里想，还是再等等，万一人家姑娘不是咱想的那样，不就更不好办了吗？反正也不着急回天津，让王瑶明天再去一回那边的派出所。这时是上午10点多，我去太子河钓鱼散散心，老伴回家休息。在河边一直钓到中午，没有多少收获，收竿回家。进屋一看，老伴不在家，大晌午的上哪儿去了？往她手机打电话一问，原来她在一家复印点等传真材料。据老伴讲，上午8点儿媳又来了电话，说洪岩让她再去社区开个证明材料，正要给我们传过来。老伴费挺大的劲，在我们纸板居民区西边的大道找到一家复印点。她与儿媳通电话后，那边开始往辽阳传真。不巧机器出点毛病，经过几次反复，终于传过来了。老伴看了天津社区的证明材料，又担心里面的内容不一定能符合辽阳这个派出所的要求。老伴把材料拿回家，我接过来一看，虽然上面没有同意我们迁入的话，可是证明了儿子一家三口在这个社区居住，有房产并附有他们身份证号码。这些与这边派出所女户籍警后来的要求吻合，估计能差不多。已经是下午1点，我们顾不上吃饭，直接奔派出所。没料到，那个年轻的女户籍警看了传来的证明材料，二话没说就给我们开了户籍证明，是正规统一格式的。她说："看你们老两口几次三番地跑也不容易，只要证明你们确实是办理迁移户口就行了，天津那边同不同意迁入是他们那边的事。"听了她的话，我们满心欢喜，连连点头称是。真是"山重水复疑无路，柳暗花明又一村"。

8

2010年10月1日，是中华人民共和国成立61周年。受惠芳妹妹两次电话邀请，这天我们老两口从辽阳乘长途客车到沈阳她们家串门。沈阳这个城市我比较熟悉，大学4年就是在这里度过的，只是其中后两年是参加"文革"运动了。

惠芳妹妹是经父亲家同院邻居老周家姑娘周德枝介绍，嫁给和她同村的张姓人家，周德枝前些年嫁到沈阳郊区古城了公社麦子屯大队姓胡的人家，当然老胡家肯定是贫下中农家庭。我父亲和老周家同院住了好多年，平时父母什么事都让着他们，两家关系不错。周德枝嫁到沈阳郊区那个村，没有熟人觉得孤单，想找个同乡做伴。她看到这个村老张家的三儿子张志民二十六七岁还没找到对象，就给咱惠芳联系上了。那时候，农村男青年过25岁还没搞对象就是晚婚。老张家是地主成分，当地人都知道，所以不容易搞到对象，这是普遍情况。我家父亲有历史问题，周德枝也知道。这不正合适嘛，地主成分的小伙子娶一个有历史问题人家的女儿，谁也别说谁。说实话，惠芳妹妹当时也24岁，在农村算是困难户，晚婚。所以，周德枝一给提这个事，就基本差不多。为了慎重起见，父亲还是亲自去沈阳郊区麦子屯一趟，看看张志民本人是怎样的情况。张志民身体正常，没有残疾，个子不算高也不矮，谈话唠嗑还挺麻溜。可能就是这个家庭成分原因才没有及时搞到对象，这就让人放心了。父亲认为，这个年轻人聪明，会来事，将来说不定会有出息。事情还真如父亲预料的那样，随着中国改革开放政策放宽，张志民先是在公社的贸易货栈跑销售，后来又自己做买卖挣了些钱。过几年，他们把家搬到沈阳市东陵区住上了楼房，在不远的商场买个摊位做起销售内衣、袜子等营生，批发兼零售，收入比较可观。现在，他们又在沈阳浑南区买了个高层住宅，把原来的楼房租出去。他们有三个女儿，生活都挺好。最初是他们俩帮助女儿买住宅楼，现在的高层楼又是三个女儿帮助他们俩买的。大女婿在沈阳音乐学院附中教钢琴，大女儿办班教美术；二女婿在铁路工作，二女儿在商场有摊位做买卖；三女儿夫妇在客运公司开公共汽车，后来三女儿也在商场做买卖。而惠芳志民的婚姻介绍人周德枝两口子现在仍然在麦子屯当普通农民。周德枝很早就染上耍钱的嗜好，天天打麻将。他们的儿子也没有稳定的收入。

　　辽阳至沈阳的长途客车到沈阳文化宫是终点站，妹夫张志民来电话，告诉我们在那里等着，他们的三女儿张平开轿车来接我们。我们挺惊讶："三外甥女过得不错，自己有车了。"后来听说志民的大女儿家也有车，二女儿是嫌麻烦不愿意买。我们来到惠芳妹妹家，地点在浑南区，离奥体中心不远。楼房价格是每平方米6000元，他们俩自己先交50%的首付，余下的房钱由三个女儿平均分摊。第二天中午，惠芳的大女儿张华和她爱人田诚请我们在大东区一家田园风光式饭店吃饭。这个饭店总面积有半个足球场那么大，花草树木占了一半，其余是餐厅、厨房、走廊，都是一层地面布置，没有楼房。店家让顾客参观想吃的水产品专柜，然后再观看厨师的现场操作，最后回到座位点菜。惠芳的三个女儿、两个女婿、两个外孙都来赴宴。二女儿张颖的爱人和孩子没有来，原来他们夫妻已经离婚了，孩子在男方家生活。听说离婚原因主要是婆媳不和。婆婆守寡多年，抚养儿子长大成人不容易，母子情深自不必说；儿子娶了媳妇，感情转移了一多半，当妈的自然心里不好受。婆媳关系紧张，如果互相多包容，倒还可以维持。我分析，可能双方都不让步，儿子在中间为难，最后小两口只好离婚。他们的儿子比我们的孙子大一岁。本来，洪岩和张颖是同一天分别在辽阳和沈阳结婚，都是2004年9月12日。洪岩和他媳妇晚要一年孩子，所以张颖的孩子比洪岩的孩子大一岁。现在，张颖和她爱人虽然离婚了，倒是谁也没有再婚，而且两人的感情还一直不错。张颖也常去男方家看自己的儿子，给孩子买各种玩具和衣裤、鞋子等。现在两人的关系就这么维系着，倒也可以。惠芳大女儿的儿子叫田冲冲，从4岁起就开始跟他爸爸学习弹钢琴，6岁以后聘请专业音乐家庭老师，8岁时曾获得辽宁省儿童钢琴比赛第一名，明天要去上海参加今年的全国少年钢琴比赛。

　　原打算10月3日我们就回辽阳，可是这天从早到晚雨一直不停，人不留天留，只好又在惠芳那住一宿。下午，张华和田诚两口子带着田冲冲乘飞机去上海参加钢琴比赛。第二天，我们俩乘沈阳至辽阳长途客车回到家里，老伴说："兔子绕山跑，还是老窝好。"过两天惠芳来电话告诉我们，她外孙参加全国钢琴比赛，得了少年（儿童）组第二名，令我们赞佩。惠芳又说，冲冲是半天上文化课半天学习弹钢琴，文化课成绩也很好。听到妹妹得意的话语，我也为她高兴，他们家生活水准不低啊！最后惠芳又告诉我们，张华一家三口还参观了上海世博园，这个让我有点羡慕，我也想有机会去看看。

在辽阳，我们最想办的事还是更换房证。10月8日，我今年最后一回去公司，说实话我真没抱什么希望。在公司留守处，我找到负责这方面事务的留守班子成员张海龙。他向我解释：他参加过市政府的房产协调会，类似我这种公司内调整过住房的情况，现在市里还没有定论，需要再等一等。什么意思呢？就是目前先把正常更换房证的住户给办完，最后剩下一些特殊情况的住户由公司留守处打报告，市里有关方面负责人签字就能给办。听了他这番话，我只能回去耐心等待，把他手机号要来以备联系。回到家把情况向老伴一说，她有点着急，我劝她："这种事又不是我们一家，急不得，天塌大家死，过河有矬子。"我的阿Q精神又上来了。以现在房地产形势，房价只能越来越涨，有房子在怕什么？老伴被说得无话了。10月11日，我们去市医保中心拿到报销的存折，到银行把钱取出来。之后我们去襄平商场逛逛，老伴买条围巾，我在熟食店买只八珍烧鸡，这是我最爱吃的。两个人又去火车站买了14日晚上的预约车票，可惜都是上铺票，而且不在一个车厢。13日的有下铺票，可是那天六中学校组织退休老师搞一次秋游，去本溪关门山水库看遍山红叶。老伴在秋游的头一天染发、洗浴，出发那天早晨又费了半个多小时化妆，她真把这次活动当回事。晚上回来，我看她精神状态和言谈举止还相当兴奋。她说，退休6年多同事们变化都不大、不显老，大家碰面都很高兴很愉快。

9

10月14日晚饭后，我们把屋里的一切都收拾妥当，关闭了厨房的水龙头、煤气阀，在屋外走廊把电闸拉下来，然后下楼。老伴在楼门口等着，我骑自行车去西边振兴路找出租车。很快就遇到一辆，我骑车在前面带路，出租车跟着我开到我们住的那个单元门口，老伴把拉杆箱放到车后备厢里，我急忙把自行车锁进仓房。十几分钟行程我们来到火车站，车费是10元。火车是从沈阳北站始发，途经辽阳，终点是温州市，我们老两口到一节卧铺车厢，我把拉杆箱塞到下层卧铺的下面，让老伴先到卫生间方便，我扶着她爬到上卧铺，把老伴安顿好了，我去另一节卧铺车厢的上铺休息。这一晚上，我一直担心老伴在半夜方便时上下卧铺的安全。早晨4点半，我来到她所在的车厢，在过道的小椅子上坐着等她。大约5点钟，老伴醒来，我在下面扶着她爬下来。列车员来换票，是天津快到了，但是天还没亮，天津比辽阳晚亮半个小时，下火车我又感觉气温比辽阳高一些，我们打出租车回到河东区二号桥附近的明家庄园。算起来，我们在辽阳、鞍山、丹东、新宾、沈阳一共逗留两个月。挺好的，就当是一次旅游，生活多充实啊！早晨到社区活动场所，见到经常一起运动的老者们，谈起我们这两个月的行程，他们都羡慕：天津大热天时去东北避暑，那边天凉了再回天津暖和过冬，真哏哪！

女儿洪图按预定的安排，10月17日从瑞士苏黎世回天津探亲。为了省钱，她行的是苏黎世—莫斯科—北京航线。因此，在莫斯科转机时等候了6个小时，因为对当地情况不熟悉，她没敢出机场。洪图的探亲假是两个星期，大部分时间是由老伴陪她去天津各大型商场买衣物和生活用品。对比起来，在国内买东西比在苏黎世便宜多了，质量也不差。所以有个说法，国外挣钱国内花，是有道理的。我因为左腿动过手术，不能多走路，并且我也不爱逛商店，就留在家里给她们做晚饭。白天有时我去海河钓鱼，天不冷也悠然自得。洪图最令我们挂念的是她的婚姻问题，已经34岁了还未结婚成家，这个年龄在国外也算晚了。每当我们和她提起这件事，她总是说宁缺毋滥，我们无可奈何。

两个星期的探亲假休完了，按洪图说的时间，她哥哥洪岩在11月1日晚10点把洪图送到北京国际机场，我们老两口也随车送洪图。谁也没料到，当洪图办完手续准备进安检处候机时才发现出了大差错。本来她的返程机票是10月31日0点30分，但洪图误以为是11月1日的0点30分，整整晚了24小时，机票作废了。事已至此，别埋怨她了，要想马上走就得重新买机票。洪图打听这个班机还有座位，就是还有余票卖。可是她手里没有足够的现钱购票，急忙跑到机场大厅找我们。幸亏我们没有离开机场，打算洪图登机后再走。可我们手里也没有那么些钱，我们不习惯在口袋里多揣钱。一问洪岩，有救了。他有银联卡，足够买飞机票。洪岩抓紧时间到机场自动取款机取了钱，和洪图一起去售票处买了机票。谢天谢地，洪图终于顺利成行。事后回想，若不是洪岩有银联卡救了急，我们就得明天二次进京。一个星期后，我们去洪岩家看望他们三口，当着儿媳的面把钱交给洪岩。虽然他们俩百般推辞不要，我们还是坚持把钱塞给他们。

趁着天津这边天气还暖和，我又去海河边钓鱼，这几天运气不错，竟然钓到几条小鲫鱼和小白鱼，就我这把手实属不易。过几天河水又涨了起来，干脆一条鱼也钓不着，用天津话说"没口"了。不但没钓到鱼，还把钓竿架掉到河里半截。河边水深一米多，水凉不能下去，等来年开春水退了再下河去找。就是这样，钓鱼时间比辽阳还延后了半个多月。

按惯例，我们老两口每星期去洪岩家一次，一方面是去看孙子宪清，另方面我们三辈人定期见面吃顿饭也增加亲情。在洪岩家我闲着没事看看他书架上的书，不愧是中国新一代知识阶层的一员，书架上各种类型的书籍都有。从上往下看，有哲学的、经济学的、职场经验、历史评论等，还有小说类、散文类，其中包括中国的、外国的、古代的、现代的，还有养生保健的等等。现当代知名作家的书也都有，于丹的《〈论语〉心得》，柏杨的《丑陋的中国人》，王小波的《黄金时代》，余华的《活着》，贾平凹的《废都》，莫言的《红高粱》，张爱玲的文集，茅盾的《子夜》，老舍的《骆驼祥子》等。这些书我有的看过，近几年出版的我没读过的书打算向儿子说说，拿回去仔细阅读。其中值得一提的是余华的作品《活着》，书中主要人物福贵写得很真实，后来根据这本书改编成电视剧《福贵》。我细心地阅读《活着》这本书，尤其是中、韩、日、英版的自序，充分表达了作者的思维。尤其是对人为什么活着说得很直白："人是为活着本身而活着。"我觉得这个说法有些道理，以前宣传的人活着的目的是为了别人，是不真实的、虚伪的。在书架上我看到一个购书卡，我问洪岩可否让我拿去买几本书。洪岩笑着说："这还用问哪？拿去随便买。"

11月末的一天，我和老伴乘车去天津图书大厦。在四楼，我转了一会儿，最后选中了"人与岁月"丛书，这是人民文学出版社最新推出的一套书籍。其中出版说明中说："岁月无情，人生有涯。面对滚滚奔流的历史长河，无论是叱咤一时的风云人物，还是默默无闻的芸芸众生，都难以逃脱命运的拨弄。""人，是历史活动的主体，时代舞台的主角。但是，在历史巨变或漫长岁月的迁流之中，人类的个体，常常承载着由此而来的悲喜和伤痛。个体的生命存在，以及他们的哀乐歌哭、命运遭际、希冀与无奈，这一切，构成了历史的血肉和社会进程中最鲜活生动的元素。当个人的历史成为社会史的一部分，私人记忆与公众记忆重合的时候，个人史的抒写，私人回忆的辑录就显示出重大的意义和无法取代的价值。"说得多好哇！目前这一套丛书是2010年9月出版的，共九本。我买了第四本《赵铁林：我的老三届岁月》和第五本《一个美国女孩在中国》（韩秀著）。书中的两位主角人物年龄相仿，分别出生于1947年和1946年。赵铁林在念高二时赶上了"文化大革命"，韩秀则因为父亲是美国人，在1964年高考时被北京的招生机构拒绝录取，她以后10余年的坎坷遭遇令人心酸。赵铁林是高干子弟，得意于一时，"文革"开始时当上学校"保守派"头头。父亲抗日时参加革命，经历比较复杂，多年被审查。母亲出身大户（地主）人家，中华人民共和国成立前参加革命，"文革"初不堪忍受群众组织的批斗投水自尽。赵铁林从高干子女沦为可教育好子女，韩秀则纯粹是有个美国父亲而高考无门，受尽苦累。

我在家里把这两本书读了一遍，特别对书里的出版说明深有感触，记忆颇深。再去图书大厦，看看有没有"人与岁月"丛书的其他作品。可惜，我去了两次都没见到，是书畅销还是没进货？于是，把手里现有的这两本书再重读一回。一方面细致地了解全书内容，加深对书中主人公的主要经历和思想动态的印象，另一方面学习作者的文笔和写作内容的程序安排，这对我自己以后动笔肯定有启发。通过再次阅读这两本书，更坚定了我搞写作的信心："有志者事竟成。"

12月17日，农历冬月十二，这天是我65岁的生日。儿子孝心，在天津第二次给我过生日。在一家浙江风味的饭店，全家5口人聚餐。生日过得愉悦，我吹蜡烛祈愿全家老小平安健康。在餐桌上喝酒时，我多说了几句：希望洪岩工作顺利、走正道，"君子爱财取之有道"，绝不能贪、占。你现在是单位的财务部长，有实权。我们老两口不图你别的，就是希望你工作平安。转过头我又对儿媳嘱咐，不要把钱看得太重，像电视剧里描述的那样，女人贪钱害了丈夫。儿媳大概心里有点不快，说：我不是那样的人，您老放心吧！老伴埋怨我酒喝多了，说话没把门的。我回应她："当老人的就是这样，都是为他们好。"

2011年元旦，原以为洪岩他们今天能到我们这儿迎新年，没料到昨天他们就去了大港区儿媳妇她娘家。晚上，我和老伴炒几个菜，我喝点红葡萄酒，老伴喝泡人参的白酒，我们举杯共祝新的一年健康、平安、快乐。

闲着没事，我骑自行车沿着詹庄子路往南直到海河边，记得去年11月初，海河尚未结冰，我去钓鱼。不小心把线甩到河边的芦苇上，两条鱼钩挂在上面，怎么也拽不下来。因用力过大后来线断了，鱼钩就留在芦苇上。现在天冷河面冻住了，人可以在冰面行走，正好我能到冰面上找一找。很令人失望，我仔细在那个地方找，就是未找到，可能已经掉到河里去了，就像我那个钓竿架掉到水里一样。我向河中间的冰面看去，有不少冬钓爱好者在冰窟窿边一动不动地钓着。我凑到最近一位的钓者旁边，他正收拾钓具准备回去，我和他搭讪："老哥哥，钓几条了？"虽然我已经看到他那个桶里空空如也。老人面带微笑地说："一条也未钓着。"我又问："您几点来的？""9点。"当时已是下午3点了，这么一算他已经在这儿逗留6个小时。"咳，没啥事，老看电视也没意思，消磨时间呗！"我看着他收拾完钓具蹒跚地走到河边，从冰面上吃力地爬上石头堤上。这个堤从河底算起有两米多高，冰面往上也有一米多。我也跟着爬上去，弯着腰走到停放自行车的大堤顶上。我又问他："您是退休的？""是啊。""今年初又能涨钱了。""咳，涨那点钱有啥用，赶不上物价涨得快。"我回应他："再怎么说也比不涨强。"

元月 26 日，老伴陪我去福东里邮局营业所领我的退休金。这回去心里有点忐忑，今年 1 月份我将和全国退休职工一起往上调退休金，不知道能给增加多少。国家说是按 10% 涨，谁知道具体能给多少。营业员用电脑输入我的密码号，打出来的月退休金总额是 1976.09 元。按辽宁省政府规定的调薪细则，普调基数是 83 元，工龄每年给 2 元，我的工龄到买断时是 33 年，乘以 2 元是 66 元，高级职称给优惠每月 80元，共计是 229 元。这个数加上原退休金数总额相符，不用忐忑了。谢谢国家理解我们高级职称者的心情，知道我们的辛苦和贡献。可是，我有点想法：在天津邮局开退休金，必须扣 0.5% 的手续费。去年一年扣 118.7 元，多是不多，可是不合理呀！邮局是全国联网，各地邮政局都是一个单位，应该扣吗？即使按汇款费计算，我全年退休金不足 2.4 万元，汇费 50 元足矣，实际却翻倍还多！

10

快要过春节了，和老伴商量一下，把我们的居室装扮喜庆一些。刚搬来时，我们只把从辽阳带来的一幅"福"字十字绣挂在客厅沙发后面的墙上，其余各个墙面都空白。现在我想买几幅装饰画挂到各个墙面，尤其是电视机后边墙面的上部。和老伴乘 806 次公汽到大胡同商业中心，我们是第一次去大胡同，名不虚传，顾客特别多，货也真是全。我们转到工艺品销售区，这儿有几十家档口。我们耐心地东转西转，最后在一家选中了一幅 60 厘米见方的木制艺术框画。它的四边是镂刻透空的花纹，约 10 厘米宽。中间是元宝形的木刻图案，有四条小鱼围绕正中的"和"字，显示出这个艺术框画的主题。此外，还有较小形状的铜钱、蝙蝠也在"和"字四周配饰。整个木刻图案贴在菱形金黄底面上，它们的大背景是古诗词。整体来看，这件艺术框画古朴、雅致，又含有现代风范。此外，我还挑选了两幅稍小一些的黑底喜鹊装饰框画。我们把这三件工艺品拿回家里，费些工夫把它们安在电视机后面墙的上方。我和老伴观赏一下，感觉似乎整个墙面全是深颜色，显得不明快、不亮堂。而且三件框画面积较大，加上电视机屏幕，白色墙面露出不多。和老伴合计，决定撤下两个小一点的框画，再到大胡同买一对颜色浅一些比如天蓝色或浅绿色占主要画面的框画。面积也小一点，让墙面露出多一些，这样能显得客厅更明亮。于是，第二天我自己去大胡同工艺品专卖区，我反复挑选，对比，最后确定比较理想的两个小一些的框画。与老板反复讲价，花了60元买了下来。昨天的"和"字工艺品花150元，卖店老板说他这个框画在市里专卖店最少能卖500元。我把两个小框画拿回家挂到那个"和"字木雕框画的两边，看起来很融洽。据卖者说，这两个画面的原画是世界名画，但他说不出作者是谁。画面的天空、树木、溪流等色彩浅蓝、淡绿，与中间的"和"字框画很般配。我们坐在沙发上看电视，背靠着"福"字绣，两墙相映更显得客厅富丽堂皇，心情格外愉悦。后来，我又买了三个小框画装点卧室、餐厅，整个房间生活气息更浓厚。"我们的生活充满了阳光"，我想起了这句歌词，这正是我和老伴和谐、美满生活的写照。

明天就是除夕，儿子儿媳来电话，让我们去他们那里过年。老伴是个要脸面的人，她认为我们不能空手到那边过年。她准备一些熟食品拿过去，如酱牛肉、猪肘子、鸡爪、猪蹄等。制作这些是我的强项，各种食品原料、调料的采购都是我分内的事。我发现这几年物价涨得令人吃惊，春节前几天肉类、蔬菜一天一个价，这个可以理解。但是房价翻了近一倍。我们现在住的房子洪岩是花6000元一平方米买的，现在却值12000了。国家说通货膨胀率接近5%，可老百姓存在银行的年息才2.5%，整整少了一半。老百姓没办法应对这些，炒股的人大多数被套牢，想炒房哪有那么多钱。普通民众刚性买房愿望也不易实现，房价涨得太快了。幸运的是，我们儿子的两次贷款买房在2003年和2008年分别是2900元每平方米和6000元每平方米，都赶上中低价位时期。这也是命运好哇！

2011年2月2日，是大年三十，上午洪岩开车接我和老伴到他们家过年。亲家公一个星期前就在洪岩那里，他与同事串休到洪岩家过年。我们到的时候，他们两口子正忙着准备三十晚上那顿菜以及饭后包饺子的馅。头几天他们打扫屋内卫生、洗被褥等，一直没闲着。年轻夫妇的双方父母齐聚在子女家过年，这是新时期的风尚，为了不令子女为难，这是最好的办法。去年，女儿洪图从瑞士回来过春节，洪岩两口子带着我们的孙子在我们明家庄园这边过年。儿媳的父亲在学校值班，她母亲一个人在洪岩家过除夕，那种冷清可想而知。现在独生子女很多，老人自己过年已经成为一种社会现象。也有的已婚子女分别回自己的父母家过除夕，这也是一种令人不愉快的情况。我的同学敬林现在就是这样，儿子两口分别回自己的父母家过除夕，幸好小两口还没有自己的孩子，不然小孩是在爷爷家还是姥爷家过年！

三十晚上，我们一大家子7口人围坐着吃团圆饭，心情都挺高兴，过日子就是过的人气。饭后，四个老的专注央视春节晚会的节目，年轻人在一起说笑，偶尔也看看文艺节目。亲家公勤劳，他是包饺子的主力，负责擀面皮，我们几个负责包。到除夕迎财神时，洪岩和他儿子宪清及老丈人去放鞭炮，我因腿脚不适没下楼。天津虽然是直辖市，但过年的风俗依然很浓厚，鞭炮声响成一片，很热闹。可是，到了就寝的时候就有点犯难，洪岩房子只是两室一厅一卫，不好安排床位。因为我们的年龄比亲家都大七八岁，所以他们让我们老两口住在他们平时睡的房间，亲家公在沙发上将就睡，亲家母在客厅打地铺。我们谦让一下，或者我打地铺，亲家公睡沙发，老伴和亲家母在一个房间床上睡？这个想法亲家两口子当然不同意，他们坚持让我们老两口单独在一个房间睡。恭敬不如从命，还是我们老两口在一个屋睡吧。从初一到初五，大家白天也不太方便：7口人活动起来空间小，只有一个卫生间，早晨洗漱、晚间泡脚、白天大小便都得等着。饭后我主动出去散步半个多小时，一是消消食，也是给别人腾出空间，把客厅的电视机让给亲家公和洪岩父子他们看。老伴和亲家母忙着收拾饭桌、洗碗刷锅、打扫卫生，忙完了老伴又开始陪孙子下跳棋。提起孙子宪清，我和老伴都感到他像洪岩，很聪明。去年4周岁时就开始学习弹钢琴，每星期到专业老师那里上两次课，每天在家里练习一个小时。钢琴是花1万多元买的，洪岩两口真舍得。现在看，学习效果挺好，宪清在幼儿园和钢琴学习班都登台表演过，受到好评。春节我和老伴住到初五，初六上午洪岩用车把我们送回明家庄园小区。洪岩和我们说，他准备换一座大一些的房子，起码是三室两厅两卫，这样大伙过年时在一起方便。

我们俩在自己家里住一星期，老伴又有点不安，给儿媳妇打电话，询问孙子的情况。我听出这里还有另外一层意思：元宵节快到了，怎么没说邀请我们去呀？元宵节也是团圆节，应该和我们在一块过嘛！我给老伴出个主意："再打电话你邀请他们到咱这边来过节。"老伴问："那王瑶她爸妈呢？""一起来嘛！"我说。"那人家不一定同意来。""唉，那样王瑶和洪岩不就邀请咱俩上他们那儿去了嘛！"真是的，咱们这些老年人哪，说什么好呢。晚饭后，我外出遛弯回来，老伴抄起电话筒，按我的意思邀请洪岩他们到我们这边过节。那边王瑶接的电话："我正想给你们打电话，十五元宵节来我们这儿一起过吧。"我和老伴相信这是真心话，头几天他们上班工作忙，顾不上过节的事，现在临近过节想起这个事，应该是请我们去了。老伴挺高兴，回说："那也行，正好我们也想看看古玩街的灯会。"

正月十五这天午后，我和老伴徒步走到詹庄子公共汽车站，坐185次车到火车站，穿过候车大厅来到后广场，再步行到洪岩家。两头加一起能有5里步行路，我有些吃不消，在火车站候车大厅休息了十多分钟。儿媳王瑶在电话里让我们打出租车到他们那儿，可是我们舍不得花那35元车费。晚饭吃的是火锅、饺子、元宵，我喝半杯王朝红葡萄酒，老伴和洪岩喝白酒，儿媳半杯王朝红葡萄酒，孙子喝的是杏仁露。亲家公高血压不能喝酒，亲家母不喝酒只喝饮料。洪岩由于工作关系经常在外面应酬客户，所以在家吃饭时食欲不大，亲家两口子饭吃得快，比洪岩撂筷还早。火锅的食材有海虾、鱼丸、油菜、小饺子，都是现吃现下，味道很鲜美。饺子有两种馅，一种是大家吃的三鲜馅（鸡蛋、猪肉、虾仁、韭菜），另一种是专为我包的猪肉芹菜馅。因为我少年时得过结核性淋巴结肿大，中医大夫不让我吃有发性的蔬菜、水产品和牛羊肉。所以，我只吃了猪肉芹菜馅饺子，饭后大家吃少量的元宵。

晚上8点多钟，我们4位年岁大的来了兴致，一起去天津古玩街看灯展。在小区旁边乘600路公汽到狮子林桥站下车。我们走到海河桥上，看到旅客买孔明灯往天上放。孔明灯也叫祈愿灯，类似气球那种性质，在灯笼中间有一个小燃料块，点燃后把灯笼里的空气加热产生浮力，灯笼升起来飞到天空中。我们看到有的孔明灯飞到近百米高度，随风飘向远处。有一个灯笼上升时有点倾斜，升到七八米高度，突然灯笼外壳烧起来了，整个灯笼开始往下落。快到地面时已经成了不小的火球，掉到路边一辆轿车旁。这时，我们看到车内有个年轻女子吓得乱动却不敢开车门，幸亏另一辆轿车的男司机急忙开车门下车，用坐垫扑灭了燃烧的残火。这一幕真吓人，亲家母直往后躲。我估计可能是灯笼里的燃料块装得不正或者不结实，点燃后倾斜，烤着了灯笼外罩致使落下来。看来，这是一种危险的火源，应该注意安全。我们四人离开现场，下桥左拐到古玩街上。原以为街上会有灯市，天津以前在这里办过，可惜今年没举办。卖古玩的店家为了吸引顾客招揽生意，也隔三岔五吊起几盏灯，可是没啥造型。我们走走瞧瞧，没买什么东西。往前看也是这样，令人不感兴趣。天气冷，我们穿得也不厚实，干脆向回转吧。早一点走，还能赶上公共汽车，免得打出租车多花钱。我们彼此心照不宣，都去找公共汽车站。亲家公比我们路熟，很快就找到了车站，正好还驶来一辆车，我们上车坐下既舒服又暖和。可是没想到路上人多车多，道路堵住了。汽车走走停停，从城厢东路到望海楼，两站竟然走了40分钟。反正我们都是闲人，出来就是逛，坐在车里看城市夜景也不错。又过一会儿，路畅通不堵车，没用10分钟就开到后广场。走到小区上楼进屋一看，洪岩三口已经都睡了。

11

元宵节过去了，按中国习俗这个年就算过完了，一切回归正常。天气仍然是冬季，我们老两口退休在家尽是空闲时间，都不知道如何打发。我的活动基本是这样：早上6点起床，到社区活动场地锻炼40分钟，8点以前吃饭。饭后老伴洗刷餐具，我扫地、拖地，之后去市场买菜。10点左右开始看电视，吃水果。中午12点半吃午饭。休息一段时间，午后2点我骑自行车去海河边遛遛，看别人钓鱼。有时和他们搭讪唠一会儿，他们鼓励我参加冬钓，我怕冷一次也没钓过。现在是"七九"，虽然有老话"七九河开河不开"，但总是不太安全，我生来胆小更不敢钓。每次从海河回到家都是午后4点左右，和老伴坐在沙发上看电视剧。老伴她尽量多找些家务活干，洗衣服和被褥等。我劝她到户外活动活动，我发觉她体重增加脸变胖了。于是，晚饭后我拉着她出去散步，从小区的南门外走到西门，再回到楼里。晚上8点黄金时段，我们仍在沙发上看电视剧，这时各电视台播放的电视剧精品较多。9点多，老伴做足部按摩，是用洪岩他们送给我们的足部按摩器。可惜我不能用，我的脚掌比一般人宽，在试用时把我的脚面挤压得受不了。于是，我就用牛群代言的气血循环机泡脚，这个也是洪岩他们送给我们的。之后，我们躺在床上，老伴找一本小说看，我看《参考消息》，这个能起到催眠作用。

　　年龄大了，特性也多了起来。我现在睡觉，有点动静就容易醒过来。老伴身体较胖，有时仰壳睡觉就打呼噜。我被震醒推她一下，她侧过身子静一会儿，过不久又呼噜起来。我若是没及时睡着，那就不容易再睡着了。老伴见我不满意，提出她到另一房间睡，我没表示反对。几个月下来，我们就一直这样分开睡。倒也挺好，我们谁也不打扰谁，自由空间多了。可是，我心里颇为不安：这也不像夫妻那么回事儿啊！老伴有时说"我们现在分居了"，对我流露出不满。我说："那你就过来睡。"老伴撇一下嘴："你说的不是真心话。"我说："那你去做一下手术，把嗓子眼的小舌头切掉一点，那就不打呼噜"。她说："我就不去做，爱咋咋的！"说实话，我感到两个人各睡一间房，彼此都有独立空间，想干什么不打扰，这样也挺好。所以每天早上我先起来一会儿，给她准备一杯加蜂蜜的白开水。有时，主动到她被窝里温存一会儿，早晨一块儿起来。我按照自己的安排，每天饭前饭后，上午下午都出去活动。老伴干完家务活就坐在沙发上边看电视边用毛线织点什么，或者躺在沙发上边看电视边睡着了。我认为这样对身体不好，易发胖，随之产生高血糖、高血压、高血脂"三高"。经过我多次动员，老伴终于迈开了脚步。可是，她说走就走得远，往东走到东丽商场，往西走到二号桥车站。算计一下，一个方向来回就有七八里路，每次回屋都感到双腿疲乏。我向她建议，每天上下午各步行一次，每次全程不超过4里路。比如，每次去"乐易购"超市走一个来回就行，还可以捎带买点什么东西。

为了充实我们的生活，我向老伴提议去东丽区文化宫看电影，坐公共汽车两站就能到。标价我也看了，每张10块钱，是万科商城电影院票价的五分之一。老伴就这点钱也舍不得，说买一只奥尔良鸡才15元。洪图从瑞士来电话，闲聊时我提到看电影这个事，她给我出主意，先斩后奏：让我先把票买了，她妈若是不去看，钱不是白花了？所以肯定能去。记得是3月4日星期五，我骑自行车去东丽文化宫，了解到明天下午2点有一场电影，片名是《非诚勿扰》。听说这部电影挺有名气，是王朔编剧、冯小刚导演、葛优主演的。可是听旁边一个人说，一场电影才3个人看，我有点半信半疑。后来又一想，今天星期五人们白天都上班，当然看的人少。我回到家里告诉老伴，明天的电影票我已经买了，是下午2点的票，老伴没办法，只好同意去看。

星期六中午，我和老伴提前半小时吃饭，收拾完毕午后1点出发。我骑着自行车带着老伴往东走，为了安全我慢点骑，1点半到了东丽区文化宫。我现买的电影票，老伴看到虽然不高兴，也只好将就。我们提前10分钟进到里面，这时全场一个人都没有！老伴想不看，要求退票。管理人员说："不看可以，退票不行。"我劝老伴："电影还没演呢，一会儿开演就能来人。"我们一直等到2点钟，才有一对年青伴侣进场入座，电影按时开演。"哈哈！"我禁不住笑出声来，"这老两口，小两口，真有派头。四个人享受一场电影，难得呀！"得意是得意，可是电影院里温度太低，都没有室外的气温高。大概是没给暖气？也难怪，一场电影才收入40元，可能连人工费、电费、胶片磨损费都不够，还能给观众搭上取暖费？但是，天津的供暖期是到3月15日，这时候应该还供暖。我们在座位上看电影，不一会儿就感到身上有些冷，尤其是我左腿膝关节更怕冷，一冷就疼。我把自行车鞍座套和帽子都捂到左膝盖上，稍微感到暖和一点，疼得轻一些。老伴也感到身子冷不舒服，放映中我和老伴各去一次厕所小便，卫生间的走廊和便池静得瘆人！我回到座位，不坐着了，干脆站着看。是因为看电影的环境恶劣还是人气不足？嘿嘿！我们这次休闲活动非但没达到目的，反而令人啼笑皆非。老伴埋怨我的话就不说了，为了暖和身体，往回走的时候她不坐我的二等车疾步快行回到家里。

<h1 style="text-align:center">12</h1>

女儿洪图去年10月份回天津探亲时，曾邀请我们老两口去瑞士苏黎世住一段时间，我们乐不得地答应了。出国对于我来说不是第一次，而且那回恰好也是经过苏黎世转机，在那里曾住一个晚上，真是机缘巧合。3月8日，洪图来电话，让我们准备办理出国探亲的手续，时间定在4月23日从上海直飞苏黎世。从天津到上海也得坐飞机，不过是国内航班，不用过多考虑。我们需要把户口本、身份证、退休证、护照等从网上传过去，这样洪图那边才能发邀请函。

正当我们忙于出国的准备工作时，3月11日下午1时46分，日本本州岛东北部仙台市附近的海面下发生了8.8级地震！随即发生了大海啸！据外国电视台报道，这是日本百年未遇的地震。已知地震当时就有200多人死亡，伤者不计其数，估计死亡人数还会增加。隔一天，又有新报道：原来报的地震等级8.8级修正到9级，因海啸死亡和失踪人数达数万！最可怕的是日本福岛核电站就在地震发生地附近，因海啸的巨大破坏作用，1#、3#机组先后发生了爆炸。放射性污染物产生泄漏，已有190多名工作人员和参加抢救的消防人员受到核辐射。空气中的有毒放射性污染物很可能随风飘散到世界各地，产生全球性灾难。尤其韩国、朝鲜、中国等邻近国家首当其冲受到波及，辽宁省沈阳、大连、丹东等城市已经开始监测空气的污染情况。随着海水洋流的移动，泄漏到海洋里的核辐射污染物能否流到中国沿海？又过两天，日本福岛核电站的2#、4#机组也发生了爆炸，核辐射进一步加剧。核能发电是否可行，已提到各国的议事日程。西欧的德国、法国都已经提出缓建或停建核电站，已在使用的核电站准备到期关闭。日本这次因地震、海啸产生的核泄漏事故是继苏联的切尔诺贝利核电站事故之后最大的核事故，给人类自己造成了严重的伤害。又据报道，日本本土空气中辐射物含量在东京已经超标很多。我的惠萍妹妹的儿子儿媳在日本岐阜市一家中餐馆打工，我打电话询问她孩子们的情况，惠萍说还没接到日本来的电话。一小时后，老妹妹惠燕给我来电话，替惠萍告诉我们，一切都好，没发生什么危险。我从地图上看，岐阜市在东京的南部，距地震发生的中心有1000多里。日本是个地震多发国家，盖的房子比较抗震，应该没有啥问题。过几天，我又给惠萍去电话，说现在核污染扩散，孩子们是否应该回国。惠萍说，儿子他们所在的饭馆打工人员都没走，饭馆也在正常营业，暂时没有回国的想法。她又说，现在就是想走也买不到机票，打算返回中国的人太多。3月16日至18日，中国突然出现抢购食盐的风潮。中央电视台为此做了解释，国家库存量足够全国老百姓吃三个月。出现这一食盐抢购潮和日本海啸产生核物质泄漏有关，老百姓以为核泄漏物质随着海洋流动有可能来到中国沿海大陆，使我们吃的食盐受到污染。另外，传说吃碘的食盐可以预防核辐射，所以就发生了全国抢购碘盐的风潮。《参考消息》上登载了上海市抢购食盐的严重情况，中央电视台为此又做了解释：一是碘片、碘盐对预防核辐射没有作用，二是请大家放心，日本国东面发生海啸产生的核泄漏物质流淌不到西面的中国大陆沿海，而只能往东流到太平洋东部。这样一解释，老百姓的恐慌心情就稳定下来，抢购碘盐风潮自动消失。我在超市买的4袋碘盐半年也没吃完，亲家母她买了10袋碘盐。

13

去年11月，在天津图书大厦买了"人与岁月"丛书的其中两册：赵铁林著《我的老三届岁月》和韩秀著《一个美国女孩在中国》。今年3月，我又去一次图书大厦，买了"人与岁月"丛书新的一册《家在云之南——忆双亲记往事》，作者是熊景明。回家细读，感到这位女大学生有一定的文学水准。这三本书的作者年龄与我不相上下，写的内容都是自传体的回忆录。每个人的经历都比较曲折、坎坷，可读的故事情节比较丰富，引人关注、同情，真切地反映了那个时期不同地域不同阶层人们的社会面貌。这三本书从不同角度对中华人民共和国成立后的领袖人物一段时间实行的政策进行了回忆和复述，由此对普通民众产生的某些负面作用和不良后果做了比较客观，公正的描述，很有现实意义和历史价值。应该说，这类书籍现今能在国内重要的出版社组织出版、发行，是社会的进步，值得称赞。

　　回忆起自己几十年生涯，觉得和他们一样，也有很多可叙内容。正如"人与岁月"丛书出版说明里谈的那样："当个人的历史成为社会史的一部分，私人记忆与公众记忆重合的时候，个人史的抒写，私人回忆的辑录，就显示出重大的意义和无法取代的价值。"我要尽量收集资料，开启自己的记忆之门，争取写出一些有意义有价值的东西。那些天，在睡不着时思绪如泉涌：从小学、初中到高中、大学，直至毕业分配工作。在新宾县工作、生活，调转到辽阳工作至退休，又从辽阳市迁到天津颐养天年。我在小学六年级加入少先队，大学二年级加入共青团，至46岁时在辽阳纸板公司加入中国共产党。这一切都历历在目。虽然经历坎坷，但是作为中华人民共和国的普通公民，我该有的都争取到了，我很知足。作家余华那句话也浮现在我的脑海："人是为活着本身而活着，而不是为了活着之外的任何事物而活着。"小说《活着》的主人公福贵对自己经历的人生苦难有很强的承受能力，对社会抱着乐观的态度，这是一种生活方式。我也对自己的人生经历有较好的适应能力，对社会抱着满足的心态。但是，我有思维、肯动脑筋，对周围世界有自己的想法，不同于福贵的为活着而活着！

第七章　瑞士行

1

　　我们办理出国手续的事进行到关键时刻。3月30日一早，我们和洪岩一起乘高铁到北京办理瑞士签证。从北京南站，我们转三次地铁到农展馆下车来到地面，打出租车到瑞士驻中国大使馆。在使馆门前我们排队等候，洪岩打电话联系到约定的出国签证中介人，请他速到瑞士大使馆见面。我们把洪图从瑞士发来的邀请函和身份证复印件等资料准备好，一小时后进入办签证房间。玻璃窗内女工作人员查看老伴的材料，看着照片对本人观察，确认无误后盖章。我的材料递进去，同样对照相片和我本人仔细瞅一眼，确定无疑后盖章。后来中介人告诉我们，使馆免收了我们老两口的签证费。这是因为女儿洪图有德国绿卡，在瑞士有固定工作和住址，瑞士属于申根国家，故此有这个优待。还有一个原因，我们是洪图的直系亲属，符合使馆的规定。办完签证手续，中介人把我们送到附近地铁站。分手时我们把3100元交给中介人，请他给我们交在瑞士逗留3个月的保险费和付给中介公司的代理费，洪岩让我们放心，他有那个中介公司的电话。瑞士使馆办事员让我们4月7日去取签证手续，中介人答应到时候他替我们取，用快递邮给洪岩。我的心里还是有点担心，生怕出什么意外。洪岩领我们一路回到他家已是下午1点，这大半天的忙碌连老伴都感到疲倦，我更是勉强支撑，为了能出国见女儿值得。在洪岩那吃了午饭，休息两个小时，4点多起程回明家庄园。北京的中介公司挺讲信用，4

月 7 日来电话告诉我们，签证办下来了，马上给我们邮来，估计两天之内能收到。

从天津到苏黎世真不方便，必须到上海乘飞机才能直达。我不甘心这样折腾，总认为中国首都北京应该有直达苏黎世的班机，因为 20 年前我曾坐过那样的航班飞机。打电话询问，还真是问着了：从 5 月 31 日起，北京机场开始有直达苏黎世的客机航班。我们很高兴，只要我们去瑞士驻中国大使馆办理延期签证就行。这样，洪岩就不必送我们到上海登机，他可以省去天津至上海的往返机票钱。另外，在空下来的一个多月时间，我们可以回辽阳办理我们往天津迁移户口和打听换房证的事。和老伴商量，她说不一定能办成延期签证，就是能办成也不办，她是想按原计划 4 月 24 日去苏黎世，想早一点见到自己的闺女。我说等洪图来电话问一下能否办理延期签证再说。4 月 10 日，洪图来电话打听我们的签证是否如期办下来。我说，办是办下来了，现在又有新情况：北京机场 5 月 31 日开始有直飞苏黎世的航班，瑞士使馆能否给我们签证逗留时间延后一个多月？洪图回答很干脆：不行。那样需要重新申请，再办一次，很麻烦。既然如此，就不难为女儿，还是"按既定方针办"吧。

儿媳王瑶从网上预订了我们老两口从上海到苏黎世的机票和三张天津到上海的机票及一张洪岩从上海返回天津的机票，还有在上海住宿的旅店。我们老两口开始采购各种出国用品和给洪图捎去的各种食品。先到国美电器商店买一个能在全球通用的手机，这是为了我们自己在苏黎世游玩或逛商店时能和女儿及时联系。还有，为了以防万一我们迷路了不知道怎样乘车返回洪图家，我们打算买一个"快译典"或"译世界"，用来和外国人直接交流，打听路或者问事情等。在商店听营业员说，到欧洲使用手机要 3 频以上，内芯是 3G 的。我们当时不太懂，没有马上买，等问洪岩他们再说。我们又转到卖"译世界"柜台，看到说明：中英对译，十几种场合会话。经过一番打听、营业员给我们试用，老伴自己也操作一回，感到挺适用，就下狠心买下来。老伴说："咱们出国回来不用可以留给孙子学外语用。"之后，我们去天津劝业场和陶陶鞋业等大商店，给洪图买条纱巾和十条浪莎牌连体袜，老伴自己买一双皮鞋，我买一套灰白色西服。回到家里，老伴试用"快译典"，由中文译成英语还顺利，由英文译成汉语就不太会操作，显示的话语不准确。明天再去一次国美商店，请店员再教一教我们。老伴电话问儿媳，我们买手机是否真的需要买3G的，回答是肯定的。在国美电器店，请那位熟悉的店员再教老伴"快译典"的使用方法。那个胖女营业员很热心，足足给演示半个小时，直到老伴感到可以独立操作。在手机专柜，老伴从性能、价格、外观等几方面对比，最后选择一个黑色外观的3G支持4频全球通用的诺基亚牌手机，售价1400元。营业员教给老伴手机的用法：通话、发短信、拍照等。读者大概也看出来了，使用手机、快译典、电脑上网等，全是我老伴在操作，我这个号称副教授级的高级工程师竟然一样也不会。说实话，这方面老伴确实比我聪明。不知怎么回事，我对这些东西兴趣就不高，不爱动手。有时，我也想学一学，可是记不住程序，经常忘。干脆，我就装腔作势："你就都包了吧，省得闲着没事干。"

我喜欢钓鱼活动，到苏黎世我也想钓一钓外国鱼。洪图在电话里说，要在瑞士钓鱼最好自己带渔具，那里的太贵。每个竿售价200瑞士法郎以上，合人民币1200元，而我们国内一般也就100元人民币左右，相差近10倍。洪图还说，瑞士还有一些不同于中国的规定：一个是必须通过考试，拿到钓鱼证才允许钓，否则就要罚款；二是如果没有钓鱼证，也可以钓，但用的鱼钩必须是没有倒饿刺的直钩才行。于是，我到东丽区一家渔具店花160元买一个4.5米的钓竿和配套的直鱼钩、线和鱼漂等，这是我钓鱼生涯以来最贵的渔具。出国了嘛，得带像样的。

洪岩夫妇为我们老两口初次出国探亲拿出1万元送给我们，又把我们新买的手机办了呼叫号、交了费，使我们很感动。我们把两个人的退休金卡及几万元存款单交给他们保管，让他们把我们冰箱里没吃完的冷冻食品带到家里慢慢吃。我到铁通公司办了电脑、电话停机保号手续，顺路把前些日子在海河钓的6条小鲫鱼送回河里放生。一切都安排妥当，就准备出发。走的头一天晚上，我想起应该给我们老两口的弟弟、妹妹去电话，告诉他们明天我们要出国探望女儿。这不是炫耀，而是应当把我们的行踪告诉亲人，毕竟是出国，而且是乘飞机，多少有点危险性。

4月23日上午9点，洪岩两口开车送我们去天津机场。老伴的心情很激动，毕竟这是她有生以来第一次坐飞机、第一次出国。我们刚出家门上路，天就下起了小雨，到机场时雨更大一些。好像我们俩出门总是有雨水跟着，去年我们从新宾回辽阳时也下了雨。在机场，洪岩办了我们三个人的登机牌和行李托运等，我们都是赔现成的。快到登机时间，我们吃了饭，机场的面条、馄饨等很贵。这时，天放晴了，我们都很高兴。从天津到上海，用一个多小时。下飞机取行李、出机场都很顺利，尤其是我带的钓竿，原以为要有麻烦怕不让带。所以，我拿的是3.6米的旧钓竿，新买的4.5米钓竿没敢带，怕机场给没收。其实，从天津机场进安检到上海出机场，相关人员问都没问，那个新钓竿没带去真后悔。我们从虹口机场出来，直接乘地铁到浦东国际机场附近的锦江之星旅馆。在旅馆餐厅，洪岩要了鸡、鱼等好菜招待我们老两口。算计一下，天津到上海的机票钱、住宿钱共花3000多元，还给我们1万元现金，儿子有孝心，我们没有白培养他。4月24日上午8点半，我们在洪岩的陪同下来到浦东国际机场大厅。休息一会儿，开始过安检，洪岩向我们挥手告别。一切都很顺利，出国安检时钓竿也不是问题，我和老伴登上了飞机。

在飞机上不允许开手机，我们都没戴手表，不知道飞机到底延后多少时间才起飞。后来我们见到一位中国籍空姐，向她打听起飞的时间，知道是10点来钟才起飞，往后延一个小时。瑞士航空公司的飞机给我整体的感觉比国内航班强，飞机起降平稳，空姐服务态度好，待人热情。说出来有些不好意思：我和老伴在飞机上享用免费的两次正餐和一次副餐，前后共向空姐要了四小瓶红酒，还要了两个易拉罐可乐、啤酒和两杯橙汁。瑞士空姐没有因为我们的贪心而拒绝，当然我们是要了一点小聪明，两个人分多次向不同的空姐索要。最后我们留下两小瓶红酒带出机场，安检也没找我们的麻烦。在飞机上我们共待12个多小时，身体感到疲乏，有时候睡一觉。老伴的精神一直挺兴奋。她第一次乘飞机，却没有一点恐惧的表现。遵照洪图的告诫，为了顺利出关，老伴在飞机上搭讪认识一位中国人，请他在到达苏黎世机场时帮忙关照我们出关。那是个南方人，很热情地说："没问题，你们就跟着我走好啦。"从下飞机到验护照、取行李，我们一路紧相随。还真亏了这样，验照以后须坐两分钟的地铁才能到取箱包的地点。机场广播用的都是英语，我们一点也听不懂，如果我们自己行动，还真不知道需要乘地铁去取箱包。在飞行途中，我有时走到机舱尾部活动腿脚，也搭讪认识一位私企老板，他是到苏黎世考察什么项目，还带着夫人一起来的。他本人是湖南人，听我说话是东北口音，向我介绍他夫人是吉林省榆树市人。在出关过程中，我得知他们其实和我老伴认识的那个南方人是一个组团的，而且还聘请一个翻译兼带队帮助他们办理相关手续。这样，我们就更放心地紧跟着他们一起出关。

在机场出口处，我们看到女儿洪图正向我们频频摆手，真令人高兴，一切都很顺利。洪图领我们坐上出租车到她的家，机场离市里挺远，估计出租车钱不会少。此时是苏黎世时间下午6点，天色已发暗。洪图住的是公寓楼的二楼，进屋看到室内格局和我们辽阳的楼房相似。这是洪图为了我们住宿方便，特意放弃原来租的小房间而转租这个面积较大的屋子。室内东西摆放得有些乱，正好老伴有了用武之地，她细心地为女儿收拾一番。吃过晚饭，我们在沙发上闲聊，互相打听一些近况，包括洪岩的事。因为时差的原因，虽然已是苏黎世晚上10点多，我们还是睡不着。我们让洪图给她哥哥发短信报平安，估计这时洪岩还未下班。又过一个小时，老伴还是一脸的欢喜，我好说歹说劝她躺下睡觉。

2

第二天是西方的复活节，上午9点，洪图领我们到她住的周围转一圈，熟悉环境。洪图的住处附近有一个火车站，这是距苏黎世中心火车站西边最近的一个小站，它的周围仍属于苏黎世城区。我们从市区地图上看，在铁路的南侧有一条河，叫利玛河。我对河或湖有兴趣，我喜爱钓鱼嘛！我们三人越过铁路大桥来到利玛河边，河面有50

米宽，最深处有2米。河水清澈见底，在一处1米深的河床上我看到两条约一斤重的鱼在游动，令我惊异不已。可洪图说，在河里钓鱼要求有钓鱼证，而在苏黎世湖钓鱼可以不用证，但要求用不带倒刺的鱼钩来钓。意思是让我们人类少钓上来鱼，尽量不杀生，保护生态环境。我们在河边看到很多蒲公英，老伴采了一些，这是一种中草药，解毒去火。像我们老两口这回长途旅行容易上火，正适合吃这种东西。午饭后我们眯了一觉，起来后洪图领她老妈去附近的超市逛一逛，打算买些水果、蔬菜、肉类等食品。我留在屋里，隔着窗户往外看路上的景物。想看电视节目，打开电视机全是老外的面孔，讲的是叽里呱啦的外语，我半句也听不懂。记得是1977年，我在新宾县造纸厂技术股工作，曾经跟着收音机自学英语。由于自己的毅力不强，加上学习条件较差没人辅导，后来就放弃了。之后跟附近一位朝鲜族老大爷学习了半年日语，每月给他5元的学费，相当于我当时月工资的十分之一。1986年我转到辽阳工业纸板厂，第二年厂子派我到国家科委上海培训中心学习了半年日语。因为我有在新宾县学习的底子，学习成绩还可以。可惜，以后没有机会应用，渐渐地荒废了。

　　洪图看见我每天只能看从国内带去的《读者》杂志解闷，有些无聊。于是她花钱给我们办了卡，又买了机顶盒，这样我们就能看到电视里播放的中文国际频道和香港凤凰卫视频道。刚去那几天，因为环境不熟，更主要是语言不通，我们在国外成了聋人和哑巴，就是打手势人家也不明白。所以，我们不敢走远，怕半路找不回来。就连附近的超市也不敢自己走进去，怕在里面逛时间长了找不到回来的门就麻烦了。一天下午，我骑着洪图在苏黎世买的自行车，沿着我们第一次走的路线来到利玛河边。不巧，下起了小雨，我急忙来到一个公共汽车站避雨。人家瑞士的公共汽车站和我在中国见到过的车站截然不同：瑞士的公汽站正面和顶棚都围着透明的塑料板，里面摆着木制的长条座椅。还有这个公汽线路的行程图及车辆到站的时刻显示屏，公共汽车非常准时，一般不差二十秒。雨停了，我想穿过马路到对面去。为了安全起见，我扶着自行车站在有斑马线的路边，等一辆轿车过去之后我再穿过去。令我没想到的是，轿车到斑马线边停住了，我挥手示意让司机先开过去，可是他却摆手："NO，NO!"然后挥手让我先过去，真是出乎我意料，于是我急忙推着自行车快步走过去。心里想，在咱中国可从来没有这样的事。在我的记忆里，从来都是行人给车让路，只有看准了汽车离得较远时才快步从斑马线走过去。刚才那个路口没红绿灯，就是有红绿灯的路口，行人在绿灯亮时也左顾右盼地过马路，怕有转弯的车辆从后侧撞着自己，更怕某个闯红灯的司机开快车。

我们刚到苏黎世时采的蒲公英吃完了，我又在利玛河边采一大塑料兜拿回来，用开水焯了留着蘸酱吃。看到老伴在卫生间用手洗洪图的内衣裤和袜子等，我劝她不要受这个累，楼里有公用洗衣机，明天就轮到洪图用，何必呢。女儿晚上下班回来，也不赞同她老妈这么辛苦，说了几句，老伴不高兴："受累还不讨好。"我说："闺女是心疼你呀!"

到了周末，洪图休息。上午8点多，洪图领我们乘火车去苏黎世中心城区玩一玩，这是外国游客必来的地方。中心火车站前有一座人像雕塑，洪图告诉我们，这是200年前苏黎世市长的塑像。他管理有方，使苏黎世日渐发达，闻名于世界。所以，后人给他立塑像以示纪念，我们在塑像前留了影。从车站往前走，就是著名的购物大街，世界闻名的瑞士手表就在这条街的专卖店出售。这里是利玛河与苏黎世湖交汇的地方，有两座尖塔教堂，还有GBS大礼拜堂和一座利玛桥等建筑，我们分别在各个景点留了影。我们在购物大街随意溜达，没进哪个商店，只在橱窗往里看。说老实话，我们老两口根本没打算在苏黎世买什么东西。洪图虽然在银行工作，但她只是一个普通职员，工资不高，我们要为她省些钱。她接纳我们来瑞士这件事本身就得费不少钱，这对她已经很不容易。况且，这里的衣物比国内贵很多，据说欧洲不少国家的物品都是从中国进口的，我不值得在国外花高价买本国的产品。至于瑞士手表，也没考虑买，都这么大岁数还装扮什么!戴在手脖子上我还嫌它沉呢。沿着利玛河往前走就是苏黎世湖，我们从左侧往前走，湖边是一排排的长条木椅。很多各种肤色的游客坐在那里，一边观湖景一面逗弄湖边的大天鹅，喂它们面包吃。这些天鹅和人类都熟了，一点也不胆怯。我们沿着湖边又往右行，这里有几处栈桥码头，游人可以在此登游艇畅游苏黎世湖。码头岸边有一座青铜塑像，是纪念表彰谁洪图给我们讲过，不记得了。

我早就想找个钓鱼的地方，刚才走过的两处湖边都是游客集中的地方。洪图说，早上9点以前这地方允许钓，9点以后就禁止了。她说领我们到远处的湖边，那里白天可能让钓。于是，我们坐上沿湖的公共汽车走了四站，来到湖边。看到一块牌子立在那儿，洪图走过去看了看说这附近不允许游泳和钓鱼。她解释说，这一片湖边的建筑物是一座赌场，需要周围环境肃静幽雅。我感到不解，这个国家对赌博还这么尊重。我们又坐车返回游人比较集中的那片湖边，这时已是下午1点，洪图到餐饮店给我们买了香肠和夹肉饼。我不习惯吃这种多肉的食品，她又在另一处小店给我买一个全麦面的杠子头面包，长30厘米、直径有6厘米。我吃得很香，据说这种面包各种维生素含量都很丰富。我们在湖边休息一阵子，还是感到乏，就取消了原定坐游艇的打算。这一天过得很愉快，我们老两口初步领略了世界名城苏黎世的风采。

3

五一国际劳动节，瑞士放假休息。不知道欧洲别的国家以及美国是否也放假？读中学时听政治老师讲，这个节日是工人阶级罢工争取来的。资产阶级掌权也给放假吗？这些政治的事我搞不明白，反正在20世纪五六十年代读中学上大学时，政治老师给我们讲美国和西欧等国家是资产阶级专政的国家。又说，资本主义社会发展的最高阶段是帝国主义，是腐朽没落的社会，必将走向灭亡，而由无产阶级专政的社会主义社会所代替，最后在全世界实现共产主义。

又一个周末，洪图领我们到苏黎世湖另一处逛逛。我们乘80路公共汽车经过"欧洲大桥"过铁路线和利玛河，沿着盘山道来到山顶苏黎世工业大学。从车上往外看，这座建在山上的学校规模不算大，周围还有些民居。我们没下车，沿着下坡路行到80路终点站。步行往下走不远坐上另一路公共汽车，只乘一站就到了洪图的工作单位：瑞士信贷银行。这是一家世界比较有名的银行，我在《参考消息》报上曾看到过这个银行高级经济师发表的有关世界经济方面的论述文章。据说这个银行在苏黎世排第二位，市里还有各类规模不同的银行几十家。瑞士银行对个人隐私保密工作做得好，世界各国有钱人很多都在苏黎世银行存款。苏黎世信贷银行大楼约有60米高，20多层，我们在楼门口留了影，这是女儿工作的地方，值得纪念。我们逗留一会儿，往回坐车又来到山顶上的苏黎世工业大学。洪图介绍说，学校虽然规模不大，但在瑞士还算有名气。学生都不住集体宿舍，自己安排食宿，这也显示西方学校和社会的自由性，更能培养学生自己的主观能动性。

回到洪图家，吃完午饭休息一阵子。下午3点，洪图领我们去苏黎世湖乘游艇，以弥补上次去市里游玩的未竟之事。我们来到塑像旁边的湖边栈桥码头，等一会游艇驶来了。我们用的是洪图给我们买的月通票，这种票乘公共汽车、有轨电车、游艇都有效。游艇先往利玛河方向驶去，途中穿过三座桥然后折回来，在河边一个停船处下游艇。岸边是苏黎世博物馆，我们没进去，只在大门外留影。回到游艇上，往苏黎世湖方向驶去。游艇在湖中向前航行1公里，我们又见到了湖边那个赌场。洪图建议我们下船进去参观一下，我们老两口对赌博没有兴趣，就不去了。我们老两口走半里远，在湖边又看到一座较长的栈桥，游艇慢慢地靠过去停下。从船上下来几个人，我们没下去。不过，我看到有两个当地老人在那栈桥上钓鱼，我喜出望外。这个下午乘游艇畅游了苏黎世湖和利玛河口，领略了湖边的外国风情，我自己还感到另一个收获就是找到了可以白天随便钓鱼的地点。

接连几天，我自己乘2路有轨电车去苏黎世湖边寻找那两个老者钓鱼的地方。因为不知道应该在哪个车站下车，总是找不到那个长栈桥，我有点灰心。一天下午，我骑自行车到利玛河边转一转，散散心。在一处拦河坝下面看到一位本地的中年男子往河里甩竿钓鱼，我在旁边看一会儿，未见他钓到鱼。我想问他是否有钓鱼证，可是又觉得这样很唐突，我有什么资格问人家？尽管我的本意是想问他没有证可不可以钓，而不是检查人家是否合法钓鱼。可是我不会他们的语言，用手比画估计他弄不明白，还是别自找没趣。

有一回也是下午，我和老伴沿着苏黎世湖边往右侧走，这一面的景色不次于左边。一片大树又粗又高，估计至少有百年以上，这说明瑞士的绿化、环保意思强，植物保护观念令人敬佩。当然这也和瑞士多年来是中立国家，没有发生战乱、没受到破坏有关。我们沿着湖边继续向前走，一大片草坪展现在面前，平整密实，绿油油的。然而，就在这片草坪上却允许人们在上面仰卧、闲坐、就餐、日光浴，而不像中国的草坪上插着"严禁入内"的牌子。我们看到不远处两个年轻貌美的女子穿着裤衩、戴着胸罩，伸开双臂、叉开双腿悠闲地享受着阳光浴，我和老伴第一次见到这个情景，连忙转过身去，心里：有点太那个了。然而，当我们去小卖部买雪糕时，有一个女士暴露着雪白的胴体，只穿着三点式光着双脚在前面买饮料，我们放弃买雪糕离开了那里。洪图听我们回来谈论这个事，笑着说："这个在外国太平常了，有啥大惊小怪的？"可也是，当时周围的人谁也没拿那个当回事，是我的头脑太封建了。

4

按照女儿的计划，在一个星期六我们6点起床，两个老人吃了早饭，7点20分到小火车站上车到市中心火车站，转乘开往洛桑的电动机车。车厢里人不多，感觉挺平稳，速度却很快。先到瑞士首都伯尔尼，我们没下车，这个城市不是今天洪图计划领我们浏览的地方。她向我们解释：伯尔尼虽然是瑞士的首都，但城市不大，没什么可看的景致，没啥意思，有点类似美国的首都华盛顿。我们老两口当然是听从女儿的安排，没什么异议。列车往前驶到洛桑，这是瑞士第二大城市，以盛产葡萄酒著称于世。下车出车站，直接就面对一条街道，而且路面不宽，只有10米左右。在我们国内，每个城市的火车站前面必定会有一片很大的广场，相当宽阔。洛桑火车站前面这条街道两边都是店铺，但却不是很大。今天是这个城市的狂欢节，可能是洪图选择领我们到这里游玩的原因。时间尚早,搭的台子上面还没有文娱节目演出,乐队在一侧准备着。洪图提议咱们先到湖边遛一遛,这是瑞士有名的日内瓦湖,洛桑市位于湖的中部,日内瓦市在湖的西部。瑞士是个山国,境内湖泊很多,面积都较大。听说,这些湖泊都是火山爆发后形成的,历史很久远。我们三人来到湖边,景色的确很美,傍湖的建筑错落有致。因为空气特别清新,这些楼房显得格外明亮清晰。放眼远眺,湖对岸山峰连绵起伏,朵朵白云缓缓移动,天空湛蓝。近看湖面上,大大小小的船只点缀在水上。在湖边,我看到水中的鱼儿逍遥自在地左右游动。这里的湖水怎么这样清澈?在我们国内,无论是南方还是北国,无论是河流还是湖泊,我从未见到过这样纯净的水。当然,深山沟里的小溪流除外。

我们回到车站前面那条街,这时已经热闹起来,人流充满了路面,舞台上乐队开始演奏。我们在舞台前面的桌椅边找个位置坐下来,和当地市民及外来游客一起观看演出。每一曲结束,大家都热情鼓掌,我们也跟着鼓掌欢呼,虽然我们老两口听不懂演奏的是什么歌曲。在我旁边坐着两个漂亮的小女孩,估计能有三四岁模样,她们的妈妈坐在女孩的另一端。老伴逗我:"你和这两个小姑娘留个影怎么样?"我当然愿意和这两个白人小孩合影留个纪念。洪图用当地语言和她们交流,征求了她们母亲的同意,老伴拿着洪图送给我们的索尼相机在洛桑给我拍下了永远值得回忆的影像。两个小女娃天真的笑容、美丽的形象加上我这个黄种人的微笑,令我心旷神怡。离开舞台,我们沿着街道往火车站方向走,街边各种风味小吃、玩偶店和射击点应有尽有。洪图在小吃店给我们买几样食品,我们坐在马路边的椅子上一边吃一边看着过往的游人。其中白人居多,不知道是美国人还是俄罗斯人,或者是欧洲的某一国人。也有皮肤稍黑一点的印度人、阿拉伯人,很少有黑色人种,黄种人也有一些。我注意到白种人大多爱吃米饭、鸡肉和蔬菜等混合炒的饭。午后2点多,我们进到火车站,继续乘车前往日内瓦市。

日内瓦,这个闻名世界的城市,我早在50多年前学习世界地理时就知道它的存在。联合国的分支机构设在这里,世界上发生的很多大事都在这里开会研究，制订出解决方案。当然，由于各国的政治观点和经济利益不一致，会议上往往出现分歧甚至反对的意见，也有不想得罪某些国家的，投弃权票。总而言之，全世界各国没有不知道日内瓦这个美丽的城市的，我以浏览过这个城市而自豪。

我们三人从日内瓦火车站走出来，看到和洛桑一样，出车站就面临街道，没有广场之类的开阔地。洪图领我们走到日内瓦湖边，看到水面有很多天鹅和野鸭子，情形和苏黎世湖边一样，这些野生动物对行人习以为常。码头边有小卖店，洪图给我们买雪糕吃。湖中有一座50多米高的喷水柱，还有各式各样的船只和白色游艇。在湖的对岸，整齐的楼房和远处起伏的山峦构成一幅美妙绝伦的风景画。

在码头上眺望了半个小时，我和老伴感到有些疲乏，正好有人离开了躺椅，母女俩让我先在上面休息，她们知道我的腿有伤。没过多久，我感到晒得慌，脱下上衣把头遮住，不一会儿就睡着了。她们母女俩不知什么时候转移到有树荫的座椅上休息，等我醒来时是午后3点半钟，码头上正停着一艘中型的游艇。瞅着瞅着，我们都产生了乘船的意念，洪图下栈桥走到游艇边，向检票船员打听，知道凭她买的"天票"可以登艇。洪图急忙回到岸边招呼我们去乘游艇，可是来不及了，当我们赶到游艇边时，那个船员已经解开缆绳撤下踏板，任凭我们怎样喊，人家就是关上艇门准备出发，外国人就是这么守规矩、这么认真。等下一趟船吧，我们一定要在日内瓦湖游一回！踱回岸边，洪图看指示牌，她告诉我们要等到4点半才能来下一艘游艇。洪图征求我们的意见，老两口异口同声说："不坐白不坐！"是啊，游过日内瓦湖，说出来也令人羡慕。

游艇终于来了。不，这艘船应该叫游轮，我和老伴头一回坐上这么大的游船：共四层，统共能载100多人。我们在上层靠近最前面的长椅上找到座位，这儿视野好，能看到前方和两侧的风景。游轮启动离开码头驶向湖中央，十多分钟后看到右侧湖边有一个码头。游轮靠近，上来十几个人，有几个人上到我们所在的第三层，还有几个年轻人登上最高处，那儿没有座位。洪图娘俩为了看岸边风景，又坐到侧面的双人椅上，我仍然在正前面的长椅上坐着目视前方，感觉有点乘风破浪向前进的意思。后上到这层有三个人坐到我旁边，开始我只顾观看前方的湖景，没留意边上坐的是什么人。等到我耳边响起了熟悉的中国普通话，我才侧过头一看，黑头发、黄皮肤、绝对的中国老乡！我盯着那个40来岁的男人看，那个男人也看我一眼。我心中一热，不由得想说点什么。"他乡遇故知"，虽然说不上故知，可咱们是同一个民族、说同一种语言，亲切呀！可惜，那个人又歪过头，脸上没现出什么异样表情，我的话到嘴边又咽回嗓子眼。之后，那个妇女和孩子也都和我目光相对过，同样也没吱一声。一路上，他们没有和我交谈的意思，我也不好意思主动张口，有点遗憾。我相信，他们也一定知道我们是中国人，因为我们父女和老伴也不时交谈几句，他们肯定能听得到。这是一种什么心理？"多一事不如少一事"？尤其在国外？他们夫妇二人和孩子一路上颇为活跃，照相、观湖景等等。游轮在湖中转了一个小时，他们又从来的码头下了船，用儿童推车把孩子带下去。我想，这对夫妻是瑞士人，还是从中国来旅游的？一路上没和他们搭话感到不太得劲。

老伴从上船时起就没闲着，一直用那个索尼照相机拍照、录像，很活跃，很兴奋。下了游艇，洪图没领我们去联合国驻日内瓦的分支机构所在地去看看，我还真想瞧瞧呢。她说："没啥可看的，就是几栋楼房，离这里挺远。"我看时间已到下午5点多，就没再坚持下去。我们一直奔向火车站，上车时间是5点45分，回到苏黎世是晚上9点多钟。幸好我们没去联合国那个分支机构，否则回到苏黎世就得半夜，洪图明天还要上班呢。进到洪图家里，老伴急忙热饭热菜，洪图用烤箱把烤鸭烘热了，我就着红葡萄酒吃起来。她们娘俩早就饿了，这顿饭吃得很香。洪图问她老妈："今天的感觉怎么样？"老伴大声回答："流连忘返！"说完哈哈大笑起来，幸福的心情溢于言表。

5

洪图每天正常上班，我们老两口没事找事，或者到利玛河边采摘蒲公英，或者继续寻找钓鱼的场所。每次外出，都是我和老伴一起行动，这是女儿嘱咐我们的。老伴自己在屋里待着也怪寂寞，出来走走心情好。去利玛河边采蒲公英是个令人惬意的活动，一来得到了实惠，这种野草是一种中药材，去火通便，很适合老伴吃，我少吃一些也行，洪图慢慢地也能吃一点。二来，去那里采摘，活动了身体，锻炼了腰腿和视力。有的瑞士人看我们采摘这种草觉得不解，问我们做什么用，这是我估计的。我用手比画，拿起一棵蒲公英叶子往嘴里放，嚼着吃咽下去，还竖起大拇指："OK!"意思是好吃。老外他笑了笑，摇摇头。

　　来苏黎世近半个月，还没有实现我在外国钓鱼的爱好，令我有点沮丧。眼看着附近的河、湖，就是不能伸竿垂钓，真让我眼馋。一天下午，我下决心再去苏黎世湖边，探查那个我们坐游艇曾经看到过允许白天钓鱼的地方。老伴不愿意受那个累，不想去。我打手机告诉洪图，女儿让她老妈接电话，坚决建议老妈陪老爸一起去，以保证安全。就这样，我带全了渔具与老伴一起出发，大有不达目的誓不罢休的气势。我们乘2路有轨电车到利玛河与苏黎世湖交汇处的车站下车，沿着左侧湖岸步行前进。大约走了3里多路，终于在湖边发现了一处似曾见过的地方，有一座栈桥。而且，看到一位瑞士老人正在那上面倚栏杆站着钓鱼。我们走过去向他打招呼、问好，我学会了这个简单的用语，那位老者很友好地回应我的问好。我向他比画，我也要在这里钓鱼，他很客气地做了"请"的手势。于是，我大胆地拴上线和鱼漂，支起钓竿，往鱼钩上挂了鱼饵向湖里甩去。然后，又偷偷地把备好的打窝料向鱼漂的附近投去，心安理得地稳坐钓鱼台。老伴在我周围来回走动，像士兵一样为我巡逻。我看旁边的湖水里约1米多深处有几条半尺长的鱼在游动，我估计在我鱼漂那儿也应该有鱼。可是，就不见鱼漂动弹，说明鱼没咬钩。我寻思："为什么它不咬呢？我用的是猪肉蒸熟以后切成小肉丁，挺香的啊！"从下午4点到6点，两个小时我一无所获。天快黑了，老伴督促我赶紧回去。收竿吧，这一回虽然一条也没钓着，但心里还是愉快的，我终于在苏黎世迈出了钓鱼的第一步。之前，我被女儿洪图的话吓住了，总担心瑞士不让钓鱼，怕被罚款。还因为语言不通，怕被警察抓到局子里说不明白，给洪图添麻烦。

从国内来到瑞士，为了消磨时光，我带了两本小说：余华的《活着》和林语堂的《人生不过如此》。不去琢磨钓鱼的事时就拿出来翻翻看看，解解闷。《活着》这本小说我看过不止一遍，由这篇小说改编成的电视剧《福贵》我也看过。这次重读此书，尤其仔细阅读各版本的自序，使我更深一层了解作者余华的内心世界。我是普通读者，不是作家，但我也想写点东西。确实，我理解余华说的一些话，但是我并不完全认同，我没感觉到与现实有什么紧张关系。也许，我的文章写完之后，现实可能与我关系紧张？从主观上讲，我不愿意这样，我殷切期望现实和我彼此宽容大度，和谐相处是最好的愿景。

林语堂的《人生不过如此》是本杂文、散文集。前几年，我曾看过根据他的原著改编的《京华烟云》电视剧。因之，我后来又看了原著。我觉得写得挺好，林语堂是20世纪30年代有名的文化人，我是从高中语文课本里鲁迅在文章中对他的贬斥知道这个人物。

5月13日星期五，洪图提前一小时下班，领我们老两口去市里一家泰国风味的餐馆。她向我们介绍，餐馆老板是泰国籍华人，老板娘曾经到中国留学。看来这个地方洪图挺熟，餐馆里有几个人与她打招呼。来吃饭的有中国人、泰国人和马来西亚人，本地的瑞士人能占一半，看来欧洲人也挺喜欢亚洲东方风味的菜肴。餐厅位于一条小街上，是个比较偏僻的地方。但是，来就餐的人还不少，餐厅里比较嘈杂，有点像中国一些小饭店的喧闹气氛。菜的口味还可以，比较适合我们中国人。吃饭的时候，老伴不断提到一位与我们三个人打过招呼的年轻人，意思让洪图多考虑一下自己的婚姻问题。洪图明白老妈的心思，对老伴说："我知道你在想什么。放心，我会处理好自己的事。我的要求不高，再怎么样也得和我的条件差不多才行。"用完餐已是晚上9点，老伴想逛一逛苏黎世"天堂大街"的夜景。她们娘俩沿着大街一家一家地看橱窗里的展品，我坐在路边的椅子上。她们走一段几十米路程，我快步撵上，再找个椅子坐下。如此走了两段路，洪图后来让我坐电车到中心火车站前面等她们。娘俩慢慢走到那儿，我们会合在一起，乘2路电车回到洪图的家。这时已是半夜11点多，三个人吃点水果、喝点水，稍微休息一会儿分头就寝。

来瑞士整一个月，这个国家给我们的印象不愧为"欧洲后花园"，这个美誉言之有理。城市里空气清新，路边的隔离带玫瑰花红得耀眼，人行道边上各种树木浓绿遮阳。上面开着红花。我们刚来时老伴见了很惊讶："这么漂亮的树，从来没见过。"她让我给拍照留影。苏黎世的公交车以电车为主，而我们国家20世纪五六十年代盛行的有轨和无轨电车现在绝大部分都荡然无存了。为什么人家就保留下来了？很明显，这种电车对空气没有污染，极其有利于城市空气净化。这不是落后，是文明，是进步。在国内，就拿我曾经生活过的辽宁省鞍山市、沈阳市来说，我亲眼见到扒有轨电车的轨道、拆除无轨电车线路，公交车全部采用汽油车，马路上汽车尾气味道刺鼻，微小颗粒钻进人的肺里。当时政府为什么这样做？是为了美观市容还是为了省电？我搞不明白。现在我们居住的天津市河东区明家庄园南一里路的津塘路，车流如织，24小时不间断驰来驰往。每次我走近那里，就明显地感觉到气味不一样。真亏了津塘路边居民楼里的人们，他们怎么能受得了这样的空气条件？说不好听的，简直是慢性自杀。在苏黎世，汽车驶过去基本闻不到什么异味。我知道，欧洲的汽车尾气排放标准很严格，中国现在正向人家靠拢，但我看还得十年八年能达到他们的标准。

瑞士还有一个现象令人钦佩：市面上卖的香烟烟盒上两面都标示有吸烟危害健康的图案，而且图案占据烟盒的大部分版面，色彩明朗。比如万宝路牌香烟盒，两面都印上人的肺部图案。两种肺的图案并列：吸烟人的肺黑乎乎的，几乎都烂了，警示作用很强，令人一目了然。还有一种不知什么牌子的烟盒，两面竟然都印着一具尸体！警语"吸烟有害健康"的文字印在烟盒的显著位置。而我们中国，现在烟盒上印上"吸烟有害健康"几个字，烟盒上大的画面印的是美丽的风景或是壮观的建筑图，以吸引人们去买、去抽这种有害的物品。在苏黎世，不知道是政府规定的还是人们自觉，反正我在公共场合没见到过有人抽烟。而在我们国内，在商店、饭店以至于医院等都有人随便抽烟。那年我在辽阳市中医院治牙病时，在走廊对过的医保办公室看到一个穿白大褂的大抽其烟。在天津，最明显的是浴池。我去的福东里浴池里不管是洗澡的还是搓澡的，竟然毫无顾忌，一支接一支地吸烟，我只能忍着。

6

来苏黎世40多天，我一条鱼也没钓到，难道是这里的鱼气质高贵，不愿意咬我这东方民族人的钩？我不信那个邪，黄种人就钓不到白种人的鱼？我反复琢磨，凭我十多年在辽阳的钓鱼经验，认识到还是饵料的问题。在辽阳和天津，我用的是蛆虫或蚯蚓挂在鱼钩上做饵料，没用过猪肉丁。可是上哪儿找蚯蚓或者蛆虫呢？一件事让我解决了蚯蚓的来路：在洪图家的阳台上，我们看到旁边邻居的阳台上摆有长条形的塑料花盆，里面有各式各样的花草，挺美观。我和老伴说："咱们也给洪图的阳台上装点一下，买塑料花盆栽些花。"老伴想了想，说："种花行，不过不实用。要不在盆里种点菜，又有绿色又能吃，可好？"我赞叹老伴的实用主义，一起去花市买两个长条形塑料盆，又买了香菜籽和韭菜籽。现在就缺土壤了，到利玛河边去搞一些，土质好还有肥力。第二天一早，还没吃饭就去利玛河边取了一些我认为有营养的土。回到居住的楼前，用手挑选一下，除掉小石子和草根，把土壤装到盆里。可是花盆容量大，取的土不够用。我到楼下花圃的小树下偷着取些土拿到楼上阳台，与从河边取的土掺和在一起。我和老伴细心地撒下菜籽，用土给埋好、压实，然后浇上少量的水。令人惊喜的是，我从利玛河边取的土中发现了一条蚯蚓！于是，种完菜之后我又骑自行车去利玛河边，在原来取土的地方寻找蚯蚓。可能是瑞士的蚯蚓智商高？它们都转移了，我一条也没找到。不能白跑一趟，我又取了一塑料袋土壤，准备给洪图屋里的花盆再补充一些，原来花盆里的土绝大部分是腐殖质，不保水也不保肥。

第二天下午1点，我怀着莫大的希望再去利玛河边寻找蚯蚓。就是这回，我出了一次令人后怕的人身事故，令我到现在也难以忘怀。先是我觉得既然上回在河边取土发现了蚯蚓，就说明还是能找到它，尤其在水边潮湿、有杂物的土中更易滋生。我东寻西找，发现一处从利玛河主河道往外引的一段水流，由钢筋水泥筑的闸口控制流量。在闸门外出口支流的水边，我看到有废弃的饮料瓶和易拉罐在水面漂留、跳动。我想，这个地方脏物多，很可能有蚯蚓在水边的土中生存。我快步走到水边，在潮湿的土壤中挖起来，又戴上老花镜细心观察。只动了几铲土，就看到土中蠕动的蚯蚓，一条两条、三条五条、半个小时不到竟然挖到十多条我日夜想念的蚯蚓鱼饵。我异常兴奋：赶快去钓鱼！来苏黎世这么些天，就是因为饵料的原因一直没钓到鱼。正好，趁今天是洪图给我们买的半价车票有效期的最后一天，抓紧时间赶到湖边玩一把。于是，我骑上自行车，上到大桥，经过铁路那一段，到了右侧辅路往下骑。这个下桥的辅路比较陡，接近30度的坡。以往我骑车下坡时，只轻摁车闸就能稳稳地骑到底。这一回我的心情有点激动，想早一点回去钓鱼，下坡的速度快了一些。正骑着，感觉戴的凉帽像要掉下来，我连忙捏了一下闸。可能是摁得紧一点，车子骤然减速，而我身体依着惯性继续往前移动，一下子就从鞍座上摔了下来。自己觉得跌得不轻，手掌、膝盖都擦破了皮、渗出了血，有些疼。脑袋也碰到了地面，是不是摔成脑震荡了？我支撑着爬起来，活动一下身体，感觉还行，胳膊、腿没有骨折，头部有点疼，但神志还清醒。强烈的钓鱼欲望驱使我又骑上自行车，回到洪图屋里，没向老伴说我摔伤的事。我径直拿了渔具，带上护照和车票，向老伴打声招呼就奔2路有轨电车站。我的第一个落脚点是终点站附近的湖边，那儿有一个码头栈桥，一位瑞士老人正在那钓鱼。我记得这附近曾见过不允许钓鱼的告示牌，可既然他们本国人能在这钓，为什么我就不能？歧视我们外国人吗？我把钓竿伸长，系上线和鱼漂，挂上蚯蚓，把鱼钩甩到湖里静候佳音。这回钩上挂的可是鱼儿爱吃的饵料，我不信钓不着。可半个小时过去了，鱼漂纹丝未动。扭头看那个老外，他来回甩线，也不见上鱼。我想，这个地方可能没有鱼，换个早先到过的老地方。在这儿钓了一小时，换了三回蚯蚓，就是不见上鱼。算了走人吧。回到洪图住处，已经是下午5点多。

这时，我感到身上有几处开始疼了。我摸一下右后肩，衬衫上有个破洞，那里面的皮肤我不敢碰，是摔破皮了。我的动作被她们母女俩看见，问我怎么回事，我支吾一句："没事，摔一下。"老伴走到我背后观看，见到我衣服上破损的那片，用手一碰，我叫了一声："别摸，疼啊！"她问："到底是怎么回事？怎么摔的？"实在瞒不住，我一五一十把我在哪儿摔的告诉了她们。洪图一听慌神了："这可了不得，万一摔坏了，感染了就不好办了。"又说："这是在国外，你没有医保，看病可贵了。"我强笑着说："没摔怎么着，上点消炎药就行。"话是这么说，跌破那几个地方确实疼，手掌和膝盖不敢吃力，肩头那地方不敢动弹，睡觉不能翻身。洪图给我买头孢氨苄消炎药，我连吃了几天。老伴不停地责怪我："以后不许你骑自行车。"她把钥匙搜出来交给女儿："把它藏好，别让你爸找到。"还好，吃了消炎药没见伤口发炎，幸运哪！"是不是瑞士这地方细菌少？"我有点天真地想。回想从坡上摔下来那一幕，我的确很后怕，已经是67岁的老人，这么重地摔倒在下坡辅桥的柏油路面上，委实令人担心。洪图说："老爸呀，你若是摔个好歹，我怎么向哥哥交代呀！"停顿一下，她又问，"你还能去意大利罗马旅行不？"她这么一说，我才想起头几天洪图预订我们6月2日去罗马游玩，飞机票都订好了。若是我真的摔得动不了，那么我们就哪儿也去不成了，欧洲这一趟不是亏了吗？现在看，身体还行，吃了药伤口没感染，也没跌成骨折之类的重伤。这也算是我的幸运，是我的运气好。又继续吃几天药，伤口结疤了没问题，可以正常行动。我的心情影响了她们娘俩，大家都高兴地准备出行。头一天晚上，我们在小闹钟上定好了明天早起时间的响铃。洪图给我们讲她这次领我们出去旅行的日程安排，我和老伴边听边问，我打听的是梵蒂冈、罗马斗兽场、比萨斜塔等地方。这些地点我在高中时学世界地理、世界历史时了解的，现在要亲眼看见、亲身经历，多令人兴奋啊！

7

6月2日，早晨4点半闹表准时响起了铃声。我们三人洗漱完毕，简单吃点早餐，5点45分乘火车，6点多到苏黎世机场。洪图办相关手续，7点半我们登机，8点40分安全到达罗马机场。从机场到罗马市里出点差错。是我们乘错了机场大巴，在车上坐两站路洪图发觉不对，领我们下了车。在那儿等一会儿，又坐上返回机场的车。在机场找到通往罗马市里的火车，我们这才上车直达市里。这也不奇怪，洪图虽然去过罗马，但时间长了记不准具体路径，出点差池也在所难免。若是我们老两口自己去，那根本不能成行，语言不懂啥也不行。我们住宿的地点是洪图在网上查询后定下来的，下火车倒地铁，最后找到预订的旅店。这时已是中午12点过了，每人吃碗意大利面条。我感觉不太适合我们的口味，不像流传的那样好吃，也可能不是正宗的？

　　因为洪图是请假陪我们出来旅游的，时间安排得很紧凑。当天下午，她就领我们去梵蒂冈参观。从我们的住处倒两次地铁来到梵蒂冈附近的车站。听洪图介绍，梵蒂冈是一个独立国家，占地面积仅有不到一平方公里。其实，它就是由天主大教堂（圣彼得教堂）及教皇和他属下人员工作、生活的几栋楼构成的小区。我们从城墙门洞进到大教堂前面的广场，地面挺宽阔，大约150米直径范围。两个半圆形的走廊围在广场的周边，中央有一座方尖碑。教堂的大门正对着方尖碑，旁边有一幅目前在位的教皇画像，名字我没记住。据介绍，历史上共有264位教皇。我们走进教堂，顿时感觉里面宽阔、壮观。各种雕像、画像数不清，因为全是外国人的名字，没译成中文不好记。各种雕像的含义太丰富，我们只能走马观花地看一遍，在各处拍照，留下很多值得纪念的照片。我觉得，梵蒂冈的圣彼得大教堂和它门前的广场及方尖碑的组合，称它是世界著名景观一点也不为过。临离开时，我买了这个综合景观的小模型作为纪念。来这里旅游的人太多了，有白人、黑人、印度人、日本人、韩国人等等。而我们中国人最多，我关注一下，最少能占全部游客的三分之一。改革开放以后，中国经济发展起来，人民的生活水平提高了，老百姓舍得花钱。我端详一下我买的这个景点模型，不像是什么石头刻的，也不是水泥塑成的。我分析，这种工艺品可能是某种金属氧化物配上凝固剂压制而成。不管什么材质，只要能保存住，有纪念意义就行。我这个人对国外衣物、食品不太感兴趣，到哪里旅游能买一件代表当地景色的纪念品就满足。我们回到住处，在附近一家小饭店吃了羊肉炒米饭。洪图说是土耳其人开的饭店，我觉得这个炒饭还适合我的胃口。

第二天早饭后，洪图领我们去古罗马斗兽场遗址游览。早在高中的世界历史课上我就学习过这段历史，也看过小人书《斯巴达克起义》，知道古罗马斗兽场的来龙去脉：罗马帝国的奴隶主把俘虏的外国士兵放到角斗场内，让他们与凶猛的狮子或老虎格斗。结局往往是人被动物咬死，较少有士兵能杀死那些吃人的野兽。斯巴达克这个勇士就是因为不堪忍受这种非人的残酷压迫而率领当了奴隶的士兵举行起义，反抗奴隶主的血腥统治。我们走到斗兽场上面的观景台，往下看角斗场中央的实景，真令人难以想象：斗兽场最下面的平台是人与野兽搏斗的场地，高一些层面就是奴隶主们的观看台。一面是奴隶与野兽的殊死决斗，一面是贵族们坐在上面喝酒、谈笑，观看两种生命相残，令人发指。据场馆说明介绍，这个古建筑是公元72年开始动工修建，至今已有近两千年的历史。整个场地呈椭圆形，长187米，高50米，可容纳6万人。遗址大部分都保留了原址的风貌，修旧如旧。不愧被列为联合国世界文化遗产，值得称赞。我们中国有五千年的文明史，但是上千年以上的古迹没留下多少。最可言谈的是秦始皇的阿房宫，竟被项羽一把火烧得干干净净。仇视前朝，不留遗迹的传统一直延续到近代。幸好，清朝末年孙中山领导的资产阶级革命保留了北京皇城，使我们现代人能够观瞻到明清的建筑。

出了斗兽场，外面有专门穿古罗马服装拍照的营生，我们3人花了30欧元，穿上那种服装合影，留下了珍贵的纪念照。已近中午，我们在斗兽场外背阴处的台阶坐着，吃早晨从住宿地带来的面包和香肠。在我们旁边，也有两伙人在休息、吃午餐。在右侧，熟悉的上海普通话吸引了我的注意，我曾在上海学习半年，对她们说的话能听明白。这几位老年妇女快言快语，说着参观的感受。我断定她们是结伴来意大利甚至是欧洲旅游的。看着她们得意的表情，我想这几位女同胞生活一定很宽裕。

下午，洪图领我们参观古罗马共和广场和买卖市场的遗址。这儿离斗兽场不远，在一个半坡上。据历史记载，在公元500年，意大利罗马地区曾经实行过共和制，存在过世界最早的共和国。与共和政体配套的是买卖市场，这种市场与我国现在城市里的早市农贸批发市场还不同，它是大型综合性商品交易场所。这种政体和买卖市场在中国1500年前是见不到，中国的封建社会延续的时间太长了。共和广场和买卖市场两处遗址残存的建筑物不多，我们没停留多长时间，又徒步走到一里路之外的一处高地。这儿有一栋18世纪修建的大白楼，现在改作罗马市博物馆。我们走进楼里往上五层，按箭头指示来到楼外平台上。在一个角落设有电梯以到达大楼的最顶端。为什么电梯设在楼外？我想，大概是为了保留原建筑风貌不被破坏吧。我们在电梯架旁稍等一会儿，电梯从上面下来，我们和别的游客乘上去。开电梯的人是一位50多岁的男子，他很热情地问我们："China？"我们点头。接着他又说："Beijing。"洪图给我们翻译：他去过北京，很大、很美。我们听了很高兴，很自豪，中国越来越受到世界的了解和尊敬。电梯上到顶端，洪图说这里是罗马城的最高点。在大楼平台上有两处铜铸的女神像，她站在三驾马车上。一辆马车上是女神欢送军人英勇出征，另一辆马车上是女神迎接壮士们凯旋。我们分别在两尊铜像前留影。站在罗马城的最高处，我们向四处眺望，1公里以外的斗兽场圆形遗址清晰可见。我问洪图："梵蒂冈在哪儿？"她用手指了指："在那边，就在那边。"可能是因为距离远一些，我只看到一片楼房和树丛，认不清哪个建筑物是圣彼得大教堂。这不奇怪，无论是时间还是空间，只要有距离，有变化，就会产生不同的感觉。晚上回到住处，感到身体疲乏，做过手术的左侧股骨头和骨盆之间有些疼。旅游虽好，可是要有身体这个基础来支撑。虽然如此，我还是愿意周游列国，走遍世界，争取在有生之年实现这个愿望和理想。

6月4日，按洪图的安排，我们上午来到罗马的万神庙和祈愿泉。来这里旅游的人很多，当然少不了有13亿多人口的中国公民。我观察，南方人比北方人能多一些，他们的经济条件好一些。总的说来，若不是邓小平实行改革开放政策，现在哪能在世界各地都能见到出国旅游的中国人？

万神庙保存得很好，是18世纪的建筑物，现在是天主教堂。我们见到的教堂里面空间都高大，宽敞，这里面有不少历代国王的陵墓，不过占地不大。在教堂一角，设有留言簿，这不是提意见用的。很多游人都留了言，我和老伴也来了兴致写了几句话。具体词句我现在忘了，大意是我们来过这里，我们是幸运、幸福的，望天主保佑我们平安。走出教堂来到祈愿泉，这是露天的泉水，四周修了1米高的围墙。泉水很充足，池子很大，长20多米，宽10米多。游客们纷纷往喷泉处扔钱币，祈祷幸福。我们和别的游客一样，站在围墙边，背对着泉水双手把硬币从头上往后扔向喷泉，然后双手合十闭眼睛祷告，我和老伴的愿望是女儿幸福。往回走的路上，我和老伴商量，把1992年我从非洲出国考察回来在北京的出国人员购物商场给老伴买的带有福字的金项链送给女儿。老伴二话没说，马上就同意了。我记得当时买的价格是600多元，现在黄金涨价，已经增值到2000多元，看形势还得上涨。

回到住处，洪图和我们说，明天就打算回苏黎世。我禁不住问："那咱们还去看比萨斜塔了不？"这个地方我之所以特别想看，是因为初中学物理时，老师给我们讲物体的重力加速度，就是伽利略在比萨斜塔上做实验得出的公式。我想看一看这个斜塔，体会伽利略当时做实验的情景。洪图说不去那儿，我感到有些失望。尽管洪图反复给我解释：时间确实不够，去那里来回需要两天，回苏黎世的第二天马上要乘火车去巴黎，她的假期不能超。可是，我总感觉有点遗憾，老伴劝我："不就是个斜塔吗？看不看能怎么的！"她不理解我的心理。洪图见我不甚愉快，对我说："爸，以后你再来瑞士，我专门领你去看比萨斜塔，行不行？"我不好再说什么。

第二天早晨5点多，我们3人起床收拾好行装，打算乘出租车去机场，在门口等了半个小时没有出租车驶过来。洪图请旅馆服务员帮忙，那个男子打电话招来一辆轿车。司机向洪图索要50欧元，有些贵，可是我们着急出发，只好答应。我看这个车不是正规出租车，提醒洪图这个事。她说不要紧，没有什么事，就是多花点钱。车到机场已是6点半，洪图急忙买票，办登机手续，8点钟我们登上了飞机，回到苏黎世住处是上午10点多，老伴把前几天的剩饭剩菜从冰箱冷冻室拿出来热一下，我们将就吃了。午后，因为太乏，3人都睡了一大觉。

8

　　经过一天的休整，6月7日我们又出发了。这次的目的地是瑞士西边的欧洲大国——法兰西共和国。早上7点半我们登上开往法国的火车，车厢里人不多，有不少空闲座位。我看到，在瑞士不论是坐公共汽车、电车还是火车，无论是市里还是长途，车厢里总是宽绰，从来没有拥挤无座的场面。为什么咱们中国的火车、公共汽车或是地铁里总是拥挤不堪呢？是因为人口多还是有别的原因？就没有解决的办法吗？这回去巴黎，因为坐车时间较长，我也不管是否雅观，反正座位空闲的多，自己就躺在座位上睡了一段时间，老伴也学着我眯了一觉。洪图没像我们老两口这样放肆，她预先带了一种可以套在脖子上的睡枕，困了就把那个套在脖子上睡一会儿，但还保留着坐的姿势。到中午12点多，我们终于到达渴望已久的世界名城巴黎。走出火车站，我们乘地铁找到了洪图在网上预订的旅店。在房间里吃了从苏黎世带来的米饭、烤鸡翅和苹果，饭后休息一会儿，午后3点出发去巴黎圣母院。法国有部电影叫《巴黎圣母院》，是根据著名作家雨果的同名小说改编的。我遗憾没看过这部电影，也没读过这部小说。但我大致知道故事情节，是一位吉卜赛姑娘和一位长相丑陋的敲钟人之间在巴黎圣母院里发生的事。我们进到圣母院，里面很宽阔，圣母玛利亚慈祥的面孔和中国寺庙里的女菩萨的表情很相似。看来，世界上不论什么教派，慈悲为怀是主导思想。我们在圣母院门前留影纪念，之后沿着四周浏览一圈。和在其他著名景点看到的一样，中国面孔的游客仍然很多。回到旅馆，看到一位黄皮肤、黑头发的妇女服务员正在打扫卫生，我们中午来的时候她可能午休，所以没碰到。她听到我们讲的是中国话，就主动和我们搭话。我这个人在国外一见到中国人就特别感到亲切，非常乐意和人家聊天。详细一谈，知道她姓夏，是吉林延边人，出国到巴黎已经五年，还一次也没回去过。我自我介绍是辽宁省人，吉林延边我去过，那里的冷面挺有名。和姓夏的女同胞唠了半个多小时，听得出来她有些伤感。我没问她在这儿打工每月能挣多少钱，问这个有些不太好。洪图背地和我说，也就挣2000欧元左右，合人民币1万多块钱。我算一下，如果管吃管住，倒也可以。我的一个外甥在日本的中国餐馆打工，每年也就挣六七万块人民币，欧洲国家给的待遇比东亚国家多。

来到巴黎第二天，洪图安排我们去凯旋门游览，这个景点和巴黎圣母院一样，是世界各国来法国旅游的必到之处。凯旋门这个建筑物我也是上高中学世界历史时知道的，拿破仑皇帝为了庆祝和炫耀自己征服欧洲各国，特意在巴黎市区修建了这座凯旋门。可惜好景不长，几年后他率领军队长途跋涉攻打当时亚历山大皇帝统治的俄国，在莫斯科与俄国决战，结果大败而归，狼狈不堪。俄国著名作家列夫·托尔斯泰写的世界名著《战争与和平》就详细叙述了这场战争的全过程。拿破仑从此失去了皇帝宝座，被流放到西西里岛，法国又恢复了共和制政府。

巴黎凯旋门我以前在图片上看到过，近几年在电视屏幕上也出现过。它是由两个巨型建筑方框支撑形成拱门，长方形的建筑物砌在上面。我原以为这个整体建筑不是太大，走到近处一看，才发现它很高大，能有十五层居民楼那么高。它坐落在一个十字路口中央的圆形广场上，从马路外围进到广场需要走地下通道。我们三人找一个离我们最近的地下道穿过去，上到广场地面来到凯旋门。在入口前面有售票处，洪图花了7.2欧元买了3张打八折的门票。之所以享受打折优惠，是因为她是德国籍，我们老两口是她的父母，也有这个待遇。进了凯旋门侧门，迎面用法文写着登高全程是284级台阶，没有电梯。洪图给我讲完，我吃了一惊，这下子可苦了我：11年前我左侧股骨处动过手术，行走时间稍长就疼得不行。这回纯粹是登高，体重全压在骨盆和骨股头上，就更不好受。尽管如此，我还是要坚持往上攀登，因为我知道，这一辈子很可能只来巴黎一次。所以，坚持，坚持就是胜利！我咬牙鼓励自己，每登上40级台阶，我就坐着休息一会儿，洪图在旁边陪着我。用了半个小时，我终于登上凯旋门最上端，这是一个长方形的大看台。站在四边放眼望去：大街向远处延伸，南面远处是高耸的埃菲尔铁塔，我在20年前曾到过它下面，知道它的形状；东边大街绿树成荫，人流如织，洪图说这是世界闻名的香榭丽舍大街，我笑着说："还不如叫女人大街。"顺着这条大街往远看，洪图像导游一样告诉我："那一块空地是协和广场，中间立着方尖碑。"我看到碑的顶尖发着金光。西边和北边据洪图说是城市的普通街道，没有什么景观。从凯旋门顶端走下来，我们又绕着它走一圈，选择好的位置照了几张相。在广场的椅子上休息一会儿，我们就踏上女人购物天堂——香榭丽舍大街。这是条步行街，没看到有机动车通过，不愧是有名的商业购物街，路两边全是商店。人们进进出出，女士胳臂上挎着各式各样的包，一个个喜笑颜开。街道两边是整齐的梧桐树，隔不远就有座椅，很多中老年夫妇坐在那儿休息。我不禁有了想法：怎么咱们国家就没见到哪个商业街马路边有座椅呢？苏黎世天堂大街两边也有。几年没去上海，不知道南京路上现在有没有座椅？

说这个香榭丽舍大街有名气，不单是卖的物品好，是名牌，关键是比国内便宜，名手袋、名服装、名香水，样样都比国内卖的价格低，为什么？海关税呗！这些东西一进到中国大陆，价格就要成倍往上翻，若不然去欧洲旅游的人为什么都在外国买呢？洪图和她老妈从走上这条大街伊始就这进个店出那个店，没闲着。而我呢，就在店外的椅子上坐着等她们。其实，她们俩也没买什么，洪图是想让老妈开眼界，她自己没想买。老伴更没想买什么，一个退休教师，虽说比企业职工退休金多一些，毕竟也不算多。她自己说："岁数大了，还臭美什么。"说句实话，还是钱少买不起。洪图想尽点孝心，打算给老妈买一两样，老伴说什么也不要，愣是拦住不让买。我明白老伴的心思：女儿在国外挣钱不容易，领我们出来旅游就挺够意思，还买什么东西！不买是不买，瞧一瞧还是应该的。有一次她们俩进一个名气大的品牌店，差不多半个小时也没出来，我坐在椅子上着急，不停地往那家店门口张望，旁边一对外国老夫妻见我着急的样子，会心地笑了。到了中午，洪图领我们在一家汉堡包店吃了午餐。再往前走十多分钟，没进商店直接奔向协和广场。我们走到方尖碑前，看到碑下面四周有塑像，用来表达这个方尖碑是怎样从埃及运到法国，背景是埃及本土的一些风俗画面。我学过世界历史，知道法国在18世纪曾经在北非打过仗，征服了一些国家。

我们离开协和广场回到住处已经是下午3点。休息一会儿，我睡了一小觉，醒来是4点多。洪图提议，现在离天黑尚早，再去一个景点看看，顺便在外面吃晚饭。我和老伴当然没的说，跟着女儿去一个叫巴士底广场的地方，在我的脑海里，这也不生疏："巴士底狱起义"不就是发生在这里吗？世界历史的课本上有记载。我们来到广场，看到这里并不大，可能原有的监狱已经扒掉了。在广场上有一座圆柱形纪念碑，上面刻有1863年字样。这大概是攻占巴士底狱起义的年份，具体日期是7月14日，以后法国就把这一天定为自己国家的国庆日。我们来到广场时，周围有不少荷枪实弹的士兵和警察，警车也停在马路边。"哎呀，怎么了？要发生什么大事？"我心里合计，这阵势令我们提心吊胆。不过，既然已经来了就得放宽心，有军队和警察在，可能更安全。我看别的游客也没有十分紧张，心情就放松一些。看来，法国政府自己也知道，出飞机轰炸人家国家，自己国内就需要多加防备些为好。我们在广场转一圈，来到一条小巷，路边有各种风味的小餐馆，其中中国餐馆有好几家，我们挑一家进去就餐。有大米饭和各种炒菜，味道适合我们中国人。也有几个外国人，他们对中国风味的饭和菜也挺认可。中国人到世界各国闯荡，开饭馆是他们谋生的主要手段之一。在瑞士苏黎世洪图住处不远的火车站边上，有一家颇具规模的中国饭店，取名叫北京餐厅。但我一次也没进去，只是在外面看着中国姑娘和小伙子忙于招待顾客，生意还不错。

从巴士底广场回到我们住的旅馆已经是晚上9点钟，洪图告诉我们，明天去埃菲尔铁塔游览。我听了很兴奋，我的思绪一下子回到20年前，当时我担任辽板公司二分厂副厂长，负责技术工作。公司总工程师赵芝丽找我谈话，让我参加市经委组织的赴非洲喀麦隆筹建造纸、酿酒等项目的考察团。我感到荣幸，纸板公司二十几名造纸工艺技术人员，单单选中了我。赵总说是因为辽板公司只生产本色厚纸板，没接触过白纸生产技术，喀麦隆方的意图是打算生产文化用纸和卫生纸之类的品种，考虑到我在新宾纸厂搞过白纸生产工艺，所以让我去。但是，这时还有两位校友付英品和唐大文也调转到辽板公司，他们在原单位也搞过白纸生产，为什么没让他们去呢？我谢谢公司领导对我的信任，表示一定努力完成任务。关于那次出国的详情已经叙述过，不再重谈。我们考察团回国时经巴黎转机，在巴黎逗留一宿半天。在我的倡议下，考察团一行6人参观了埃菲尔铁塔，但是没登到上面，当时感到有点遗憾。

6月9日上午，我们3人来到埃菲尔铁塔下面，看到有很多人排着长队买票，这个情形和20年前大不相同，那时来这儿的人不多，买票根本不用排队。洪图张罗去排队买票，我和老伴在塔底下四处张望，我想寻找当年看到过的情景。20年过去了，环境似乎有点变化，原来塔附近有个水池子，现在给填平了。铁塔的基座和塔身似乎比以前光鲜一些，埃菲尔工程师的金色头像还是那样炯炯有神。洪图从售票处回来告诉我们：从地面乘电梯到铁塔第一平台费用是5.3欧元每人，第一平台乘电梯到铁塔第二平台费用是4.6欧元每人，从第二平台乘电梯到最上面平台是3.7欧元每人。如果全程是徒步走上去，就不用花钱，就是说不要登塔费。对比起来，中国的旅游景点收取大额门票钱的做法是不是应该纠正一下？全民所有的山川、风景名胜为什么被当地政府掳为本地的资产，向全国游客收取高额门票？我们说，适当地收取维护费和管理费也未尝不可，但绝不应该作为地方政府搞创收的来源！

我们3人从地面步行到铁塔第一平台，因为我左腿根部跌伤过不能吃力，中途休息两次才上到这儿。在这层平台我们转了一周，观看四面的景色。接着，我们乘电梯到第二平台和顶端平台，这是因为埃菲尔铁塔比凯旋门高很多，我实在坚持不下，只好花钱坐电梯上去。在顶端平台上，巴黎全城的景色一览无余；塞纳河像一条银带漂流在铁塔的一侧，凯旋门及协和广场的方尖碑历历在目。洪图指着远处塞纳河边发光的地方说，那是罗浮宫的玻璃金字塔，下午咱们去那里，今天是阴天，铁塔高，风大，洪图的衣服穿得少感到冷，我们决定不在塔上逗留。往下走时，迎面遇到一群中学生，看样子是徒步走上来的，这群白人小姑娘、小伙子形象真可爱。下了铁塔我们向塞纳河走去，在桥上回头看铁塔，觉得这里是留影拍照的好位置，我们分别拍了单人照和双人照。塞纳河在全世界都有名，我在电视里见过画面。本来打算坐游艇玩一玩，天公不作美要下雨，我们就返回了。在住处，我们的午餐是在超市买的面包、色拉酱拌生菜，这比在饭店要便宜很多。我和老伴就是这样打算的：观景游览费用不吝啬，吃、住尽可能节俭，不在外国买物品。下午，我们乘地铁去罗浮宫，巴黎的地铁非常方便，去哪儿都能到达。

罗浮宫原是法国国王的宫殿，现在是一所大型的博物馆。前几年罗浮宫进行过一次大修，在宫殿广场中央修建了一座玻璃金字塔，四周用浅水池映衬。可以想象，在阳光充足的晴天，那将是一片闪亮的景色。这个工程的创意和设计是由世界著名的华裔建筑师贝聿铭搞的。不过，建成后也有不同的看法和争议，这不奇怪，一件事物总会有正反及其他看法，我的感觉良好，而且还有些自豪，老贝是华人后裔，谁还没有点民族自尊心？我们在玻璃塔前留了影，之后从一侧入口乘电梯下到接待大厅，也称作拿破仑大厅。从这里可以通到博物馆所属的三个展览馆。在大厅中心区的一侧有很大一片售书处，摆的都是外文书籍。在这儿我自然成了盲人哑人，卖的是什么名、什么内容的书我一点也不认得、不知道。在接待处有一个中文版的导游图是赠予的，我取一张看个大概，知道博物馆的三个分馆是黎塞留馆、德非馆、叙利馆。这三个馆分别展有14世纪到19世纪法国、意大利、西班牙、德国、荷兰等国家的绘画、素描、彩色粉笔画、各种雕塑、工艺品等等；有古代伊朗、伊拉克、埃及等中东地区的伊斯兰文明和艺术；还有专门介绍罗浮宫的历史及拿破仑三世的套房等等。世界有名的维纳斯女神塑像、达·芬奇的蒙娜丽莎画像都在其中。我很想去这些分馆参观这些稀世珍宝，可洪图说展品太多，走马观花看一遍印象不深，过后啥也记不得。她曾经来看过一次，现在让她说都是什么，她也记不清。我一想，也是这么回事，看《蒙娜丽莎》的真迹与看印刷的画没啥不同。因为博物馆为了保护原品的画面，肯定得用透明的材料把它罩起来，这与印刷品观感就没啥不同。而且，印刷品我看过多次，所以就不勉强一定要看真迹。我们在罗浮宫里外走一走、看一看就行了，也算是到这里来过一回。有我这种阿Q思想的人肯定不少，平常百姓不用这么较真。现在，有时回想起来还是有点遗憾，归根结底不就是差钱吗？参观完罗浮宫给我印象最深的倒是它的建筑风格，感到它和我们中国的宫廷建筑风格迥异。根本不像我印象中的古老宫殿那样，倒很像现代的办公楼，这就是不同国家不同民族的风格不一致所在。

我们从罗浮宫回到住处早一些，晚饭也就吃得早一点，饭后她们娘儿俩在屋里休息闲聊，我走出旅店到街上散步消食。这几天我发现，总有几位老年妇女和一位年长的男人晚上在街中间林荫带的椅子上睡觉，被子是套住身体的粗布被套，枕的是装着杂物的手提包，有两回我无意中看到她们在排水口大小便。在不远处的地下排水沟放风口，有一个中年男子在铁箅子上睡觉。我试一下，那上面挺暖和，他可能是流浪汉，在街边人行道上，白天能见到老妇人在乞讨。在旅游景点附近，经常能见到一个穿古代装束的人一动不动地站着或者坐着，身前有一个盒子装着零钱，是游人施舍的或者是与他合影的游客给的。我和洪图谈起这些事，她解释说："法国虽然比较富裕，但穷人也不少，有些人不愿意像中国人那样踏实劳动糊口，喜欢自由、轻松地讨钱。"经洪图这么一说，我对在街区树荫下睡觉的老年妇女有了一定的理解。她们愿意过自在的流浪生活，不喜欢辛勤劳作，在一个固定居所，这和我们中国人观点不同，世界之大无奇不有。

第二天，洪图领我们去凡尔赛宫游览。这儿原是法国皇帝的行宫，是度假休憩的场所，现在是一所博物馆。因为洪图只会英语和德语，对法语不太精通，尤其对这个专业的博物馆看不太明白，所以我们没进去看。在宫殿外我们游览了花园，观看几尊半卧的铜塑人像。远处有一长方形人工湖，再远一点是森林、山丘，洪图说那是皇帝狩猎的地方。提起凡尔赛宫，学过中国近代史的人都知道，1919年第一次世界大战结束，巴黎和会就是在凡尔赛宫召开的。作为主要战胜国的法国、英国等召集参加对德、奥等国作战的国家开会，研究对战败国进行制裁。当时，中国作为参战的战胜国也参加了会议。是北洋军阀执政的中华民国。其实，当时没有派正规军参战，只是派一些劳工到欧洲的战场挖工事，运粮草和军火，德国是战败国，它在中国山东的租借地按理应该归还中国，但《凡尔赛和约》却规定这个租借地转让给参战国日本。消息传到国内，北京大学等学生立即上街游行示威，强烈要求当时的中华民国拒绝在和约上签字，这就是历史上有名的五四运动。后来，参加会议的中国代表确实拒绝了在和约上签字，给中国人争了气。所以，一提到法国的凡尔赛宫，我就会联想到中国的五四运动，这也算是我游览的收获。

午饭是洪图招待我们老两口的法国大餐，虽然这种食物有名气，可我感觉不如咱中国的炒饭好吃，就像意大利面条，没感觉怎么好吃。回到旅馆睡一觉，下午4点我们3人又去了巴黎蒙马特高地。那里有座圣心大教堂，据说也相当有名气。离高地一站多路，有一处游乐场，洪图向我们介绍：这就是法国著名的红磨坊，里面有各种歌舞表演，现在是否有裸体舞不清楚。我们下车沿着一条小径向高地走去，街两边有各种小店铺，店员向游客兜销各种纪念品和印有PARIS字样的各种短袖衬衣和运动服。我看这个物品有纪念意义，指着挂在外面的一件半袖运动衫向店员问价，洪图给我翻译。售货员说了一通，洪图告诉我们：这件运动衫摆在外边时间长，有点脏只收5欧元，原价是10欧元，我想，脏一点可以洗干净，反正新买的也要过一遍水才能穿，关系不大就买了下来。老伴买一件儿童半袖运动衫，也印有PARIS字样，打算送给我们孙子，价格是6欧元。

我们继续沿着坡路往上走，来到教堂正前方的台阶上，这个地方挺宽敞，两侧还有稍窄一些的通道。一群游客坐在正面台阶上，看着几位荷兰籍姑娘在下面的缓步台上唱着《上帝之歌》，得到观众热情的掌声。那几个姑娘的国籍和她们唱的歌曲名字都是女儿洪图译给我们，她是听那个主持人讲的。这是一个黑人音乐人组织的场面，有伴奏。谁愿意唱可以拿钱做即兴表演，观众可以自愿出钱赞助，多少不限。原来，那几个荷兰姑娘是自己出钱表演，和主持人不是一伙的。我看到，在法国和意大利类似敛钱的举动不少，风格、形式各异，这比单纯伸手乞讨似乎更文雅一些。看一会儿表演，我们没想去唱歌也没赞助主持人，很多中国游客也都如此。我们沿着台阶上到教堂门口，看到几位从教堂里出来穿一身白衣裤的年青姑娘。洪图告诉我们，这几位姑娘是参加教会主持的洗礼命名仪式。在教堂大门两侧，我们也看到警察和头戴钢盔的士兵巡视来往的人流。我们3人不禁互相瞅了一眼，感到有些不安。看来，法国国内的治安形势似乎有些紧张，大概是因为和英、美等国一起支持利比亚反对派进攻卡扎菲政府有关。为了防范利比亚政权的报复，全国都采取加强治安的措施。我们想，还是快一点离开这些人群聚集的场所，我们不想当这种事情的无辜受害者。

回到住所，我们吃些从附近超市买的香肠、面包、水果，就算是晚餐。不过，我自己格外买一小瓶葡萄酒，老伴买一盘沙拉生菜。我们边吃边喝边唠，感到挺快活。还是那句老话：咱们这样的经济条件出来旅游，就得本着吃、住节省一些，买点便宜的小纪念品为原则，心情愉快就心满意足了。

6月11日下午2点半，我们结束了巴黎5日游，登上了返回苏黎世的火车。多亏了女儿洪图付出的辛苦，否则我们老两口根本不可能单独到巴黎来旅游，去意大利也是如此。本来，我们这天是早晨8点多到巴黎火车站，计划马上坐车回苏黎世，可老伴有点心不甘：来巴黎一趟，自己竟然啥都没买，而我和孙子每人还买一件印有PARIS字样的短袖运动衫，我并且买一个比萨斜塔小模型纪念品。洪图见她老妈心里有想法，决定放弃上午的车次，改乘下午两点半的火车。这期间，她领着妈妈在火车站前的商业街购物，我一个人坐在候车厅椅子上闲待着。大约过了3个小时，她们二人才姗姗而回。我问老伴有什么收获，她拿出一条裙子，看表情不是那么兴奋。我问她多少钱买的，回答说30多欧元。一般货色而已，老伴也舍不得多花钱买东西。午饭我们就在车站的椅子上坐着，吃早晨剩下的食物。火车运行5个多小时到达苏黎世中心火车站，晚9点我们回到洪图的家。吃了冻在冰箱里的猪肘子和老伴现拌的辣白菜，我就着喝点葡萄酒。主食是大米稀粥和老伴蒸的馒头，还是自家的饭菜合口味。饭后困劲上来了，我们都舒舒服服地睡一个晚上。第二天是星期日，还是感到疲乏，哪儿也没去，在屋里坐在沙发上看中文国际频道的新闻和电视剧。

9

按洪图的安排，我们去外国旅游活动就算告一段落。我和老伴挺满足，虽然欧洲几个大国尚未去，像英国、德国及北欧几个国家等，但以后我们再来探亲时可以去。女儿还是应该以工作为主，我们不能给她造成太大的负担。我不愁闲待着无事可做，我可以去苏黎世湖边钓鱼，从国内来到这儿已近两个月，我还一条也没钓到呢。但是，现在我已经知道在哪儿能找到鱼饵，我坚信一定能钓到洋鱼。星期一早晨，我还没吃饭就去苏黎世利玛河边挖蚯蚓，这回没骑自行车，是坐公共汽车去的。还是在老地方挖蚯蚓，我看到引水渠里有鱼儿在游动，有一拃长，还有更大一点的，太吸引人了。正好我带了渔具，我不管这儿让不让钓，反正一早也没有人，支上竿挂上线就甩钩钓开了。鱼钩下到水里，鱼漂没稳定就往下沉。哎呀！这是鱼儿咬钩的征兆，我急忙抬起钓竿，沉甸甸的，竿头都有些弯，一条二两重的鱼上钩了！天哪！我终于在国外钓到鱼了，从钩上取下鱼，挂上鱼饵又甩到水里，不到一分钟又上来一条！虽然比头一条稍小一点，可是这鱼上得也太快了，我正兴奋呢，旁边来了一位瑞士老人，手里还牵着一条狗，那个老人对我说了句什么，我听不懂。他见我不明白，用两个手指捻着比量一下。我一下子明白了，他是在问我有没有钓鱼证，我没向他表示什么，只是愣在那儿没吱声。那个老人摇摇头，没再表示什么，牵着狗走了。事后我想起，瑞士河流不让随便钓鱼，要有钓鱼证。这个老外真爱管闲事，我得赶紧走人吧。回到洪图家，向老伴和女儿显摆我钓的两条鱼，她们也为我高兴。洪图说，利玛河确实不让随便钓，要有钓鱼证，但苏黎世湖要求就不那么严，除了规定地点，只要鱼钩不带倒刺都允许。听了女儿的话，吃完早饭我又带着渔具和饵料坐上2路有轨电车，到我熟悉的那站下车来到湖边。在栈桥上，我整顿好钓竿、鱼钩，挂上鱼漂和蚯蚓，满怀信心地把线和鱼钩甩到湖里。真是时来运转，没过多一会儿，鱼漂下沉鱼咬钩了。我急忙提起钓竿，真上来一条！不算大，可这是我在苏黎世湖钓到的第一条鱼，心情不亚于在利玛河钓到第一条鱼时的兴奋状态。之后，又接连钓上9条鱼，太开心了。回到洪图家，我把鱼清洗干净，除去内脏，用盐和调料把鱼卤上，晚餐时，用油煎了吃，味道真鲜，比在国内辽阳太子河钓的小白鱼好吃。我说的是实话，没有半点崇洋媚外的情绪。这两种鱼的品种相似，我分析主要是苏黎世湖水清洁，所以鱼没有外味。咱们中国的水质差，企业排污比较随便，管理得不严，据测试一般只能达到五类水。看这苏黎世湖，2米深还清澈见底，排污标准严格、执行到位，我估计水质至少能达到三类以上。有时间问问洪图，她从网上应该能查得到。

洪图在苏黎世有一位女友王晓红，山西人，2001年大学毕业，之后到法国留学，年龄比洪图小一点。王晓红的丈夫是她在巴黎求学的学友，是瑞士人，他们2005年结婚，听洪图说，他们婚后一年内没找工作，出去周游世界。男方是苏黎世本地人，现在父母都已经退休，但他们不在一起生活。目前的住房是爷爷奶奶的遗产，是花优惠价买下来的，不是白给他们。西方的风俗就是这样，孩子大了自立门户，父母不必像中国那样应当应分地给子女买房。王晓红目前在苏黎世某单位做财会工作，丈夫是某工厂的工程师，两个人收入还可以。王晓红现在的户籍还是在中国，并且在珠海市又买了一套公寓房。她和丈夫有一个8个月大的女孩，皮肤像爸爸，白色的；头发介于黄黑之间，性格很活泼。王晓红的妈妈从国内来给她看婴儿，老太太61岁，退休5年多。原来在山西太原附近煤矿所属机械厂当计划员，退休金是1600多元。听洪图说，这个老太太离婚了，丈夫是做生意的，现在又娶一个年轻一些的女人。我和老伴听了唏嘘不已，唉，人一有钱就变心。

洪图请王晓红夫妇来吃饭，我们看到他们两口子感情挺融洽，那个外国老公胸前挂着装小孩的布兜，小丫头在里面躺得很舒服。欧洲男士对妇女和儿童非常关照，没有中国的大男子主义，符合我心中的君子形象。老伴和洪图张罗6个菜，都是中国北方风味：酱猪肘子、麻辣烤鸭、清水猪蹄、银耳拌黄瓜、芹菜炒肉丝、煎鱼。最后一道菜煎鱼洪图特意告诉来宾，是她老爸我从苏黎世湖钓的。吃饭前先喝一杯汽酒，叫开胃酒，是当地的风俗。正式就餐时，大家喝的是本地红葡萄酒和我们从天津带来的津酒。那个老外看样子有酒量，但是人家文明矜持不多喝。王晓红她妈能喝，津酒喝了几小杯，不像普通家庭妇女。酱肘子肉他们都没少吃，看来中瑞两国人都喜欢这个中国北方的口味，饭后大家喝我们带来的菊花茶，大家边嗑瓜子边闲唠，那个小混血儿饭后睡着了。老伴请王晓红两口子帮忙给洪图介绍对象，这是我们最关心的事，洪图躲在厨房洗刷餐具。老伴又说，瑞士人有合适的也行，看到王晓红丈夫的表现我们放心。王晓红说："洪图的心气高，在银行工作收入高，一般人她不一定能看得上。"我说："年龄实在不小了，不大离就行。"他们答应给帮忙。这时孩子醒了，大人们逗她玩一会儿，临走时，王晓红邀请我们到他们家串门，我们都答应了。今天是西方的父亲节，正好洪图办这个家宴，也算是给我过这个节。

我每天都去钓鱼，老伴自己在家里干家务活，但大部分时间都闲着，没人和她唠嗑。对门住的是一位意大利老太太，语言不通说不一块去。看电视，在洪图这儿只能看中文国际频道，内容有点单调。我劝她和我一起去湖边钓鱼，她可以在那里散步溜达，若是愿意伸手钓也行。我在洪图住宅楼下的树上折一根一米多长的枝条做钓竿，我手里还有一套多余的线、鱼钩和鱼漂。我们俩坐2路有轨电车来到湖边，找到那个常去的钓鱼的栈桥。我给老伴往枝条上拴好线，往钩上挂鱼饵，把这套家什交给她。老伴学着我的样子，把线甩到湖里，两手紧握着这根枝条，全神贯注地盯着鱼漂。我在一旁瞅着自己的鱼漂，等着鱼儿咬钩。突然，老伴尖叫一声："漂沉下去了！"我提醒她："快往上抬竿！"老伴往上提这根1米长的树枝："哎呀！提不动！"我一看，可能是上了一条大一点的鱼："再用力！"老伴双手挺起枝条往上举，嘿，真是一条半斤多的鱼上钩了。我告诉她："钓竿往边上举，我帮你拿鱼。"鱼被老伴提到栈桥木板上，我上前扑住这条活蹦乱跳的鱼。用一只手捏住身子，另一只手把鱼钩摘下来。"老伴，你真行，有福啊！"我称赞她。这条鱼是我们这些天在苏黎世湖钓到的最大的鱼。不一会儿，老伴又创造了一竿钓上两条鱼的纪录，真令我刮目相看！都说"手巧不如家什妙"，这话看来也不准确，我自己今天的收获也不错，两个人统共能钓到两斤多鱼，破单日钓鱼的纪录。

　　我们把钓的鱼用厚一点的塑料袋装起来，乘2路有轨电车往回返。行过两站，老伴发现放在电车地面的塑料袋底下有一小片水汪着，她有些惊慌："怎么办？水会越漏越多呀，把电车地面弄湿人家不能让我们哪！"我见状也很着急："下车吧，找个地方把水倒出去。"于是，到下一站我们急忙下车。不敢往人行道上倒水，正好前面楼边有花草园，我们走过去慢慢地把塑料袋里的水倒在园里。我们原来往塑料袋里装一部分水，是为了让鱼活着带回去保鲜，没想到出了这档子事，处理完了，我们走到下一站上车回到洪图家。晚上，我们把今天钓鱼的经过一五一十地向女儿汇报。她先是为老妈的丰硕成果感到高兴，后来针对漏水的事叮嘱我们：不管什么事，不管在哪儿一定都要严格遵守当地的规定和习惯，比如不随地吐痰、不乱扔垃圾、不大声讲话等。我们让洪图放心，我们不是那种素质低的人，我们的一言一行绝不会给中国人丢脸。

　　又是一个星期六，洪图带我们乘火车去瑞士北部边境城市康斯坦茨去游玩。从苏黎世出发，大约两个小时就到了。这个城市的大部分归德国管辖，物价比瑞士低，洪图在市郊一家超市买了一些咖啡和饼干等。回到车站附近。它的后面就是巴登湖，据洪图说是欧洲最大的湖泊。我们看到，在湖边一个港口附近修建一座可以旋转的圣女雕像。她一只手擎着教主，另一只手擎着军队头领。听洪图介绍，这位女性通过自己的魅力化解了以教主为代表的当地政权与外来侵略军的矛盾和冲突，使当地老百姓免受了一场浩劫。为此，后代人为这位女子塑立一座铜像，是能转动的，意思是她造福于四方。根据记载，这位圣女其实是一个交际花，说不好听是一位妓女。但是，她救了当地民众，立了大功，纪念她是应当应分的。

　　无独有偶，清朝光绪年间，1900年八国联军侵略中国打进北京，有一位叫赛金花的妓女和当时八国联军统帅德国的瓦德西交好，进而劝瓦德西不要纵容侵略军在北京城里烧杀抢掠，使大量的北京市民免受一场灾难。事后，这位女子非但没受到赞扬，反而却受到一些封建意识深厚的文人的羞辱，写文章骂她无耻，丢中国人的脸。我想，这就是中外思维的不同和差距。尤其是对女性的贬低，反映了中国几千年男尊女卑的不平等封建落后思想。

洪图在湖边租了一条小型脚踏船，我们三人登上船才知道这个其实不是那么好玩。今天湖面风比较大，浪涌得厉害，我们乘的脚踏船左右摇晃。我们三人都不会游泳，在几十米深的湖面上游荡，真令人胆战心惊。我们只在湖边几十米的地方活动，不敢往湖的远处行。在脚踏船上，我们冒着危险互相留影。在湖面逗留一个小时，我们踏着船脚蹬慢慢地回到租船处。

按原先的安排，我们上岸应该直接去火车站乘车返回苏黎世。洪图打听到，如果到瑞士管辖的港口坐船，可以凭我们的通票免费到达另一个火车站，从那里上火车同样能回到苏黎世。为了能在巴登湖上游览，这不失为一个好主意。老伴听洪图这样说，就坚持坐船游湖，我也乐得多乘一次船在湖上玩。时间尚早，我们到火车站的老城区逛一圈。街道路口有海神教主的塑像，我们在他旁边留了影。来到一家小吃店，买烤鸡、香肠、面包等，算是午餐。用过餐我们直奔瑞士的港口，途中看到德国和瑞士两国的国界线标识，我们三人在那儿留了影。我有点纳闷，既然是两国的国界线，怎么附近没有两国的军人在守卫呢？就好像是在一个国家似的，人们随便出入往来。我们总共走了1公里的路程，来到瑞士所属的港口。下午4点半，游轮起航。船开到湖中央，逐渐感到心旷神怡起来。我们站在甲板前端，洪图告诉我们，左侧是德国领土，右侧是瑞士领土，前方远处是奥地利，这座湖由三个国家共同管理。这个湖的最深处有254米，平均湖深94米，莱茵河穿过湖中。看着湖两边的山坡上，乡村小镇一座座二三层楼的民居，配上房前屋后的田园风光，真令人神往，绝对是人们养老的佳境。游轮一小时的航程，令我流连忘返。下了船就是火车站的站台，太方便了。一个小时行程，火车到达苏黎世，晚8点回到洪图的家。吃煎鱼、烤鸡翅就葡萄酒，我太幸福了。

隔两天，洪图的女朋友请我们3人去他们家吃饭。礼尚往来，这是对洪图请他们全家的回请。洪图下班后，晚上6点多，我们坐一段公共汽车，下车走不远就到了女友家。地址是苏黎世电视塔所在的那个山坡下，是个独立的院子，里面有杏树、李子树、覆盆子、葡萄等。房子旧一点，他们两口子打算重新翻盖。一个中国留学生嫁给外国人，有房产、有轿车，应该说生活很不错。老伴说，咱们洪图若能有这样的结果，她就谢天谢地，我也同感。

王晓红两口子和她妈请我们吃煎烤：猪肉片、牛肉片、鸡翅、虾段等。用的是一种电加热大平锅，我在国内还没见过这样的设备。他们的素菜是沙拉生菜，主食是成穗的苞米。老伴和洪图在家准备了两个菜：黑木耳和银耳拌黄瓜以及我们钓的鱼卤好拿来。王晓红的丈夫把我们拿的鱼煎好端上来，我们请他们尝尝。还别说，苏黎世湖里的鱼他们没吃过，平时都是吃国外进口的海鱼。对这种新鲜的湖鱼感觉味道挺鲜美，老外连声叫："OK！OK！"餐桌上洪图与王晓红两口子用外语交谈，我们老两口子由王晓红她妈陪着说话喝酒。闲聊中，我们自然又谈到子女的婚姻，我们称赞王晓红生活幸福，表示了羡慕之意，她妈妈很得意。不过我们认为人的命运是有时限的，缘分到了一切就会如意。我们相信洪图会有好结果，我们老两口这辈子没做过什么伤天害理的事，好人一定会有好报。

时间过得真快，一晃来苏黎世两个多月。这几天我还是去苏黎世湖钓鱼，不过转移了地点，由离市中心较远的湖边改到利玛河汇入苏黎世湖那个地方，这儿也有游客上下游船的栈桥。市政府规定，这儿在上午9点以后禁止钓鱼，以利于游客上下船不受妨碍。可是这里鱼多、个头大，白天常有游客往湖里投面包喂大天鹅和野鸭子，鱼儿也来觅食。要想在这里钓鱼，就必须起早来。一天早上6点我来到这儿，因为走得急，忘带了蚯蚓。若是回去取，再来钓就没有多少时间，于是我厚着脸皮向旁边一位外国老钓鱼者打手势，向他求助鱼饵。真是钓鱼不分国界，那个老外哥很慷慨地给我拿了20多个蛆虫。看我甩竿钓鱼，他又对我的鱼钩、鱼漂的系法、位置给以指导，令我直喊："但克，但克。"这是我来苏黎世学到的一句简单德语："谢谢，谢谢。"临分别时，他又把他钓到的小一点的鱼都给了我。

事情也并不都是那样如意。又一天早上，我还去那个地方钓鱼。一位不像是钓鱼的中年男子走到我面前，不知什么原因用手向我比画什么。我没明白他的意思，猜想是不是不让我在这里钓，可是附近有好几个人正在那儿钓呢。他见我不太理会，有点生气。这时，过来一位中年妇女，我向她说我是Chinese，用手比画不明白那个男子的意思。她向那个男子说了句什么，我当然听不懂。那个男人向她说了什么，我更不懂。我一看还是赶快走人吧，我可得罪不起，收拾好渔具，没向他们做什么表示就离开了。我是一头雾水，到底为什么向我发难，不懂外国话真麻烦。这时还没到9点，我想换个地点继续钓，抻竿系线、挂饵料，可是找不到装蚯蚓的小盒，哪儿去了呢？左思右想，突然想到刚才匆忙离开时可能没把蚯蚓盒收起来。回到那个地方看，什么都没有了。可能是那个男人给扔掉了？真是的，我怎么得罪他了！能是因为我钓了小一点的鱼没扔回湖里？钓鱼有这个规定吗？我还是在自己身上找原因。不管怎样，眼下得解决鱼饵问题，我东张西望，看到栈桥前端有一位黑头发黄皮肤的中年钓者。我走到他旁边，本着钓鱼无国界精神，我厚着脸皮张嘴伸手，连说带比画地向他要蛆虫，因为我看到他脚下有一小盒蛆虫。他瞅了瞅我说："你自己拿吧。"太巧了！这位竟然是我的同胞，我还以为是日本人或韩国人呢。我搭讪："你是中国人？我没想到。"我感到格外亲，"他乡遇故知"啊。我问他："你这蛆虫是从哪儿买的？""就在马路对过的渔具店，那里有卖的。"唉，来苏黎世两个多月，竟然没想到这里有渔具店，真是太死板了。早点问一问不就好了，省得我遇到这么些麻烦，甚至还摔了一大跤。钓到9点，我回洪图家吃饭，睡了一小觉。11点，我约上老伴，一起去寻找那个渔具店。按那个中国老乡说的，在一个路边看到摆设渔具的橱窗。进门打听，售货的不懂中国话，我用笔在纸上画一条蛆虫的样子，那个男子看了立刻说："OK！"走到里面房间打开冰箱冷藏室，拿出一大包蛆虫，是红色的，正蠕动着。他给我装一小塑料盒，伸出三个手指。我明白，是3瑞郎，合人民币20元左右，太贵了。在国内，渔具店装蛆虫的小盒比这儿的小一点，但售价才一元人民币。算计起来，差不多比国内贵10倍！现在顾不得，还有不到1个月就回国，不计较这点钱了。再说，能买到就算不错了，现在我才可以说实现了正式的钓鱼生活。

　　2011年7月1日，是中国共产党建党90周年纪念日。为了庆祝党的生日，我和老伴包了饺子，酱一个猪肘子，又把今天早上我钓的一条较大的鱼和前些天老伴钓的那条半斤重鱼一起做了红烧鱼。有肉有鱼有饺子，喝着瑞士的红葡萄酒，心里别提有多高兴了。说到底，我是一个有20多年党龄的共产党员哪！虽然说每个人的入党动机不一定那么纯洁，也不能不为自己的利益考虑，但是，我自信我这个学生出身的人思想还是比较单纯，从小到大都是受党的教育，要在全世界实现共产主义这个思想观点占我头脑的大部分，这是我写入党申请书和入党宣誓时的主要想法。当然，不能说我自己没有一点个人的考虑，我因为父亲的历史问题，大半生受到影响。上大学、入团是我自己的努力和幸运，毕业分配以及工作职位的安排，提升无不如此。我不能让我的子女再受到我曾经的待遇，我要入党改善我的政治条件，为他们将来的前途打下良好的基础。其实，20世纪80年代以后，在国家领导人的努力下，中国已经取消了家庭出身和戴五类分子帽子的政策。可是我心里总是不踏实。我希望，当我的子女填个人履历表时，家庭及社会关系一栏，他们的父亲政治面貌可以堂而皇之地写上共产党员四个字，这是我对自己下一代的最好礼物。现在看来，我的这个努力可能对在国内生活、工作的儿子有点作用？女儿在国外定居，我这个身份对她不能是个麻烦吧？可能别的国家的个人履历表不填写父母的政治面貌？已经是这样子，爱咋咋的吧。饭后我兴奋起来，和着央视国际频道播放的国际歌曲调一起唱起来："从来就没有什么救世主，也不靠神仙皇帝，只有自己救自己……"确实，只有靠自己的努力奋斗才能实现英特纳雄耐尔。

　　洪图在苏黎世还认识一位中国留学生，他们来往比较多，彼此有事都互相帮忙。这个青年姓杨，是河南省人。他听说洪图的父母来探亲，老爸又喜爱钓鱼，就和洪图说他也爱钓鱼，想向我学一学。我猜想小杨是谦虚，目的是想见一见我们，进一步加深他和洪图的关系。老伴听说这件事，也要和我一起去钓鱼。她的心思是看看这个年轻人，有没有可能和女儿加深关系，她在为女儿的终身大事着急呢，这是个好机会。可是，洪图和我们说：不可能！个子长得矮，还没有她高；各方面有些土气，父母是农村人，说话不利落。说什么，宁可做二婚，也不可能和他结婚。我们考虑，还是借这个机会观察一下，现在说什么都为时尚早。

7月3日早晨7点半，我们在"中国园"附近的湖边见了面。中国园是中国杭州市与苏黎世结为友好城市以后在苏黎世湖边修建的一座颇具中国古代建筑风格的园林。我们俩看到，小杨的个头的确矮一点，比我也稍差2厘米左右。不过，通过简单谈话，我们认为他谈话唠嗑还行，不像洪图说的那样不麻溜。"人不可貌相"。小杨这个年轻人给我的印象不错，敢于出国留学闯荡世界，这个行为本身就不简单。现在他在苏黎世某银行工作，收入也还可以。

我们和小杨一边谈话一边整理渔具，准备下竿钓鱼。他带来的鱼竿比较长，线也随之长，往线和鱼钩上挂鱼漂和饵料的时间多一点。我看到他系在线上的鱼钩比较大，而且是带倒刺的，我提醒他："你有钓鱼证吗？若是没有的话，按人家国内规定不允许用这样的鱼钩。"小杨说："试一试，不一定有人来管。"我有些替他担心。我们老两口已经先于他甩竿开钓，不一会，鱼漂动弹开始上鱼。小杨整理完渔具开始甩竿钓鱼。他的钓竿长5.4米，用起来费劲，没见到他钓上来鱼。大约8点半钟，我无意中看到一辆警车从中国园那边开来，我们没当回事，继续关注鱼情。二位警察下车径直向我们所在的湖边走来，我感到惊讶：他们来干什么？这里没什么治安状况啊？还是老伴反应得快："该不是冲咱们来的吧？"说着，她把装鱼的塑料袋塞到旁边的铁条底下，警察没注意她的动作。两位警察先来到我们旁边，查看老伴的钓具：钓竿是树条子代替的，才1米多长，鱼钩也小，一看就知道是来玩的。警察没当回事，把老伴放过去了。又来到我面前，重点是观看鱼钩。虽然钩稍大一点，但我用的是直钩。这位警察瞅着我笑了，还竖起大拇指向我表示赞许，我放心了。这两个警察走到小杨面前，我看到他有些紧张。一位警察拿起小杨线上的鱼钩仔细查看：鱼钩比较大，而且两个钩都有倒刺！警察的脸立刻绷起来，我在旁边看着为小杨担心，他小声对我说："这下子要麻烦了。"警察让他拿出钓鱼证，小杨根本没办这个证，怎么拿得出来。之后，他们用外语交涉起来，都说什么我不懂。我看到警察收了小杨的什么证件，掏出本子记下了什么内容。趁着警察拿手机打电话工夫，我和小杨说："你和他们说，咱们是第一次来钓鱼，刚来还没钓到呢，请他们原谅。"小杨怎么和警察解释的我不清楚，看到他们不予理会的样子，我猜人家可能不吃这一套。警察打完电话，摇摇头，把证件还给小杨，可能是因为今天是双休日，单位没有负责的，处理不了这件事。我推想，钓鱼的事虽小，可涉及外国人，必须有一定级别的人来处理。警察记下了违纪人的姓名、地址，又向小杨说了几句，估计是警告他以后不许用带倒刺的鱼钩钓鱼。小杨连声说："OK，OK！"警察走了，一场风波暂时结束。我有点纳闷，在我们不远的栈桥上也有几位钓鱼的，为什么警察不去检查他们呢？看来，警察是有目的冲我们来的，肯定是有人向他们举报。举报什么内容？我们并没有做啥违规的事儿啊！思来想去，只有一条：我们把钓上来的鱼都留了下来，其中大部分鱼都不太大。可我们确实不知道多大的鱼是不允许带走的，当地钓者一般不带走小一些的鱼，这是事实。现在，小杨因为鱼钩的问题被警察问责，他不单是怕被罚款，还有另外担心的事。他父亲最近要来瑞士探亲，正在张罗办手续，如果因为这件事受影响，有劣迹行为而不给签证就太不值得。小杨还说，在日内瓦听说有人因为钓鱼违规，被罚1万瑞郎！我不相信："不至于吧？这点小事是不是小题大做？"他说："你别不信，以前有个探亲的中国人在苏黎世湖捉个野鸭子回去炖了吃，被举报后勒令提前回国。"他这么一说，我更认识到在国外一定要遵守当地法令。限制钓鱼这件事，说到底是为了保护自然生态环境，我们中国应该向人家学习。

　　小杨有点发愁，不知道警察过后会怎样处理他，我们也想不出什么办法。过一会儿，有个中国人也来钓鱼，我一看正是我曾经向他要过蛆虫的那个人。我向他说了这件事，他笑着说："不像你们说的那么严重，顶多罚150瑞郎。其他的也不能影响什么，放心吧。"小杨听了心安一些，可这个钓鱼活动是不能继续下去了。他向我们告辞回去，我和老伴又继续钓一会儿也回去了。到洪图家，把今天发生的事告诉了女儿。洪图说过几天再向小杨打听处理的结果。我和老伴叹息：挺好的一次会面让警察给搅和了，弄得大家心情都不愉快。以后我和老伴没再提起小杨和洪图处对象的可能性，反正女儿自己也不同意。后来，听洪图说，小杨钓鱼的事没啥不良后果。

10

又是一个周末，洪图计划领我们去瑞士中部的高山去游览。她说，往山上去是乘电车往上走，山下有湖可以乘船观景。我其实不那么想去，在苏黎世湖钓鱼多自在。老伴却跃跃欲试，我只好陪她一同去。早晨起来，我做的大米饭，用热水焯蒲公英叶当菜。这时天阴得厉害，从阳台往南看，天似乎在下雨。洪图起来后，发现天气这个样子，和老伴说今天不去了。我听她这么说，急忙自己先吃了饭，收拾渔具去利玛河与苏黎世湖交汇处的栈桥上钓鱼。当我往湖里甩竿时已是8点10分，今天运气太好了。截至9点以前，我共钓了9条2两左右的鱼，其中最大那条有半斤重。9点一到，我遵守规定收起渔具走人，坐有轨电车回洪图家。她们娘俩吃完饭收拾好正要去超市买东西，洪图用手提秤称一下那些鱼，共计842克，合中国秤接近一斤七两。

第二天早晨7点45分，我们从洪图住处附近的火车站出发，到中心站换乘往南方向的火车。一个多小时的行程，到达瑞士的RIGI地区，下车出站台就是湖边码头。我们乘大型游轮，向登山的电车车站驶去。这个湖泊和巴登湖、日内瓦湖、苏黎世湖一样，都是火山爆发后形成的。湖水清澈，波光粼粼，周围的景色秀美。经过一小时的航程，到达RIGI车站。我用肉眼观测，从山底到顶端，上坡的角度至少有35°，电车在这个坡度载人往上爬，真令人担心。我学物理学知道，这样的角度车轮与铁轨之间的摩擦力根本挡不住车厢往下滑行的力量。我们在车站上了电车，此时地面铁轨的坡度基本是0。车开动百十来米，地面开始有坡度，我估计能有15°左右。又往前行驶百多米坡度加大了，能有25°。此时，我们觉得车厢下面好像有点震动，声音是吭吭的。列车继续爬坡，接近30°角，在海拔1604m处的车站停下来，我们下车。游客们吃面包喝矿泉水，休息一会儿。趁这工夫我观察铁轨，发现两条轨道中间还有一条齿轮轨道。火车车体上有动力齿轮，两相咬合列车就开停自如，原来如此。我们这批游客又上车坐了一站，直奔顶峰。在站台的左侧，有一条路通向电视塔，我们沿着这条路向上攀登。走不远有一片平地，有一个乐队在这里演奏。洪图说，听曲调是一首世界名曲，她叫不上曲名。离乐队5米处的台阶上有两个男、女镂空脸模型，我们三人分三次把脸靠到模型镂空处留了影。一次是我们老两口合影，一次是我和女儿，还有一次是她们娘儿俩，每人都出镜两次。别的游客看到我们这样，也都纷纷效仿留影，一时间竟排起了队等候。洪图说这个山峰就叫RIGI峰。我们上到峰顶，看到制高点立有一个三脚架，上面附有说明书，标明此峰海拔为1792米。三个人在峰顶四处浏览，远近山峰尽收眼底，在云彩之间时隐时现。往下看，老伴说："真有一览众山小的感觉。"我接上话说："不愧是语文教师，说出话来文绉绉的。"洪图看我们老两口风趣调侃，自己笑了："没白领你们来，高兴就好。"电视塔坐落在比制高点低3米左右的一块平坦地面上。山峰管理者为了凑足1800米的高度，特意在电视塔下面开个小门，沿着台阶向上可以走到第一层，就是那个高度。再往上就封锁了，是为了保护电视塔的安全。我们走下电视塔，来到望远镜架子边，排号等候观看远处的湖泊和山峰。这时，有三个老年男子从崖下的小路攀登上来，个个是满头大汗。洪图告诉我们，他们是登山爱好者，徒步从山脚下走上来的。我打心眼里佩服他们。

下午1点半左右，我们三人从峰顶往下走，快到车站时，吹来一阵风，一片雾笼罩着我们，三四米远彼此就看不清面孔。我们停下来没继续往前走，我想：若是从远处看这片雾，不就是一朵白云吗？过了十多分钟，雾离开了我们，一切又都恢复原貌，到车站登上往下行的电车，中途又遇到一团雾，直到山脚。往回返程我们没直接坐船，沿着湖边走一里路，到了普通火车的站台，坐车直达苏黎世。大约3点多我们回到洪图的家，结束了我们来瑞士的最后一次旅游。谢谢女儿这几个月的热心陪伴，带我们去罗马、巴黎及瑞士国内各个景点旅游。我们非常满意、非常自豪，在我们的亲戚、朋友、同学、同事中，我和老伴最值得骄傲。

快要回天津了，这几天我抓紧时间去湖边钓鱼。以后再来瑞士，虽不能说猴年马月，可也不是说来就能来。洪图给我们买的月票明天就到期，往后再坐车得买临时票，到市里一个来回要花10瑞郎，合人民币60多元。从国内带的鱼钩用完了，下午我去渔具店买一小包鱼钩，每包15个鱼钩，价格5.5瑞郎，比我们国内贵5倍。为了满足自己的爱好，贵就贵吧。买鱼钩时，我特意向店员强调，要不带倒刺的。第二天起早，我又去那个老地方钓鱼。上苍同情我，给了我苏黎世钓鱼的最大满足：在9点以前，我一共钓到982克，折合国内市斤是2斤来鱼。而且钓着了到苏黎世以来最大的一条鱼，重286克，接近六两！按苏黎世的市价，值8瑞郎，超过了我买鱼钩的价格。我当然不在乎钱的多少，主要是自己心里得到满足。

洪图看我对钓鱼兴趣这么浓，又给我买一天票，我又能得以多钓一天鱼。这天早晨，我冒着小雨在栈桥老地方钓，8点半钟老伴和洪图两人来观看我的钓鱼成果。不巧，是因为下雨还是别的原因，钓两个小时才钓上来9条不太大的鱼。9点到了，我转移到右侧100多米的一座旧栈桥上，让洪图打听这个地方9点以后让不让钓鱼。经她多次询问，确定是允许，我就安心在这儿钓了。她们母女去天堂大街商店逛着，我继续钓到中午回去。数一数，共收获19条鱼，个头都不太大。吃完午饭，我没休息又去栈桥左侧游人经常喂大天鹅的地方比量，因为这儿人多，都在凳子上逗天鹅嬉闹，我甩不开竿。沿着湖边往前走，凳子没有了，游人也稀少了，是个适合钓鱼的地方。挂上蛆虫试试，还真有效果，鱼钩甩进湖里不到10秒，鱼漂就往下沉。提起竿，觉得有点分量，是一条不大不小的鱼。我钓了一会儿，游人逐渐围上来观看，我心里有些不自在。干脆我停钓一会儿，坐在湖边休息，待周围的人都散了我又伸竿钓了一会儿。大约一个半小时，我在这里钓了11条鱼。今天总共钓了30条，这张天票买值了。而且中午老伴拿它到亚洲超市去买菜和糖，晚上老伴用它乘车和洪图一起去王晓红家串门、告别。她们俩给王晓红带去16条我钓的鱼和老伴亲自烙的12个油酥糖饼。老伴去她家不单是为了话别，还想再嘱咐王晓红，请她帮忙为洪图介绍对象，这是我们目前最关心的事。

第八章　旅游探亲

1

7月17日，我们老两口告别苏黎世，告别瑞士，开始我们的返回祖国之旅。再见吧！"欧洲的后花园"，我们会再来的。

早晨7点半，我们三人乘火车到苏黎世机场，洪图在候机厅给我们找一位姓赵的中国留学生，她是上海人，托她帮助照顾我们入关和安检。这位女留学生很爽快地答应了，虽然我们彼此互不相识。安检后，洪图仍留在候机厅，我们和小赵一起进到里面准备登机。小赵要去办理退税的地方办事，我们帮她照看行李和包裹，她相信我们二老是好人。中午12点多登上飞机，老伴给洪图打电话告诉她我们一切顺利马上起航，洪图才离开机场返回住处。飞机上提供两顿饭，中西口味的都有。有了来时在飞机上的经验，我们两人一共向空姐要了四小瓶葡萄酒，准备拿回家与儿子全家共享洋酒的风味。老伴把飞机上发的一次性塑料小杯和小型刀、叉、匙留了下来，说是留作纪念，我不以为然。这种事若是说给别人听，一定会被人笑话，可这就是咱中国老百姓的实情，老伴她也没感到不好意思。

苏黎世时间是0时30分，而北京时间是早晨7点多，飞机共航行11小时30分钟到达上海。机场内有近300米长的长廊，里边有电动输送带，人可以携带行李站在上面往前走。在这儿我们向小赵姑娘告别，谢谢她一路对我们的帮助。我们取了行李出了关，在机场出口等儿子洪岩。之前我们在苏黎世未出发时，洪岩在电话里告诉我们，他要来上海接我们。在机场走廊上与洪岩联系，知道他也正往我们停留的地点走来。不到10分钟，我们见面了，他是昨天晚上到达上海，在旅店住一宿，今天一早来机场接我们。坐上洪岩开的轿车，我们俩又开始一段较长时间的汽车行程。洪岩特意从天津开车到上海来接我们，真令我们感动。我们也担心这么远的路程，十几个小时一个人开车，肯定会疲劳啊！洪岩开车走的是东线：由上海经由苏州、无锡、江阴，过长江走泰州、盐城、淮安、临沂、淄博、黄骅到达天津。途中在江苏和山东各找一个高速公路休息区吃饭、加油。现在，车上和手机都有导航，不用打听路。洪岩开车很熟练很稳重，该快则快该慢就缓行，一路上很顺利。到天津市区已经是晚上10点半，共计行程14个多小时。车子直接到我们的住所明家庄园，两个大拉杆箱都是洪岩给提到二楼我们的屋子。天太晚了，他嘱咐我们好好休息，自己开车回家。我和老伴简单收拾打扫一番，已经是半夜了。从苏黎世到天津，整整一天一夜我没正经睡，现在终于可以安稳地休息、睡觉了。3个月的探亲旅程，是我们老两口人生最美好的记忆，愿我们做个好梦。

2

回天津第一个星期，是我们休整的一周。3个月不在家居住，必须进行大扫除：擦前后窗户玻璃，清扫几个厅室的灰尘，清洗卫生间，等等。阳台摆的常青藤干枯了，剪掉。去年从辽宁回来也是这样，养的花卉都成了干草，指望儿子他们及时来浇水是不可能的。我们干着活，都觉得精神不足，有些发困。天津这边的上午，是苏黎世那边的下半夜，正睡觉呢。我们需要倒时差，先睡一会儿再干吧。

周末，按今年春节后的习惯，应该是儿子一家三口到我们这里来吃饭。洪岩考虑我们老两口从苏黎世回来没几天，肯定没缓过劲来，他们开车接我们去市里一家饭馆吃饭，用儿媳的话说是给我们接风。去吃饭之前，我们把洪图领我们到法国巴黎、意大利罗马以及瑞士国内几个景点游览的情况向他们叙述一通，他们听了很为我们高兴。我们一边谈话，一边把在欧洲买的礼物拿出来指给他们：洪岩的是巴黎领带，儿媳王瑶的是意大利时髦的腰带，孙子宪清的是巴黎的T恤衫和瑞士的巧克力饼干、糖果；亲家母也有一盒瑞士糕点，原先在意大利给她买的一个廉价包，怕她看不好，老伴自己留下来了。从飞机上带回来的几小瓶葡萄酒先留着，等下星期周末来咱这吃饭时喝。

回到天津，我又捡起钓鱼的营生，可能是苏黎世钓鱼的余晖吧。海河水黑浑色，污染严重，和苏黎世湖和利玛河没法比。即使我能钓着鱼也不能吃，何况一般情况是钓不到。有一回，我骑自行车去海河边钓了一上午，往河里投了不少苞米面窝窝头，却只钓到一条小鲫鱼和两条更小的麦穗鱼。这个成果使我回忆起在苏黎世的钓鱼生活，两种情景天地相差，我真想再去瑞士这个"欧洲的后花园"，享受人间天堂的美好生活。

时近7月下旬，天津气候闷热无比，每天气温都是35℃左右。想出去买点什么，打开楼门，一股热浪扑面而来。名副其实的桑拿天。在室内，整天得开空调降温，听说这样对身体也不好。和老伴商量，咱们赶紧回辽阳避暑吧！老伴也同意了，我去天津火车站买车票。打算买29日或30日的卧铺票，一打听票卖完了，看来车票也紧张。和老伴通电话，只好买8月2日的卧铺票，再多熬几天吧。

7月最后一天，老伴与儿媳通电话，打听他们的近况，得知洪岩两口子要参加车友会举行的西藏自驾游活动。这个消息把老伴吓坏了，一宿没睡好觉。第二天早上，非要去儿子所在的汇合家园，问问洪岩是怎么回事。我也不放心洪岩他们的举动，和老伴一同前往。昨晚她们通电话时我也插几句，意思让他们不要贪玩，要洪岩想到自己的责任。到汇合家园，进到洪岩家喘息未定，没等我们一句话说完，洪岩就说："行了，行了，若是说去西藏的事，咱们免谈。"一下子把我们顶得哑口无言，老伴来时兴冲冲一肚子话，这时也不敢吱声了。儿媳妇见这个情况，连忙解释说："你们放心，跑长途对于洪岩是经常的事。前几年去内蒙古好几次呢，从天津去上海接你们不也挺远吗？你们都看到了，洪岩他开车稳当，不会出事。"既然如此，我们还能怎样呢？啥也别说了。亲家母虽然也不赞成她女儿、女婿去西藏，但她一声也不敢吱。之后，老伴拉过孙子坐着说些闲话，过了半小时我们待不住，向他们说要回去。洪岩见我们不太愉快，心里也觉得刚才说的话有些过分，说："那我开车送你们回去。"老伴急忙说："不用不用。"儿媳说："正好我们也要出去买些去西藏路上需用的东西，一起走吧。"我们借这个因由也同意回去，这时是"三十六计走为上"。

8月2日晚饭后7点，我们两人从明家庄园出发，准备去坐火车回辽阳。之前洪岩打电话让我们打出租车到火车站坐火车，他时间紧不能来接送我们。老伴合计，坐出租车需要35元左右，她舍不得花这么些钱。她认为从家门口到公共汽车站1里多路，走着去没啥。但背包有十多斤，拉杆箱上下公汽也费劲，我们两人拿着也挺辛苦。来到火车站地面广场，在三家麻花店挑最便宜的买两盒。进站上到候车大厅，等候8点半那趟火车。坐上火车，我不禁想起苏黎世火车站，虽然不如天津站那样堂皇，但人家简朴实用，连检票员都不用设，更甭说修建硕大的站前广场。开车前我们向洪岩去电话报顺利，他听说我们没打出租车，叹口气："真拿你们俩没办法，太能节省了。"因为我只买到上层卧铺票，老伴胆战心惊地爬上去，我在一旁扶着她上。这趟车是深圳始发途经天津到沈阳北站，从南方开来被褥比较潮，空调搞得车厢温度低，我只能用下车旅客盖过的被子，还讲什么卫生和文明。半夜醒来，我爬到下面去卫生间小便，回到铺位把老伴弄醒，扶她下来去卫生间。往火车外看，快到山海关，又一觉醒来到辽宁盘锦市，我就不上卧铺睡了。老伴倒是一觉睡到海城，这时天已经大亮了。我把老伴从上铺扶下来，她去洗漱一番。我们俩坐在窗边小椅子上向外看，下雨了但不算大。到辽阳站是6点30分，我们冒雨走出车站。打出租，到纸板工人村司机要20元，我问他怎么涨这么多，原来也就10元。司机解释，原来的路不通，北哨立交桥要修高铁，现在是绕着走南路。其实，即使这样按里程15元足够，现在物价涨得厉害，今天又下雨，贵就贵吧。

回到阔别9个月的辽阳老宅，我们顾不得休息，先扫地后擦灰，吃一桶方便面就算早餐。我去市里联通公司办理固定电话开通业务，又来到襄平贸易商场买两只八珍鸡，这是我最爱吃的熟食，我感觉比天津的小李烧鸡好吃。有时我想，若是能淘换到这种烧鸡的制作秘方，在天津开一个专业店一定能赚到钱。想是想，可终究没实行，我没有做买卖的遗传因子，年龄也大了，不想受那个累。现在，我和老伴两人每月共有5000多元退休金，够用了。关于退休金的花费，我们是这样安排的：两人年收入6万多块，一半做生活费，其中包括吃、穿、水电煤气费及电话电脑手机等费用。余下的3万多拿出一半做探亲、旅游及人情来往的花费，剩下的另一半存入银行作为应急攒起来。我们自己认为，与上层人没法比，往下看还可以。总的来说，与周围普通退休人员相比，还是过得去，知足者常乐。我们的生活能达到现在这种程度，很重要的缘故就是现在两个子女不再用我们负担。我的同学有一些现在还得替子女买房还贷款，帮助他们抚养下一代。这一出一入就相差很多，我为有这一双争气孝顺的儿女感到欣慰和自豪。刚回辽阳这几天，见到老邻居、老同事他们都热情地问我们："好久不见，这半年多你们上哪儿去了？"我们自然是高兴地回答他们："我们回天津住了。"然后又主动地说，"我们还去了瑞士，在女儿那住3个月，法国巴黎、意大利罗马玩个遍！"几句话把听者羡慕得不得了，都说："真行，你们这辈子没白活。"就连自诩去过台湾的退休党办主任王庆两口子也赞叹不已："什么时候咱们也去一趟欧洲。"我知道他们不是随意说的，王庆老伴退休前在纸板公司销售部干过，挣了一些钱，有经济实力。雅琴她们六中退休老师每月定期聚会，老伴把相机内存的影像放给她们看，一个个都瞧得津津有味，不住嘴地说："太美了。"尤其看到我在瑞士洛桑与两个白人小孩一起照的相，都说："你老伴是外国人？"原来，当时我穿一套浅米色西服，加上我一头白发，还真像个老外呢。回辽阳最初那一段时间，我们沉浸在愉悦的心情之中，我们幸福啊！

3

我们这次回辽阳，不单是为了避暑，还有两件大事迫切要办。一个是更换房证，另一个是迁移户口。房产证的事令人头痛，二年多一直办不成。明明我们的住房是纸板公司内部给调整的，是为了照顾我这个年龄大一些的知识分子，从原住楼的第七层调到旁边那个楼的第三层，格局和面积完全一致。后来，房屋产权由企业卖给职工个人，我和其他职工同样分两次交了房款。现在，市房产交易主管部门却非要我与原住房人以买卖关系更名，这样他可以收一笔可观的房产交易税。据说，这笔税款是3000多元，凭空要刮老百姓一笔钱！偏偏原住户他首先不买这个账："我没卖房，凭什么让我去办卖房手续？"这话说得也对，他可能怕办手续时自己这个卖方付税钱。为了能尽快得到国家的房证，我曾经认可以买卖关系更名，也认可全部交易税由我来承担。但是原房主就是不配合，我不知道他心里到底是怎么想的。总之，我换房证的事成为老大难，一时半会儿是办不成。后来我听说，比我们晚两年盖的楼有几户也是公司内部调整的，但是他们的房证在半年前就换成国家房证。而我原来居住的楼和现在住的楼内有几户同样是公司内调整的，现在却都办不成。我于是找到公司留守处的主管王良君，问是什么原因。王良君和我处得关系挺好，在二分厂时是"一盘架"，即同在一个分厂领导班子。她帮我问房产组的秦姓办事员，回答说："老贾他们住的老楼住户名单前几年已经统一报到市房产部门，他们电脑里已经备了案。而后来的新楼因某些原因没有统一报到市里，所以更名的事公司自己说了算。只需要咱们公司自己把住房用户名字改一下报到市里，就可以按新名单发放国家的房产证。"

往天津迁户口的事，早在2009年9月我们搬到天津那时候就有了这个想法。主要目的是为了今后养老方便，使医保就医、社保开退休金等在天津就能解决，不用我们两地来回跑。目前，我和老伴的医保只能办异地就医，即把在辽阳的医保关系转到天津的两个定点医院。只允许在这两个医院看病，并且必须先交钱看病，然后拿收据回辽阳市医保中心报销。现在报销率很低，最多能达到50%。开退休金就更甭提，现在我在邮局开，但要交纳5‰的手续费，全年两万多元要扣掉120元。而在邮局汇钱，5万元以下费用只需50元，太不合理。实际应该不收钱，邮局是全国联网嘛。我考虑如果我们的户口迁到天津，这些事会慢慢解决。当然，这只是我个人的想法，如果我们的户口真的转过去，这两个问题一段时间也不一定能给解决。

去年10月份，我们费了一番周折，开出一份辽阳的户籍证明。带回天津后，和其他的相关材料一起交给天津市河东区公安分局所辖的派出所。经过一年多的文件审批旅行，终于在今年的10月份，儿媳来电话说我们的户口迁移材料近期可能批下来。她的意思是让我们在辽阳再等些天，天津准入的批件下来后给我们邮去，我们在辽阳的派出所就可以办准迁证。老伴表示怀疑："王瑶在电话里谈的事只是她的想法，咱们的材料交到天津的派出所有一年了，现在才有信儿，等到真的批下来还不一定到什么时候呢！"我同意老伴的看法，现在已经是10月下旬，天气变化大、冷得快，我们不能在这边等。第二天，我去火车站买两张卧铺票，过了3天返回天津。也真如老伴说的那样，到11月份，差不多1个月时间河东区公安分局才批下来。我们若是在辽阳住20多天，没供暖气的日子可难熬。现在，既然天津这边批了，我们无论如何也得再回辽阳一趟，把准迁证办了。11月16日，我们又坐卧铺回辽阳，17日早晨到达。我们在纸板市场买半斤豆芽、两个鸡蛋和一桶方便面一起煮熟作为早餐。约莫到了派出所上班时间，我们老两口去办准迁证。还挺顺利，我们递上天津市河东区公安分局的准入批件，这边的派出所户籍员马上就给办理了准迁证。但是，天津公安分局要的"回执"辽阳这边派出所却不给开，他们说给很多地方开过准迁证，从来没开过什么回执材料。所谓回执，就是天津方面开出了准入证，要求对方给个回文，意思是收到了他们的文件。我们老两口费了很多口舌，辽阳这边就是不给出，说是没有先例。无奈，我们走出派出所给儿媳打电话，问她天津那边是否非得要回执不可。下午，王瑶回电话，说实在不给出也行吧。终于，我们两颗悬着的心落地了。其实细一想，天津真没有必要一定要对方给出什么回执，人家给开出的准迁证不就是最好的回文吗？唉，办这么简单的户口迁移手续竟花了两年多时间，我很有想法。但是，有人说："你们从辽阳这个普通地级市能调到中央直辖市，就偷着乐吧！"但我听说，退休的父母投奔外地有固定工作，有当地户口，有住房的子女是允许的，国家文件有这个规定。

辽阳这边的准迁手续办完了，我们赶紧回天津去落户。当天下午我就去火车站买了明天7188次卧铺票，都只有上铺，着急往回赶就顾不得这些了，好在我们年龄不是太大。买完火车票，又去银行开了老伴的退休金。之后，去襄平商场买两只八珍鸡和两斤鸡爪，准备带回天津吃。第二天上午，我去浴池洗澡，老伴去理发店烫头。之后特意去纸板市场买两斤柞蚕茧蛹，这是辽宁特产，儿子一家三口都爱吃。看到有卖新鲜的猪血肠也买了二斤，酸菜白肉血肠是东北的传统菜，洪岩最爱吃。晚饭我们做了清水面条拌凉菜，希望一切顺利。饭后5点多钟，我们收拾好随身携带的各种物件和背包，打出租车到火车站。检票进站来到卧铺车厢，旅客们互相闲唠，这节车厢里都是从辽阳站上车的旅客。

火车开到海城，从硬座车厢过来一个30多岁的男子，他自己说是沈阳人。他在沈阳北站买的是海城到天津的卧铺票，若是买沈阳北站到天津的票，因为票额限制买不到卧铺。从沈阳北站到海城这一段他买的是硬座票。我一听，这不失为一个购票的好办法，以后需要时我也试一下。这个人是我们同档的中铺，因为他也在天津下车，老伴就和他闲聊。知道他是天津大学硕士生毕业，现今在天津一家信号公司工作，今晚在卧铺睡一觉明天早晨上班还来得及。大家聊了一会儿，到了车厢熄灯时间，各就各位睡觉了。

回到天津第一个星期的周末，洪岩开车领我们老两口去河东区公安分局办理迁入户口手续。这件事办了两年多，天津、辽阳跑了多个来回，老伴有时不耐烦："迁不迁户口能怎样？有啥用？"我说："目前看不到什么用途，过几年或许就能见效果，坚持就是胜利。"现在，各种手续总算都办妥了，就差落户这一关，我心里还是有点忐忑。我们进到公安分局办理户籍的房间，洪岩把各种手续资料递上去。户籍员让我们填入住天津表，我和老伴分别填写。我在本人政治面貌一栏写上共产党员，很自豪。女户籍问了我们一些相关内容，其实就是对照表格与手续公文核对一下，没有为难我们的意思。在这之前，我感觉天津审核、办手续拖的时间太长，以为遇到什么麻烦，曾问过洪岩，是不是托人或送点钱。洪岩说，天津不讲究这个，用不着。现在看来，还真是这样，大城市政府比较开明。办了迁入的手续，我和老伴的户口落到儿子洪岩的户口簿上，排在孙子贾宪清之后，我不是户主了。接着立刻办我们老两口的新身份证，照相、签字等过程快捷地进行。事前我没料到马上办身份证，早知道这样我把头发染一下，穿上西装打扮一下，让形象年轻一些。现在看到的身份证上照片，满头花白头发，百分之百的70岁老头。不管怎样，心里还是很高兴，用洪岩的话讲，我们现在是真正的天津人了。老伴嘴上不说，心里其实也蛮高兴。

4

今年在辽阳市居住了3个月，除了办理更换房产证和迁移户口外，平时的生活也觉得挺舒心，值得回忆。

每天早晨，老伴去纸板生活小区的活动场地与20多位拳友打太极拳，舞太极剑和太极扇。其中的大部分人都是纸板公司退休职工，几位退休教师原来也都在纸板公司管辖的中小学工作，后来归到市教育局所属的学校。我在活动场地的运动器械上做云中漫步、俯卧撑等等。活动半个多小时后自己先回家做早饭，老伴打完太极全套活动后回来，我们一起吃早饭。白天，我到太子河边钓鱼，因为河水污染比海河轻，鱼可以吃。老伴有时和她们六中退休的教师聚会，没事时与楼边周围的邻居打扑克、闲聊天。晚饭后，我和老伴仍然散步到活动场地看跳交际舞，这种舞蹈我和老伴都不会跳。有时候老伴让我陪她学一学，我现在腿不行，不能较长时间活动，以此为理由婉拒，其实我打心里就不爱跳这种舞。现在兴起跳广场舞，老伴有时跟着跳。我多数时间与纸板公司退休的老同事、老熟人闲谈。我们谈天说地，无所不包括，往往近期的国内外大事是我们这些退休老人议论的主要话题。

国庆节前一天，纸板社区在活动场所举办庆十一文艺会演。老伴参加的太极项目也被列入表演节目之一，而且是第一个出场。当天下午，全体参加太极表演的人员列队，练习入场、表演、退场等动作。

我站在一边看着，这些参加者个个都很认真地排练。晚上6点，文艺会演正式开始，我遵照老伴的指示，拿着索尼相机给这些表演者拍摄了很多影像，老伴自然是我抓拍的主要角色。还别说，我的行动真有点正规摄影者的架势，稍远一点拍全场的镜头，近距离抓拍个人的动作姿势。参加太极表演的领队和队员都很欢迎我，纷纷主动和我搭话，希望我能给她们拍下好镜头。

在辽阳居住期间，老伴给她三个在新宾生活的弟弟打电话，打听他们今年各方面的状况。本打算若是都平安顺当地过日子，我们俩就有可能去那里走一趟、串个门。尤其是我，在新宾工作、生活了17年，虽然时逢"文革"后期，我这个"臭老九"混得不很顺心，但是，我还是很怀念那里的苏子河、烟筒山，怀念清朝的永陵和发祥地赫图阿拉城，怀念一起工作、一起生活过的老同事、老邻居。世间人们生活变化多端，老伴从电话里得知老弟弟赵德仲与弟媳徐亚清因鸡毛蒜皮的事发生口角。两个人性格都比较急躁，互相又不能谦让，以至于发展到徐亚清离家出走。老伴在家里排行老大，对老弟弟特别关心、疼爱。知道这个事以后，一个星期打十几次电话。和两个大弟弟、弟媳妇以及长大成家的侄儿、侄女都通了电话，让他们劝老弟媳妇回家。事与愿违，去劝的人都被轰了回来，把大伯哥、大伯嫂弄得很尴尬。老伴直接给老弟弟打电话，反复讲家庭如果解体的成败利钝，讲对他们儿子的不利影响，等等。老伴想去新宾当面规劝老弟弟两口子，大弟媳于秀琴说："你回来劝也没有用，现在都在气头上呢。"老伴想一想，也对：还是让他们先冷静一下，别人都不要说什么，让时间来治疗他们夫妻的心病。我也赞成这个看法，都先冷静冷静，心平气和之后再向他们讲道理，劝他们和好。所以，我们两人没有马上去新宾。又过了十来天，老伴再次打电话，劝老弟弟自己先放下架子，去把媳妇接回家。于是，老小舅子约了他们供销社的支部书记及徐亚清的哥哥一起去向媳妇道歉，说些软话，书记和大舅哥也劝她态度好一些，想开一些。时间长了，徐亚清她也想明白了，自己也有不对的地方，于是就坡下驴，和他们一起回家。一场风波云消雾散，因为我们在辽阳还有别的事，今年也就没再合计去新宾。

在辽阳，我和老伴还参加了老贾家在鞍山市举办的一场家庭聚会。8月份，住在河北省石家庄市的老叔贾继东和老婶赵兴琴回辽宁探亲。他们先去了在沈阳生活的老婶的弟弟家住几天，然后去在海城镁矿镇生活的老叔的二哥家。老叔计划8月18日在鞍山市给我姐姐过生日，这是因为我姐姐的生日是农历七月十五，这个日子不好，老百姓俗称"鬼节"，于是改成公历8月18日。我们哥三个、妹妹三个都准备去给姐姐过生日。但是，姐姐自己认为老叔是长辈，给她这个侄女过生日承受不起，打算去海城看望正在二叔家住的老叔老婶。我们兄弟姐妹加上配偶共十几人自然也都得去海城，看望二位叔叔和二位婶娘。老叔一考虑，这么多人去他二哥家，会给他们造成不便，都是80多岁的老人了。于是，最后决定还是到鞍山聚会，姐姐也没有再反驳。我们这些家在沈阳的、辽阳的、鞍山的兄弟姐妹和老叔及二叔的一个女儿在鞍山市第一次聚会。海城二叔、我弟弟维民及身体软弱的老婶没来参加。参加聚会的还有住在鞍山的几个晚辈：姐姐的儿子杨晓楠、女儿杨曼华和女婿及外孙女、哥哥的大孙女等。我和老伴是从辽阳坐长途客车到鞍山市里，外甥杨晓楠开着自家的本田轿车接我们去他父母家。看来杨晓楠的生活挺好，他妻子是小学副校长。老伴在途中买了些水果作为给姐姐的见面礼，她这方面考虑得挺周全。我们走进姐姐那间破旧的楼房里，见到满满的一屋子人。老叔比我们1997年见到时又显得苍老一些，眼睛明显地变小，脸上皱纹多了。不过，精神面貌还可以，说话比较顺畅有条理。老叔他说要为姐姐这个侄女过生日，实际上就是以这个为理由，与我父亲这一支的儿女见见面，大家聚一聚。各位年龄越来越大，亲戚、本家见一次面不容易，我非常理解老叔的心情。我们老贾家父一辈兄弟五个，现在只剩二叔和老叔他们哥俩。我们这一辈就数我父亲留下的这一支人丁兴旺，我们下一辈的子女生活也都不错。其中受过高等教育的有我的两个儿女和弟弟的一个女儿。姐姐和哥哥的孙辈现在已经有两个上了大学，哥哥的孙女是大连医科大学学生，姐姐的外孙女是辽宁大学辽阳外国语分院日语专业学生。我曾自学过日语并受过培训，我用日语对这个外孙女说："……"她笑着说："舅姥爷，您是在做自我介绍呢。"

　　我们一行十几人去姐姐的女儿女婿安排的酒店会餐，这是个挺有规模的会所。酒桌上大家谈笑、回忆往情，备感亲切。我谈起20世纪50年代末，老叔参加工作不久，从北京给我们姐弟三人邮来三支金星牌钢笔，笔尖是含金的，这在当年是有档次的自来水笔。我记得笔杆上分别刻有我们三人的名字，那时很流行这个。我当时大概是上小学五年级，姐姐哥哥读初中二年级。我们特别珍惜它，我这支笔一直用到上高中时。我又和老叔提起1966年"文革"时，我是大二学生，国庆节前夕我和几位同学去北京串联，10月2日我找到老叔所在的五机部设计院。老叔他们是"十一"结婚，正好被我遇到了，老叔领我们在北京市逛了一天，去了几处著名的景点。1967年，我校群众组织派我和省委群众组织干部一起去山西太原搞外调顺路去老婶家，她已生了大儿子，妹妹帮助伺候小孩。提起这些往事，老叔深有感触，时光流淌真快，转眼我们都步入老年了。饭后大家在餐厅门口合影，这可能是今生最后的机会。分手时，老叔反复叮嘱我们，回天津后千万要去石家庄他们家串门，他强调家里条件都好很方便。我向他保证，一定会找机会看望他们。

　　在辽阳居住时，我仍然保持每星期洗两次澡的习惯，这主要是我左侧身体血循环差，左手左腿有些凉，勤洗澡能有益一些。记得在新宾时我曾去辽宁中医学院找过在毕业分配时认识的关文生大夫，但他只是说可能是自主神经功能紊乱，没提出什么治疗方法。不过，经常洗澡、泡脚的习惯我一直坚持下来，感觉有一些作用。有一天，我在纸板社区浴池洗澡，遇到公司计划处原处长老黄，他是"文革"前老高中毕业生，比我大6岁，是高级经济师。我估计，以他的资历和年龄，一定会花5块钱请搓澡工给他服务。没想到，他在浴池里泡一会儿之后自己坐在池边搓起来。后背处自己够不到，很自然地张口求我给他搓，我当然不好意思推辞。我卖力地给他搓后背，还真搓下来不少泥卷脏物。我笑着对他说："你洗这一回澡真够本，半个月没洗了吧?"他回答："在家里一个星期冲洗一次。"听我的话音，他明白我有点责问他为什么不花钱搓澡。他自言自语："这样多好，求人搓一下后背，剩下的地方自己都能搓得到，何必花那5元钱呢?"我逗他说：

"不愧是当过计划处长，挺会算计呀！"其实，我对他的做法也比较赞同，自己搓可以活动上肢，对身体也是个锻炼。不过，这件事多少也折射出这个老知识分子收入不高、量入为出的窘况。老黄处长退休年头早，退休金没有我的多。他老伴还患有糖尿病，每天扎胰岛素，他自己血压高，常年吃降压药。

我们在辽阳这几个月的生活很滋润，来年还要回来住。这是老伴她说的，我很赞同。

5

经过不屈不挠的努力，我和老伴终于成为天津市人。但是，我们只是户口变成天津市的，身份证是天津市颁发的，对于我们老年人最重要的医保和社保仍然要由原籍的辽阳市来定夺。我们看病报销、退休金发放这两种基本待遇，仍然没享受到应该的方便。

现在，我们唯一能享受到的是乘公交车可以免费，但地铁还不行。这个还有条件限制：年满65周岁的天津市民办敬老卡，持卡可以免费上车。从今年11月末我们办完迁移户口手续和身份证。经过4个月多次去督促询问，社区终于给我们办妥了。老伴虚岁66，离65周岁还差几个月，天津一般讲虚岁，所以市民政局还是给办了。发给的敬老卡上面有照片、名字、身份证号码等。发敬老卡那天，我们试用它乘车回我们的明家庄园住处。以前我们乘公交车时看到有的老年人持卡上车，拿着敬老卡往扫描器上一贴，就发出了"您好！"的声音，清脆悦耳。这一回我们照猫画虎，也持卡往扫描器上贴，同样也发出了"您好！"的声音，我们心里别提有多欣慰了。老伴还有点不好意思："就这么一声您好，我们就不用花钱了？"我说："那你还寻思啥？这就是有天津户口的好处！"我得意地向她显摆，因为这主要是我坚持努力的结果。

每年我们从天津回辽阳居住是避暑，而我们从辽阳回到天津，则应该称之为避寒求亲情。搬到天津明家庄园已经两年多，我们老两口也逐渐熟悉习惯了这里的生活。每天早晨，我到小区活动场地健身，认识了一些退休的老年人。我们互相打招呼问好，时间长了没什么顾忌，彼此打听退休的单位、退休金数目。如果口音不像天津市的，还打听是哪个省搬来的，若是东三省的就觉得格外亲近。这个小区外来人口不少，天津城郊被占用土地动迁的农户也有一些，企业退休的职工占多数，教师、公务员退休的不多。像我们从外省退休来投奔子女的也有一些，有一户还是从辽阳市搬来的，他们的女儿女婿在市里一个地方开浴池。老乡见面虽不至于两眼泪汪汪，但总觉得比别人近乎一些。此外，附近福东北里小区的退休人员每天遛弯也愿意到我们小区来，门卫从来不阻挡，我们明家庄园小区比他们居住的小区肃静、宽绰、干净、空气好，他们那儿是20世纪90年代建的，楼房拥挤，绿化不好，人多车多空气差。我和福东北里一位辽宁老乡处得熟，几天不见面就打听是不是回老家了。

老伴在天津的生活也丰富多彩，每天早饭后都去福东北里活动场地参加太极拳、太极扇、太极剑等活动。她是在闲遛时看到这个活动集体，自己主动与她们联系，而这些人特别喜欢有新人加入。老伴在辽阳有打太极运动的基础，双方一拍即合。她们跟着乐曲一起挥舞拳脚，打一段休息一会儿，唠唠家常再接着活动。而且，每个星期还去一次歌厅唱卡拉OK，老伴也去参加唱。自从加入了这个活动集体，老伴感到自己的生活充实、有趣。

2011年10月末，洪岩来电话说他岳母到英国旅游去了。老伴听说后就说："那我们去帮你们照看家。"我想，这个亲家母怎么想起旅游来了？挺会享福的。我们老两口收拾一番，把从辽阳带回来的冷面干、茧蛹、南果梨和近几天自己酱的牛腱子肉都带上。到儿子家，我们向儿媳妇打听："你妈去英国旅游是怎么回事？"王瑶说："我爹妈春天买了房子，现在开始对业主履行承诺，给抽签中奖户一个去英国旅游的名额。"洪岩接着说："这是房地产开发商的一种策略。现在房价普遍下降，开发商怕业主退房，给买房者施点恩惠，安抚人心。"我从电视里知道，上海曾经发生过这种事：买房时价格挺高，现今房价下调了不少，业主感到吃亏要求退房，这事引起很大风波。天津的开发商吸取教训，马上答应给业主兑现好处以稳定人心。去英国旅游往返两万元人民币，可是每户房子的高价可以给开发商多带来十几万的利益！

　　我和老伴在儿子家住一宿吃三顿饭，感觉不如在自己住的家那么得劲。洪岩的住房面积90多平方米，二室二厅一卫。虽然亲家两口都不在，但我们仍感到不方便。电视让给儿子孙子看，我找本书在寝室躺着读。可他们的电脑就摆在这个屋的桌子上，儿媳要玩电脑，我这个老公公在床上躺着不是那么回事。另外，大家就餐时间也凑不到一起，儿子下班晚，晚饭须等到8点才吃，我肚子饿只好忍着。鉴于这种情况，我想自己还是先回去住，留下老伴在这里帮忙，反正我在这里也干不了什么。回到自己的窝，感到一切都舒坦，爱干什么都行，自由、方便。第二天，我去福东里浴池泡澡，之后到铁通营业点交电话费。回到家开房门，感觉锁头不对劲，每次开门须转两圈钥匙才能打开门，怎么这次钥匙才转半圈门就开了，难道老伴她回来了？我拉开门一看，还真是她回来了。老伴向我解释：我走那天她自己在洪岩那干待了一天，很无聊。儿子一家三口那天的三顿饭都没在家里吃。原来，平时他们三口人早晨、中午饭就不在家吃，下午孙子直接去天津音乐学院学钢琴，就在附近吃了饭，老伴只好自己在洪岩家糊弄着吃点。第二天早晨，洪岩三口上班的、去幼儿园的，又都没吃饭就走了，就剩她孤单一人。白天在屋里没啥事干，实在待不住，感觉还是回自己的窝和老伴我在一起好。"对头！"我大声说。实际就该这样，老伴，老伴，到老就是伴嘛！

6

　　2011年，因为多年的左上臂内侧有一处受凉就疼的症状有了严重发展，我想不能再拖下去，天津大医院有可能治好，还能给报销，何不趁这个时候治一下？老伴陪我去天津医大总医院，这是第二次来这就医，自认为不生疏。一天上午8时我们来到门诊处，来看病的人特别多，就好像我们每天去的蔬菜早市一样，人挨着人。老伴去排队挂号，我挤到导诊台打听我这种病应该挂哪一科的号。服务人员建议挂外科，具体挂哪个专家的号让我自己选。我仔细看了外科那几位专家的简历，认为有两位比较适合我，可是他们分别是星期五和星期六出诊。今天是星期二，我和老伴合计，只好挂了普通外科医生的号。在外科挂号一个小时，我走进诊室，是一位30多岁左右的男大夫坐诊。听了我的自述，大夫说我可能是自主神经有问题，建议我去神经科，他在挂号单上写明转神经科，我们不用重新挂号就去了神经科。又等了半小时，一位年轻的医生听了我的陈述，让我去做颈部核磁共振。这需要花不少钱，我有些犹豫。大夫看我的表情有点那个，就说要不你去挂个专家号，我没去挂专家号，又到了别的神经科诊室。一个在门口喊号的护士说，你没预约挂不上号。另一诊室护士说，这个屋里是治癫痫病的，你精神有问题吗？我有些好笑，我快要成精神病了。于是，我又回到最先去的那个诊室，找另一个年轻医生。这个大夫与先前给我看病的大夫间隔3米多远，他正给别的患者诊断呢。我小声向这个年轻医生谈自己的病情，他说你根本就不应该上这个科来看。我有点莫名糊涂，我到底应该听谁的呢？满怀狐疑我走出神经科诊室，这时已是上午10点半了。老伴说，那咱们去中医院看看？我考虑太晚了，赶到那里至少需要一个小时，肯定挂不上专家号，普通大夫恐怕看不出什么。我还有个想法，自己去书店查一查这方面的医学书，或许能有所启发，之后再去医院准确地挂专家号。

洪岩很关心父亲的病，打电话询问我去医院看病没有。老伴回电话没提我们去总医院看病的事，只说过几天去中医院看看。儿子督促我们早一点去医院，有病不能拖。盛情难却，我们只好第二天去中医院瞧瞧。早晨七点从家里出发，路上正逢上班高峰，堵车严重，9点多才到医院。在门诊部，我们又费一番周折，国医堂的专家门诊要预约，今天挂不上号。我问导诊台护士，我的病症应该挂哪个科。两个护士商量一下，让我去推拿科，属于骨伤类。我说我的胳臂没受过伤，护士说去试一下，不对路可以换别的科。我们挂了主任医师的号，是13.5元。主任医师叫石玉生，两鬓有些白，正是我想找的那种老大夫。他询问一番，让我把左臂举过头顶，脖子向右歪，问我手麻不麻，我感觉不太麻。老伴主动向大夫说我脊柱弯曲，大夫听了说是压迫了神经，致使血流不畅，这病不好治，住院吧。具体是检查颈椎神经，打滴流进行医治，两个星期后看效果。我不明白，我的脊柱往右歪一些，可是压不到左边神经啊？并且我的身体活动没问题，来回往返也行，就不用住院打药吧？我怕住院各种费用高，在这医院看病不给报销，因为不属于我办的异地就医的医院。而大夫说，来回往返观察不及时，治好一点又犯了不是白治了吗？我纳闷，来回往返就能又犯病？我这种病不是越活动越好吗？心里是这么想，面上我不能反驳人家。老伴打圆场："行，我们回去准备一下，需要多少钱？"大夫迟疑一下说："一万左右。"我心里打鼓："不就是检查一下颈椎，打点治神经的药，就要这么多钱？什么药这么贵？"告辞回家，想一想辽阳不能给报销，又这么贵，干脆不治了，反正这个病也没有生命危险。老伴也这么认为，就同意不住院治了，她怀疑治疗也不一定有效果。过后，儿子听了我的想法，表示不赞同：别看现在没啥危险，将来发展起来不一定会怎么样，到那时候可能花更多的钱。洪岩让王瑶在网上给我预订中医院专家门诊。儿子的孝心我不能不领情，隔一天老伴再次陪我去天津中医院。这回我们早一点出发，坐一段公交车后又打出租车到那个医院。专家诊室统称"国医堂"，里面有五六位专家坐诊。我们按儿媳从网上给预订的专家号码，我们挂上了号，挂号费50元。走进诊室，我看到除了患者，还有两位助手坐在专家旁边。大夫询问了我的病情，说需要检查颈椎和臂部肌肉，即做CT扫描和肌电图。这个诊法与我想象中的中医看病方式大相径庭，中医不是讲"望、闻、问、切"吗？怎么一上来就让我做西医那一套仪器检查呢？这还能算是中医的风格吗？我又多一句嘴："大夫，我这左臂内侧疼痛的地方是不是有什么东西堵了呢？"专家反问："何以见得？"我自作聪明地说："中医不是常说'痛则不通吗'？"这句话引起了他们师徒的笑脸，但是他们没有回应我的话。专家让一个助手给我两种检查的单子，另一个助手负责记录。我们去交费，共计620元。在CT室做完了，又去另一处做肌电图。不知怎么回事，做肌电图的检查人员又让我再交72元，她说检查多了一个过程。可是我在配合时没看到她有什么格外的操作，她只是用钉子刺一下我的皮肤，屏幕上显示出一条线，没到10秒就完成了。

我们CT做完，当天还不给结果。3天后来国医堂把CT底片和肌电图给专家看，他说是脊椎压迫神经，给我开药，但是需要再挂一次号，否则收费处办不了。我们没办法，只好又花50元挂一次号，这不明摆着多收费吗？如果当天给我们底片，不就没必要再挂一次号吗？专家给我开了两种药，都是止痛的成品药，没有中药。

两种药吃一个星期，都是严格按照说明书的要求服用的。可是没有什么效果，相反各种不良反应却出现了：胃肠不适，放屁频频，更令人不安的是心跳加速、头晕……不敢再吃了，先停一停再说吧。隔了一天，胃肠在半夜时胀得慌，到下半夜肚子疼得我睡不着觉，爬起来到卫生间排一些便。第二天白天整天肚子疼，早晨和中午两顿饭都没吃。我把两种药品的说明书看了一遍，还真像不良反应那栏说的那样：胃胀、腹胀、屁多、积感，另外还有头晕、头痛、心慌等现象。天津产的药又加上嗜睡的症状，太令人害怕了！刚服用一星期就出现这么些不良反应，我还继续吃不？可花了钱不吃不是白搭了吗？没承想晚上更厉害了，要出大事！多喝点水，一宿没睡着。得了，不敢吃这两样药了，病也不治了。反正我这胳臂疼眼下对生命没有直接危险，若是因为吃药要了我的命就太不值了。

7

闲暇无事，我又把前年11月和去年3月买的三本"人与岁月"丛书翻出来再看一遍。去年3月买的一书名叫《家在云之南——忆双亲记往事》。书中记述了作者熊景明自己以及她父母、亲属的命运波折、生活磨难、人世沧桑、时代变迁等历史实况。总观这三本书，共同的特点是作者对中华人民共和国成立后30年政府实施的政策及领袖人物的一些做法进行了严肃、客观的揭示和评论。这些敢于正视现实的书籍能在全国重要的出版社发行，应该说是我们国家的一种社会进步，是好事。再读一遍，更加深了自己想写回忆文章的念头。怎么写呢？我没有赵铁林、熊景明那样比较高级的干部家庭和书香门第家世，也没有韩秀那种特殊的中外结合的出身，更没有他们后来通过自己的努力创造的业绩。我只是中国东北一部分特殊家庭的后代，是普通平凡地生活在人世间的老百姓。我就是想用自己这个人类底层茫茫人海中的一粟，来反映20世纪40年代到21世纪前十几年中国一个局部地方的一些真实情况。

我还想借鉴作家余华的作品《活着》的自序："作家的使命不是发泄，不是控诉或者揭露，他应该向人们展示高尚。这里所说的高尚不是那种单纯的美好，而是对一切事物理解之后的超然，对善与恶一视同仁，用同情的目光看待世界。"余华还说，"写作过程让我明白，人是为活着本身而活着，而不是为了活着之外的任何事物所活着。我感到自己写下了高尚的作品。"

我现在就想，如"人与岁月"的作者们那样，叙述自己平凡的经历。像作家余华那样为内心写作，真实地了解自己、了解世界。我曾经在辽宁省中部和东部地区一个角落平静地生活60多年，现在又迁移到天津安然地活着。我要讲述自己和命运的友情，让他们互相感激互相拥抱。为了实现这个目标，我初步制订了写作计划：每天早晨五点半到六点半，一个小时；上午九点到十一点，中间休息半小时；下午三点到五点，中间也休息半小时；纯动笔时间每天四个小时；每星期保证五天。其余时间我要帮助老伴做家务，去早市买菜，洗澡，去交各种费用，还要招待儿子全家来吃饭等等。

计划安排得挺好，实际执行起来就不是那么容易做得到。首先，我的身体不允许，整小时地坐着、动笔，脊柱就不行，常常写半个小时就得站起来，在屋里扭扭腰，遛一遛，揉揉眼睛。再就是电视剧和新闻节目会干扰我的头脑思维，影响我的写作过程，因为碰到好的剧情和重要的国内外新闻大事确实值得看。没办法，只好把时间挪一下，灵活一些，这样就打乱了我的计划。夏天回辽宁避暑或探亲以及办事情时，虽然我也把稿纸和笔都带着，但是只能抽时间找机会静下心动笔，效率大减。不管怎样，我还是要努力写下去，尽量抓住空隙时间，一定要在不太长的时间把底稿写出来。

在我去中医院国医堂看病的当天晚上，儿媳妇来电话说洪岩去深圳出差，后天（星期日）能回来。他们打算下星期二给我过生日，已经预订了饭店和生日蛋糕。说起来惭愧，前几天我还在心里算计，我的生日儿子他是否挂在心上，老伴这几天也没提这个事。我曾胡思乱想，按辽阳那边的风俗，长辈过66岁，女儿要给老爸或者老妈包饺子，洪图远在瑞士就讲不得。还有，老人过66岁生日，子女要给老人办酒席，请人来祝寿、演文艺节目，在天津就不可能了。儿子能想到老爸的生日，在饭店摆一桌酒席，全家乐和一下就不错了。第二天早晨听天气预报，这几天京津地区有大雾，飞机不能通航。我的心里不踏实，担心儿子为了抢时间回来，冒险坐飞机。我让老伴打电话告诉儿媳，让她转告洪岩，晚几天回来也行，千万别因为我过生日硬赶时间。洪岩是有心计的人，他延后一天乘飞机，星期一到北京，然后坐城际高铁回到天津。第二天下午6点，洪岩开车来接我们老两口去市里曹公馆饭店为我过66岁生日。曹公馆位于天津的城厢中路，是民国初年一个军阀曹锟的原住址，他曾担任过中华民国总统。宴会开始，儿子让老爸先说几句，我毫不推辞说："66年前的今天，一位平凡、中庸的男孩在辽宁省海城县诞生。他在辽宁省鞍山市、海城县、沈阳市、抚顺新宾县、辽阳市度过了将近64年的时光，生养、培育了一双儿女。现在又来到天津生活了两年多，感到很愉快，很幸福。"我说完了，6岁的孙子贾宪清举起杯子说："祝爷爷生日快乐，永远好心情。"我很高兴又感到惊奇：太聪明、太懂事了，这话是他爹妈教的还是自己临时发挥出来的？儿子儿媳点了6个下酒菜，是天津本地风味。主食是长寿面，这是天津的风俗。酒喝好了端上蛋糕，点蜡烛的同时发出了"祝您生日快乐"那首歌的曲调，宪清孙子和洪岩王瑶随之唱了起来，我和老伴也情不自禁唱着。然后，我吹蜡烛、闭上眼睛双手合十，祝愿全家平安幸福。儿媳拿出他们送给我的礼物：钓鱼用的望远镜和太阳镜。我心里十分高兴，看到老伴露出一点羡慕的表情。她的生日是七月十七，这时我们往往是在辽阳或者新宾住，儿子没机会给她过生日。宴会结束，洪岩开车送我们回到明家庄园，他在我们这里逗留一小时，谈了一些他大舅家的事。现在，老伴的大弟弟借住在亲戚的蘑菇工地办公室，打算买房搬出去。洪岩说，他愿意赞助大舅买房，也是为了以后我们去新宾串门有个方便的住处。

12月22日，女儿洪图从苏黎世乘飞机回国探亲，预计23日上午10点左右能到北京。她在电话里说不用我们去北京机场接她，自己从北京机场乘地铁到北京南站，从那儿坐和谐号城际高铁到天津火车站。既然这样，我们就直接去天津火车站接她。洪图告诉我们，估计到天津是下午1点左右，我们俩上午9点从明家庄园出发，到洪岩家是11点多。他们家没有人，我们有钥匙，自己进屋休息。中午，我们在厨房找两袋方便面煮了吃。午后1点，我们来到火车站南四出站口的地下层等候。过一会儿，洪图给老伴发来短信：她在莫斯科转机时晚点3小时，下午1点20分能到北京，我们算计，在北京机场出关，取行李，乘地铁到北京南站，再乘高铁到天津，可能在午后3点多。我建议到上面候车厅休息一会儿，可老伴见女儿心切，说："洪图发短信可能是在北京南站，用不上一小时就能到天津，咱们用不着上下来回折腾。"我没和她争辩，只好顺着她在地下出口站着等女儿。又冷又累，我的左腿根又乏又疼。实在挺不住，在旁边找个收票人站着的台阶，垫一张报纸坐着等候。果然是按我的估计，直到下午3点半洪图来了电话，说她已经坐上城际高铁往天津来了。15点48分，这是和谐号一个车次到天津站的时间，我们俩四只眼睛紧盯着每一个出站的人。我和老伴分工，每人主要关注一个出站收票口，也兼顾另一出口。用老伴语文课的词，就是全神贯注。终于，一位穿着淡亮赭石色羽绒大衣、手推着红色拉杆箱的年轻女子出现了。定睛一看，这不正是分别了半年的女儿洪图嘛！她也在张目盯着收票口外接站的人群，我们急忙走上前去，接过她手中的拉杆箱。半年不见，洪图依然精神十足。

我们徒步走到洪岩的家，上四楼洪图居然把四十斤重的拉杆箱一口气提了上去。等了两个小时，儿媳和孙子先回来了。洪图把从国外带回来的礼物一件件给了他们，其中一套玩具令宪清异常兴奋，玩起来没个够。晚7点，我们乘儿媳开的轿车到新开路道边的沃尔玛超市，上到四楼是"沸腾鱼乡"餐馆，洪岩正好下班开车来到这里。洪岩他们点的菜令老伴和女儿特别欣赏，尤其是主打菜水煮鱼就更甭说了，她们母女俩有半年多没吃到这么美味的佳肴，我却无福消受这川味辣菜，身体原因我多年不吃辣的菜了。我原想趁这个机会照个全家福，老伴说过春节时再照吧。

洪图这次回家探亲，有一个元旦期间带我们俩去云南旅游的安排，并且约好一位在广东工作的大学同学一起去。我考虑，这次我就不去了。一个原因是在十几年前我出差到过昆明，游昆明湖、石林，并留过影。另外这时天冷，虽然昆明气温是4℃～16℃，但至少得穿毛衣毛裤，来回途中不方便。最主要的是我的腿不宜做长距离走动，和她们一起活动恐怕我吃不消，还影响3位女士的旅游兴致。所以，我还是不去为好，又能省下几千块钱。洪图说，她计划元月3日晚从丽江返回昆明的车票要先买为妥，而且要的是卧铺，这样，她们可以不住旅馆还有地方睡觉，并且节省行程时间，这个买票任务自然由我来完成，第二天上午我在利津路车票代售点买到了两张2012年元月3日晚9点的下铺票，看来冬天淡季旅游的人不多。

12月29日，洪图和她老妈起程，去祖国的云南旅游。我老伴是个有福的女人，我为她过着幸福的生活高兴和自豪。早晨5点多，她们娘儿俩起床洗漱，收拾行装，我给她们下浑汤面条，期望旅途一切顺利，洪岩答应早上送她们去天津机场，7点20分车开来了，我送她们娘儿俩上车，叮嘱洪岩："车慢点开。"8点半钟，老伴来电话，说她们准备登机，下午3点多，老伴又来电话，说已经到昆明住进旅馆了，按时间算，我以为下午1点她们就能到达昆明。老伴解释，飞机中途在长沙停机，上来一些旅客，在机场逗留一个小时。晚上8点，我正想动笔开始实施我的写作计划，老伴又来了电话，她嘱咐我烧洗脚水时要注意，别睡着忘了。之所以特意打电话告诉我，是因为去年有一次老伴不在家去了洪岩那，我自己烧水忘了及时关火把水壶烧坏，险些出了大事。我回老伴话，请她放心，并谢谢她的提醒。她又说，昆明滇池的水太浑浊，比天津海河的水都差。我不相信，十几年前我也去过昆明滇池，那里水挺清，比海河强很多，现在怎么变成这样了！真是世事多变哪！

第二天，洪图娘儿俩去了石林，这个地方以前我也去过，晚上她们俩乘夜车去丽江，31日在丽江古城逗留一天。元月1日乘车去了大理，这个城市我没去过，丽江也没去过。当天晚上她们又乘车返回丽江，在这里洪图和她的同学会面，一起玩了两天：在茶马古道骑马、逛丽江古城街道、参观木王府等等。据说木王是纳西族人，明朝时为了免受其他族群的欺压，他与朱元璋的明朝交好，被封为木王。朝廷为他修建了府第，就是现在的木王府。当时，部落的贵族都姓木，平民百姓都姓和。

按洪图的安排，她们娘儿俩元月3日晚从丽江凭我在天津给她们买的卧铺票9点上车，在这里洪图与她同学分手。第二天早上5点到达昆明市，在市里逗留半天，下午2点乘飞机飞回天津。洪岩开车去机场接她们娘儿俩，回到明家庄园已经是晚上9点。老伴兴致勃勃地给我们讲述她们这些天在云南游玩的所见所闻，并把她们拍的影像给我看。又和洪图把给我们大家的礼物拿出来：给王瑶买的银手镯、给亲家母买的一条围巾、给孙子宪清买的当地特色糕点、给我买的一个用广东石制的牙签盒和昆明产的一只烧鸡，老伴为自己买一块披巾。

元旦前后这几天老伴和女儿去云南旅游，我自己在家正好可以静下心来搞写作。说是写作，真有点自夸，我从来没写过什么像样的成块文章。2011年12月31日这天，我把"人与岁月"那几本书又翻一翻，再熟悉一下作者的写作顺序。看看他们都先写什么后写什么，中间怎样描述，如何插叙和倒叙，等等。晚上，我拿出早就买好的稿纸，真正动起笔来。我是时代的落伍者，竟没想到用电脑写作，因为我根本就不会用。开头，是我早就想好的一句话，按照这个思路写了几页。再往下写，真不知道怎样继续进行下去。想一想，还是先放一下，明天再动笔。第二天早晨起来，我又开始考虑写作的事，事情过了几十年，有的是具体时间记不准确，更多的是详细内容记不全面。比如，在沈阳念大学时，"文化大革命"发展到建立"红色政权"阶段，辽宁省暨沈阳市革命委员会是1968年哪个月成立的，在那之后我们在学校都干了些什么事。看来，我应该认真地进行资料收集工作，向同学、同事、亲友们求助他们的记忆。要写点东西，比想象的难多了，但我不想像写小说那样，可以编造一些、虚构一些，既然要写

"人与岁月"那样的回忆录，就要尽可能保持真实、可靠，让"个人的历史成为社会史的一部分"。难是难一些，但我绝不打退堂鼓，我要下定决心，排除万难，争取成功。

下午2点多，我正在动脑筋思考写作的事，洪岩来了电话，告诉我晚上他开车接我去他们家吃饭。我这才想起今天是新年元旦，又是农历腊八节，应该家庭团聚在一起吃饭。老伴和女儿在云南旅游，儿子怕我一个人孤单寂寞，特意把我接过去与他们会餐。谢谢洪岩周到的考虑，他有知识，有孝心，我很满意。饭后，儿子又开车送我回明家庄园，这是我自己提出来的。原因是亲家两口子现在洪岩那住，我若留下来他们又要在沙发上将就，或者我睡沙发，他们会过意不去。更主要的是我想有自己的空间，想干什么都方便。我自己在家这几天，早晨运笔写了一些，颇觉笔顺。稿纸已经写了16页，约有6000多字，努力奋斗啊！

快过春节了，今年洪图在家和我们一起过年真不容易，从2001年她出国就没有和我们在家一起过几次春节。按老习俗，春节前要打扫尘土、擦玻璃、洗被褥等。洪图帮我们干，可她干活粗心，登高时脚面被塑料凳的横梁刮破了，掉一块肉皮，鲜血直流。老伴给找个创可贴，贴上也不管用，照样往外渗血，我让她干脆裸着创伤面，让血液凝固，登高的活由我来干。过年吃的鱼、肉、蛋、蔬菜等副食的采购以及水、电、煤气等交费都由我来承担，我骑一辆旧自行车，挺方便。但交煤气费要坐公共汽车去，有9站路，离天津火车站不太远。我从家里出来，骑自行车到最近的詹庄子站也需要5分钟。把自行车停在路旁居民楼的围墙边，还担心被人偷走。我已经丢过一回自行车，那是一辆儿媳不用的八成新车。当时，我把自行车停在我们居住的楼下，可能是我当时有事着急忘上了锁，被同一单元装修业主雇的工人顺手牵羊给偷走了。我把这事报到物业公司，他们只记下了这件事，但根本查不出是谁偷的，也没有精力查这种事。我很不满意，向收物业费的人提起这件事，那个人回去研究之后同意少收我们一个月的物业费。后来我在晨练时向退休老同志说起这件事，他们说在天津不丢自行车不算是真正的天津人。这句话太幽默，真是这样吗？也可能啊。河东区煤气营业所我每年去一次，每次交300元，但我还是记不住坐公共汽车哪一站下车，下车怎么走能找到。这回我打听一位中年妇女，她说："你跟我一起下车就行。"到了八纬路站，我跟着她一起下车，在车下她又向我说："你跟我走，到那地方我告诉你。"我见人家态度热心诚恳，就放心地跟着她钻胡同，走小路，不到5分钟就看到了煤气营业所。她还要到别处，临走时又告诉我往回坐车若是走大路应该怎么走。她是怕我记不住来时走的小路，找不回公共汽车站。唉，天津人真是热心肠，有素质，我一迭连声地表示感谢。走进营业所排队交费，我身后一位老人自言自语煤气费不贵，没涨价，我听了也有同感，这可能是国家控制价格的原因，照顾老百姓，交费后我走大路顺利地找到公共汽车站，在詹庄子站下车，急忙来到停放自行车的地方。还好，我那辆破旧自行车还稳稳地停在那里，这是我花70块钱在修车铺买的。

今年洪图在我们这里过春节，洪岩一家三口也到我们这儿过除夕和大年初一，这两顿饭的主食、副食、酒和饮料我和老伴都准备好了，全家六口人团聚一次不容易，大家都喜气洋洋举杯祝全家龙年大吉大利。孙子宪清按农历算是虚岁7岁，秋天就开始上小学一年级。我们阖家团圆过年，是人生的幸事，也应该是顺理成章的正常生活体现。然而，现在中国独生子女占很大比例，每到过年小夫妻去谁的父母那里过除夕、吃年夜饭成了一个难题。今年洪岩一家来我们这过年，儿媳的父母自然只能过他们二人的除夕。去年我们和亲家都在儿子那儿过的年，四位老人在一起过除夕、吃年夜饭、放鞭炮。我看，只要小夫妻互相宽容、理性地处理，没有什么不能解决的。当然，作为老辈，也要理解他们。如果小两口有一方过于强势，用老百姓的话叫"咬尖"，结果就不会那么和谐。我的大学同学，入团介绍人李敬林现在就面临这个局面。他的儿子在北京部队某机关做会计工作，儿媳可能是某企业白领，她的原籍是天津市大港区。每年过春节时，小两口都是分别各回各父母的家。我刚听敬林说他家这个事，感到很惊讶。春节时，我与敬林通电话，知道他儿子结婚已经5年尚没有孩子，老人无可奈何。对照我自己，感到自豪、幸运。这也应了老辈人说的话：一辈子欢一辈子蔫。敬林从上大学起至毕业分配到丹东市，先在工厂后来到政府机关工作，市局级公务员退休。可以说，工作、生活一直都很得意，然而儿子的事却令他不那么顺心。现在，我退休过起了老年生活，虽然几十年的工作不如意的时候不少，但是现在我的生活幸福、愉悦，我很幸运，我敢说，大学的同班同学里，我的状况从各方面讲比大多数同学都强。

元月25日，大年初三。洪图的探亲假快到期了，她决定今天返程回苏黎世。一大早吃完送行的饺子，洪岩开车送我们三人去北京机场。上午9时，洪图进安检验票口，10点半洪图从里面打来电话，告诉我们飞机开始上人。我们三人离开机场大楼，洪岩开车往天津返回，半路上接到洪图电话，说飞机马上起飞。今天因为起得早，我有些困，不一会儿就躺在后排座睡着了。可能是在车上睡觉受了凉，回到明家庄园感到身体不舒服、发冷，量一下体温，竟达到38.4℃，感冒了。一连吃几天药，烧退了一些，仍感到关节疼痛、浑身乏力。洪岩三口这几天都在我们这里住，因为亲家母娘家来四口人到天津串门住在他们那儿。我身体不舒服，全靠老伴一个人忙活五口人的饭菜，挺辛苦。

过了几天，我感冒好了，洪岩他们也回自己家了。我还得动笔抓紧时间写，有些事情的时间、地点、人物等我准备找敬林老兄帮我回忆一下，他是我们班群众组织的负责人，和我的关系也很好。找到他的联系电话，通话中知道今年春节他们老两口是在北京过的。他们住的这个高层楼房是自己出的首付款，房主的名字是敬林在北京生活的女儿。这是因为按揭贷款是以他们女儿的名义办的，买这座楼房时他的儿子可能没有贷款资格，这是我猜想的。每月还房贷是由敬林两口子出，房子是由儿子儿媳住着。现在父母给儿子买房很普遍，我们也给儿子买房出了首付。不过，以后每月还按揭贷款都是儿子他们出，我庆幸自己能有这样理解父母的孝顺儿子。我把求敬林帮助我回忆学校"文革"期间一些事向他谈了，他很爽快地答应，并且对我的想法很称赞，祝我成功。第二天，他用电脑给我传来大段的我当时不知情的实际内容，我很感谢他，敬林是个令人尊敬的人。昨天电话里，我和敬林的夫人、校友王春梅也谈了一些话。她听说我女儿在瑞士工作、生活，但还没有结婚，就提出她认识的一位我院校友的男孩子也还没有结婚。那个男生现在是在美国工作、生活，如果有意向的话，她愿意帮助联络。我向她表示谢意，愿意听到好消息。王春梅是我校纺织系六四九班的学生，她和敬林在临毕业时搞的对象，两人分配到丹东以后不长时间就结婚了。我和王春梅能谈得挺熟还有一个原因，她原籍是新宾县木奇镇人，是由新宾县高中考到沈阳轻工业学院。木奇镇距离我分配的县造纸厂有40里，当年我回海城老家或者出差时都路过那里。我老伴是新宾县人，她们是老乡，所以谈起来格外亲切。过几天，我们把敬林夫人王春梅的意思和洪图在电话里谈了，女儿说联系可以，但不要抱太大希望。我再打电话问敬林，男方是否有婚史，回答说没结过婚，我向敬林强调我们女儿只想在瑞士生活。后来敬林他们来电话告诉我们，男方也不打算离开美国。事情很明确，双方就没必要进一步联系了。洪图周末来电话，老伴把敬林的话告诉了她。洪图说，她原来就没抱什么希望，人家在美国干了一些年，有一些根基，当然不能轻易离开。这件事使老伴有些失落感，看来女儿的婚姻不是那么容易解决。我安慰老伴，还是时机未到，即所谓缘分没到。不过，我们催促洪图，自己要适当抓紧一些。

虽然已经农历七九，但是天气依然很冷，中央台报道说，是因为欧亚极寒天气所致。但美国华盛顿却发生早春现象，前几天樱花都开了。气象专家解释，是"北极涛动"，也有"拉尼娜"现象所致。今年到现在，我国东北的南部、华北的京津地区一直未下过雪，气候干燥。也有人为因素造成的全球变暖，北冰洋的冰层融化等原因。

正月十五元宵节，我们没去儿子那里过节。这个星期老伴也患了感冒，我分析是过年操心劳累，另外天气也不好，风大降温，也可能是我的感冒传染给她。洪岩几次来电话让我们去，都被老伴推辞了，她是怕把感冒传染给孙子。

农历正月快过去了，我们又恢复了正常生活。老伴每天上午8点去福东北里打太极拳，我在早饭前半个小时到本小区活动场地锻炼，捎带和退休老人唠闲嗑。

8

儿媳王瑶和去年一样，给我们办了体检卡。5月下旬的一天，我们老两口去体检中心做了半天比较全面的身体检查。现在我们的生活水准提高了，以前在辽阳市甚至再早一些年在新宾县哪有专门的身体检查这种事？想都没想过，也没有这样专业机构。现在，一方面是儿子儿媳孝顺的表现，另外也是我们住到了大城市，享受到高档次的生活待遇。5天后，我和老伴去取体检报告，我们两人的心肝肺脾基本正常，血压血脂也合格。老伴左侧附件有轻度囊肿，不明白是怎么回事。她还有一侧肾有积水，是因为输尿管狭窄，影响排尿导致这一侧肾脏积水。这个问题在辽阳市就检查出来了，让她做手术她不干，认为另一侧完好不影响正常生活就行。此外，老伴还有轻度的眼球白内障，视力受影响，她也不在乎。我的胆内有结晶。不明白是怎么回事。我有时自己感到右侧肋下有轻微疼痛，不知道是不是肝有什么毛病，但是检查结果没啥问题。

早晨，我仍在小区活动场地做各种运动，休息时我们这些熟人又唠起来。一位在福东里居住的辽宁唐姓老乡，是"文革"前的中专生，原是阜新煤矿的技术干部。1963年全国支援三线建设时，他被调到四川攀枝花煤矿工作。后来入党，退休时是党委纪检干部。提起那个时候的经历，他感慨万千：刚去那些年，住的是石头砌的墙，上面苫着野草的简易棚子，冬天冷夏天热。喝的是金沙江混浊的水，根本不消毒。"先生产后生活"的政策，使他们这些支援三线的职工受尽了苦和累，现在他患的胆结石病就是喝那个水造成的。用他的话讲，这一辈子什么事都经历过。直到近几年，办了退休，有了劳保，情况逐渐好转。这两年国家对有高级职称的人给了明显的优惠，这位老唐现在生活也不错，退休时是企业中层干部、高级政工师，退休金比普通职工多一些。他的两个儿子分别在杭州和天津工作，生活都不错。美中不足是他老伴前几年因病去世，再婚因性格不合又分开了。他曾到附近"美福"养老中心看过，以后是否有住进去的可能不得而知。

敬林从网上给我们发来今年5月份他们在大连聚会时的合影照。这次聚会是与我们上届造纸班同学一起办的，是以他们为主，所以我没去参加。看照片我班同学是10个人，多数人都没去，上一届的去得多。原先和我在新宾一起工作过的上届校友张金荣、高永维两口子参加了，还有后来也转到辽板公司的唐大文。他们打听我的情况，敬林告诉他们我现在在天津居住。虽然以前我混得一般，但是先苦后甜，我的子女都是重点大学毕业。这是普通百姓的虚荣心？我承认，反正现在我挺舒心。我让老伴把照片从网上给敬林和刘心淑发过去，老伴说我臭显摆。对！我就是要让同学们知道我现在生活很美好。老伴挑一些在欧洲拍的影像给发过去，受到了他们的赞美羡慕。

今年农历五月初五端午节，国家给老百姓放小长假。为了发扬中国的古典文化，清明、端午、中秋这三个传统的民间节日被定为法定假日。加上相邻的周六周日两天，就有了小长假之说。今年端午小长假第一天，洪岩一家三口与我们和亲家四口一起去天津蓟县棋盘山游玩。这是儿媳王瑶在网上预订好的，吃、住在农家院。两辆轿车载七口人到达山脚下公路边，一块牌子竖立在那儿：山里红农家院。我们走进院里，看到前后共三排房子，前两排是游客的卧室，两排房子中间有花草、蔬菜，绿莹莹的。最后一排是餐厅和客厅，可以唱卡拉OK。现在，农家院是农民致富的一种途径，春、夏、秋三季都有游客，收入颇为可观。我们在头一天下午到附近转一转，没去远处。第二天早晨，我到距农家院一百米的水池边散步，空气之新鲜天津城里不能比。这里可以钓鱼，可惜我没带渔具，听说可以租用。早饭后，按原来的安排登棋盘山。据说乾隆皇帝曾经写诗赞美这里："早知有盘山，何必下江南。"我们坐旅游专车来到山门，因为腿的情况我不打算登山。在山门口，我们老贾家五口留了合影。之后，他们六个人买票进山门，我自己乘旅游车回到那个山里红农家院。听老伴回来讲，他们先徒步往上走一段路，然后坐缆车到山上面，再走一小段路到顶端。山上的风景不错，有雾、气温低。往四周俯视，自然是"一览众山小"。老伴坚持走完全程，但后来也感到膝盖疼，幸亏我没上去。孙子宪清6周岁，一直走在前面，前年那回登山他还得让姥爷抱着上去。晚上我们又在农家院住一宿，第三天上午9点出发回到洪岩家已是11点多。午饭后，洪岩开车送我们老两口和他丈人往东走，先到我们明家庄园，再往大港区送他老丈人。下午5点，洪岩又开车来到我们住处，他从车里给我搬来一个学生课桌。我们亲家老王是在天津市大港区一所高职学校保卫部工作，在他值班室里有一个课桌。洪岩听说我因为在寝室自己搭的台子写字不方便，台面矮，身子向前倾斜太厉害。他怕我写字时间长脊柱错位易产生腰脱，所以向他丈人要了这课桌给我送来。到现在为止，我已经在这张课桌上写了一年多文字。如果将来有一天这篇拙作能有机会面世，那么我要永远记住这张小课桌。

9

6月下旬，我们老两口又该回辽阳居住，避暑是一个方面，主要是辽阳的楼房更换正规的房产证问题还没解决。去新宾县探亲是老伴终生的愿望，回海城给父母上坟是我必须做的，虽然说已经过了清明节。27日晚上8点多，我们在天津站乘深圳至沈阳北的187次特快卧铺，第二天早晨6点左右到辽阳站。

在辽阳的平凡生活开始了，晚饭后我和老伴一起到居民小区活动场地，观看老年广场舞和交际舞。我们分别见到自己的老熟人，我又看到纸板公司原副总工程师、科协主席李锡香。闲聊起来，他说去年成立的"国企高工维权俱乐部"曾经组织几个省的相关人员去中南海面见负责接待的人，要求我们的退休金与公务员退休人员同等待遇。接待人员基本答应了，所以2012年国企退休高级职称人员（包括技术、经济、政工等）得到了优惠补贴：西藏地区550元/月、吉林省450元/月、辽宁省400元/月等等。老李还说，要继续争取达到公务员退休金的中等水平，我相信有可能达到。

接连几天遇到纸板公司的熟人，他们都因为我这次退休金涨得多而羡慕我。原公司调度室主任刘维新更是直言不讳："还是贾总啊！书没白念，我这个主任是不好使呀。"我理解他这个企业退休的中层干部仍然低薪的心理，但我能说什么呢？还有原公司党委组织部长王云发，晋高级政工师时他不太在乎，没晋上。而党委办公室主任王庆是教师出身，对晋职称挺重视，争取一下就晋上高级政工师，这回也享受到高级职称的优惠。

一天晚上，在活动场地我见到同住一个楼的洪老师，他一般不常到这个地方溜达。和他唠一会儿，总离不开退休金的事。他的亲家付英品，是我们沈阳轻工业学院1964届的毕业生，与新宾县造纸厂工作的刘玉魁是同班的。老洪说，今年调完退休金他亲家才1600多元。我知道，付英品没晋上高级工程师，所以退休金少一些，没想到竟然差这么多。我和老付退休后有多年未见面，他一直住在大女儿原来住的市里房子，不来纸板小区见我们。我真是挺想念他，毕竟我们在辽板公司一起待15年多，虽然没在一个部门工作，但是我们转到纸板厂之前在省造纸学术年会上都认识，挺熟的。1990年，辽板公司开始晋高级职称时，由于名额限制，加上我们来纸板厂时间不长，所以都没列入考核名单。到1992年，再次职称晋级，我晋上了，老付仍然没能晋上。那一年，我已经是纸板公司二分厂的副厂长，老付在质检处任一般职员，付英品人老实，不爱说话，但工作踏实肯干，是个好人。可是，公司技术处处长对他印象不佳，认为老付虽然是大学本科毕业却挑不起工作担子，技术上没有成果也没有像样的论文，不够晋升资格。技术处长是公司负责晋升技术职称的委员，说话管用。我虽然比老付晚毕业4年，但我在新宾县造纸厂担任过技术股长，现在是纸板公司二分厂副厂长。在新宾和辽阳两个企业我都搞过技术改造，在《辽宁造纸》刊物上发表过技术论文，在全国板纸专业学术年会上宣读过；而且，曾代表辽板公司去非洲喀麦隆国以造纸专家名义考察、筹建纸厂等。我的这些业绩使技术处负责人不敢小瞧我，尽管他这个老中专生对大学毕业生有些羡慕和嫉妒。后来还有晋升机会，老付都没把握好，直到退休他还是中级工程师。我的同班同学王德忱，他比我晚一次晋升高级职称，听说是因为论文水准不够。头几年大家都按政策拿退休金，没觉得职称有什么作用。恰好在2005年我退休时，国家开始对我们高级职称的退休者有了优惠，虽然少一些，几年过去逐渐显现出差别。到今年，我每月退休金比老付多1000元。

洪老师又和我谈起他自己一生的经历：因为他的家庭成分高，他这个1960年毕业的高中生无缘上大学，招生办看他的政治条件不予录取。因为高考成绩好，后来给他一个师范专科的名额，但第二年学校就让他走人，不承认学历。没法子，他后来到北大荒一个农场当维修工，算是有了正式职业。因为家庭出身问题，搞对象很困难，最后在农场找一个与他同样政治条件的矮个子女人。当时能找到这样的女人嫁给他，就已经谢天谢地了。洪老师念高中时，曾处个女朋友，却不能结婚，终生感到遗憾。直到改革开放，政治上松动给他落实政策，当了一名小学教师调回了辽阳老家。值得宽慰的是，他两个子女都上了大学，毕业后顺利结婚成家。儿子一家四口近年移民到加拿大，女儿在黑龙江省大庆市当一个大学教师。每年老洪两口子都去大庆市住两个来月，去年他们去加拿大探望儿子一家。明年计划再去，顺便想到美国玩一玩。洪老师的经历可以拍一部电视剧，反映那个年代底层老百姓的生活。"人是为活着本身而活着"，再苦再难也熬过来了。

回到辽阳居住，我的笔不能停，"人与岁月"丛书激励我奋进。有时候，我向老伴询问一些有关她家过去的事以及我们结婚以后在新宾生活十几年的琐事。老伴不太愿意谈，她觉得过去的日子特别是和我结婚以前在生产队的时期不堪回首，回想起来心里不愉快。她现在又不赞成我写东西了，怕惹来麻烦。我不这么认为，我觉得客观、真实地把当年那些事写出来是我做人的责任，是普通民众对历史负责，对社会负责，应该写、值得写。我不知道会惹来什么麻烦，反正我问心无愧。

老伴家的情况前面曾简单提过，我们一起生活40来年，对她家情况有了更多了解。雅琴家原来是农村贫苦农民，爷爷辈来到抚顺河北区（抚顺城），后来学得铁匠技术，与别人合伙办个铁匠铺。雅琴的父亲长大以后，就在铁匠炉打铁并给骡、马钉掌等，是纯粹的工人。可能因为过度劳累、营养不足，中年就患肺病去世。这时她家已经与爷爷家分开过，雅琴她妈寡妇失业地领着四个孩子没法过，曾改嫁与一男人结婚。没过一年，那个男人不堪负担沉重，与雅琴的母亲分开了。60年代初，一个中年妇女在城市里找不到工作，挣不到钱，难以养活全家5口人。在这种情况下，我那岳母带着雅琴和3个男孩投奔新宾县农村的娘家哥哥。她在生产队劳动挣工分，抽空搞点小开荒种些苞米、豆子补充家里吃、用。雅琴看母亲这么辛苦操劳于心不忍，初中没毕业就到生产队劳动，挣半拉子工分，帮助妈妈养活3个弟弟。她很要强，几年的磨炼成了女劳动力中的主力，后来还当了妇女队长。然而，当年农村的困苦劳累生活，使她下决心脱离在生产队挣工分维持生活的境况，争取找一份挣工资的职业。雅琴所在的生产队当时归国营嘉禾畜牧场管辖，场里有鹿场养梅花鹿，养种猪等经济动物，编制是国营企业单位。除了这些饲养场之外，所属的两个生产大队与其他公社生产大队一样种庄稼、农民挣工分分口粮。1968年嘉禾畜牧场成立广播站，宣传毛泽东思想和党的方针政策，同时也负责接电话搞通信等。雅琴当时在生产队里算是文化程度较高、各方面突出的社员，又是生产队干部，所以被推荐上去。全畜牧场各生产队一共推荐好几个人，雅琴经过面试、朗读报纸社论等考核，最终被录用。我记得在1969年春天，我和一个分配到造纸厂的技校学生迟澍一起到嘉禾畜牧场看梅花鹿，在一排平房中间有一间屋子开着门。我随便往里面瞅一眼，看到桌面上有麦克风，旁边有放大器。我想，这间屋大概是广播室吧？这时屋里有一个梳着短发的青年女子在忙着什么，我没好细看。几年后我和雅琴结婚，无意中提起这件事，她笑着说："可能有这件事，我看到两个陌生人从我们房前走过，其中一个稍矮一点的还往我们屋里张望。"雅琴在畜牧场广播站工作了两年，每月工资是30元。可这终究是临时工，户口还是在生产队，不是长久之计。正好那时抚顺市师范学校招生，给新宾县一部分名额，雅琴在广播站还负责接转电话，先知道这个消息。那时，教师属于"臭老九"行列，在社会上不吃香，有的人即使知道这个消息也不一定爱去。雅琴的考虑是：念师范学校毕业就能当教师，就能挣国家工资，吃商品粮，户口也能变为非农的。至于政治方面，她不在乎，她家是贫农成分，到哪儿也没有人敢欺负。雅琴找畜牧场负责人，好话没少说，硬是得到了入学的名额，到抚顺师范学习。那是1972年，根据当时政策"哪来哪去"，雅琴回到嘉禾驿马大队小学教书，一年以后调到场部的嘉禾中学当语文老师。工资待遇是36元/月，户口变成非农。1974年，经她的亲戚和我的同事介绍，我们成就了这个幸福的婚姻。我们不像现在的年轻人，有什么恋爱过程，双方觉得条件合适，人品好就行。虽然我是大学毕业生，可是家庭政治条件差，虚岁已经30岁，能找到一个有正式工作，挣工资的女人就知足了。雅琴当时对我的政治条件也有所顾虑，她妈妈比较实际，对她说："咱们家不想当什么官，过好日子就行。你年龄也不小了，别犹豫了。"我这方面还想，找一位教师比找一个普通工人强，有文化有修养。后来的生活历程证明我的考虑是正确的，我们的孩子能得到良好的教育，都上了全国重点大学。这和雅琴对他们初中阶段的教育很有关系。现在，老伴的退休金比我还多，教师的地位提高了。我们俩都心满意足，我们的选择都是正确的，是我们命好，有福不用忙。

雅琴的两个大弟弟先后参军，老大赵德富曾参加1969年中苏边境的珍宝岛战役，当时他是炮兵部队的侦察兵，他所在的部队离前沿阵地10里左右。老二赵德玉部队驻扎在吉林省四平市，他担任过武警部队监狱警卫人员。他们家的生产队因为归属国营嘉禾畜牧场，现在都办理了职工退休手续，每月能得到1600多元退休金，其中有当军人的一些补贴。两个弟弟的对象也都有退休金，生活水平在新宾县当地能算得中等。老弟弟情况比两个哥哥还强一些。

2012年7月27日，伦敦奥运会开幕。北京和伦敦的时差是7个多小时，我是28日早晨起床后从电视里看到开幕式。伦敦奥运会点燃火炬的方式很独特，是由7个人同时点燃的。文艺节目向世界展示了英国发展的历史：炼钢、机器制造、蒸汽机车等等。中国的2008年北京奥运会向世界展示的是中国古代的四大发明：指南针、造纸术、活字印刷术、火药。显示了古代中国人的聪明才智。奥运会开始以后的几天项目，中国夺冠的项目很多：女子射击、举重、跳水、游泳、体操等；男子游泳、跳水、举重、体操等。

10

　　8月初，老伴的老弟弟赵德仲的儿子赵楠要结婚买房，向姐姐求援。我这个老小舅子是永陵镇供销社副主任，他儿子大学毕业5年，已经虚岁30。前些年供儿子读大学、毕业找工作等已花去了他20多万积蓄，现在无力买房。只好向老姐求助。都说老嫂比母，我看老姐比嫂子更强。老伴在电话里一口答应下来，同意自己拿5万，余下的找洪岩帮助解决。我在旁边能说不管吗，只能默认同意。老伴答应爽快，行动更快。她放下手机，马上用座机给洪岩打电话。洪岩在小学五年级以前一直在新宾县生活，和舅舅们的感情比与叔叔、姑姑们更亲近。接到他老妈的电话，啥也没说，立马答应拿出5万块钱给他老舅汇去。我和老伴的存款有一份马上到期，另一份一年期的还有两个月就到期。老伴不管那个，等第一份三天到期后就把两份存款一起取出来，凑够5万元给她老弟弟汇去。

　　去年因为老小舅子媳妇和他吵架，赌气出走半个月，雅琴为了使他们冷静和解，没有回老家探亲。这回老小舅子一门地催促我们去新宾串门，他将热情地招待，请我们啃新下来的苞米、吃鹿肉。8月15日，我和老伴登上午后3点多的大连至图们的火车。我们乘的车厢是卧铺临时改成硬座票的车厢，可能是因为卧铺票没卖完有剩余，若不卖成硬座就白瞎了。我们上车后与周围旅客闲聊知道，他们中很多人都是到大连旅游，其中有抚顺市的，吉林梅河口市的、图们市的，还有铁路沿线县镇的。现在老百姓生活水平提高了，普通收入家庭的也舍得花钱出去旅游。因为到大连的路程不算远，省些钱坐硬座也能将就，所以火车卧铺票就有了剩余。到南杂木车站是下午5点多，下火车坐汽车，7点来钟到永陵镇。老伴的大弟弟现在已经搬到镇里住，他带着孙女在客运站接我们。老弟弟的家在离永陵镇10里的嘉禾村，也就是国营嘉禾畜牧场所在地，因为天晚路远就没过来接我们。晚饭少不了喝酒，这是大小舅子的最爱，我和老伴也喝了点啤酒。大小舅子的儿子、儿媳也住在永陵镇里，离得不远也来一起就餐。儿媳妇叫姜岩，头些年去日本打工，挣了十多万元，现在大小舅子住的楼房就是小两口花钱买的。姜岩在永陵镇街面开了服装卖店，儿子赵云在建筑队当电工，两口子收入挺可观，他们在镇里又买了楼房。

第二天早上，我一个人穿过罕王小区住宅楼，来到久别的苏子河畔散步。现在，永陵镇这段河堤修得够档次，类似城市的河边那样装饰。堤面是砖铺的路，种有各样的花草树木，隔一段距离就安装一个路灯。靠河面一侧堤坡是用水泥、沙石筑就的，有台阶往下通到河边。靠近罕王小区出入口一段堤上安装有各种运动器械，与城市居民小区的活动场地一样配置。变化真大呀。想当年这一带是窄窄的土堤，堤外是一片青草洼地，间或有几株柳树。贯穿永陵镇的街道原来只是一条土路，勉强能对开汽车，两边居民住宅和商店全都是一层的平房。现在，永陵镇大街比原来宽了几倍，有绿化条块间隔成快慢车道，路灯配装在条块上。电线杆高大坚固，上部是路灯，中部挂着广告牌，上面印有广告词：清朝故里、神奇新宾，努尔哈赤故乡、清朝第一都城。两套宣传词轮着变换。大街的两边全是楼房，商店鳞次栉比，俨然是条城市里的商业街。真没料到，改革开放给乡镇带来了翻天覆地的变化！

这天下午3点，老小舅子德仲把我们俩接到嘉禾村他的家。本来，他们两口子都在国营单位工作，一个是供销社，一个是在农行信用社，应该在永陵镇里居住。因为小舅子媳妇退休前在嘉禾信用社工作，后来由于嘉禾地区业务量少就合并到永陵镇里。空出的房子就让小舅子媳妇两口子住了。晚饭时，老小舅子杀了一只自家养的大公鸡，配上野松树蘑，成为东北地区招待姑爷的名菜：小鸡炖蘑菇。他又把别人送给他的鹿肉炖烂糊加些豆角，这在当地是上档次的菜。姐夫姐姐上门，对他们又给过有力的支援，自然是对我们感恩戴德、全力招待。又把他的大哥大嫂全家人也邀请来，陪我们喝酒、唠嗑。饭后，老伴向她的弟弟、弟媳、侄女谈起我们两口子去瑞士探亲、游法国巴黎、意大利罗马的经历，同时让他们观看我们俩在这些地方的留影。这一下子把他们羡慕得五体投地，尤其是老伴的两个侄女，更是交口称赞她们的姑姑有福，我这个当姑父的在旁边扬扬自得。

　　在老小舅子家住了5天，每天我都去附近的河边钓鱼。老伴与年轻时在嘉禾畜牧场和中学的同事、熟人见面唠嗑，所有见面的人都夸她的命好。一天晚上，老伴和老弟弟谈起赵楠的婚事，德仲两口子对未来的亲家不太满意，有一次碰面对他们挺冷淡，有点瞧不起的样子。老伴说："赵楠是大学毕业生，又精又怪，现在邮局工作。你亲家的姑娘只是医院普通护士，他自己是个一般大夫，有啥了不起？你们的条件不比他们差，牛啥呀！哪天你们会亲家我也去，看看他到底是怎样的人。"有姐姐给撑腰，老小舅子两口心里有底了。

　　在嘉禾村，我们吃住招待得相当好。有一回我去河边钓鱼，把鱼钩鱼漂都挂在河底的树枝上，我回去打算找个长杆把线拽出来，这样连钩带漂都能取下来。德仲听说这个事，干脆打个电话，让他朋友给我买来全套的渔具，4.5米钓竿一副、线一团、鱼钩三包、鱼漂一对。他对我太好了，令我有点过意不去。第二天我和老伴说："别在这儿麻烦人家了，咱们回永陵镇住吧。"说实话，不单是他们的热情招待让我有点受不了，晚饭后没地方散步没熟人闲聊也让我受不了，嘉禾路边虽然有路灯，但是没有人走动，一到晚上静得令人害怕。这个村基本没有认识的人，令我感到寂寞。而在永陵镇，晚上有人在河堤上往返行走锻炼身体，也有人在运动器械上做活动，经常能见到造纸厂的熟人。年岁大一些的人在亭子里坐着唠嗑，我凑过去听，什么涨退休金了，开十八大了，等等。这个情况和辽阳、天津差不多，我喜欢生活在这样的群体之中。

　　回到永陵镇大小舅子家住，我感到很舒坦。早晨到菜市场闲逛，市场里人很多，买菜、买肉、买河鱼等。回想1986年以前，我在造纸厂后山家属宿舍住时，镇里没有早市，白天也没有市场。公家卖肉要肉票，每月每人供给半斤。买粮要粮证，细粮每人每月5斤左右，大米白面都在内，豆油每月3两。现在这些限制都取消了，愿意吃什么随便买，凭证凭票成为历史。在早市，我遇到新宾造纸厂留守组的头头李平安，他今年退休。看到我挺热情，他打听我退休开多少钱，这是企业退休人员见面必谈的内容。我告诉他是2600多元，他说不算少。我反过来问他退休金是多少，回答说没有我多，2300多元。晚饭后，我在苏子河堤上散步，见到造纸厂的电工赵铜铃，我感到他比李平安更热情。赵铜铃向我介绍造纸厂老熟人的情况，和我前年碰到的抄纸班长米海富说的差不多。这回我准备回请一下陈世杰，再找几个人陪同，除了上次一起吃饭的李洪德、薛喜福外，再请原质量检查股的头目崔昌满和班长图玉环来聚一聚。联系到了陈世杰，他答应帮助我通知这些人。

央视综合频道这两天报道，今年第十五号台风布拉万在8月28日影响到辽宁东部，丹东、抚顺、大连有大到暴雨。晚饭后雨小一些，我打着伞到河堤上散步，整个堤面除了我只有一个人在活动。我沿着河堤往下游走，来到老桥边，顺着老桥的路往镇里走，穿过镇中心的东西大街，再往北走不远的西侧就是我曾经工作半年的永陵中学。校园里还是原来南北两栋教学楼，这是我在永陵镇生活时期唯一有楼的单位。当年，我曾经以工人阶级的一员去占领"上层建筑"，到学校"掺沙子"，在初三教化学课。和我前后去任教的还有一位曾在老城小学当老师的吴景春，他在头几年从小学调转到造纸厂工作。那时候，教师能转到工厂上班不容易，得走后门托人才能给办。现在他肯定是后悔了，工厂职工的退休金不到教师退休金的一半！当时，我们去学校教课，学校的老师轮番到工厂劳动改造，这就是那时的实况。其实，我和吴景春与到工厂劳动的教师都是一样"臭老九"，只不过我们身在工厂罢了。

今年这次来新宾，我还打算见我同届毕业分到县酒厂的轻工业学院校友白龙男。我是从敬林那知道老白的消息：他一直留在新宾，儿子医学院毕业在县中心医院工作，现在是主任医师。来新宾已经半个月，现在我们要回辽阳，还没去看望他，有点不好意思。老伴说："你和他不是一个班级的，没啥深交，见不见没什么。"我听她这么一说，也有点动心。心想打个电话告诉老白一声算了。电话打通了，老白极力邀请我去他那里，30年未见，校友情意重，我还是答应他了。上午8点，我在街上等到一辆南杂木至新宾县城的长途客车，半个小时就到达县城客运站，他骑摩托车把我带到他的家。现在住在城东北角，我记得这里以前都是农田。老白告诉我，这一片是县税务局盖的楼房，小区里大部分是税务部门的居民。他住在三楼，103平方米，二室二厅一卫。在一楼他还有一处车库，40多平方米，价格和寝室一样。他儿子家在这栋楼的另一单元，看来老白现在生活相当宽裕。我走进他的居室，与他夫人见了面，和老白一样，都是朝鲜族人，她前些年从县朝鲜族中学退休。老白向我叙说他这些年的经历：90年代初停薪留职下海，先是在新宾县城办个化学厂，后来迁到抚顺市办，挣到一些钱。到退休年龄后就不干了，在家养老。因为离厂较早，没赶上评高级职称，所以退休金比我低一些。但人家早先下海挣到钱了，好几百万呢，我这点固定退休金算个啥。老白又谈起他的两个儿子：老大是县医院大夫，骨科主任，号称"白一刀"。现在的医生，尤其是有点名望的，他们的收入和社交关系不可估量。老二是吉林大学本科毕业，现在德国读硕士研究生。老白的老伴不愿意让孩子留在国外，现在世界金融危机，工作难找是个原因。我也向老白介绍我的一双儿女近况，细说了女儿出国读书，就业以及目前在苏黎世的情况。他们两口子对我的状况称赞一番，我们彼此对现在的生活都很满意。中午，老白领我去县城一家狗肉馆喝酒，吃冷面和狗肉，他老伴和孙女和我们一同就餐。我以前极少吃狗肉，这回也享受一回朝鲜族风味。结账时，我看到女老板坚决不收钱。原来，老白的大儿子"白一刀"常来这家狗肉馆被请或请人吃饭，他们很熟。老板懂得有舍才有得，客人常来光顾，她挣得会更多。分手时，老白叮嘱我，下回来咱们一起去水库钓鱼。他现在闲暇时以钓鱼为主，而且是钓大个的鱼，这令我很羡慕。老白给我找辆出租车，他先交了钱让司机把我送到汽车客运站，老白对我热情地招待令我很感动。

　　午后3点我乘长途客车回到永陵镇，下车顺便到一家食品店看生日蛋糕。老伴快过生日了，不管她弟弟们怎样安排，我当丈夫的得主动张罗这件事。晚上，老小舅子请我们及他的两个哥哥、嫂子下饭馆。中午我已在县城吃了狗肉、喝了啤酒，实在打忟再下饭店。盛情难却，我只好点了白菜炖豆腐，菜谱上没有这个，是特意给我单做的。

　　第二天上午8点，德仲两口子来永陵镇接我们及德富两口子一起去驿马沟东侧半山腰，岳父赵凤林和岳母魏桂枝的坟在那里。老二德玉两口子已经在那里等候。老伴雅琴和她二弟老弟把坟边的草割一遍，老二媳妇摆上供品，往边上洒些酒水。大家都跪下磕头，求先辈保佑我们平安、幸福。我这个大姑爷也不例外，全都和大家一样做。我正在老小舅子身边，灵机一动和他说："你求爸妈保佑你有个孙子吧，准灵。"德仲微笑说："但愿如此。"我之所以产生这个念头，是因为他们老赵家现在孙子辈还没有一个男孩呢。祭拜结束，我们下山来到老二的家。他岳母已经80多岁，一直在他那住。我和雅琴顺便看望老太太，也看看老二家新装修的房门脸和打的深井。现在农村居民大部分都有自来水、卫生间、下水管、电磁炉或煤气灶，这样的现代生活设施既节约了木材又减少了污染，是社会的一大进步。柏油马路在前几年就修到村子里，还有一处活动场地，晚上可以唱歌、跳舞，这都是改革开放给农民带来的幸福生活。

接近中午，我们没在二小舅子家吃饭，回到老弟弟的嘉禾村吃午饭。饭后老大打车回到永陵镇自己家，我去嘉禾村西侧的河边钓鱼，没想到竟钓到50多条10厘米长的白鱼，明天老伴过生日可以做一盘酱焖河鱼了。

9月2日是农历七月十七，是雅琴65周岁生日。按我的想法，在她老弟弟家由德仲给他姐姐过生日。一切都按预想的实施，是她老弟弟主动操办的。德仲和媳妇准备了丰盛的菜肴：杀鸡、炖牛肉、海鲜……大弟弟在永陵镇给姐姐买了蛋糕，本来我想买来着。二弟弟两口子带着外孙女来凑热闹祝贺。大家喝酒、吃菜，我抓住机会在一边给他们照了一些相。姐弟们共同举杯祝寿，场面挺热烈。最后端上蛋糕、点蜡烛，我带头唱起了生日歌："祝你生日快乐。"老伴高兴地吹蜡烛、双手合十，祈愿我们大家健康、平安、幸福。

第二天，我们和德仲两口子去永陵镇。当天晚上德仲两口子去会亲家，不知什么原因，没邀请他姐姐参加，前几天还让老伴去给他们撑腰，现在又变卦了。晚饭后我去附近的浴池洗澡，这里的条件比辽阳我们居住的小区浴池强多了，收费价格相同。德仲两口子会完亲家，来到他大哥家向我们汇报。据他讲一切顺利，亲家希望他们定好日子，两个年轻人就可以结婚。可惜，老伴雅琴到现在也没见到未来的侄媳妇，白瞎了这姑姑的一片心意。

一晃在新宾住了20来天，我和老伴打算回辽阳。给原造纸厂的老熟人陈世杰打电话，我准备在离开新宾之前请他和别的熟人吃顿饭。陈世杰在电话里说，他最近很忙，承包了高速公路永陵这一段的电气工程，9月15日验收。陈世杰真是个能人，令我佩服。他说："今年就这样吧，过年你再来我请你。"咳，当老板的说话口气就是大，我只能听他的安排。

趁没回辽阳之前，我抓紧时间去苏子河过钓鱼的瘾。想起前年在驿马蘑菇工地对过的大水坑钓鱼的情形，禁不住心里发痒：这回再去比量一下。我骑自行车用半个小时才到那儿，这回情况大变，一个小时才钓上来4条小白鱼。我分析，可能别人看到我前年钓鲫鱼上得多，下渔网给挂走了，这两年都是这样。我掉头回原公社造纸厂墙外河边试试，前几天我在这儿钓过，收获不小。果然，这次不到半小时就上来8条一两重的鲫鱼，之后又钓到十几条白鱼。回到大小舅子家，和大家说起钓鱼的经过："公社造纸厂是我的福星，那块地方是我的福地。"老伴知道我说话的含意，大小舅子听了我的话，眼神有点怪，好像他也知道什么事似的。我记得从来没向他透露过我和公社造纸厂的经济关系，我没细问他为什么这个表情。我觉得对得起这个社办企业，第一次给他们搞技术改造效益不下几十万，而他们付给我的报酬统共才是500元。第二回我在辽阳计划给他们搞技改，是他们后来自己不想搞，怨不得我。

11

9月6日，我们认为是个顺利的日子。早饭后我们乘新宾开往抚顺的长途客车，雅琴的弟弟弟媳送我们到客运站。车上人多座位紧张，正好5分钟后一个聋哑人旅游团到永陵宫站下车，我们趁机挑到两个阳光照不到的座位。没料到同一排坐的是喝了酒的乘客，气味很重。过一会儿，前排有个刚上车的人抽起烟来，烟气飘到我面前，我大声咳嗽两声，那个人挺知趣，把烟掐了。可是，旁边的酒气却一直陪着我们到抚顺客运站，真是无可奈何。我们急忙买了10点40分的辽阳方向车票，去卫生间回来就检票上车。汽车是"虎跃"快客，从抚顺市驶到沈阳外环线，往南拐到苏家屯上高速公路。到辽阳北站出口，正好6路公共汽车站在这儿始发。我们坐两站就到了纸板工人村站，下车走200米来到我们的住宅楼。

走进屋子，又开始打扫卫生等事务。不料，在北屋两个房间却发现了不应该出现的情况：住人的小屋双人床褥单上有一片白灰，抬头往上看，天棚水泥预制板的缝隙有漏水的痕迹。肯定是四楼发水了，顺着预制板缝漏到我们三楼。在书房那屋也出现了同样的情况：天棚漏的水把白灰滴到我的书桌上，一片狼藉。南屋没有这种情况，看来是四楼发的水都淌到北侧了。我上到四楼敲门，老岳家老两口都在家。我把北侧两个屋子被水淹的情况和他们说了，请他们下到三楼看看。老岳头是纸板中学离休的支部书记，他老伴是街道工作退休的，也是党员。不过，老岳年近八十，精神有点痴呆，说话不清楚。老岳太太承认，一个星期前她家跑水了。可她又说，记得水龙头都关了，没淌过水，我说："那你是说五楼的水淌到你家四楼，又从你家漏到三楼的？那咱们去找五楼那家！"老岳太太见我这么说，又把话抢回来："五楼没漏水，是我们自己家发水漏到你们家的。"这种前后矛盾、打圆圈语的话真令人生气。我说："那怎么办？给赔损失吧！"她支吾一会儿，最后同意赔。

第二天，我到劳务市场找人，一开始说要200元，我不同意，把要干的活计详细说了，还是没有人愿意干。我离开那堆人，向另一处走去。一个40多岁的人尾随我小声说："就100元，我给你找个人。"我不好意思再压价，领着他一起骑自行车回到家。那个人看了看棚上的状况，说："我不是抹灰的，我给你找个人，带点料给你抹上得了。"他走后不到一小时，来个女工，是离纸板小区不远的段夹河村的。她带点石膏和白灰，只用半个小时就把两处顶棚的缝隙给抹上了。我上楼找到老岳太太，请她付款。没承想这个老女人又变卦了，说："就那点活就要100元？"我说："不相信你下楼问一问那干活的，人家带着料，又出工，再说我已经答应了，活也干完了，你想要赖呀？前几年你们就淹我们一次，那回比这次严重多了，也是我自己掏钱雇人收拾的，也没向你们要钱。这两次加起来只要你赔100元，没向你要物质损失和精神损失费，便宜到家了。"老岳头在旁边听明白了，示意他老伴给钱，可是这个老女人就是不给，她说："就是不给！爱咋咋的，你上社区告我去吧！"我一听，真是气极了："哪有你这样的邻居？"老岳头又催促她拿钱，她就是不拿。这时，雅琴听到我在楼上的争吵声，上楼和我说："算了，咱们自己拿也穷不到哪儿去。"那个干活的女工也上来看热闹，她对老岳婆子说："就是你家漏水把人家淹了？那就拿钱赔呗！才100块钱，这个是要得最少的了。"老岳婆子干脆不吱声了。雅琴看这个情景，息事宁人，自己掏出100元给了那个干活的女工。我没拦住老伴，指着这个老女人大声说："我看不起你！太没档次了！"想着就憋气，我掉头去找社区的人。不巧，今天是星期五，已近中午，办事人都走了。二楼一个年轻女子把我说的情况记了下来，说下午去人了解情况。我回到家，让老伴保留好现场，等下午社区人来察看。可是，等了一下午也没来人，只好星期一再说。社区还真当回事，星期一早8点多，来了一男一女两个人。他们听了我们的情况介绍，观察了被水漏到床上和书桌上的白灰痕迹，表示一定给处理。他们上四楼找老岳家人，老太太不在，老岳头神志糊涂，说话口齿不清。社区的人下楼告诉我们，他们有时间再找那个老太太，让我们听信儿。这事就这么拖下来了，后来竟再无音讯。

9月10日教师节这天，中央和地方台都大力宣传"最美女教师和最美山村教师"的事迹。这些教师付出了辛苦和爱心，值得表扬和宣传。但是，教育方面的问题是否也应该提出来解决？比如：老师变相补课、收费，高昂的择校费。还有，教师的就业也是个问题：正经八百的师范院校本科毕业生很难找到正式教师职业。就拿"最美女教师"她本人来说，只是临时打工的老师，不是正式岗位，她的待遇比正式岗位的老师低很多。现在她为了救学生而骨折、截肢，估计现在可能给转正了。但是，全国现在还有很多类似她那样的教师没给转正。我的侄女，渤海大学本科毕业，已经6年多了，现在还是打工性质的岗位。

这几年，每次回辽阳都得张罗更换房照的事，真令人闹心。这回我打算自己奋斗一把，到纸板公司留守处开个证明，说我现在的住宅是1990年公司党政领导开会研究，为照顾我的年龄和身体情况，从七层给我调到三层，纯粹是公司内部调整，没有买卖关系。我打算拿这份证明到市里有关部门去交涉，要求他们把原来企业发的绿皮产权证换成市房产部门颁发的红皮产权证。如果相关部门不给办，那么我就去找市政府，或者用文字向省政府反映我这个问题。9月11日上午，我去公司留守处找负责人寇海杰，请他让办公室的人给我开证明信。因为他知道我这事属实，就打电话让办事员代武圣给我开证明信。可是当我去找代武圣时，他怕担责任，去请示寇海杰，是否让老贾先去市产权中心咨询一下，如果他们答应给办，公司留守处就给开这个证明。现在看来，这纯牌是废话，是推诿我。产权中心根本不能给办，何况我没有证明材料。我的本意是拿证明材料找上级机关，让高层人员下令给我办。寇海杰是被代武圣的话迷惑了还是提醒了？反正他不想给我开这种证明材料了，他和我说："你就跑一趟，或许能行呢。"我是脸皮薄、好说话，就答应自己先去市产权中心问一问。果然不出我所料，产权中心办事员官气十足："你这个事就是要办产权交易，你把原房主找来一起办过户。"我打听："那需要交税吗？""这还用问？快点这么办吧！"第二天，我又去找留守处寇海杰，他有话了："我说给你开证明不好使嘛。"我说："我预料是这样，但我想拿公司证明材料找上面，你们不是来回推脱吗？你不给我开证明，我就直接去市政府找领导。"寇海杰有点怕了，把负责这个业务的副手张海龙找来，问他这个事怎么办。张海龙又把以前的话重复一遍，让我再等等，寇海杰也说真不用急，后期肯定能给办。我也知道，找上面的人更不容易，还是等着吧，反正现在不着急处理这个房子。回家安慰老伴："心急吃不着热豆腐。"

最近这些天，在辽阳的两件事都不顺心，棚上漏水得不到赔偿，房证3年不给更换，我的精神不佳，右下腹部有痛感。以前有过这个情况，大夫说是肋下神经性疼痛，不算是大病。现在年岁大了，应该当回事。和老伴商量回天津检查一下，我的医疗关系办到那边，在辽阳看病不给报销。老伴同意了，我开始张罗买火车票。近几天的卧铺票没有，7天以后只有上铺，只好再拖后买了9月23日的下铺。

　　要回天津，照惯例我要请朋友丛志龙和同学王德忱吃顿饭以表告辞。丛志龙是原纸板公司二分厂一个班长，自从我们到天津居住以后一直帮我照看房子，使我在天津住得安心。每次从天津回辽阳，我都给他带点礼品，请他吃饭。王德忱是我在辽阳唯一的同班同学，他比我晚两年由新民造纸厂转到辽阳市造纸厂。他的对象是新民造纸厂工人，不幸在20世纪90年代中期因病去世。王德忱后来又娶了第二任妻子，一起生活两年又分开了。我没详细打听原因，问他也不能说。只是听说女方给德忱8万块钱，作为离婚的补偿。德忱用这8万元炒股，现在赔得只值1万多元了。他心情不畅，每天都去太子河钓鱼解闷。同学们聚会他一般都不参加，用他的话说：没脸去。其实事情想开了也没啥，同学的情谊为重嘛！前年，德忱又续弦，是市食品厂退休女工。去年我们回辽阳见过她，人挺开通的。现在，因为原居住地的楼拆迁，德忱在辽阳师专附近租房子住。

　　下午，我们俩准备了羊肉片、油菜、茼蒿菜、辣根、香油等，准备下火锅。还有烤鸭和螃蟹两个凉菜。五点钟，两位宾客应约先后来了，老伴把菜都摆到桌子上，火锅接上电源插头。大家喝白酒，吃螃蟹、吃烤鸭、涮羊肉，很热闹。我平时不喝白酒，今天破例喝一些，劝他们俩喝、多吃肉菜。我们边吃边唠，我和老伴向他们说天津生活的情况，又讲去台湾旅游的见闻，他们异口同声赞美我们命好、有福。快吃完饭时，德忱的第三任老伴来电话，问什么时候吃完饭。既然人家老伴关心，我们就不强留，太晚没有公共汽车。我知道德忱过得挺仔细，不愿意打出租车多花钱。丛志龙又多待半个多小时，谈起我们办房证的事，他很关心我们。他说："如果愿意花点钱，他可以找人给我们办。"我们不急于办，也不想走这个途径，和他说："今年先这样，来年看看再说。"

　　老伴这两天又有了新想法，让我还是到市中医院看我的右肋下疼痛的病。她说在中医院看病便宜些，不给报销就不报。若是我实在要回天津看病，那么她自己在10月中旬从天津再回新宾参加侄子赵楠的婚礼。原来，她接到了电话，德仲的儿子10月下旬要举办婚礼，这事我还不知道。既然这样，我得满足老伴愿望，我不放心她自己坐火车往返。我只得同意先到辽阳中医院看病，如果没啥大病就先不回天津，我们在辽阳过中秋节和国庆节。等临近赵楠结婚的日子，我再陪老伴二进山城，原先买的回天津卧铺票只好退票。

第二天早晨，起来先到小区活动场地，老伴打太极拳，我给她录像。回到家里吃完早饭，我感到有点疲乏，躺在沙发上睡着了。10点钟，老伴把我叫醒，一起去中医院。在一进大厅的墙上，看到专家门诊表，我在一位副院长老中医名下挂了号，交钱时知道挂号费是5元，而天津中医院国医堂的专家挂号费是50元！同是三甲医院，相差得太悬殊了。我把挂号单送到二楼那个副院长诊室排上号，问老专家多长时间能轮到我，老院长说一个小时吧。趁这个空当，我到斜对过牙科诊室，找那个前年给我镶牙套的中年女大夫。她正在给患者看牙病。3年没啥大变化，她认出我来了，打招呼让我坐下。老伴在第二年也在她这儿镶的满口活动假牙，她也记得。女大夫给我瞧瞧上下牙床，她说我左侧上牙床最里面的臼齿有个洞，要磨损掉。问我打算怎样治，是修补填洞还是拔掉再镶假牙。这都需要一个多月时间。我考虑，我们还要去新宾参加老伴侄儿的婚礼，并且我在辽阳看病不能报销。向女大夫说，今年先维持，来年看情况再说。看完牙科，我又回到那副院长诊室，正好只差一人就轮到我。这时，来了两个辽阳县慕名来看病的妇女，她们问专家："头晌还能看上不？"老专家让她下午再来，两个妇女说出了专家认识的熟人，请大夫受累上午给看。并且说，她们是辽阳县来的，路远回去不方便。老专家无奈，只好答应。在给我诊断时，先号了脉，问了病情。我说在天津春天体检时没发现什么病，化验、彩超都做了。老专家说我可能是肝运不畅，但还是要做一下彩超检查，因为半年多了，可能有什么变化。他这么说，我也预料到，肯定会让我做肝检查。做就做吧，不就是100元钱嘛。这是老大夫刚才告诉我的价钱，在天津少说得300元以上。专家又看了我的舌头，没说什么。今天是星期五，他让我下星期一早晨空腹来做彩超。3天后，我们如约到中医院，又挂了号，老专家让坐在旁边的助手开了处方。老伴去一楼交款，我去二楼走廊椅子上坐着等候。老伴上楼告诉我交了190元，她问收款人是怎么回事，回答说除了肝部彩超，还有双肾检查。我纳闷，我的泌尿系统没毛病，大夫也没让检查，怎么就又加这一项呢？我们去找老专家，正好他走出诊室往东边牙科对过的办公室，在一个桌边给两个人诊断、开药。看情形是给熟人看病，否则排号要两个小时才能轮到。我们趁他开完药方没离开座位时向他提出我只检查肝部、取消双肾检查的要求，并且说明我们是自费，不必检查的就不检查吧。老大夫挺痛快答应，在已交款的处方单上标明退钱作废的字样，又给我重新开了肝部彩超检查的单子。我和老伴下楼在收款处退了原单。交上新单，找回95元钱。原以为挺麻烦，不能好办，没想到这么容易就办成了。我去彩超室做检查，患者不多马上就做。操作大夫用润滑剂抹相关部位，用探头来回测。我感觉不舒服的部位探头没触到，我说是否再测一下，大夫说那个部位被肠子挡着测不到。无奈，只好拿着报告单向专家询问，老大夫说没啥事，吃点舒肝的药就行。其实，上星期五给我诊断时已估计到问题不大，他看了两次舌头，若有问题应该能观察出来。现在技术进步了，用仪器能更准确些，但价格是不是适当便宜一些，让利于民？通过这次检查，老伴挺高兴，她又有话说了："原来就认为你没有病，是想回天津不想去新宾。"这女人真拿她没办法，让她一些，愿意怎么说就说吧。老伴让我去药店买舒肝类药，我不想买了，心情放松就不吃药。回到家，老伴张罗包饺子，她知道我爱吃这个。

　　今年的中秋节和十一国庆节只差一天，我和老伴商量在哪儿过节，我们觉得老两口自己在辽阳过节有点冷清。我给鞍山的老妹妹打电话，她得知我们从天津回辽阳来了就邀请我们去她那里过节。前不久，他们入住了新买的高层楼房。可是，老伴不太愿意在亲戚家过节，怕给人家添麻烦。其实，她是不想在我这方面的亲戚家待着，若是在她自己弟弟家住，那是一百个愿意。真像她自己曾经说过的，"一拃是一拃，一尺是一尺"。正巧，晚上儿媳从天津打来电话，说"十一"他们可能自驾游到辽阳、鞍山、新宾来玩。又问我，老贾家是否有聚会。唉，我们这一辈兄弟姐妹七个，却没有这个习惯，不像儿媳妇她父亲的兄弟姐妹过年过节大家到一起聚会。天津和辽宁鞍山的风俗不一样。

既然洪岩他们要来，那么我们就不能去鞍山老妹妹家，只能在辽阳等他们一家三口开车来。我们到襄平商场买一只八珍鸡，鸡爪、鸡脖各半斤，月饼二斤，还买了一瓶王朝干红葡萄酒。

老伴退休的辽阳六中在节前为退休的老教师办一次游览活动，到鞍山二一九公园去游玩。我从小在鞍山长大，对这个公园很熟悉。听老伴回来说，她们在劳动湖边走一走，但是没划船，也没参观动物园。中午在饭店吃顿饭，下午2点就回来了。老伴这些老教师对这趟旅行不太满意，好像学校是应付她们这些退休的，例行公事而已。可是这比我们企业退休的强百倍，这样的事我们想都不能想。我在节前这几天都到太子河钓鱼，收获挺可观。尤其是中秋节这天上午，我钓到一条二斤重的白鱼，是用双手举竿才拽上来，中秋节晚上，我们俩弄了6个菜：鸡爪配鸡脖、哈尔滨红肠、猪皮冻、凉拌黄瓜豆皮、苦瓜炒鸡蛋、炸白鱼。我们俩喝了两瓶雪花啤酒，举杯共同祝愿彼此身体健康、精神愉快。我感叹地说："老伴啊老伴，到老才是伴。"饭后，我们走到社区活动场地，在那里与老同事、老熟人唠嗑。抬头望明月，心情五味杂陈。回到家里打开电视机，中央电视台报道，11月8日中国共产党将召开第十八次全国代表大会。将来中国还能进行怎样的改革呢？不过，我们平头百姓特别期望的是来年的退休金还能像今年这样，最好高级职称的还给优惠，那么我的退休金就能达到3000多元。

十一国庆节，中华人民共和国成立63周年。本来老伴想让我陪她去广佑寺广场逛逛，可我想那没什么新东西，不如在家准备一下，接待洪岩他们三口人住宿。为了睡觉方便，我们把仓房里的旧铁床和床垫搬到三楼，在书房那屋摆好，铺上被褥。"十一"这天晚上，我们凑4个菜，喝王朝红葡萄酒，等天津来电话。直到第二天晚上洪岩才来电话，告诉我们白天宪清参加了整天的市少儿围棋比赛，一胜三负。洪岩说，让他参加比赛主要是磨炼他的意志、见世面、经得起输赢。我觉得他们两口对孩子的要求有些太高，刚上一年级的孩子就那么严格要求他，真难为小孙子。

10月3日，洪岩从天津经过9小时的长途驾驶，中间在服务区吃饭、休息，下午5点半到达我们纸板工人村的家。今年国家优惠7人以下的客车节日期间免费在高速公路行驶，其中有春节、清明节、端午节、五一劳动节、中秋节、十一国庆节、元旦等。这是对老百姓让利，也是拉动旅游消费的一个政策，受到民众的欢迎。儿子一家三口来了，老伴兴奋起来，下功夫做了一顿丰盛的晚餐：酸菜排骨血肠、炒茧蛹、炸小白鱼、清水肘子、酱猪肝等。又预备了几样水果：葡萄、油桃、南果梨、苹果、橘子等。儿媳和孙子很感动，儿子就更甭提。晚上，因为我们事先的妥善安排，全家5口人都睡得很舒服。

第二天上午10点，吃过早饭稍事准备，我们第二次向山城新宾出发。5个人乘一辆本田轿车，不算超员。孙子有时在前排副驾驶位置和他妈妈坐在一起，大部分时间坐在后排我和老伴之间。洪岩1997年毕业分配到天津工作，6年后结婚，15年之后故地重游。媳妇王瑶和孙子宪清是有生以来第一次来这清王朝的故里。洪岩从GPS上得知沈阳环城高速公路有一段在维修，所以他开车从辽阳至沈阳高速公路的苏家屯下道，在沈阳市郊马路走一段。车多，红绿灯也多，耽搁一个小时。到抚顺高湾又上了沈吉高速公路，只用一个多小时就到了永陵镇，高速公路就是快。下午1点，洪岩和他的3个舅舅舅妈以及同辈的表姐妹、表弟见了面。这些同辈的兄弟姐妹小时候都和洪岩一起玩耍过，这次见面备感亲切。俗话说，"姑舅亲，打断骨头连着筋"，现在一晃过去30来年，都成家有了孩子，别是一番滋味。他们看到洪岩的爱人王瑶，细高挑身材，面容姣好白皙，都替洪岩高兴。洪岩的儿子贾宪清，聪明伶俐更令他们刮目相看。一下子来5口人，德富家住不下，我们都被安排到他大女儿赵燕在永陵镇买的楼房住宿。赵燕在驿马沟里还有住宅，和公公婆婆在一个院。她新买的楼房装修得很好，和城市里的居民楼不相上下。楼房有上下水，有卫生间，用煤气和电磁炉做饭做菜。现在的农村青年真幸福，这都是改革开放带给他们的，赶上好时候了。我和老伴及儿媳、孙子先到赵燕的楼房分屋睡下，洪岩过一会儿由他表弟赵云送来。因为高兴，他喝多了，呕吐起来。儿媳急忙扶他到卫生间，吐了一阵，漱口后回到他们房间睡了。

10月5日早晨，我们全家去德富家吃早饭，两个弟弟德富和德玉又喝了一些酒，其他人都没喝。饭后，老伴和洪岩三口及几个表姐妹去清朝第一都城——赫图阿拉游览，清太祖努尔哈赤就是在这里兴兵起家的。因为去的人多，两辆轿车坐不下，我就没去，和老大德富在家里下象棋。中午，我和德富一起打车去嘉禾村老弟弟家，他预备招待大家。洪岩他们一伙参观游览赫图阿拉城之后，12点多来到这里聚餐。又是一顿丰盛的菜肴，德仲两口子杀一只自养的大公鸡，鸡肉炖蘑菇。鸡肉又软又香，蘑菇清滑可口，不愧是东北的名菜。我对鸡肉一直情有独钟，不客气伸筷吃了不少。饭后2点左右，洪岩应他表姐赵燕的邀请，到驿马沟里原六队她家串门。赵燕的公公曾是生产大队的支部书记，生活自然比一般农户强。现在他们家养几头肉牛和十几头猪，每年收入几万元。此外，老两口还有退休金，生活比镇里的居民都强。洪岩从驿马村开车出来，直奔造纸厂后山家属居住区，我和雅琴结婚后就一直住在这里。洪岩1975年出生到小学五年级，对这里有很深的印象和感情。我听说他和媳妇、儿子去了自家以前的老宅子，我因为没能一起去感到遗憾。我早就想去那儿看看，见一见老邻居、老熟人。和他们叙叙往事，谈谈彼此的现状。当然，我没有衣锦还乡的意思，我只是平安生活、退休至今。现在，我的境况比新宾县造纸厂的老同事能强一些，但也只是普通的城市退休居民而已。以后找机会去老宅子看看，"乡愁"嘛！洪岩他们5点多回到嘉禾他老舅家，晚饭时大家都喝了酒，心情好哇。我因为嘉禾村这地方天黑无处可溜达，早晨也没有活动场所，不如在永陵镇安逸，还是想回德富家住。洪岩计划明天出发回辽阳，后天回天津，为了方便也和我们一起回永陵住，这样一来我们还是一起到赵燕的新楼去住。

10月6日上午8点，洪岩三口及我们老两口一起离开永陵镇，结束了这次新宾之旅。洪岩的车技很好，加上都走的高速公路，只用两个小时就到了辽阳。这样，洪岩又改变了主意，打算准备一下马上出发回天津。我急忙到纸板市场给他们买了6斤巨峰葡萄，又把老伴托邻居买的16棒苞米也装到车上，洪岩把他们来时在水果批发市场买的两纸箱辽南特产南果梨装到车上。一切准备妥当，上午11点从辽阳出发上高速公路。下午5点洪岩来电话，他的车已经行驶到山海关，其中包括在服务区吃饭和休息的时间。晚上9点，我们又接到电话，说他们已经到了天津家里。路上车是多一些，不过没堵车，一直正常行驶。明天他们可以在家休息一天，后天上班上学都有精神，这个安排挺好。我们老两口继续在辽阳逗留，等候老伴她侄子的准确结婚日期，再实行今年第三次新宾山城的旅程。

12

老伴侄子赵楠结婚的日子定在10月22日，这是他妈徐亚清找人给看的。这个老小舅子媳妇年龄比我们小十几岁，曾经是我教过的学生。她现在特别是对农村的一些迷信思想情有独钟。我们在辽阳根据这个日期来安排行程：10月16日从辽阳出发三进山城新宾，参加完婚礼24日返回辽阳，第二天乘火车26日早晨到达天津。计划好安排，实施起来不那么容易，为了买到有座号的硬座票，先后去了两次火车站，终于买到大连开往吉林车次的南杂木票。从辽阳回天津的卧铺票也得预先买，沈阳北站开往温州的346次火车适合到天津的时间，我跑两次车站买到了两张上铺票，而且还不是在同一车厢。

在辽阳这几天，我白天去太子河钓鱼，晚上和老伴去活动场地闲遛，与熟人唠嗑。回到屋里看电视节目，一个消息令人惊讶：中国作家莫言被评上今年的诺贝尔文学奖，不久将去瑞典的斯德哥尔摩出席颁奖大会。真有些出乎我们的意料，中华人民共和国成立60多年，很多中国人都想，什么时候咱们中国作家也能获得这个奖项。五千年的文明古国，近代优秀作家、优秀作品也很多。央视的《面对面》栏目组采访了莫言，从中知道了他的一些情况。莫言是山东高密人，1955年出生。小时候家庭很贫困，6岁时赶上了1960年的三年经济困难时期，对农村老百姓的饥饿生活深有体会。莫言的山东老家当年有很多人在1960年前后到东北逃荒，我们管这些人叫"盲流"。这些人到饭馆捡剩饭剩菜吃，有胆大的看到桌子上的饭菜快吃完了，人还没走，就往菜里吐唾沫，把吃饭的人吓走，他们把剩饭剩菜收走。莫言的作品以前看得不多，只知道前几年张艺谋导演的电影《红高粱》原著是他。这部电影当时在全国影响挺大，但对莫言的记忆不深。现在认识到，如果没有莫言这部优秀小说，张艺谋导演的水平再高也拍不出这样的好影片。莫言的文章比较真实地反映了近几十年中国的现实，这大概是他获得世界诺贝尔文学奖的原因。当然，流畅的笔法得体的叙述也是他获奖不可或缺的理由。莫言自己说："我的文字表现了中国人民的生活，表现了中国独特的文化和风情。同时我的小说也描写了广泛意义上的人。一直是站在人的角度上，一直是写人，我想这样的作品就超越了地区、种族、族群的局限。"诺贝尔奖委员会给他的颁奖词为："将魔幻现实主义与民间故事，历史与当代社会融合在一起。"后来，我在地摊上买了《莫言全集》和《莫言中短篇小说精选》，准备细心地品味他的杰作。这两册分别是上海文艺出版社和人民文学出版社发行的，我图便宜买的是盗版印刷品，细心读也能看懂。盗版书用秤称，我花了30元钱买下来，看书背面印的定价，两本一共原价是176元。

10月16日下午3点11分，我们老两口起程今年的第三次新宾山城之旅。随着滚滚的车轮，我们向着南杂木火车站前进。坐在车厢里没啥事，与对面座位的两个老年妇女唠起来。她们是从大连附近的普兰店上车，到抚顺市管辖的清原县去的，比我们稍远一点。其中一位妇女的儿子在普兰店驻军当兵，是坦克兵。她说，儿子已经当了8年兵，超过26周岁，结婚了。他们夫妇资助儿子在兵营附近的镇上买楼房，在那里安了家。儿子每月从部队可以得到3000元津贴，每星期可以回家一次与妻子团聚。他的对象是吉林省农村人，眼下在普兰店镇里打工。对于现在当兵的生活待遇，我是头一次听说，感到比40年前强多了。我的两个小舅子那时候都参军当兵，他们当年在部队享受的待遇相当低，和现在不可同日而语。

这趟火车下午5点58分到南杂木车站。快到站之前，根据以往的经验，我和老伴在车厢里往列车中部转移，以备早一点出检票口乘上长途汽车。旁边一位中年妇女见我们这样，就说你们是到南杂木的吧？在这下车都是这样。这个妇女很健谈，她问我们到新宾哪个地方，我们说是永陵镇，她自报是到老城，我们知道这个地方离永陵镇很近。火车到南杂木站，我们急忙下车快步奔向检票口。出火车站就有一辆中型客车停在那里，一打听正是开往新宾县城方向，问清楚车里还有座位我们就登上车。看到那位去老城的中年妇女已经在车上稳坐在中部位置，我们坐到她后排椅子上。路上，老伴和她聊起来，原来这位女士是老城村的妇女主任，怪不得这么能说会道。老伴向她打听驿马村嫁到老城那几个女性现在的情况，她都能说得一清二楚。我忍不住打听在老城居住的原新宾造纸厂的吴景春。在那工作时曾和吴景春、陈世杰、刘玉魁一起去厦门、汕头、广州等地出差，考察造纸品种和技术，在厦门鼓浪屿一起留过影。晚7点汽车到达永陵镇，老伴的大弟弟和弟媳忙活一阵，招待我们喝酒、吃饭。睡觉时和以前一样，把一个房间让给我们，他自己在另一房间打地铺，弟媳领着孙女挤在这房间的单人床上。这么热情地招待，令我们有些不好意思。

第二天早晨，我从窗户往外看，发现地面已经下霜，永陵这地方比辽阳冷得多。我们计划在这里待时间不长，所以抓紧时机去钓鱼。不过，今天早饭后我要先去附近的罕王浴池泡热水澡，不然我怕在河边钓鱼沾水受凉。

我去浴池泡澡回来，又躺在床上睡一会儿，9点多钟起来收拾渔具去嘉禾桥东侧老地方钓起来。一位老者在我上游十多米处钓，看样子不太理想。他看我上鱼的频率挺快，就转移到我下游5米处钓，但效果仍不佳。我发现，这边钓鱼的人一般都不打窝，他们不舍得花这个钱，而且他们大多是用5.4米的长竿，不容易钓到靠近河边的鱼。我用的是2.6米的短竿，又打了窝，在离岸近的位置下钩。同时，我用的是鹅翎漂，反应灵敏，自然是频频上鱼，令当地人羡慕。中午时回到德富家，收拾鱼时计数是56条，他们都赞佩我。午饭后我又眯一觉，下午3点多老小舅子德仲来了，是他大哥打电话告诉他的。我把带到辽阳看完了的张恨水著的《金粉世家》上册还给德仲，让他明早上班时把下册给我捎来。我感觉这篇小说写得好、细致、真切，不知道张恨水怎么能有这么丰富的生活经验和社会知识。若是没亲身经历过这些事，怎么能写出这么逼真的故事情节？真令人敬佩。第二天早晨，德仲到永陵供销社上班，顺便把《金粉世家》下册给我带来了，我再接着享受阅读优秀文学作品的愉悦。

临近老伴侄子的婚期，她逐渐兴奋起来。她老弟让她代表老赵家在结婚那天去接新媳妇，她这个当姐姐的当然很自豪。还有两天是正日子，老伴给老弟弟打电话，询问是否需要她去帮助干点啥，德仲说一切都安排好了，明天早上来吧。原来，农村办喜事都提前一天招待自家亲戚，老伴没帮上老弟弟的忙，心里不安。

10月22日，是赵楠结婚的正日子。凌晨4点多老伴就起床，还有侄孙女赵梦园和大弟媳也同时起来，一起打出租到嘉禾村。老伴雅琴和老弟媳妇的二姐、双方介绍人、婚礼主持人及新郎官赵楠去永陵镇里接新娘和她的父母等，然后去新宾县城的新房。这时，老小舅子两口子已经到了新房的楼下。按风俗，婆婆把一个盆给了新娘，然后一起上楼进新房。接着，新郎新娘坐到床上，婆婆把红枣、花生、栗子撒到上面，谓之"早生立子"。不过，当时只让生一个，就不能"花着生"了。新人的座下还有一把斧子，叫"坐福"。接着，两个人又摆出各种亲热姿势，摄影师给他们拍照。之后小两口和迎亲、陪送的人下楼，大家乘车从县城回到嘉禾村。还有一个录像师把全过程都录下来，以后制成光碟留作赵楠一生的纪念。这些都是老伴事后告诉我的。典礼之前宾客到账房处写礼，这是必需的。老伴和两个弟弟及两个侄女一个侄子都拿出1000元2000元不等的数额，老伴拿得最多，3000元。之前，洪岩给他老舅拿3000元作为贺礼。雅琴从新宾一步步迁到天津生活，现在算得上衣锦还乡，当然应该表现一番。本来，我们在婚礼现场应该坐在靠近新人父母的旁边，姑舅亲嘛。可是婚礼主持人和新郎父母没这么安排。我们写完礼，靠近典礼中心的餐桌已经被人占去，只好在最后面的餐桌找个位置坐着。

上午8点58分，典礼正式开始，司仪的一套开场白大同小异不细说。新人步入殿堂，童男童女给新娘新郎献花，大弟弟的孙女是童女，还表演了一段舞蹈。之后，新郎新娘双方家长讲话，祝儿女婚后生活幸福美满。接着新娘新郎表态，感谢父母的养育之恩。赵楠口才不错，感谢父母给他们安排了这么隆重的婚礼，感谢父母供他上大学、帮助找工作、买大房子，他表示永远不会忘记爸爸妈妈的恩德。说得既圆满又恳切，希望他说到做到，今后努力工作，争取更好的前程。接着主持人宣布，小两口面对双方父母，互相改口叫爸叫妈。双方父母都给了改口钱，都是一家人了。不过，新娘方有个特殊情况：她父亲与她亲妈已经离婚多年，这个场面新娘的后妈也来了，并且与新娘的父亲坐在一起。而新娘的亲妈从外地赶来参加女儿的婚礼，坐在新娘的奶奶旁边。整个过程她一直流泪，听说现在她在河北廊坊农村生活。赵楠和新娘同样称呼亲妈为妈，称后妈为姨，真是别有一番情结。看来，赵楠的老丈人不是一般人。据说，是他这个新宾二院大夫看到药房一个女员工长得漂亮就离弃为他生双胞胎女儿的妻子，也可能是那个司药女士追求他而动了心？反正就是现在这个状况，给女儿心理上造成了伤害。

　　老赵家在抚顺市的亲戚来了两家，一家是老伴叔叔的老儿子赵德军夫妇，另一家是老伴二姑的儿子王桂林夫妇，老伴和他们有30多年未见面，这回遇到了甚至拥抱起来，真是亲情深似海。赵德军现在是抚顺矿务局的中层干部，王桂林已经退休了。老伴和她亲戚一边喝酒一边叙谈这些年彼此的情况，他们对雅琴姐姐的现状很称赞。不愧是满族人，酒量都不小，大杯啤酒一连干了三个，也是心情都兴奋愉快。大家喝酒吃饭兴致正浓，有两个妇女站在桌边，她们准备收盘子里的菜，别的桌边也有人等候。永陵地区这个习惯不太好，没等客人吃完就要收盘，美其名曰为准备开下一桌，其实是想把剩菜剩饭拿回家。大小舅子好喝酒，他还没喝尽兴菜就被收了，下桌回到老弟家埋怨："我的饭还一口没吃就撤桌，什么玩意儿啊！"我也没来得及吃主食，只好在老小舅子家拿根麻花吃，这是我们从天津带给他们的。我们都议论，农村这个陋习应该彻底改一改。不过，细一想也不能全怪这些妇女，她们敢这么做也是得到主办家和饭店的默许，谁不希望宴会早点办完顺利结束啊？老伴与抚顺的亲戚告别，约定以后在抚顺见面。

　　今天早晨就阴天，中午下起雨来，午后竟然变成雪花飘下来，而且越下越大。午后我们大家回到德富家，晚饭后躺在床上准备睡觉。突然，老二弟弟从嘉禾打来了电话，他今天晚上留宿在老弟弟家。他在电话里说，德仲两口子吵起来了，挺激烈的。老伴听了，急忙给老弟媳妇手机打电话，问她是怎么回事。徐亚清说德仲骂她，还要打她，现在儿子婚也结了，她不想和德仲过下去了。老伴听了十分不安，动员老大两口子一起去劝架，而他们二人坚决不去。雅琴让我陪她去，说实话我也不太情愿。我说这当口去劝，越劝越来劲，不如让他们自己冷静下来，也许第二天就消气了。可是，雅琴坚持要去，并且让我陪同，我拧不过她，只好一起下楼打出租车去嘉禾村。到德仲家，老伴两边劝说，可他们都强调自己有理。老伴主要对自己的弟弟进行批评：不应该骂人，有想法慢慢地谈，以后要改改这个脾气。最后雅琴说："我和你姐夫后天就回辽阳回天津，不希望看到你们两口子总是别别扭扭的。你是个老爷们，什么事让着点。你都快奔六十的人，还想怎么的，真想离呀？"德仲被他姐姐一番话说服了，答应不吵架了。那边徐亚清也就坡下驴，答应讲和。整个劝架过程我和二小舅子没插言，德玉知道自己说话不管用，我这个外姓人更不好说什么。这时已是半夜，幸好我们来时向出租车司机要了他的电话号码，老伴劝完架我打电话把那个出租车又叫来，我们俩坐车回到永陵镇德富家。

　　第二天上午，德仲来永陵供销社上班，中午来向我们告别，顺便在他哥这儿吃饭，他们哥俩又喝了酒，老伴也少喝一点。明天我们就要离开新宾，结束今年第三次山城之旅。下午，我急忙拿渔具进行今年永陵镇的最后一次垂钓。因为昨天下雨下雪，河水涨了一些，有些混浊，一个小时才钓到11条小白鱼。我换个地方，把剩下的颗粒鱼饵都投下去，还真有效。半个小时后开始上鱼，太阳落山时竟钓到70多条，足够做一大盘"酱焖河鱼"。我回到德富家，看到老小舅子媳妇也来永陵镇向我们道别，她感到应该向大姑姐表示感谢。今天是农历九九重阳节，晚上大家聚餐。雅琴的弟弟弟媳们向我们老两口举杯，祝愿我们健康、平安、幸福，我们俩也祝他们几家和和美美欢度晚年。

13

按计划，10月24日早晨我们从永陵镇乘长途客车，雅琴的3个弟弟和老大媳妇送我们到客运站。两个半小时才到抚顺站，只差10分钟没赶上10点50分往辽阳的班车。在车站等近一个小时，乘上"××快客"长途车，客车下高速公路到辽阳北站直奔市里。途经我们在城边的住处，我们请司机稍停一下我们下车。但司机说公司有规定，中途不许停车。没办法，我们只好在市里终点站下车，我们又花15元打出租车回家。这个客车乘务员服务态度不错，我们下车时她热情地欢迎下次再乘他们的车。回到我们住的楼里，已经是下午两点了。

第二天上午，我们俩去襄平商场买两只八珍鸡准备带回天津，顺便去旁边邮局把这个月退休金领出来。今天是25日，正好是每月领退休金的日子，在辽阳取钱不用花手续费，而在天津邮局就必须缴纳5%的费用，每年是156元。我们又去工商银行取出存的3个月定期1万元款，老伴打算把这个钱给儿子洪岩他们。因为孙子宪清上小学花4.6万元择校费。想起来有些不痛快，上小学就要花这么多费用，学校它也好意思收？若是读到大学毕业，一个孩子要花多少钱？而毕业找工作更难！午后4点多我去朋友丛志龙家，向他道别并把我们房门钥匙再交给他，请他继续帮我们照看房子。和他们两口子闲谈，知道他们唯一的女儿已经30出头尚未婚嫁，而我们的女儿已经35岁也没结婚，真令人闹心。我们都无可奈何，只好互相安慰：是缘分还未到，都顺其自然吧。

晚饭我们下面条吃，意思是希望一路顺利。临走前，我们关好水、煤气阀门，拉下走廊的电闸，打出租车到火车站。晚上8点45分进站，乘346次快车，在事先买好的上层卧铺休息、睡觉。第二天早晨5点多到天津火车站。

今年频繁的旅游、探亲及参加老伴侄子婚礼的行程就算全部结束，我们又开始了在天津的平静生活。电视须交费，尽管只剩5天也得交10月份全月的费用，为了满足精神生活嘛！早晨我去社区活动场地，见到几位经常一起活动的老相识。他们都说我天热回辽宁避暑，天凉就回天津享受暖和天，真会享福。我很得意向他们说，今年随团去台湾旅游，来年打算去"新、马、泰"，体会东南亚热带国家风情。

到10月末，老伴打算把银联卡的钱存到定期账户上，利息能多一点。我的想法是把几份存款汇总起来，凑够10万存在银行一个账户上，既有利息又可以作为来年出国旅游的担保金。我们俩一起来到中国银行福东里营业所，一进门先看到小黑板上写着理财的告示：10万元起价，161天利息4.3%。我们俩算计，存半年定期利息是3.05%，做理财比半年定期利息多出1.25%，而且时间少20天，划算！我问老伴："怎么样？做不做？"老伴有点疑虑："保不保险？"我也不知道，上二楼找大堂经理问一问，她负责理财业务。给我们的回答是："没问题，每天做的人很多。"我看了合同，问她："合同上明明白白写着不保本，有风险。"大堂经理信誓旦旦地说："写是那样写，每天几十人做，哪个出问题了？"我又问："是咱们银行自己做还是给谁代理？"回答说："是咱们银行自己做。"我们虽然相信她的话，心里还是不踏实，可是利益可观诱人。我们俩合计一下，决定冒一回风险。我并且说，这次多得的利息钱给她买件衣服，老伴反过来说这回所有的理财利息给我买皮夹克。我们在新宾时把八成新的呢子大衣和真皮夹克都给了她大弟弟，我嫌它们沉，穿着腿受不了。

在儿子家的书架上，我随意浏览看到了台湾作家柏杨著的《丑陋的中国人》一书。春天时，我正忙于去台湾旅游做些准备，没有细心阅读。现在，我把它拿回自己家，打算仔细认真读一读。我看了著名作家冯骥才给这书写的序，题目是：《中国人丑陋吗?》冯作家说："其实任何国家和地域的集体性格中都有劣根，指出劣根，并不等于否定优根，否定一个民族。应该说，指出劣根，剪除劣根，正是要保存自己民族特有的优良的根性。"柏杨说："中国人是一个受伤很深的民族，没有真培养出赞美和欣赏别人的能力，却发展成斗臭或阿谀别人的两极化动物。更由于在酱缸里酱的太久，思想和批判以及视野都受到酱缸的污染，很难跳出酱缸的范畴。"

读了柏杨的《丑陋的中国人》，感到获益匪浅。人民文学出版社能够发行这本书很有现实意义，我希望有更多的人阅读，提高自己的独立思考能力，建立正确的是非观念，为中国今后的改革贡献一分力量。

<h2 style="text-align:center">14</h2>

12月22日是农历冬月初十，再过两天就是我67周岁生日，女儿洪图今天从苏黎世回家探亲，上午9点50分飞机将在北京国际机场着陆。原打算我和老伴也去北京接她，儿子洪岩来电话说他自己从家里开车直接往西去北京接妹妹，就不劳我们一起去北京机场。这样，早晨他可以晚点起来，可以多睡一会儿。我还能说什么，儿子多睡一会儿是好事，我们就听从他的安排，在家里等着他们，尽管我们非常想早一点见到这个常年在外国的女儿。可以说，现在我们的一切行动都听儿子的，这个情况我们2009年搬到天津居住之后就开始了。是呀，我们退休来到天津，不就是为了得到儿子的关照嘛。洪岩成家立业有出息，我们这父辈的权威逐渐消退了。我们考虑，这样大概是正常的，若是一切还都听我们长辈的，那就说明子女还未成人，自己还没有主见，不会有出息。

直到下午2点，洪岩才把他妹妹洪图送到我们这里。过一会儿，儿媳也开车带着孙子宪清来到我们家。大家互相交谈分别一年来的情况，洪图把她从国外带给哥哥嫂子侄子的礼物一样一样拿出来给他们，孙子宪清比谁都兴奋。下午5点，我们一起去市里的一家日本风俗餐厅，给我过生日暨给洪图接风。我的生日是后天即下星期一，那天洪岩两口子都上班，就串到今天一并办了。日本餐厅的菜肴大都是生的鱼虾，还有一条活着的鱼切成片，真吓人。我不习惯吃这种口味，而且价格都很贵划不来。喝完酒，依惯例吹蜡烛，祈福，然后切蛋糕吃。今天人齐全，我们请餐厅服务生给我们照合影。第二天，老伴陪洪图去市里专卖店买衣服、鞋子、帽子等，都是中等价位。人的经济条件和消费水平分三六九等，洪图在国外的工资相当于国内白领阶层中等偏上一点。

12月24日，是我生日的正日子，老伴很当回事。她包饺子，弄六个菜——炖鹿肉、酱猪爪、酱猪肝、八珍鸡、炒蒜毫、炸茄盒等给我过生日，她们娘俩祝我健康长寿。我又提起来年要去日本、韩国旅游的事，女儿全力支持，答应出钱资助我们。我说："我们俩有钱不用你出，你不是要在苏黎世买房子吗？"可老伴还是不怎么愿意去，她舍不得钱。我说今天上午和洪图同在苏黎世工作、生活的小王她妈托洪图给她女儿捎去一个按摩器，那老太太说他们老两口曾去北欧旅游，而且没用女儿陪同。今后啊，老伴咱俩一年出去一次，只要腿脚走得动就去。洪图鼓励我们出国旅游，她自己这些年到过美、英、法、意、西班牙、土耳其、阿联酋、瑞典、挪威等国家。之后几天，洪图由老伴陪同继续去天津有名的商场购物、吃麻辣香锅。

2013年5月6日天津初稿
2016年6月9日第三次修改

后 记

　　和大学同学在丹东聚会时我相约，把自己毕生经历写出来，以此反映20世纪50年代至21世纪前13年的辽宁局部地区一位家庭出身基因较差的人之喜怒哀乐。我认为这不仅是一部个人史，也是一种社会单元的结构辑录，应该有它的历史价值。

　　我是幸运的，亦是有福。尤其是我这个天生带着不佳条件问世的社会一分子，在20世纪六七十年代艰难岁月能够顺利地跟着社会的步伐前行，应该说不太容易。天公作美，之后我赶上了改革开放的年月，我的生活由此逐渐蒸蒸日上。当然，世事多舛，一次偶然的身体伤害也给我带来了一些烦恼。但总体来说，我是幸福的。不单是我自己这样感觉，周围的邻居、原工作单位同事，甚至我们两口子的兄弟姐妹及下一辈都称赞、羡慕我们。

　　我还要告诉读者，从2013年至今，我和老伴又先后去新加坡、马来西亚、泰国旅游，再次去瑞士苏黎世探亲。女儿又领我们老两口去德国柏林、意大利米兰和水城威尼斯、奥地利维也纳游玩。2015年随旅游团去日本东京、大阪、富士山、京都等地，在浅草寺抽得第九十九大吉观音签："红日当门照，暗月再重圆，遇珍须得宝，颇有称心田。"

　　今后，我还打算去美国、英国、澳大利亚、新西兰……我要周游全世界！

　　此外，我要向读者交代：烦我们老两口达5年之久的辽阳房产，经过千辛百难终于换成了红皮正式的房产证，尽管仍然是按房产局的要求缴纳了房产交易税才得以办成。可是，我们俩依然很高兴，知足者常乐！

　　写此书的过程受到我的老伴雅琴及大学同学李敬林的大力支持和鼓励，在此一并表示感谢。

贾维庸
2016年6月9日